# 冰點

ひょうてん

氷点

直探愛與罪的臨界點

三浦綾子
みうら あやこ

章蓓蕾——譯

傳奇名家
三浦綾子
冥誕
100週年

重量紀念版
再度燃燒

# 推薦序　超越時代的不朽名著，精采絕倫的人性小說——《冰點》

劉黎兒（作家、日本文化觀察評論家）

《冰點》是一九六四年誕生的一部日本小說經典，四十五年來在日已經陸續改拍搬上銀幕或螢光幕八次，編成廣播劇多次，連海外的台、韓也曾改拍成電影、連續劇；在日本以連續劇形式上演時，每次都造成萬人空巷的盛況，因此，這部小說已成為日本社會共同記憶的一部分，尤其陽子、夏枝、啟造等人的名字，幾乎個個日本人都耳熟能詳，彷彿他們也是曾在日本生活過的偶像般。書迷、影迷還會幻想幫這些書中主角亂點鴛鴦譜，例如讓陽子與阿徹結合等等，後來，書中的這些人物甚至成為其後許多小說人物的原型！

《冰點》不僅暢銷五百萬冊，至今還不斷被重讀，我自己也和許多日本人一樣，每次記憶稀薄時重讀仍會帶來全新感受，書中的遣詞用字即使已經過了四十五年，依然通順優雅，文體結構堅穩完美，尤其人物的描寫及內心獨白細膩而不造作，仍舊不時會讓現代人捏把冷汗，產生書中描寫的使壞心眼的人正是自己的驚懼，真不愧為「不朽名著」！這樣的成就與許多稍縱即逝或禁不起重讀的暢銷小說是截然不同的，也因此我對《冰點》一書能完整重譯問世，興奮無比，很期待讀過或沒讀過的讀者都一起來翻開這部精采的人性推理小說！

《冰點》是三浦綾子成名作，當時是一九六三年，《朝日新聞》適逢大阪總社創社八十五週年、東京總社創社七十五週年而舉辦了一個小說徵文大賽，獎金金額為一千萬日圓，在當時是很大的一筆款項，雖然應徵資格沒有限制當前活躍的作家或新人等，但如此巨額大獎卻被一個無名主婦三浦綾子奪得，在當時可說是一大號外，蔚為話題。三浦綾子當初矢志寫作，即不斷得到丈夫三浦光世的鼓勵，他曾說：「這部小說一定會得獎！」而小說名也是光世取的，雖說這部作品有相當大的部分描述了丈夫啟造對妻子夏枝的猜疑，但現實上三浦夫妻卻是一心同體的親密夫婦，或許正因為三浦自己琴瑟和諧的感情生活，才能寫出平衡感如此高的作品吧。

為什麼這部在四十五年前創作的小說至今還能如此超越世代，不分男女老少都愛讀呢？《冰點》的情節中有夫妻間隱藏了養女身世之重大祕密、丈夫對妻子感情走私的復仇、養母對養女的折磨，乃至兄妹戀等種種連續劇常見的愛恨交織元素。產生強烈之愛恨主要是由於辻口啟造收養殺女凶手的女兒，以致家人朋友之間的敵對、友好關係出現複雜的變化。小說情節本身深具懸疑性，同時娛樂性十足，會讓人拿起來後想通宵一口氣讀完。

本身是虔誠基督教徒的三浦綾子，企圖藉小說來探討人類原罪的概念，這種原罪並不是韓非子的性惡論，而是「存在本身即為罪惡」或「本身雖非罪惡，卻帶來罪惡」。這個命題最為明顯的便是陽子本身，但任誰都不禁會為本身無一錯處的陽子叫屈，更會深覺世間並沒有存在真正的惡人，之所以造成罪惡，都是因為遭逢某種即時性的不幸而帶來更為不幸的連鎖。

單純正直的陽子就是不幸連鎖的中心，無任何過失的陽子藉著結束存在來求取夏枝以及眾人的原諒，她最後所採取的行動將讓周遭的人如何思考？這部分或許是三浦最想追問的吧！三浦寫《冰點》最初是從陽子的遺書寫起的，想來也不是那麼意外的事。後來陽子的來歷真相大白，事實擺在光天化日之下，這些參與其中的每個人又將如何面對此一事實？亦即，在《冰點》中眾人所造成的「業」或「原諒」等問題，其後在

《續・冰點》中將全面展開探討。純潔無垢的陽子從出生瞬間就背負莫須有的十字架，她愛人、原諒人、求人原諒，扮演著如天使般的角色，這或許也是浮士德所說的，拯救靈魂的「永恆的女性」吧！

《冰點》的故事梗概是三浦綾子看了《朝日新聞》公告後，一夜之間就寫成的，但結構成熟完整，小說中登場的每個人都有相當辛酸的苦難在等著他們，例如啟造在夫妻間製造如此天大的祕密來懲罰夏枝時，也讓辻口家注定隨時會有崩潰的危機，然而就在等著最後的摧枯拉朽之前，啟造已然為了夏枝開始陰損地欺負陽子而後悔了，不過他卻無法因此就不恨陽子，到了最後，他才終於體悟到他們面對的最大臨界點就是夏枝殘忍地對陽子揭發身世的祕密，而即使再完美的陽子終究也是人，有做為人的最根本的脆弱。她無法承受自身流著凶手的血的殘酷事實，最終只好走上唯一能得到救贖的絕路。

雖然三浦綾子將濃厚的宗教色彩之生命叩問融入了作品中，還曾遭批判為「護教作家」，但是她所發出的疑問以及渴望追求的原諒、救贖卻是人性中極為普遍、共同的，也是每個讀者都能毫無障礙地跟著思索、探求的。她把絕對不可告人、沉積於人心深處的黑暗本能全部暴露出來。人的本質，即使我們隱約察覺，但不會想出示於人，或被活生生攤在眼前來面對，可是三浦卻很巧妙地讓讀者不自覺地面對這些所謂的「人性黑暗面」，而且幾乎每個登場人物都有這樣的部分，想來這正是人的原罪吧！例如，夏枝面對隨著成長而益發漂亮的陽子，自己的美貌則隨著歲月逐漸衰退，心生類似皇后對白雪公主般的嫉妒，如此經典的人性弱點始終在各類經典作品裡出現，這是萬古不易的！

「冰點」指的是不管多溫柔有熱度的心都可能遭凍僵的點；啟造的冰點是夏枝的外遇，夏枝的冰點是發現陽子是殺女凶手的女兒，而溫柔體貼的陽子最後也被逼到冰點。陽子原本不斷說服自己，只要活得正直誠實，應該能承受別人的惡意，只是一旦失去支柱，絕望的心也降到了冰點。也許讀者會聯想，每天迷糊度日的人也有冰點嗎？一旦遭遇殘酷事件，或對別人使壞，心窩凍結，這時大概也很想讓誰熱情緊抱自己、來幫自己解凍吧，這就宛如陽子被從冰原拖回來般，有時，人只靠自力是無法回到常溫世界的。

三浦綾子是北海道人，而且終生以北海道作家自居，除了幾部歷史小說外，她的小說都充分反映新天地北海道的風土；《冰點》即是以她自己生活圈旭川市郊為主要舞台，將美瑛川、石狩川、實驗林、旭川市街等環繞陽子的地理環境、自然巧妙地配置其中。在北海道之中別具一格的旭川的四季也是作品構成的要素，這一點成為該作品極顯著的的魅力，有人甚至認為她擷取旭川大自然景觀融入作品的此一技巧，就已經篤定要拿大獎了。

在《冰點》最後一章裡，陽子省悟了「凍僵的心＝冰點」，渡過凍結的河流而趕赴琉璃子喪命的川原的場景，充滿凜冽之美，正顯示三浦綾子是多麼北海道的作家！尤其是陽子捏了雪塊放入口中等描寫，雖然清淡且顯得不經意，但這是只有在北海道生活過的人才可能寫出的細膩描寫；尤其登場人物的行動與心理亦都巧妙地與北海道的地理自然特徵調和，成為三浦文學的特色。三浦之後，同樣北海道出身的女作家還有藤堂志津子、谷村志穗等，兩人相繼以北海道的城鄉為作品背景，使北海道魅力融入而為作品魅力。據我的調查，北海道每年外國觀光客約四十五萬人左右，其中半數以上是台灣人，因此我想，台灣人大概是最能體會《冰點》中的北海道風情的，而早年讀過《冰點》的讀者，趁著此際好好重讀完整的《冰點》譯本，腦裡必能浮出鮮明的想像吧。

此外，自然並不僅是美，不僅止具有親和力，與人也有對立關係，所謂天災與人的關係也一直是現代小說的主題，在三浦文學裡更占有重要位置，如《冰點》啟造所遭遇的「洞爺丸事件」，正是一九五四年時的強颱造成一千餘人死傷的大天災。而三浦打從著手寫作起就認為，這些並非人所能輕易克服的自然的猛威，也是一種惡意的根源，不得不有所敬畏。

在「洞爺丸事件」中，雖然啟造因為傳教士將自己的救生衣讓給他人而感動，並對基督教世界有所嚮往，進而認為「原諒敵人」是可能達到的境界，但結果他依舊無法原諒夏枝、無法紓解對陽子的憎恨。這種三浦文學裡出現的任性自私的人、帶有原罪的人，在現實的世界也著實遭到原罪、自私所詛咒、捉弄，而陷入極端的不幸。為了克服這個問題，人只好誠實地努力活下去，這也就是三浦描寫充滿汙濁不正的現實世界裡，拚命想要求得救贖的眾生百態，乃「三浦流」的追求理想的方式。我想，在當今如此高度經濟數值化的「豐裕」時代裡，這樣的思索和探究，更突顯她的文學企求追求正義以及理想的本色，或許也因為如此，《冰點》才值得我們一讀再讀！

（本文寫於二〇〇九年）

# 目次

# 1 敵人

天上沒有一絲風。積亂雲映著陽光高掛在東邊天空，看來就像貼在天上似的一動也不動；白松林矮小而濃密的樹影輪廓清晰投射在地面，黑漆漆的陰影像有生命似的，不斷吞吐震懾人心的氣息。

這是位於旭川市郊神樂町的松林，辻口醫院院長的私宅悄無聲息地座落在松林旁，附近只有零星幾戶人家。

遠處傳來「五段雷」煙火一連五發的爆破聲。此刻是一九四六年七月二十一日的正午時分，附近正在舉行夏祭。

辻口家客廳裡，辻口啟造的妻子夏枝和辻口醫院眼科醫生村井靖夫相對而坐，兩人從剛才起都沒說話。天氣十分炎熱，坐在椅子上什麼都沒做，全身卻不住地冒汗。

突然，村井一聲不吭地站起身，大步走向門邊，抓住門把。

門把發出「咔嗟」一聲。經過剛才漫長的靜默，這聲音聽在夏枝耳裡特別刺耳。

夏枝不由自主抬起眼皮，長睫毛的陰影落在晶瑩瀲灩的眸子上，高聳的鼻梁顯得氣質高雅，而那張屬於北國女性的面孔，肌膚細緻雪白，襯托在深藍色浴衣下，更顯美麗。

（他從剛才起就一直不說話……）

夏枝在心裡嘀咕著，抬頭仰望村井穿著白西裝的修長背影，一絲微笑在她臉上浮現。那兩片端整的唇瓣笑起來時，意外地相當性感。然而那份性感，並不只是出於她二十六歲的青春年華。

夏枝從剛才就察覺村井有話想說，不禁面露期待。她意識到自己的心情，腦中卻想起出門在外的丈夫那雙溫柔又帶點神經質的眼睛。

這件事得從今年二月說起。一天，夏枝清理暖爐時，一粒灰燼不慎飛進眼裡，她便到醫院請村井診治。從那時起，村井就無法將夏枝的身影從心底揮去。

當然，在這之前，村井早已認識貴為院長夫人的夏枝。然而夏枝實在太美了，美得令他不敢正視，就連對夏枝發生興趣的念頭也令他害怕。

而現在，夏枝卻成了村井的患者。他夾出黏在角膜上的細小炭粒，幫夏枝戴上眼罩。治療完畢，村井感到一種從未經驗過的奇妙欣喜。

「凶手就是它呢。」

村井指著鑷子尖端的炭粒給夏枝看。

「看不見耶，太小了。」

躺在手術台上的夏枝單手撐起身子，微傾著頭對村井微笑。

「這樣就看得到了吧？」

村井擦拭鑷子似的把炭粒移到一張白紙，兩人不約而同注視著那粒灰燼。村井發現自己和夏枝近得面頰幾乎相碰。

「哎呀，這麼小呀？這麼痛，我還以為是多大一塊灰塵呢。」

戴上眼罩的夏枝只剩一隻眼可以視物，很難辨別物體的遠近，只見她凝神緊盯那顆炭粒，和村井緊鄰的時間稍嫌長了一些。

那天之後的半個月裡，夏枝定期到醫院複診。她的眼睛恢復得很好，很快就不需再治療，但村井仍瞞著她繼續為她洗眼。

「我已經好了吧？」一天，夏枝問村井。

「還得在暗房仔細檢查一次。」村井的聲音有些沙啞，露出哀求的眼神。

暗房很狹小，相對而坐的兩人膝蓋碰到一塊兒。其實夏枝根本不需再做檢查，但村井還是花了很長的時間進行診察。

檢查結束後，村井直勾勾地凝視夏枝。看到他如此認真的眼神，夏枝有些心慌，心頭一緊。但奇妙的是，也令她愉快，不過她表面上仍不動聲色。

「謝謝。」

夏枝起身時，村井竟抓住她的手說：

「不要走！」

夏枝覺得村井這種孩子氣的舉動很可愛，但她莊重地垂下眼皮，輕輕地制止村井的手，走出暗房。

在那以後，村井經常到辻口家拜訪，但很少和辻口家兩個年幼的小孩阿徹和琉璃子講話。

「村井先生好像不喜歡小孩啊。」一次，夏枝問村井。那時啟造正好有事離席。

「也不是不喜歡……」村井譏諷地撇嘴說道，臉上的表情冷淡而虛無。

「我只是不喜歡夫人的小孩。不，應該說，我甚至想詛咒夫人的小孩。」

「啊唷，什麼詛咒！說這種話……」

「我真不願夫人生小孩！」

知道村井對自己的愛慕之情竟如此熾熱，夏枝心裡非常感動。

此刻，夏枝望著村井站在門前的背影，又想起一個月前他說過的話。

遠處再度傳來一陣夏祭的「五段雷」煙火爆炸聲。

村井抓著門把，轉過頭來，寬闊的額頭上掛著汗珠，稍嫌單薄的嘴唇欲言又止地顫動著。

夏枝等著他開口說話。

身為有夫之婦，竟對村井的告白有所期待，然而，夏枝並不願去思考這行為代表的意義。

「您為什麼為我說媒？」

村井激動地說，語氣像在責問夏枝似的。漫長的沉默被打斷了，夏枝感到一陣暈眩，不由得傾身靠向一旁的立式鋼琴。

「夫人！」

村井向前一步，迫近似的擋在夏枝面前。

「夫人！您真是個殘酷的人。」

「殘酷？」

「是啊。太殘酷了！您不是才說要替我介紹對象？我一直以為您心裡很清楚呢。您應該早就了解我的心意吧，而您竟然……」

說著，村井瞥了一眼桌上的照片。照片裡的女人，就是夏枝向他說媒的對象。女人站在一棵相思樹下，笑得那麼天真無邪，笑聲彷彿迴蕩在耳畔。

村井的視線重新轉向夏枝。他那雙黑眼珠就男人而言，實在有點美得過分，但同樣一雙眸子不時卻又充滿了虛無的陰暗。或許，就是那陰暗當中的什麼吸引著夏枝吧。

此刻，村井正用那雙陰暗的眸子凝視著夏枝。她連忙垂下眼皮，否則自己可能就要倒向村井的懷裡。夏枝心裡明白，像今天這種當面挑明的日子遲早會來。

老實說，今天向他提起相親的事，或許並不是真的想勸他結婚，而是想確認他的心意。

夏枝白嫩的雙手合十，祈禱似的舉到胸前，看上去妖嬈美豔。

「夏枝夫人！」

村井向背靠白石灰牆的夏枝走近一步，兩手放在她肩上。手心的溫熱，透過浴衣傳到夏枝身上。

「不要這樣！我要生氣了……我……」

村井彎下身子，逼近夏枝。

「村井醫生，請不要忘記我是辻口的太太。」夏枝臉色鐵青地說。

「夏枝夫人，如果能忘了妳……我也想忘！就是因為忘不掉，我才如此痛苦啊，不是嗎？」

說著，村井大力搖晃夏枝的肩頭。就在這時，一陣腳步聲從走廊傳來，接著，房門打開了。

琉璃子搖搖擺擺地走進來，她穿著粉紅洋裝，外面罩了一件白圍兜。

村井連忙退到夏枝兩三步之外的位置。

「媽媽，怎麼了？」

三歲的琉璃子似乎從兩個大人的態度感覺出不尋常的氣氛。她兩眼睜得圓圓的，瞪著村井說：「你要是欺負媽媽，我要告訴爸爸！」

說著，琉璃子張開兩隻小手臂，像要保護母親似的跑到夏枝身邊。

村井和夏枝不約而同看向對方。

「沒有啦。琉璃子，媽媽和醫生叔叔有重要的事要談，妳好乖，到外面去玩吧。」

夏枝微彎著腰，抓住琉璃子的小手搖晃著說。

「不要！琉璃子討厭村井醫生！」

琉璃子抬頭直視著村井說，視線裡充滿了孩子特有的肆無忌憚。村井不禁紅了臉，轉眼看著夏枝。

「琉璃子！不可以說這種話！不是跟妳說了嗎？村井醫生和媽媽有重要的事要談。妳好乖，到良子家玩吧。」

夏枝的臉比村井更紅，她伸出手摸摸琉璃子的腦袋。

夏枝知道，如果要拒絕村井的愛意，此時應該把琉璃子抱在自己膝頭，可是，她實在沒辦法這麼做。

「我討厭醫生！也討厭媽媽！都沒人要和琉璃子一起玩。」

琉璃子扭身奔出了客廳，圍兜的蝴蝶結惹人憐愛地在背上來回跳躍。

夏枝很想把琉璃子叫回來，但又想再跟村井獨處一會兒。最後，她輸給了自己心底的欲望。

一陣輕盈的腳步聲跑過走廊，消失在後門，令人忍不住掛意。

「對不起，琉璃子失禮了……」

琉璃子的出現，頓時拉近了兩人的距離。

「不，小孩是誠實的，也敏感得令人害怕。」村井燃起一支菸說。

「您向來不喜歡我們家小孩吧。」

「也不能說不喜歡，只是阿徹和琉璃子都有點神經質，眼周浮腫，這些不都跟院長一模一樣？一想到他們是院長和夏枝夫人生的小孩，我真的無法忍受，甚至看到他們都覺得痛苦。」

村井把香菸扔進菸灰缸，兩手深深插進褲袋，熱情地凝視夏枝。

兩人的視線在空中交纏。

夏枝率先轉開了視線。她一言不發在鋼琴前坐下，打開琴蓋，但並沒有彈琴，兩手輕放在琴鍵上說道：

「請您回去吧。」

她的聲音有些顫抖。丈夫、女傭次子和琉璃子都不在家，她有預感獨處的兩人間即將發生某件事，而她的身體也正在期待那件事。夏枝覺得這樣的自己很可怕。

聽到她的話，村井臉上浮起微笑，走到坐在鋼琴前的夏枝身後。

「夏枝。」

村井從夏枝身後壓住她雪白的雙手，鋼琴發出一聲巨響。

夏枝不由自主地轉過頭去，村井的嘴唇正好掠過她的面頰。

「不行！」

不過這句話和她心裡所想的恰恰相反。村井無言地環抱她的肩頭。

「不行！」

她避開村井的嘴唇，下巴緊緊縮進衣領。若不避開他的嘴唇，她實在不知道接下來會發生什麼事。

「不行！」

村井試著托起夏枝的面頰，但她第三次拒絕了他。這次村井轉而彎下身子，試圖親吻她的面頰，但夏枝堅決地扭著身子躲開，村井的嘴唇只在她的臉頰輕輕掠過。

「我懂了。妳就這麼討厭我啊？」

夏枝的拒絕令村井惱羞成怒，下一秒，他用力拉開房門奔向玄關。

夏枝茫然地站起身來。

（我不是討厭你。）

夏枝的拒絕是調情，也是一種遊戲。不知從何時起，夏枝已在期待他的下一步，但二十八歲的村井卻無法理解她的心情。

夏枝沒有到大門送村井，她害怕自己會忍不住留住他。

她的手擱在剛才被他的唇觸碰過的面頰，覺得那裡的肌膚就像寶石般珍貴，心中有種甜蜜的悸動。結婚六年以來，第一次被丈夫以外的男人親吻，夏枝胸中頓時千頭萬緒。

她重新在鋼琴前坐下，雪白的手指在琴鍵上來回飛馳。她彈的是蕭邦的〈即興幻想曲〉，激烈的情感源源流瀉而出，有著長睫毛的雙眼緊閉，像醉了似的急切運指，無法停歇。

而在這一刻，年幼的琉璃子碰上的遭遇，夏枝自然無從想像。

猛然，琴弦伴隨著尖聲斷了。一種不祥的預感從她心頭掠過。

而她還來不及平復心情……

「彈得這麼起勁啊，居然把琴弦彈斷了。」

不知從什麼時候起，丈夫啟造站在她的身後。啟造臉上像平日一樣展露溫柔的笑容。

「哎呀，你是今天回來嗎？」

夏枝頓時手足無措，沒想到原定明天回來的啟造竟突然現身。她面帶紅暈站起身，模樣萬分嫵媚。看在啟造眼裡，以為她是因為丈夫突然歸來又驚又喜。

「你這人好討厭，站在那裡也不講話。」

夏枝伸出雪白豐潤的雙臂勾住啟造的脖子，臉頰埋在丈夫的胸膛。

她不想讓丈夫看到自己的臉，一秒之前她的心裡還想著村井靖夫，臉上的紅暈正是因他而起。同時，啟造也察覺妻子的舉止有異。結婚以來，夏枝從不曾像這樣主動勾住啟造的脖子。

「妳這麼抱著好熱唷。」

嘴上雖然這麼說，啟造也有所回應地攬著夏枝的背脊。

啟造是個學者型的男人，雖然有點神經質，卻沒有吹毛求疵的壞毛病。平日穩重溫柔，是個值得信賴的丈夫。

夏枝的臉埋在丈夫胸前，心中逐漸恢復平靜。剛才對村井生出的那種異常昂揚的情感，簡直彷彿做夢一般。

（還是辻口好。）

夏枝想，她是深愛啟造的。無論做為醫生或丈夫，啟造都值得尊敬，她對丈夫沒有任何不滿。

（但為什麼和村井獨處又讓我如此愉快呢？）

夏枝感到難以理解。雖然此刻覺得丈夫好，但下次再和村井碰面，又會怎麼想呢？她對自己沒有信心，感覺有股無法控制的力量正在血液裡奔流。

（你要是欺負媽媽，我要告訴爸爸！）

剛才琉璃子說過的話突然在腦中閃現，夏枝不禁全身一顫。

「累了嗎？」

夏枝抬頭問丈夫，同時也在心底祈禱：琉璃子最好晚一點回來。

「嗯。」

啟造撫摸孩子的頭般輕撫夏枝的腦袋。那頭從未整燙過的秀髮豐厚亮麗，散發令人舒心的香氣。啟造的下巴靠在夏枝頭上，無意識地瞥向桌面。

一道銳利的光芒從他眼中射出。桌上放著咖啡杯和菸灰缸，他用眼睛數了一下，有八支菸蒂。

啟造冷冰冰地鬆開擁抱妻子的手，令夏枝吃了一驚。

「琉璃子去哪了？阿徹和次子都不在家啊？」

說完，啟造嚴厲地瞪著桌面。看到他這表情，夏枝實在不敢告訴他村井來訪的事。

「次子帶阿徹去看電影了，琉璃子不是就在附近玩嗎？」

「沒看到喔。」

啟造探究地望著妻子。夏枝竟連年幼的琉璃子都要支開，剛才在這間沒有第三人的房裡，夏枝和留下這堆菸蒂的主人究竟做了什麼事？

啟造希望妻子能主動向他報告訪客的身分。他伸出一隻手放在琴鍵上。

Do Mi So、Do Mi So、Do Mi So……手指重複彈奏著相同的琴鍵。

否則，這口氣實在難以嚥下！

另一方面，夏枝看到丈夫的臉色愈來愈陰沉，更不敢提起村井來訪的事了。

Do Mi So、Do Mi So、Do Mi So……

一聲鏘啷巨響，啟造闔上琴蓋。夏枝剛好端起菸灰缸和咖啡杯準備撤走。

一瞬間，啟造和夏枝的目光交會，視線宛如在空中撞出「砰」的一聲。夏枝率先移開目光，離開房間。

啟造注視著夏枝離去，妻子對來客一個字也不肯透露，這件事讓他非常在意。

「有客人來過？」

他已經錯過若無其事提出這疑問的時機了。

候，高木還曾向夏枝的父親提親。夏枝的父親津川教授有「內科之神」的稱譽，他是啟造和高木的恩師。

「夏枝的對象我已經有人選了。」

教授當時這麼婉拒了高木。

「那個人是誰？是辻口嗎？如果是那傢伙，我就退讓。可是如果是其他人，我絕不會放棄的。」

當時，高木還氣得大聲嚷嚷。這件往事，啟造不但從夏枝嘴裡聽說了，也聽高木親口說過。

高木長得眉眼粗獷，個性豪放磊落，有時心血來潮還會突然從札幌跑來醫院找啟造。

「我現在就要去追求你那位美麗的夫人，可以吧？」

單身的高木有時還會這樣開玩笑。

（如果來訪的是高木，那倒是沒問題。）

高木性格直爽，對夏枝似乎早已沒有眷戀。後來也不知怎麼回事，聽說他竟在一間育幼院擔任顧問。

「我不結婚了。只要有這些孩子，我也過得很充實啦。」

高木曾對啟造說。他的日子似乎過得相當逍遙。

（可是我今天才在札幌和高木碰過面。所以，客人一定是村井。）

想到這裡，啟造心中不安起來。

（難不成發生了什麼不可告人之事，才不能告訴我「村井來過」？）

啟造臉一沉，轉眼望向窗外的白松林。

「是村井？還是高木？」

他不在時會到家裡拜訪的，除了這兩人，應該不會有別人。

高木雄二是婦產科醫生，曾在札幌一家綜合醫院任職。他和啟造打學生時代就是好友。在醫學院的時

（嗯……也可能是辰子。她也抽菸。）

藤尾辰子家裡很有錢，是獨生女，和夏枝同年，今年二十六歲，也是夏枝就讀女校時的同學。現在在教授日本舞。

（但她是不會到客廳去的。）

啟造焦躁地獨自胡亂猜想。

這時，女傭次子和阿徹童稚的說話聲從後門傳來。阿徹不知說了句什麼，然後發出響亮的笑聲。

（看完電影回來了吧？）

啟造想著，從客廳走向起居室。夏枝和次子似乎在廚房，只見阿徹一個人趴在起居室的沙發。

「爸，回來啦？我說啊，爸，我去當美國大兵吧。」

「為什麼呢？」

啟造在阿徹身邊坐下，心底則肯定地做出結論：今天的來客準是村井沒錯。

「因為，美國大兵好神勇啊，拿起機關槍『噠噠噠……』亂射一通，敵人就統統倒在地上死掉了。」

「喔，你去看了戰爭片啊？」

啟造露出厭惡的表情。

「敵人都死光了。不過啊，死了會怎麼樣呢？人死了還會動嗎？」

「人死了就不會動了。」

「爸給他們打針的話，還會動嗎？」

「不，不管打多少針都不會動了。也不會吃飯，不會說話了。」

「喔，那死掉真不好。不過敵人死掉是沒關係的。可是啊，敵人是什麼呢？爸！」

「敵人啊……真難解釋呢。」

啟造曾被派到中國北方當軍醫，前後大約只有三個月。後來他得了肋膜炎，就被送回國了。在戰地醫院任職的那段短暫時間裡，並不足以讓啟造體會戰爭的真實感。對啟造來說，當地的景色和女子的風情都充滿了異國情調，但他實在無法想像那片天空下的某處正在進行激戰。

啟造回到旭川，經歷了幾次艦載型戰機來襲，沒多久，戰爭就結束了。啟造從學生時代起就懷著反戰思想，從不曾視某個特定國家為敵國。現在被阿徹問到什麼是「敵人」，他一時不知該如何回答。

「對了，敵人就是我們最需要好好相處的人。」

說完，啟造才想到五歲的阿徹不可能聽懂自己的解釋，不禁苦笑。

「那琉璃子是敵人嗎？」

阿徹問。因為大人總是教他，兄妹倆要好好相處。

「不是，琉璃子是阿徹的妹妹啊。敵人就是讓你痛恨的人，是會做壞事、會欺負別人的人。」

「喔，就是四郎嘛。四郎是敵人嗎？」

阿徹說出一個鄰近孩童的名字。

「真頭疼，這問題不好回答呢。四郎是朋友啊，不是敵人。」

啟造笑了起來。

「總之啊，就是和你關係不好的人。」

「關係不好的人，為什麼要和他好好相處？」

阿徹可愛地皺起眉頭，一臉認真，神情可愛。

「很久以前啊，有個偉大的人叫做耶穌，他教導我們要和敵人做朋友。」

啟造這時想起一句話：愛你的敵人。還在求學時，夏枝的父親津川教授曾說過：

「你們總是抱怨德語難學，診斷難學……但要我說什麼最難，我覺得這世上，沒有比基督教說的『愛你的敵人』這句話更難了。世上大抵的事，只要努力就能成功，可是『愛自己的敵人』這件事，只靠努力是辦不到的。只靠努力的話……」

夏枝的父親不只擁有「內科之神」稱譽，也是一位品格值得景仰的長輩，當時他滿臉悲戚地說出這段話的情景，在啟造腦中留下了深刻的印象。

在當年身為學生的啟造眼中看來，世上沒有任何事是教授辦不到的，因此在課堂上聽到津川教授這麼說時，他大受震撼。他沒想到教授這麼完美的人居然也有敵人、也有煩惱，覺得難以置信。

「我聽不懂。」

聽不懂父親的解釋，阿徹一頭霧水地走向廚房。

阿徹撒嬌的叫喚從廚房傳來。

「媽，我要吃東西。」

就在啟造思索「敵人」的意義時，腦中突然浮現村井靖夫那雙美得令人嫉妒的眼睛。這瞬間，一種近似殺意的情緒在他胸口湧起。

「敵人就是我們最需要好好相處的人。」

想到剛才對阿徹說過的話，啟造不由得覺得自己很可笑。他個性嚴肅認真，而村井總是一副對萬事漠不關心的虛無態度，一直以來，兩人處得並不和諧，但又無法忽視彼此的存在。

（如果今天他趁我不在家，和夏枝幹了什麼的話……夏枝又為什麼突然過來抱住我？她以前從沒這樣過……）

（夏枝平日彈琴總是彈得那麼安詳沉穩，今天為什麼那般激烈，甚至彈斷了琴弦？為什麼夏枝不告訴我有客人來過？一定發生過什麼事！如果那人是村井的話！）

我絕不原諒他，啟造想。對自己的生活造成威脅的人，怎麼可能對他寬容？

（敵人不是我們該愛的！我該告訴阿徹：敵人是必須起身對抗的對手。）

啟造想著想著，朝二樓的書房走去。

# 2 誘拐

「太太，琉璃子今天回來得比較晚呢。」

正在搗馬鈴薯泥的次子停下手裡的工作說。

「就是啊，是晚了些。阿次，妳忙完手裡的事就去接她吧，我想大概是在良子家吧。」

夏枝並不是真的把琉璃子的事擱在一旁。

「我要告訴爸爸！」

年幼的琉璃子剛才奮力表達了對村井的反感，一想到這裡，夏枝不由得期待她最好晚點回來。

次子出門接琉璃子去了，但不知為何，過了很久還不見人回來。夏枝抬頭看一眼時鐘，已經快五點半了，但時值七月，離太陽下山還有一段時間。

「怎麼回事啊？」

就在夏枝把剛做好的美乃滋放進食物櫃時，次子回來了。

「太太，琉璃子回來了嗎？」

「還沒呀。不在良子家嗎？」

「是啊，說是今天下午兩點左右就回來了。」

「兩點左右？」

夏枝的臉色霎時變得鐵青。兩點，不就是琉璃子進客廳的時間嗎？從那時到現在，三歲的琉璃子到哪去了？

「我討厭醫生！也討厭媽媽！都沒人要和琉璃子一起玩。」

琉璃子下午說過的話，此時想來格外令人心驚。

這時，一陣輕盈的腳步聲從外面傳來，夏枝頓時鬆了口氣。不料，跑進來的並不是琉璃子，而是臉蛋紅撲撲的良子。

「這個，是琉璃子忘記帶走的。」

良子遞來一個洋娃娃。這是夏枝親手縫製的，約有五十公分大小。看到了娃娃，夏枝的心臟不禁猛烈跳動起來。她接過娃娃，急急忙忙奔向屋外，只見先出去找琉璃子的次子和阿徹站在紫杉樹牆前發呆。

「肚子好餓啊。我們到處都找不到琉璃子啦。」

「那叫阿次姊姊先給你飯吃吧。」

說完，夏枝便朝良子家的方向奔去。

「哎呀，還沒找到啊？」

良子的母親是小學老師，她抓起圍裙擦著手出來應門。

「實驗林裡找過了嗎？」

「還沒，那孩子很少一個人到林子裡去的。」

「不過很多孩子愛去林子裡玩呢。」

良子的母親套上木屐，率先向實驗林跑去。

夏枝明白應該告訴啟造這件事，但她轉念又想，現在還不能斷定琉璃子真的不見了，可能的話，她希望能在啟造發現前先找回琉璃子。夏枝一面盤算著，跑過自家門前的紫杉樹牆，直直朝實驗林奔去。

放眼望去，林中一片寂靜，既聽不到孩子的聲音，也看不到孩子的身影。

這片實驗林是屬於旭川市林業局管轄的國家森林。

實驗林的總面積約十八點四二公頃，林中種植的多是北海道最古老的外來種針葉樹。

樹種包括班克夏松、歐洲雲杉、歐洲紅松……共有十五六種之多，品種不一的針葉樹交錯叢生，面積寬闊。

森林管理員的老屋就蓋在實驗林裡，一旁還有青貯窖[1]和牛棚。

辻口家的位置就在實驗林入口附近，高大的白松林區和辻口家的庭院緊緊相連。

辻口家構造堅實，由一棟紅色屋頂的二層洋樓和一棟藍色屋頂的日式平房組成；房子四周圍繞著美麗的紫杉樹牆，門前有座低矮的大門。

走進實驗林約三百公尺處，就是石狩川支流美瑛川。

＊＊＊

平時附近的孩子都在河畔玩捉迷藏、躲貓貓等，有時玩膩了，也會下美瑛川戲水，或在河邊捉小魚。

不過，今天孩子或許都到夏季祭典看熱鬧去了吧，林中一個人影也沒有。

整座森林顯得陰暗，地面雜草叢生。

「琉璃子！」

「琉璃子！」

兩個女人高聲呼喚著，卻聽不到任何回應。夏枝心裡恐懼萬分。

這時，管理員從自家窗戶探出頭來。

「醫生娘，有什麼事嗎？今天很難得喔，孩子們都沒進林子玩呢。」

管理員待人和氣，平日見面時總會摸摸琉璃子的腦袋。

夏枝和良子的母親彼此對看了一眼。

良子的母親顯得很焦躁，立刻轉身朝歐洲雲杉樹林的方向跑去，留下夏枝呆呆地佇立原處。

林中傳來陣陣斑鳩的低鳴。

「我討厭醫生！也討厭媽媽！都沒人要和琉璃子一起玩。」

琉璃子說過的話又在夏枝腦中迴蕩。

夏枝搖搖晃晃邁步向前。林中的小徑難得晒到陽光，地面既潮溼又柔軟，走在這片軟綿綿的土地，不安的情緒從她腳底躥了上來。

來到林中的凹地時，夏枝感到自己似乎踩到什麼，低頭一看，原來是具烏鴉屍體，鳥兒的羽毛散落在四周。她心底升起一絲不祥的預感。

夕陽籠罩林中，光線輕煙般從林木間斜射進來，線條邊緣卻顯得模糊不清。

「聽說琉璃子不見了？」

耳邊突然傳來啟造低沉而嚴肅的問話，夏枝吃了一驚，轉頭望去。

「什麼時候不見的？」

啟造嚴厲地問，夏枝不禁畏懼地抬眼看他。那張臉簡直像個陌生人，她從沒看過丈夫露出這種表情。

「不要擺出那麼恐怖的表情嘛。」

---

1　青貯窖：以水泥磚塊堆砌成的圓筒狀倉庫，用來供儲藏新鮮牧草發酵成為飼料。

如果在從前，夏枝可能會這樣對丈夫說。但是今天自己和村井的事令她心虛，再加上琉璃子又不見人影，夏枝只能怯怯地支吾其詞：

「大概是兩點多吧……」

「為什麼不叫我一起找？」

面對啟造的質問，夏枝只能拚命眨眼，實在不知該如何回答。

「說不定是被誰帶去看夏祭了吧？」

聽到這話，夏枝彷彿從夢中驚醒似的抬起頭來。

或許是村井帶琉璃子去看夏祭了吧，所以我們找這麼久都沒找到。琉璃子雖然嚷著「討厭醫生」，但她只是個孩子，並沒有理由對村井深惡痛絕，再說琉璃子不怕生，不管碰到誰都能打成一片。如果村井對她伸出手說：「來吧！」說不定她就高興地跟他走了呢。只是，村井為什麼不先說一聲呢？

「好過分唷，村井先生。」

夏枝忍不住低聲抱怨。

「村井？妳說村井怎麼了？」啟造責問道。

「其實，今天村井先生來過……」

「村井來過？妳可一個字也沒提起呢。為什麼不說？」

「因為……」

夏枝說到一半，看見啟造探究的眼神，不禁反駁道：

「我忘了呀！誰會記得什麼村井先生啊！」

「是嗎？」

啟造沒再說下去。夏枝的謊言太容易識破了。啟造心底升起陣陣憤怒與嫉妒的火焰，但因為性格使然，他反射性地壓下內心的怒火，聲音立即恢復了平靜。

「好吧，算了。他什麼時候走的？」

「你回家的十五或二十分鐘之前吧，一定是村井把琉璃子帶走了。」

夏枝腦中想像著村井帶琉璃子去看夏祭的模樣，這才覺得放下心來。村井知道啟造出差明天才回來，剛才分手得那麼不愉快，他看到琉璃子在外面玩耍，索性便帶她去看夏祭，好在黃昏時再到家裡來一趟吧。夏枝暗自在心底解釋著。

「哎呀，我已經和琉璃子變成好朋友嘍。」

說不定他想用這種方法給我一個驚喜吧，夏枝想。但他應該先告訴我一聲，再把孩子帶走啊。害我現在這麼擔心！夏枝想著，緊跟在啟造身後走出森林。

「可是，真的是村井帶走了嗎？」

走出森林，啟造半信半疑地回頭問夏枝。

＊＊＊

「哎呀，怎麼樣了？」

正當夫妻倆站在森林入口注視著對方，良子的母親從魚鱗雲杉林裡跑出來問道。

「啊！讓您操心了，真不好意思。好像是我家的客人帶她去看夏祭了。」

「是嗎？如果是這樣就好了。我們找了一圈也沒找到，大概就是那樣了。剛才我還擔心孩子該不會被綁架了呢。」

「綁架？」

啟造笑了笑，那笑容似乎在說：怎麼可能？良子母親看他笑，便說：

「哎呀，之前不是發生過嗎？好幾次了哪。還不到一年，就發生好幾起這種難過的事……幸好琉璃子沒事啊。」

說完，良子的母親先回家了。夏枝又不安起來。

回到家裡，只見吃完晚飯的阿徹似乎累了，早已在餐桌旁的榻榻米上睡著了。

夏枝立刻打了電話給村井，但他不在家。

「聽說他還沒回去。」

說不定他正背著琉璃子往家裡的方向走過來呢。想到這裡，夏枝坐立難安，走到屋外張望。夏季白天比較長，雖然已是晚上七點多了，屋外仍然很亮。枝幹早已抽高的甘蔗隨著涼風吹拂，發出沙沙聲響。夏枝一直沒看到村井的身影，只好又回到屋裡，看著啟造一臉焦躁地盤腿坐在餐桌前。

「吃飯吧？」

「不，不必，應該先報警。」

啟造壓下心中想痛罵夏枝一頓的衝動站起身來，正要拿起聽筒，電話鈴突然高聲作響。

「一定是村井先生打來的。」

聽到夏枝的話，啟造回頭看了她一眼，伸手拿起聽筒。

「喂，夏枝。」

話筒裡傳來村井的聲音。

（什麼夏枝！從什麼時候起，「夫人」變成「夏枝」了？）

啟造不以為然地咬住下唇。

「喂，聽說妳打電話給我。不生我的氣了吧？今天我真是太失禮了……」

村井似乎一心認定接電話的是夏枝，以為她正把聽筒緊貼在耳上專心傾聽，問話裡沒有一絲懷疑。

「……」

「喂，夏枝，聽到了嗎？妳還在生氣嗎？」

啟造轉身將聽筒交給站在自己身後的夏枝。

「原來妳還沒有原諒我。」

聽到這句話，夏枝才知道剛才啟造一聲不吭地在聽什麼，不禁倒抽了一口涼氣。

「喂，剛才失禮了，是這樣的……村井先生，請問我家的琉璃子和你在一起嗎？」

夏枝刻意客套地問道，不過因為顧忌啟造，聲音顯得緊張。

「沒有啊？琉璃子怎麼了？」

聽到村井的回答，夏枝臉色大變。村井沒帶走琉璃子！

「琉璃子不見了。」

「什麼時候的事？」

「這個嘛……」

就在自己和村井獨處，琉璃子離開客廳以後。

夏枝支吾著看了啟造一眼才說：

「如果您不知道就算了，打擾了。」

村井似乎還有話要說，但夏枝已掛斷了電話。

子，衝上前抓起電話，打到警察局。

「村井也不知道嗎？」

這下啟造也心慌了。如果不是和村井在一起，那琉璃子去哪裡了？他一把推開茫然佇立在電話旁的妻子，衝上前抓起電話，打到警察局。

警察聽到他是因為「小孩不見了」要報案，一副「原來只是小孩走失」的口吻慢條斯理答道：

「哎唷，今年夏祭走失的孩子比去年多了一倍。今天真是忙壞了。」

「不見了並不表示一定是走失了呀。」

警察的反應令啟造氣憤不已，他長話短說，很快交代了一遍事情經過。

「會不會一個人到街上去玩了呢？」

「那孩子從不曾自己跑那麼遠。」

「不過今天是夏祭嘛，可能是看到鄰居的小孩出門，就偷偷跟在人家屁股後面一起去了吧？」

警察的答話裡透露出疲憊，或許是因為夏祭期間人手不足吧。

「我擔心會不會是被綁架了？」

自己嘴裡說出的「綁架」兩個字，就像凶器似的恐嚇著啟造。

「綁架？」

警察停了半晌，接著又問：

「有人看見孩子被什麼人帶走了嗎？」

「不，倒是沒有。」

「有沒有人打電話到府上威脅你們？」

「沒有。」

「那我想孩子八成只是走丟了。」

警察表示會通知相關單位多留意，說完便掛斷了電話。

「如果是綁走，一定有人看到的，畢竟是大白天嘛。」

夏枝也怯弱地否定綁架的可能性。

「可是如果穿過林子走到堤防邊的話，不用經過附近住家也能直接往大街去啊。」

啟造的聲音很陰沉。

報警後，兩人心中的不安仍沒有消失。啟造想，只靠警察是不行的。他立刻打電話和醫院聯絡。值班醫生吃驚地在電話裡說：

「我們馬上派人過去幫忙。」

打完電話，啟造和夏枝，還有正在廚房清洗碗盤的次子，三人像在比賽沉默似的一直沒人開口。

而夏枝只要聽到一絲聲響，就忍不住顫抖地站起身子。啟造痛苦地凝視著妻子。他是深愛夏枝的，正因如此，他無法原諒夏枝趁自己出差和村井幽會，甚至為此支開次子、阿徹和琉璃子。她的行為只令人產生不檢點的聯想，譬如：

「帶男人回來……」

而更不可原諒的是，就在她和村井會面的那段時間，年幼的琉璃子失蹤了。啟造覺得此刻只要開口，就會無法控制地對夏枝怒罵，因而極力保持緘默。他向來認為罵人是最可恥的事，也是最令人輕視的行為。

不一會兒，醫院派來兩名中年雜工，年輕的外科醫生松田和村井也來了，眾人集合在啟造家門前。此時，天色早已全黑了。

「多謝了……不好意思。」

啟造彎身向眾人道謝，說完，又忍不住以一雙利刃似的眼神瞪著村井。

眾人決定讓夏枝和次子留在家中，幾個男人拿著手電筒一起走進林裡。夜裡的森林令人毛骨悚然，一棵棵樹木彷彿隨時會朝自己撲來似的。每當試圖以手電筒照亮前方，都擔心瞥見某個身影。

（這個時間，琉璃子不可能待在林子裡的。）

想到這裡，啟造覺得在林中尋找似乎是白費力氣。

（村井知道琉璃子在哪裡吧？）

啟造腦中閃過這個想法，不禁停下腳步。走走停停，好不容易來到河邊，視野一下子開闊起來。滿天星斗的天空在眼前展開。

「會不會掉到河裡去了？」

啟造在心底問道。可是琉璃子平時很少到森林來，根本不可能一個人走到河邊。轉念至此，啟造轉過身重新走回森林。他以手中的光源照向前方，只見光芒中出現一個高大的男人身影，啟造一驚，差點叫出聲來。是村井！那張白得發青的臉孔，在白光中看起來異常恐怖。

「嚇了我一跳。」

村井似乎也吃了一驚。

「不好意思。」

啟造隱藏內心的震驚，若無其事地說道。接著，又突然想起什麼似的問村井：

「聽說今天我不在的時候，你到家裡來過吧？有什麼事嗎？」

村井沒有回答，只拿著手電筒照亮自己的腳邊。

＊＊＊

實驗林、鄰近一帶，以及通往大街的每條小路都找遍了。經過一晚的折騰，每個人都已累得筋疲力竭，眾人決定暫時回辻口家小睡片刻。這時已是深夜三點多，夏季的夜空已有些泛白。

夏枝反覆回想昨天的情景，不斷在心底自責。

（那時我真該把琉璃子抱在膝頭的！）

她想起琉璃子張開兩隻細小的手臂想要保護媽媽，那模樣是多麼惹人憐愛！如果沒發生這種事，琉璃子現在應該好端端地躺在被窩裡睡得香甜吧。

然而，那條印著小紅花的棉被，還有可愛的小枕頭，此刻都只能孤零零地等待主人歸來。

「我討厭媽媽！」

琉璃子說出這句話時，心裡是多麼寂寞啊。想到這裡，夏枝心中萬分難過。在這樣的黑夜裡，年幼的琉璃子究竟在哪裡？又如何度過的呢？不斷湧出的淚水使她眼前一片迷濛，夏枝伸手擦擦眼睛，看著窗外逐漸轉亮的天空。

風兒吹過森林發出陣陣喧囂。夏枝傾聽著林間的嘈雜，想起新婚時的那個預感。

那是六年前，她在夫家度過的第一個夜晚。啟造的母親早已去世，家裡那時只有啟造的父親、妹妹，和女傭三個人。當時啟造在大學的研究室工作，所以他們的新家設在札幌。

夫婦倆在層雲峽度完蜜月，返回新家的途中經過此處。那天晚上，戶外吹著強風，森林裡的每棵樹都像長了嘴似的窸窸窣窣吵個不停。夜深了，風也吹得更強勁，整座森林有如從地底沸騰般發出恐怖的聲響。

當時，夏枝覺得這陣狂風似乎象徵著自己的婚姻，心底不由得升起一種不祥的預感，便緊趴在啟造的胸膛。

現在，夏枝覺得當時的預感終於成真了。今天彈斷琴弦時，她也很害怕，覺得是一種不祥之兆。因為她從小就彈琴，卻不曾彈斷過琴弦。

如果，時間可以倒轉，再重新回到琉璃子走進客廳的那一刻，夏枝想，她願意放棄自己的美貌和財產，甚至連性命也可以不要。那不過是發生在十三小時前的事啊。如果現在琉璃子走進客廳來問自己：

「媽媽，妳怎麼了？」

如果，如果可以回到那一刻，她一定會把琉璃子大力攬進懷裡，絕不放開。

（其實那時我大可抱抱她的，那時……）

淚水自眼中溢出。明明辦得到，自己卻對琉璃子說：

「到外面去玩。」

我怎麼會說出那麼可怕又無情的話？因為那時我寧願和村井在一起，而不願把琉璃子留在身邊。我就是這種女人！夏枝在心底咒罵自己。

現在，她親身體會到「現世報」的滋味。自己的心才對丈夫以外的另一個男人蠢蠢欲動，就立刻遭到懲罰。這不是「現世報」，又是什麼？

（怎樣才能使時光倒流？）

記得一本書曾寫道：

唯有流逝的時光，連上帝也無法追回。

夏枝想起這句話，轉頭望一眼躺在睡椅上的村井。他正無聊地抽著香菸，不知為何，夏枝覺得那張臉布滿了淫蕩的病態。

（我把琉璃子趕出去，就是為了想和這個男人在一起嗎？）

夏枝對自己的愚蠢感到後悔萬分。

經過一夜折騰，啟造、夏枝和村井三人終究整夜都沒闔眼。

時鐘敲了五響。窗外太陽早已升起，次子也起床在廚房弄出叮叮噹噹的聲響。

這時，玄關響起猛烈的敲門聲，啟造、夏枝和村井都驚得從椅子上跳起來。啟造率先跑去應門。

打開大門，只見一名穿著長靴的男人站在門外。原來是鄰近郵局的局長。

「府上的琉璃子，死了。」

局長一臉鐵青，兩排牙齒正在打顫，抖得連牙根都無法咬緊。

「死了？在哪？」

「河邊上。我剛去釣魚。」

啟造一把抓起昨夜擱在玄關門框上的出診包，轉身就往門外奔去。

夏枝搶先一步，比他先跑出去了。村井則忙著連拍帶喊地喚醒松田和兩名雜工。

啟造在林間拚命奔跑。這條路距離河邊只有幾百公尺，他卻覺得有十公里那麼長。就算聽到琉璃子的死訊，他一定要親眼確認後才相信。

「還好！還沒死，只是昏過去了！」

啟造邊跑邊幻想抱著琉璃子回家的情景。他無法相信琉璃子已死，說不定琉璃子的生命之火還一息尚存，他害怕自己如果聽信了這個謠言，那僅存的一絲火花就會立刻熄滅。

啟造拚命跑向前，連從夏枝身邊經過都沒注意。穿過林間，沿著河邊小路繼續向前，飛躍似的跳過淺灘。河邊滿地的石塊害他幾次差點摔倒。

遠處的河邊，一塊白布正隨風翻弄。

「就在那！」

啟造望著那塊被朝陽照得發亮的白布，步履蹣跚地在石灘上前進，他覺得像在夢裡追趕什麼似的，舉步維艱，慢得令人發火。

跑近一看，那塊發光的白布竟是琉璃子的圍兜。

# 3 琉璃子之死

琉璃子臉孔朝下趴在地上。白圍兜的腰帶像蝴蝶般，在瘦小的背上迎風招展。

「琉璃子！」

啟造跪下抱起琉璃子，仔細觀察她的面孔，她的小臉異常蒼白。他不願相信琉璃子已經死去，試著為她把脈，手卻直抖個不停。

「喔！有脈搏！」

但再定心細察，他感覺到的激烈脈動，其實是來自一路奔來的自己的指尖。

村井隨後趕到了，他伸手撐開琉璃子緊閉的眼瞼檢查，但瞳孔沒有任何反應。

琉璃子失去血色的嘴唇微微開啟，隱約可見的一顆蛀牙此刻格外令人憐惜。啟造意識有些模糊，彷彿置身於夢中。

這時，夏枝像要撞開啟造似的衝上前抱住琉璃子。

「琉璃子！琉璃子！」

夏枝用力搖晃著琉璃子的身子。

「啊！那是什麼？」

外科的松田蹲下來觀察琉璃子的脖子。

「院長！脖子上有掐痕啊。」

松田大聲叫喊起來。

琉璃子的脖子上，有道明顯的扼殺痕跡。

啟造做夢都沒想到琉璃子會遭人殺害，他直覺以為女兒是因為心臟麻痺或其他死因才突然斷氣。

「琉璃子是被殺死的？」

「是被殺死的？」

夏枝高聲反問，話才說完，她的身子立即軟倒。村井連忙伸手，及時攙扶住她。

「我討厭醫生！也討厭媽媽！都沒人要和琉璃子一起玩。」

夏枝耳邊彷彿又響起琉璃子的高喊。

啟造看著倒在村井膝頭的夏枝，一時不知該如何是好。他的腦中一片模糊，失去了思考能力。眼裡一滴淚水也沒有，但心裡的某個角落正在沸騰，而另一個角落，卻又異常冷靜，剩下的部分則是無窮無盡的空虛。

啟造行醫到現在，已送走過數十名患者，但和那些逝者比起來，琉璃子的死卻是那麼地不真實。他無法相信女兒已死，啟造覺得在做夢，在夢中他拚命告訴自己：這只是個夢。

他昏昏沉沉地抬頭仰視天空，白雲緩慢地從眼前經過。

「今天也會很熱啊。」

這個念頭從啟造腦中掠過。他無意識地看一眼手表。或許是出於在病人臨終前看表的習慣。

「六點五分啊？」

啟造低聲自語。就在這時，他聽到女傭次子和鄰居女眷的啜泣聲。女人不知何時都聚集到河邊來了。接著，他聽到阿徹尖銳的哭聲，或許是被大人臉上可怕的表情給嚇著了吧。

（阿徹哭了！）

想到這裡，啟造猛地回到現實。

他立刻明白琉璃子的死已是事實，也明白應該做些什麼。但不知為何，他卻什麼事也無法做，只能愣愣地坐在河邊。

松田輕輕地讓琉璃子平躺在河岸邊。夏枝在村井和其他人的攙扶下先回家了。眼前發生的一切，啟造只能呆滯地在一旁觀看。

「院長！」松田像要請示什麼似的喊道。

「嗯。」

「已經通知警察了，我想他們馬上就會來了……」

「……」

「院長！」

「……」

「院長，警察……」

「喔，謝謝。」啟造有氣無力地答道。

啟造感覺自己的動作緩慢得像在水裡，他輕輕握住琉璃子的手。這雙小手好冰啊！

「已經死了。」

只隔著一層皮膚，自己的手指正溫暖地活著，而琉璃子的手指卻已冰冷地死去。這實在太不可思議了，啟造想。

「死了。」

啟造再次低聲自語。

自己的孩子被人殺了。這無法相信卻又不得不信的事實擺在眼前，啟造不知道究竟該如何面對。結婚至今，他從未料到自己和夏枝的「未來」會有如此可怕的日子降臨。

啟造第一次見識到「未來」的可怕，誰也無法預料「未來」會發生什麼事。

阿徹的哭聲逐漸遠去。

啟造轉過頭去，看到哭個不停的阿徹被次子攬著肩膀逐漸走遠。

「有人殺了我女兒！」

啟造低聲說道，他的意識終於恢復了正常。

究竟是誰？為了什麼？殺死了絲毫沒有過錯的琉璃子？啟造覺得全身血液彷彿將因憎恨而從毛孔一起噴發。

啟造抬頭仰望太陽。陽光的熱力逐漸增強，而殺死琉璃子的傢伙，現在也在這太陽的照耀下活著。那傢伙正在某個地方呼吸著。一想到這裡，啟造猛地站起身來。

這時，幾部美軍軍機列隊飛過啟造和眾人的頭頂，響著噪音從天上飛過。那噪音，顯得殘酷又無情。

＊＊＊

琉璃子的喪禮後約過十天，這一天，啟造很早就下班回家。他走上二樓書房，靠在書桌前思考有關琉璃子的死。

（是誰殺了琉璃子？為什麼要殺她？）

自從事件發生後，他已不知思索過多少次，而現在，他又重新審視這個疑問。

啟造想起喪禮上的一幕。當村井被喊到名字起身上香時，他一度深深地低垂著頭致意。啟造記得自己當時吃驚地盯著村井，在那短短的一瞬間，他懷疑村井可能就是凶手。

此刻，啟造又憶起當時的情景。從他的書房向外望，可以看到十公尺外的高大白松林，啟造注視著黑暗中的林木，腦中浮現一幅景象：年幼無知的琉璃子被凶手牽著，乖乖地跟著凶手向前走去。

即使是現在，啟造心底仍對村井抱有一絲懷疑。他想像高大的村井正彎著背，拉著琉璃子的小手往前走。

（除了那傢伙，還有誰會帶走琉璃子？）

但啟造實在找不出村井要殺琉璃子的理由，即便如此，他對村井的懷疑仍然無法打消。啟造腦中甚至曾經浮現這樣的景象：村井用那雙白淨的大手掐住琉璃子的脖子。

想到這裡，忽見窗前飄來一顆黃色氣球。橡皮氣球拖著白線，隨風飄過窗前，搖搖晃晃地逐漸遠去。看到這氣球，啟造眼中突然湧上淚水，他不禁把臉俯在桌上。黃色氣球讓他聯想起琉璃子可憐的魂魄。在命案發生十天後，愛女被殺的悲哀才逐漸滲透至他全身每個角落。

啟造甚至覺得，就算是失去了所有，包括妻子、阿徹、房子、地位……就算這一切都沒有了，也不會比現在更難過吧。

在那陰暗森林的河邊，三歲的琉璃子孤零零地遭人殺害。啟造覺得琉璃子可憐極了，他不禁咬緊牙根，壓低聲音哭泣起來。

他又想起命案發生的前一天早上，出差前，琉璃子像平時一樣緊抓住自己的手。

「爸爸的手手好大唷。」

琉璃子說著，小手和啟造的手疊在一起。那時啟造看著她那白得近乎透明的小手，莫名地心底升起一種悲傷的感覺。原來，那是琉璃子在向他告別啊。

這是琉璃子對他說的最後一句話。他拿出手帕拭去淚水，就這麼壓著眼眶。

「爸爸的手手好大唷。」

啟造抬起頭，直愣愣地瞪著自己的手。這雙手沒能救活琉璃子，他想，這雙手雖然大，可是一點用也沒有。

「爸爸的手手好大唷。」

琉璃子說這話是因為父親的手讓她覺得安心嗎？或者只是純粹因為手很大而感到驚訝呢？

啟造這雙手有關琉璃子的記憶非常少。現在回想起來，他甚至懷疑是否曾經好好抱過女兒。

琉璃子出生在一九四三年的初春，那時還處於戰時，也是醫院最艱苦的時期。那一年，啟造的父親因人手不足而累倒了，年僅二十八歲的啟造只好接手挑起醫院的重擔。

當時不只缺乏醫生、護士和藥品，就連糧食和其他一切物資都不足，情勢困難得令啟造考慮過暫時關閉醫院。後來戰爭結束了，銀行存款卻遭政府凍結。好不容易等到新日幣重新發行，醫院的經營卻變得比以往更為艱難。若不是有二十多年老經驗的事務長靈活的經營手腕，啟造的醫院根本無法渡過危機。當時啟造和事務長毅然決定在美麗的醫院庭園種植馬鈴薯，讓住院患者自行開伙做飯。醫院因此從內到外變得灰頭土臉的。

為了渡過難關，啟造每天清早上班、深夜下班，親自上陣填補醫護人員不足的空檔。在那些身心俱疲的日子裡，他幾乎從未有閒情好好抱過琉璃子。

就連在僅有三年生命的琉璃子身上，戰爭也深刻地留下痕跡。啟造悔不當初地細細回想與琉璃子共度的點滴，注視著那雙幾乎從沒抱過女兒的雙手。

想到鮮少被父親擁抱關愛的琉璃子，和自己竟是如此無緣，如此沒有福氣，啟造不禁悲從中來。又想到她幼小纖細的脖子是被人掐住而斷氣的，他憤怒得想要大吼幾聲。

（殺死琉璃子的凶手有雙什麼樣的手呢？）

啟造想到這裡，腦中浮現村井的身影。不過在那之後，村井在醫院的表現和事件發生前並沒兩樣。啟造猛地站起身，對自己毫無根據的猜疑感到羞愧。他想去看看在樓下休息的夏枝。自從琉璃子死後，夏枝就一直臥床不起。

不過從椅子上起身後，啟造又有些猶豫不決。他無法忘掉那天的事。那天，村井和夏枝同處一室，琉璃子卻被趕到炎熱的屋外。他很想痛罵妻子一頓，也很想向她當面對質，但這些日子夏枝一直躺在病床上，他只能壓抑這些衝動。

此刻啟造因為哀悼琉璃子而悲泣不已，情緒激動，他對妻子的憎恨也變得益發激烈。

那天在河邊上，夏枝在村井懷中昏了過去。一想起這件事，啟造心中就妒火中燒。

自從娶了美麗的妻子，啟造與生俱來的嫉妒心似乎比從前更嚴重了。每當看到外出歸來的夏枝臉上神采奕奕的表情，啟造都不免心生猜疑。

（她在外面幹了什麼？）

這種疑神疑鬼的態度，也讓他暗自苦惱不已。

「怎麼心情這麼好，遇到什麼好事啦？」

其實他大可若無其事地直接問夏枝，但只要心裡生出一絲懷疑，啟造就對多疑的自己感到厭惡，因而無法開口問。

另一方面，夏枝向來不多話，很多事如果啟造不問，她也不會主動說出來。她這種性格有時真讓啟造痛苦不堪。

琉璃子被殺的那天，夏枝曾和村井孤男寡女待在客廳裡，這件事啟造至今仍耿耿於懷。

「就算他們沒有親自動手，琉璃子也等同是村井和夏枝聯手殺死的。」

啟造喃喃說完，下樓去了。走下樓梯，正面是一條走廊，右側是客廳、起居室和廚房，走廊的盡頭是後門，走廊左側則是小客廳和寢室，寢室靠外側的牆邊有道彎曲的迴廊，迴廊盡頭連接著女傭的房間。

啟造走進寢室，只見夏枝背對著門跪坐在棉被上，呆呆地望著森林的方向，似乎完全沒注意到進房的啟造。

「夏枝！」

啟造喊道，聲調異常嚴肅。就在這時，一隻白色蝴蝶突然從穿著毛巾布睡衣的夏枝肩頭飛了起來。猛地一看，就像夏枝肩膀的一部分化身白蝶飛起來了似的。

蝴蝶在房裡來來回回繞了兩三圈，才飛到明亮的庭園裡。

「夏枝！」

這次啟造的聲音溫柔多了。他同情妻子，但對她的憎恨並沒有因此消失。妻子最近消瘦的程度一望即知，剛才看到白蝶從她肩頭飛起的瞬間，啟造心底忽然無法抑制地湧上一股愛憐。

悲痛欲絕的妻子，想必一定為了自己和村井犯下的錯感到痛苦與悔恨吧。

每當啟造想起琉璃子，心中就對村井和妻子更加痛恨。但眼前的夏枝卻是那般柔弱，令他心疼。無論他怎麼呼喚，妻子始終呆呆凝視著森林，沉浸在自己的思緒裡。夏枝心中的悲傷，此刻似乎全部傳遞到啟造的心裡。

「夏枝！」

他又喚了一聲，就在這時，客廳的電話響了，啟造拿起聽筒。

「我是警察和田。辻口先生，凶手抓到了！」

電話裡傳來和田刑警的聲音。這次因為琉璃子的意外，啟造與和田刑警逐漸熟識。

「凶手的身分查出來了？」

啟造的腦中突然掠過村井的名字。他不禁提高聲調，全身顫抖，覺得雙腿彷彿就要和身體分開。

和田刑警的聲音很不清楚。

「啊？啊？凶手是誰？」

「喔，喂，聲音不清楚呢，聽得到嗎？」

「喂，聽得到。凶手是誰？」

「佐石土雄。佐藤的佐，石頭的石，這名字，你有印象嗎？」

凶手不是村井。雖然沒有任何證據，但啟造一心認定會聽到村井的名字。在他心底的某個角落，他知道村井不是凶手，但另一方面，他又暗自期待村井就是凶手。此刻，他的期待確定落空，腦中頓時一片空白。

（佐石土雄？）

啟造覺得聽過這名字。因為患者人數眾多，他不可能記住每個人的姓名，突然問他有沒有印象，他覺得好像聽過，卻也不是很有把握。

「有印象嗎？」

啟造遲疑著沒回答，和田刑警有些著急地追問著。

「不，沒印象……」

也有可能是來醫院診察過一次的患者。

「沒有。」

說完，啟造又不安起來，他想，或許和凶手有過數面之緣也不一定。

「一點印象都沒有啊？」

「沒有。不過我的工作接觸到的人很多，還是等我查閱病例後再答覆您吧。對了，這個佐石土雄是哪裡人？現在在什麼地方？」

啟造提出疑問的同時，感覺得到心中對那個素未謀面的男人燃起一把憎恨怒火。憎惡的情緒令他覺得全身在急速膨脹，他真想撲到那男人身上親手扼死他。殺人的欲望並沒給他帶來任何痛苦，他根本不覺得這是罪行，抓著聽筒的手，此刻正因殺人的欲望而顫抖不已。

「老實跟您說吧，佐石土雄已經死了。」

「死了？」

啟造懷疑自己是不是聽錯了。就在前一秒，他還想狠狠掐住那傢伙的脖子殺了他呢。

「實在對您很抱歉，他在拘留所上吊自殺了。」

「這究竟是怎麼回事！」

怎麼可能？啟造咬住嘴唇。

「那傢伙為了什麼，他有什麼深仇大恨，非得殺掉琉璃子不可？」

「電話是從札幌打來的，詳細情況我們也不清楚。等弄清狀況後，會立刻通知您的。」

啟造把聽筒壓在耳朵上，恍恍惚惚地站在電話前。過了好一會兒，他發現電話早已切斷，才慢吞吞地離開。

（為什麼琉璃子非得被這個叫佐石土雄的陌生男人殺死？）

對這個疑問，他仍然想不透。

（為什麼琉璃子會跟著這男人到河邊去？）

啟造實在忘不掉那天的事。那時家裡沒有旁人，只有村井和夏枝兩人在家。就算次子和阿徹都不在，至少也該把琉璃子留在身邊啊。這不是有夫之婦該有的常識嗎？家裡沒人的時候，夏枝不該讓丈夫以外的男人進門的。

「琉璃子這孩子，只要有人陪著玩，可以整天待在家裡呢。」

啟造記得夏枝曾這麼說。既然如此，要把琉璃子留在家裡應該不是難事啊。

也就是說，讓琉璃子落到那男人手裡的，不正是村井和夏枝嗎！當然，那個叫佐石的男人是很可恨，但啟造還沒來得及對他親口罵上幾句解恨的話，那人就自殺死了。在這種情況下，啟造除了把恨意轉向村井和夏枝，再也找不到其他發洩途徑。

走回寢室，夏枝還是背對著門，姿勢完全沒變。剛才那通電話，只隔著一條走廊的夏枝不可能沒聽到。但她仍跪在地上，一動也不動。

（她不想知道凶手是誰嗎？）

啟造厭惡地看著夏枝，但又突然不安起來。他擔心地看著妻子，內心猛地一震。從剛才到現在，夏枝一直以同樣的姿勢跪坐在地。她那模樣一點也不像活人。

啟造大步踩過牡丹色的棉被，伸手抱住夏枝的肩頭。

「夏枝！」

她的雙眼呆滯而空洞，比死人的眼睛更空虛無神。

「凶手抓到了！」

夏枝微微地搖了一下腦袋。

「凶手已經死了！」

夏枝遲鈍地轉頭望了啟造一眼，又重新把目光轉回庭院。這時，那雙無神的眼裡突然發出異樣的光采。

「啊，琉璃子在那裡！」

夏枝伸手指著前方搖搖晃晃地站起來。

「別胡說！」

啟造用力抱住掙扎的夏枝。

「讓我到琉璃子身邊去。你看，她就在那棵山楸樹下！」

啟造探頭注視夏枝的眼睛。

「妳瘋了嗎？夏枝。琉璃子已經死了，怎麼可能在院子裡啊？」

看到面前的妻子消瘦得判若兩人，啟造忍不住將她深深攬進懷裡。

# 4 燈影

凶手自殺後，一星期過去了。啟造拿出報紙攤在書桌上。這則新聞他已不知讀過多少遍了。金色晚霞正逐漸變成紫色，成群烏鴉在森林上空聒噪不已。

謀害琉璃子的凶手　拘留所內上吊自殺

一看到這斗大的標題，啟造就陣陣心痛。

「既然要自殺，當初何必殺死琉璃子呢？」啟造苦悶地自語著，視線始終無法離開那則新聞。

旭川市郊神樂町醫師辻口啟造家之長女琉璃子（三歲）遭扼殺事件，已由札幌警察局於八月二日下午，在札幌市內將嫌犯旭川市郊神樂町日雇勞工佐石土雄（二十八歲）逮捕。佐石在供述犯案過程後，於該局拘留所的單人房利用身上的襯衫上吊自殺。

該局於二日早上接獲佐石投宿的旅館「伊佐美屋」老闆長七郎舉報：「有個舉止怪異的男人帶著嬰兒投宿。」當天下午三點多，警方趁佐石外出時上前盤問，佐石立刻掉頭逃跑，最後警方在路人協助下，迅速將凶嫌逮捕歸案。

佐石起先供稱：「我沒做壞事，只是一時心慌才逃跑。」但經過警方追問：「你晚上睡覺不會良心不安嗎？」佐石終於坦承於七月二十一日在美瑛川河畔殺害琉璃子。

此時，啟造聽到樓下傳來歌聲。

「Come, come, everybody! How do you do and how are you?」

阿徹正在唱一首曲調類似日本兒歌〈證誠寺的貍貓〉的英文童謠，這首歌從戰爭結束後就流行至今。啟造想起琉璃子也曾用她童稚的嗓音跟著阿徹唱過這首歌，不禁生出一種錯覺，覺得琉璃子馬上就會隨著哥哥唱起歌來。啟造拉開身上漿得太硬的浴衣前襟，視線重新轉回報上。

報上也刊載了佐石的照片。他看起來比二十八歲老很多，大約三十五六歲的模樣。照片裡佐石神情呆滯，眼睛像在看著什麼，臉上沒有一絲愧疚退縮。身上無力、落寞的氣質和強壯的身軀顯得格格不入。五官長得尚稱端正，掛著兩道濃眉的額頭甚至有股知性氣息，厚厚的嘴唇帶著樂觀的氣氛，一點也不像做過苦力。

（就是這傢伙殺死了琉璃子？）

啟造皺起眉頭凝視照片。他帶著敵意和憎恨審視這個人，卻覺得凶手的長相並不凶惡。怪不得琉璃子願意讓他牽著手，還肯一起到河邊去。

照片下方還有一則報導，標題是：凶手佐石的人生軌跡。

凶手佐石的人生軌跡

根據佐石的供述，他在東京出生，關東大地震時失去父母。年幼的他後來被伯父收養，在青森縣某座農村長大。一九三四年遇上糧食作物嚴重歉收的荒年，十六歲的佐石被賣到章魚屋[2]，之後輾轉於各章魚屋。一九四一年，佐石從軍，被派往中國中部作戰，後因傷被送往後方第二陸軍醫院，戰爭即將結束前移居北海道，擔任日雇苦力，並定居旭川市郊神樂町。與妻子琴並未辦理結婚手續，後來妻子不幸在產女時去世。

這段報導啟造也已讀過無數次，差不多全背下來了。

受害人的父親辻口啟造心情沉痛地表示：「我已從警方得到消息，不想再多說。」

每次看到這裡，啟造心中就湧上一陣悲戚。

晚霞的雲彩早已染成墨黑，黃昏的色彩仍然殘留天邊，啟造望著天空，想起和田刑警說過的話：

「別的不說，他老婆丟下剛出生的嬰兒斷氣了，首先要面對的問題，就是孩子沒奶喝，再加上換尿布、洗尿布，一堆瑣事。眼看嬰兒哭個不停，他真是一籌莫展。而且還得出去找差事，否則就得餓肚子。幸好租房給他的大嬸挺熱心的，聽說還讓他用熱水替嬰兒洗澡。那天因為碰上夏祭，他上工的道路工程休工。天氣很熱，嬰兒又一直哭，他累極了，便硬著心腸丟下嬰兒出門，打算去游泳。據說他經過府上時，琉璃子正好走出後門。那時他停下腳步心想：『要是我的孩子已經長到這麼大就好了。』這時琉璃子也停下來看著佐石，他便對琉璃子招呼說：『妳好可愛呀！要不要去河邊玩？』琉璃子點頭答應，跟著他走了。誰知到了河邊，一個人也沒有，八成孩子都去看夏祭了吧。後來琉璃子覺得無聊哭了起來，佐石那時已脫光衣服準備下水，看她哭了，便哄她不要哭。她卻愈哭愈大聲，還哭叫著：『媽媽！媽媽！』喔，這些都是間宮刑警告訴我的。他說，可能嬰兒每天哭個不停，佐石睡不好，太疲倦以致有點神經衰弱。當時，他可能覺得自己不但要對付家裡的嬰兒，還要應付別人家小孩哭鬧，太慘了，一時氣不過。聽說他原本只想嚇唬一下琉璃子，才扼住她的脖子，不料她立刻昏死過去，佐石嚇得趕緊逃了。這些都是間宮刑警說的啦。據說佐石做完口供疲憊地說：『自從老婆死了，二十多天沒睡好了。』還要我們讓他睡個午覺。我想他是突發性的自殺啦。」

2 章魚屋：日本戰後一種非法買賣苦力的組織。苦力一旦被賣進去就無法脫身，處境就被像捕捉的章魚，因而得名。

和田刑警所說的這段話，報上也刊載出來了。

「這就像在路上遇到殺人魔之類的意外啊！」

啟造低聲自語。

（如果琉璃子晚一分鐘從家裡出去，就不會遇上佐石了。）

這一切只能怪琉璃子運氣不好。

（不，或許該說佐石運氣同樣不好。如果他沒碰到琉璃子，也不會殺人。）

想到這裡，啟造覺得「偶然」真是太可怕了，不禁全身一顫。

這時，他才發現屋裡已經很暗，剛才一直在林間盤旋喧囂的烏鴉也安靜下來。他打開檯燈的開關。

「因為琉璃子一直哭叫著：『媽媽！媽媽！』……」

和田刑警說過的話在啟造腦中迴蕩，心底泛出一種難以形容的感覺。

「琉璃子哭喊著媽媽的時候，夏枝和村井究竟在做什麼？」

他真想衝到療養院去責問住院的夏枝。

「琉璃子就在那棵山楸樹下……」

不久前，夏枝指著院子大聲嚷道。

（她發瘋了嗎？）

啟造當時大吃一驚。

（可能是精神分裂症吧！）

啟造立刻想到這個可能。夏枝向來不容易與人建立親密關係，很難斷言她絕不是精神分裂。

啟造請學長森醫生診斷後，他說：

「她只是重度的神經衰弱，神經衰弱有時也會出現幻覺症狀。只要住院接受電擊療法，嗯，大概半個月就能出院啦。」

聽了學長的話，啟造才放下心來。

竟悲傷得看見了琉璃子的幻影，啟造不禁覺得夏枝十分可憐。

（就算沒有親自動手，琉璃子也是被妳跟村井殺死的！）

儘管目睹夏枝哀痛的景況，啟造還是忍不住在心底指責妻子。我真是個冷酷的男人，啟造轉念又想，從今以後，我應該原諒一切。一家三口要互相慰藉，相親相愛過下去。

然而，夏枝恢復的速度比他預料的快多了，只見她一天天恢復，速度連醫生也感到驚訝。眼看她食欲逐漸變好，體重也日漸增加，啟造卻無法由衷感到欣喜。

（沒想到她神經這麼大條，居然沒瘋！）

啟造甚至還暗自埋怨過夏枝。但他立刻又反省，妻子遭此悲慘經歷，竟還不能原諒她。他不禁對自己氣量狹小感到難以釋懷。這時，一隻巨大的飛蛾圍繞著檯燈胡衝亂撞，啟造的兩眼緊盯在那隻飛蛾身上。

半晌，他又把視線轉回報紙上。

（雖說可恨，但仔細想來，佐石這男人也滿可悲的。）

這個念頭掠過啟造的腦海。

「爸，我可以和次子姊姊到鄰居家玩嗎？」

這時，樓下傳來阿徹的問話。

「可以啊，但不要太晚回來。」

啟造這才自覺，最近他總是匆匆吃完晚飯就關在二樓書房。

（阿徹一定很寂寞吧。）

腦中雖然這麼想，啟造卻實在打不起精神陪阿徹玩耍。

他的思緒重新回到佐石身上。

仔細想來，無父無母的佐石也是苦命人，才十六歲就被賣進恐怖的章魚屋。據說一般人都管那裡叫做「牢房」。學生時代的啟造曾在旅行時目睹章魚屋苦力從事道路工程的情景，他們全身赤裸，腰間僅裹著一條紅色丁字布。

（那是人嗎？）

當他看到模樣嚇人的工頭像野獸般大聲吆喝時，腦中不禁湧上這個疑問。啟造還聽說，如果苦力禁不起嚴苛的勞動想逃走，工頭會扛起長槍，帶著幾隻軍犬去追捕。運氣不好的苦力被抓回來後，工頭為了警惕其他苦力，會將他們腦袋向下倒插進河裡，還以燒紅的火鉗燒燙他們的背脊。

啟造也聽說，那些被叫做「章魚」的苦力得做苦工償還欠款，北海道和庫頁島的鐵路、公路和河川工程等，都是靠他們的犧牲才建成的。當時啟造目睹的慘狀，實在遠超出他的想像。也因此，佐石雖是可憎的凶手，但對於十六歲就被養父賣進章魚屋的佐石，啟造心裡充滿同情。

（佐石離開章魚屋便從軍去了，後來在戰場受了傷……可以說，這男人幾乎不曾體驗自由生活啊！）

啟造原本對佐石只懷有滿腹的痛恨，從沒像今天這樣站在佐石的角度設想。佐石結婚還不到一年，老婆就丟下嬰兒一命嗚呼，啟造覺得似乎能理解佐石心中那種自暴自棄的絕望。

（說不定，佐石並不是有心想殺害琉璃子？）

啟造又想，或許由於長期從事勞動與軍旅生活，佐石的雙手已被鍛鍊得過分強壯。或許他只是忘了如何控制力道……

「琉璃子被殺了。」

啟造不願接受這說法，他寧願相信佐石只是失手才釀成意外。只要想到佐石是滿懷憎恨，用一雙充滿殺意的手狠狠扼死了琉璃子，他就覺得女兒萬分可憐。他寧願安慰自己說：琉璃子死前並沒受到太大驚嚇，佐石並沒露出猙獰的表情。身為父親的啟造也只能這麼安慰自己。

啟造不知不覺沉浸在自己的思緒裡。

「沒人在家嗎？小偷進來嘍。」

這時，樓下傳來年輕女人的聲音。

「哪位？」

啟造忙拉攏浴衣的衣襟，向樓下問道。

「『哪位』我可擔不起唷。真受不了！居然連辰子我的聲音都忘了，快下來啊！」

來人聲音異常開朗，一點也不像是上喪家慰問的訪客。上門的原來是夏枝從學生時代一直交往到現在的老朋友。

「哎呀，我可說不過辰子喔。」

啟造懷著如釋重負的心情下樓。

「怎麼門窗都沒關？次子和阿徹上哪去了？早知如此，我該偷偷拿走夏枝的和服才對。」

辰子說著，冷冷地在供桌前坐下，仰頭看著啟造。

「感謝您來參加喪禮……」

啟造規規矩矩地兩手並排在膝前低頭行禮。辰子從黑白條紋的單層和服袖子裡掏出香菸，點火說道：

「真受不了！府上的夏枝和老爺講話都愛咬文嚼字，難道不知道這麼客套對我簡直是種冒犯嗎？」

辰子說完，遞了一支香菸給啟造，瞇著眼吸了一口菸，然後輕聲說道：

「這次府上出了大事啊。」

她的聲音裡蘊含著體貼與同情。啟造沉默著點點頭。辰子輕拭一下眼角，又換上輕鬆的語調說：

「可不是嗎？這可真是大事！『大事』這兩個字，就是這種時候用的。琉璃子死了，夏枝糊塗了，再沒比這更大的事了。剛才我去看過你夫人，她說你昨天和今天都沒去，叫你去看她。她的要求可真不少！看起來精神倒是還不錯。」

辰子是花柳流日本舞踊的教師。只見她手勢優美地彈掉菸灰，問啟造：

「阿徹呢？」

「和次子上鄰居家去玩了。」

「這樣啊，阿徹一定很寂寞吧。對了，老爺您過得如何？」

這句話裡，只有「您過得如何」這幾個字說得溫柔。辰子有張好親近的圓臉，一雙眸子神采奕奕，雙眼皮像用刀刻過般深邃。

「辰子，妳今天急著回去嗎？」

啟造不知不覺以晚輩的口吻和辰子說話。每次見到辰子，他總是自然而然變得坦率許多。

辰子沒有回答啟造的問題。

「還沒過中元節呢，今晚天氣就有些涼了，我們關上迴廊的玻璃窗吧。老爺也來幫個忙。」

說著，辰子步履優美地走向黑暗的迴廊。啟造抬眼目送她的背影緩緩離去。

原本大開的迴廊落地窗關上了。越過玻璃向窗外望去，夜色似乎一下子變濃了。

辰子倒了兩杯茶過來，兩腿斜向一邊坐了下來。

「啊，對了，大概是三天前，我到札幌去，在西村咖啡館碰到了高木先生。他問我：『辻口怎麼樣了？這次發生的事真令人遺憾。』聽到那傢伙嘴裡說出『令人遺憾』，我好感動啊。」

「喔！高木他還好嗎？」

「和平常一樣活力十足啊。那傢伙只要有一口氣，就活蹦亂跳的，故意惹人嫌棄，那天他也說了一堆不中聽的話……」

說到這裡，辰子突然閉口不再說下去。這倒是難得。

「他說了什麼？」

「不管他說什麼，您聽了都不會難過？」

辰子的表情有些嚴肅。

「妳不說我怎麼知道……」

「也對，我想他是把老爺當朋友才說的。高木先生不是在育幼院當顧問？聽說凶手的小孩要送到他那裡呢。」

這時，一隻小飛蛾停在啟造的膝上，他抓起一張棉紙包住飛蛾，接口說道：

「是嗎？聽妳這麼一說，我好像也聽和田刑警說過，凶手的小孩會送到市內的育幼院去。應該就是高木的那家育幼院吧。」

「他先是說，真是奇妙的緣分，接下來說的話可不中聽。他說啊，辻口這傢伙當學生的時候整天都像念咒似的把『愛你的敵人』這句話掛在嘴上，可他總不可能收養凶手的小孩吧。」

聽到這裡，啟造瞥了一眼供桌上琉璃子的照片。

照片中，琉璃子身穿白衣白裙蹲在地上，笑著把一朵花湊向鏡頭，彷彿隨時會跑上前似的。

「混蛋！收養凶手的小孩！這我怎麼做得到！」

這句話差點就從啟造嘴裡冒出來，但他緊閉嘴唇。因為他想起上次阿徹問他「敵人是什麼」，那時他回答「敵人就是我們需要好好相處的人」。

眼看啟造沉默不語，辰子安慰他說：

「當時我立刻反駁高木，你怎能對好朋友說這種話？以前辻口會說『愛你的敵人』，那是因為他還沒有敵人吧？誰知高木又說：『辻口這傢伙可比阿辰妳想的更偉大呢。』」

聽到這裡，啟造沒有回應，辰子也默默喝著茶。沉默中，啟造在意起另一件事。

（此刻，這屋子裡只有我和辰子兩個人。）

「高木太抬舉我了，我才不是那種能收養敵人小孩的偉人呢。」

啟造開口說道。意識到家中只有他和辰子兩人後，他開始在意起沉默。

「是啊，我想也是。雖然老爺看起來像。但所謂的聖人君子，都是怪物，個個不可相信。」

和辰子單獨坐在客廳，啟造彷彿窺視到另一個不願承認的自己。

「說是怪物太過分了。再說，我也不是什麼聖人君子。」

說著，啟造苦笑起來。

（我乾脆去領養佐石的小孩？）

啟造心頭突然掠過這個想法。眨眼間，他全身泛起了雞皮疙瘩。

（就當是抱錯了，我能否養大佐石的小孩呢？）

「怎麼了？看您那表情。」

看到啟造痛苦的表情，辰子柔聲問道。啟造佯裝不經意地說：

「喔，因為這次的事我與和田刑警成了朋友，他跟我說啊，現在最可憐的，其實是佐石那個剛出生的嬰兒。母親去世，父親上吊，那個嬰兒什麼都不知道，只要有奶喝，整天就在睡覺。」

「是嗎？那的確可憐。」

「辰子妳也覺得可憐嗎？可是我聽到這話時，心裡卻很氣。我跟和田刑警說，被殺的琉璃子不是可憐上好幾倍嗎？」

「當然，琉璃子是很可憐。不，『可憐』這兩個字根本就不足以形容，應該說她太悲慘了。可是另一方面，凶手的小孩的確很可憐啊。」

「是嗎？」啟造不滿地說。

「老爺想像一下，如果琉璃子失去了父母，必須孤零零活下去的話。」

聽了辰子的話，啟造也覺得要那麼小的孩子自己活下去，確實可憐，和死了一個孩子一樣可憐。

「如果是琉璃子話，那確實很可憐。」

「如果是自己的孩子的話，如果是自己的話……人就是這樣，若不每次都將心比心假設一番，就無法做出判斷。每個人心裡都有好幾把尺呢。」

「或許是吧。平心而論，不能說佐石的孩子不可憐。」

然而對啟造而言，他實在無法像和田刑警或辰子那樣單純地同情那孩子。

（乾脆去收養佐石的孩子吧？）

剛才這念頭令啟造無法原諒自己。

然而此刻的他又怎能料到，這個瞬間閃現的念頭，後來讓他和夏枝吃了天大的苦頭。

# 5 夕陽

啟造的醫院座落在旭川市內。當年，他從事造酒業的祖父趁地價便宜，一口氣在市內買下三千多坪土地。多虧祖父當年的大手筆，現在他的醫院才能坐擁這片寬闊得近乎奢侈的土地，醫院的玄關距大門甚至有半町之遠[3]。

高木曾對啟造說過：

「辻口父親這醫院蓋得太不體諒患者了。你看，患者好不容易到了醫院大門，心裡正想：哎唷，好高興！終於到了！結果呢，這才發現還得走一里路[4]才能看到玄關。對病人來說啊，能少走一步路都謝天謝地唷。」

每當啟造累了一天要走出醫院，實在無法不同意高木這番話。

醫院大門兩旁豎著厚重穩固的御影石[5]門柱，柱高約兩公尺，上頭有塊像派出所招牌似的巨型招牌，牌上寫著「辻口醫院」幾個字，字跡已有些褪色。醫院四周也和啟造自家一樣種著成排的紫杉樹牆。從前站在醫院門外放眼望去，只覺得整棟建築一點都不像醫院，反而更像博物館。會有這種印象，或許是因為院中粗壯的榆樹與根部一分為三的高大桂樹落在遼闊草地上的茂密的樹蔭吧。

然而，當年院中的茵茵綠草現在多半已成農地，東一塊西一塊挖得面目全非，完全失去博物館的風采。儘管如此，當人們從路邊經過醫院，看到院裡整片遼闊的綠地，還是感到心曠神怡。

院裡那些榆樹、桂樹和山楸樹不是後來種植的，全是當初墾地時留下來的。

「這裡有熊唷過的痕跡唷。」

幼年時，醫院的人曾和啟造這麼開玩笑說。當時他天真地相信這些話，畢竟看在年幼的啟造眼裡，這片庭園就像一座森林。

醫院建築呈工字形，啟造的父親原先是打算當外科醫生，沒想到後來應患者要求而變成什麼病都看的全能醫生。醫院在一九三〇年遷院時，便決定除了外科，另外開設內科、眼科和耳鼻喉科，並採取新式的經營方式。

（時間過得真快，琉璃子已經離世一個月了。）

啟造沉思著穿過醫院，夕陽照得走廊明亮無比。他經過藥房時，一個人影突然從門內冒了出來。

「啊！對不起！」

那人迎面撞上啟造。仔細一看，原來是事務員松崎由香子。她不大卻烏黑的圓眼睛和櫻桃小口都表露著緊張。才一眨眼工夫，人就跑得不見蹤影。啟造吃了一驚，目送著由香子苗條的背影快步奔向事務室。

「發生了什麼事嗎？」

剛才由香子推開的門扉縫隙裡，隱約可見排放著褐色玻璃瓶的藥品架。啟造推開門走了進去。

只見村井站在窗邊，兩手插在白袍口袋裡。他看到啟造，臉上浮起一絲淺笑。

村井臉上的笑容，和剛才奪門而出的松崎由香子臉上的緊張，兩者差距實在太大，啟造看了很不快。他想起了夏枝和村井曾經獨處的那件事。

（那時，這傢伙臉上也露出這種噁心的淺笑嗎？）

---

3 一町約等於一百零九公尺，半町約為五十五公尺。

4 一里約等於三點九三七公里，此處的一里表示路程遙遠之意。

5 御影石：神戶市御影一帶所產的花崗岩。

啟造心底升起一種無法形容的厭惡。

「您來得正是時候。」村井臉上掛著笑容說。

(怎麼可能正是時候!)

「是嗎?」啟造故意裝出遲鈍的模樣答道。

村井從白袍口袋掏出一支「光」牌香菸,點燃後放進嘴裡。

「因為我正好有事想和院長談一談……」

「有事要談?」

啟造按捺下從心底躥起的不快,勉強裝出毫不在意地問。

村井進醫院已經兩年,回想起來,他從不曾找自己談過私事。

(他要談什麼呢?)

啟造心中不由得升起一絲不安。

「喔,這裡不方便。去我辦公室吧?」

說著,啟造率先走向走廊。

「您不忙嗎?」

村井趕上來和他並肩而行。相比之下,村井的身高約比啟造高出五公分。

「不,不忙,沒關係。」啟造平靜地說。

(其實,對惹人厭的傢伙就以惹人厭的語氣跟他說話,不就得了?)

他不禁對自己的虛偽感到生氣。

從窗戶望出去,只見高大的白楊樹下,一名男性住院患者坐在草地上低頭閱讀,西射的陽光將他的影子拉得很長。

拉開院長室的門，夕陽滿照的房裡散發著陽光氣息。雖說是院長室，但房間也不過五坪大小。窗上的白窗簾有一邊被束緊。

窗邊放著一張紅褐色大型辦公桌，桌上打字機、顯微鏡和酒精燈等器材排放得整整齊齊，很符合啟造一板一眼的作風。

牆上是一幅朝倉力男[6]畫的灰暗雪景，畫幅幾乎占據整面牆，也替這房間平添幾分院長室的氣派。

「聽說夫人出院了，她身體已經康復了嗎？」

村井在椅子上坐下，兩腿伸得長長的，整個人看起來無精打采。斜射進屋內的夕陽晒得人渾身發熱。

「多謝費心。」啟造回答著拉上窗簾。

（何必和他說多謝費心！）

啟造在心裡自語著。

窗簾隨風靜靜飄動。

「院長，您覺得事務處的松崎由香子怎麼樣？」

村井撩起落在寬額上的髮絲，他的手指十分修長。

「什麼怎麼樣……？」

啟造說到一半停了下來。原來村井要談的是松崎由香子，他這才放下一顆懸在空中的心。

「那女孩很不錯，不是嗎？」啟造很快地答道。

6 朝倉力男（一九〇三—一九八九）：日本畫家，專以北海道的雪景為題材作畫。

「很、不、錯嗎？」

村井故意一個字一個字地說著，臉上露出不懷好意的笑容。啟造頓時有些狼狽，因為松崎由香子並不是眾人一致公認的那種「好女孩」。

由香子微捲的長髮總是披在背上，走起路來慢吞吞的。不管在醫院的走廊上或是事務室裡，她都踩著像在公園散步的步伐慢慢走著。像今天那樣在走廊上奔跑，一點也不像由香子的作風。

「院長，請問一下，這位患者的住院費……」

好幾次，由香子拿著病歷緊貼著啟造發問，啟造每次都被嚇一跳。只要一起走在走廊上，由香子肯定會將身子貼過來，但她似乎並沒意識到自己的行為，因為無論同行的是同性或年長的事務長，她都同樣緊貼著對方。啟造親眼目睹過好幾次這種情形。他有時甚至懷疑，這女孩是天生做妓女的命嗎？然而，不施脂粉的由香子又有一種剛洗過澡似的清新氣質。

村井看到啟造沉默不語，臉上再度浮現不懷好意的笑容。

「那女孩對院長很傾心唷。」村井說。

（少騙人了！）

啟造在心底反駁著，嘴上卻刻意平靜地回道：

「你不是要跟那女孩結婚嗎？」

「跟那女孩結婚？我？」村井微微撇了一下嘴唇，一臉諷刺地笑道：「怎麼可能？我才不結婚呢。」

「那松崎怎麼想呢？」

「不知道。那女孩跟我一點關係也沒有，她其實是院長的愛慕者。」

聽到這裡，啟造覺得村井這個人也未免太玩世不恭。

「你說有事要談，不是談松崎吧？」
「不是。我要談的是我的健康。」
「你的健康？」
啟造吃了一驚，馬上改以職業性的眼光打量村井。村井迎視他的眼中露出了幾分落寞。
「院長，我好像得了結核。」
「結核？」
啟造腦中立即浮現最近總是人滿為患的眼科候診室。
村井向來很受患者歡迎，尤其是最近，指名他看病的患者特別多。患者喜歡他，倒也不是因為他外貌英俊或態度溫柔，而是由於他的手術技巧十分高明，說得誇張點，村井那雙手可是天才。他進醫院兩年，現在正是成果顯露的時期。
（要是村井現在請假，醫院的營運會受影響吧？）
這時啟造也發現，自己擔心醫院的營運更勝過村井的身體。
「是肺結核吧？」
「是的。今年初春開始經常盜汗，偶爾會發燒。其他症狀倒是沒有，只不過有點咯血。」
「咯血了？」
（活該！）啟造心底湧起一股想要狂喊稱快的冷酷衝動。
「量不多，就像牙齦出血的程度。我今天去驗了痰，檢驗結果是蓋氏計數法[7]二號。」

7　蓋氏計數法：用來表示痰液抹片檢驗所發現的結核菌數程度，共分十號，〇號表示完全沒有結核菌，二號表示細菌數量極少。

（那代表肺裡已經有空洞了！）

啟造背脊一陣發涼。在一九四六年的醫學界，肺部出現空洞的結核病幾乎等同於「隨時等待閻王召喚」。怪不得村井今天看起來一副灰心喪志的模樣，或許是因為發現得了肺結核才大受震驚吧。惡化到蓋氏計數法三號的程度，當然不能繼續工作了。

「立刻去照X光吧。」

注視著臉色灰暗的村井，身為內科醫師的啟造心底湧起幾許愧疚。

「是的，所以想跟您商量一下。我知道醫院現在很忙，但實在抱歉，我想去洞爺療養。」

如果他去了路途遙遠的洞爺，就不能和夏枝見面了！想到這裡，啟造心底竟對村井患病生出幾分欣喜。不過從醫院經營者的角度來看，他又感到可惜，因為戰爭結束還不到一年，現在要找接替的醫生可沒那麼容易。

（眼科大概得暫時關門了。）

（眼科的住院患者也都得出院。）

（不過這傢伙能從旭川消失，可真是求之不得的好消息！）

陣陣思潮起伏之中，啟造雖能體會村井此刻的打擊，卻無法同情他。畢竟對啟造來說，村井是把琉璃子逼向死亡的人，而他的共犯，就是自己的妻子夏枝。

「那就請事務長負責安排到洞爺療養的手續吧。要是住在我們醫院，你大概也無法安心養病，再說旭川天氣也太冷了，不適合療養。」

啟造僅僅客套地慰問幾句。

# 6 仙女棒

夏枝出院後，家裡明顯地變整潔了。

「太太，您這麼辛苦幹活，沒關係嗎？」

眼看夏枝進進出出忙著打掃，連次子都忍不住擔心起來。

「活動一下筋骨比較好啊，也不會胡思亂想的。」

夏枝原就愛整潔，把家裡的柱子和地板擦拭得一塵不染。外人看來，辻口家現在似乎已恢復了往日的平靜。

這天吃完晚飯，天還很亮，阿徹纏著夏枝一起在迴廊前的院子玩仙女棒。

啟造洗完澡，披著浴衣坐在迴廊邊的藤椅欣賞院中情景。

「琉璃子就在那棵山楸樹下……」

夏枝那時指著的山楸樹，朝天空筆直地伸出枝幹，樹高大約十公尺，人坐在屋裡根本看不到樹梢。山楸樹旁是野村楓，每年初春就會冒出紅葉，在陽光照射下葉片顏色更顯鮮紅；池塘邊種著鐵線蓮，夕陽下的紫色花朵看來十分美麗。啟造欣賞著花木一面沉思著。受到戰爭影響，這片園子已很久沒有請園丁來修剪了。

（醫院經營步入正軌前，大概不可能自己整理庭院吧。）

啟造又想到，這次因為村井患病，醫院不知會蒙受多大損失呢。

（雖說他去療養了，但也不能不發薪水給他啊。）

對於物色新醫生接替村井的事，啟造已和事務長談過，交由事務長處理。他很想告訴夏枝這件事，但好幾次話到嘴邊又吞了回去。因為他害怕看到夏枝的反應。

啟造望著夏枝的側臉，她正陪著阿徹玩仙女棒。又濃又長的睫毛楚楚動人，經過這次的大悲大痛，夏枝的美竟又增添了幾分。

夏枝抬頭看了啟造一眼，這才發現丈夫正凝視著自己，不自覺露出溫柔的微笑。笑容使她的嘴唇瞬間豔麗起來，簡直變了個人似的十分性感。

（這兩片嘴唇，想必對村井不陌生了吧！）

這念頭突然在啟造腦中閃現，一陣像是被火灼燒的嫉妒從他心底湧上。他終於按捺不住，剛才那句一直遲疑著要不要說的話脫口而出：

「村井要到洞爺去了。」

夏枝吃驚地睜大了眼睛，但立即又把視線轉回手上的煙火。

「是嗎？」

她的聲音很低沉，既沒問「為什麼」，也沒問「什麼時候出發」。啟造看她沒反應，心裡不免感到疑惑。

（聽到他要去洞爺，應該猜得出他可能患了肺結核，不可能這麼平靜……）

「不行啦。媽，妳的手一直動來動去，沒辦法點火呀。」

聽到阿徹嚷起來，啟造才發現夏枝的手正微微發抖。他眼中射出嚴峻的光。

「阿徹，等天黑一點再玩吧。天這麼亮，一點都不好玩，對吧？」

聽了夏枝的話，阿徹聽話地點點頭說：「嗯，也對！」

「次子姊姊在挖番薯喔，阿徹也去幫忙吧。」

「番薯？哇！好好玩！」

阿徹隨手把煙火放在地上，從側門跑到後院去了。

夏枝呆呆地坐在迴廊邊。

見妻子一聽說村井的消息便沒有心思玩煙火，啟造焦躁地看著她。

「夏枝，妳在想什麼？」

夏枝抬起頭來。「你猜猜看。」

她的語氣像在撒嬌，說完直勾勾地看著啟造。她那雪白的脖頸，吸引了啟造的目光。

「我怎麼知道？」

總不會是在想村井吧。啟造很想這麼說，但他只是靜靜地搖晃手裡的扇子。夏枝走到啟造身邊坐下，低聲說道：

「跟你說啊，剛才在想，我想要個女孩。」

啟造覺得夏枝的話很唐突。

「女孩？」

「嗯，我想要個女孩，一個小小的女孩。」

（夏枝為什麼不提村井的事？就算她問一聲「村井為什麼到洞爺去」，也是理所當然的事，不是嗎？但她居然隻字不提，反而突然說想要個女孩。她到底在想什麼？）

雖是自己的妻子，啟造卻時常摸不清夏枝在想些什麼，她腦中的念頭似乎毫無脈絡可循。現在又說想要個小女孩，啟造覺得夏枝只是隨口說說。

「不管妳想要男孩還是女孩，妳已經不能生育了，不是嗎？」

「哎呀，不是說這個啦。」

夏枝雪白的雙頰浮起了紅暈。生琉璃子時夏枝患過輕微的肋膜炎，早已做過結紮手術。

「反正我已經有了阿徹和琉璃子，以後不要小孩了。」

當時夏枝是這麼說的。她表面上看來柔弱，但只要話說出口就絕不反悔。然而對身為丈夫的啟造來說，當時妻子明明還年輕卻堅持要結紮，心底不免生出一種遭到背叛的感覺。

而現在，他們失去琉璃子還不滿四十九天，當初自願結紮的夏枝卻又表示想要個女孩。

「妳不是已經不能生了？」啟造忍不住質問起妻子。

「我是不能生啊，所以，我想去領養一個，當成琉璃子撫養。」夏枝哀求著說。

「說這什麼話！琉璃子的七七都還沒過完呢，不是嗎？」

「是啊。所以我覺得好寂寞啊，寂寞得都快要瘋了。才想抱個需要花心力照顧的女嬰回來，不要讓自己胡思亂想。」

聽完她的解釋，啟造覺得更無法理解了。

（聽到村井要去洞爺，什麼都沒說，卻突然開口要個女孩。該不會是因為村井離去覺得寂寞，才想要個孩子來安慰自己吧。）

啟造向來認為，人心的決定一定有理可循。

「我不懂妳在想什麼，現在妳會說出這種話，只是一時糊塗吧？」

「才不是！我的神經已經治好了。」

說著，夏枝眼中浮起一層薄薄的淚光。

「可是妳說寂寞得要發瘋，夏枝，這表示妳的心還沒平復啊。」

「無論哪個做母親的都會跟我一樣啊，會覺得又悲傷又寂寞，簡直快瘋了似的。你因為有工作，可以調適心情，現在連眼淚都不流了。」

看到淚水自夏枝眼眶流下，啟造只好閉嘴不語。想到夏枝的病可能因此復發，他不想再刺激她。

「我想養一個女孩，我想要個女嬰，欸，求求你了。」

（怎麼可以為了排遣寂寞而去領養小孩？小孩可不是玩具！）

啟造很想這麼回答，但忍住不說。結果夏枝又加強了語氣央求：

「這是我這輩子唯一的願望。如果有個女孩，慢慢地，我就會把她看成琉璃子，把她當成琉璃子養大，這也算是一種紀念琉璃子的方式啊。」

然而啟造現在根本不想看到任何女孩。尤其是和琉璃子年齡相仿的女孩，看到她們啟造就心如刀割，每次總是故意移開視線，立刻走開。

夏枝卻不一樣，最近她只要看到小女孩，視線就緊盯著不放，簡直像要把人家吃下去。有時還蹲下身和她們講話，或把人家摟在懷裡緊抱半天才放開，然後著魔似的搖搖晃晃離去。啟造實在不懂夏枝的腦袋在想什麼。

（難道女人都這麼令人費解嗎？）

「拜託你啦，等琉璃子的四十九日過完，幫我抱個嬰兒回來吧。」

啟造腦中浮起了津川教授的溫和面容。夏枝和父親一點也不像，或許她比較像去世的母親吧。或許津川教授也和我一樣，曾為自己的妻子苦惱不已。啟造凝視著夏枝的臉龐。

「可是，夏枝，我根本不想看到任何女孩了。」

他平靜地說。夏枝用力點點頭說：

「你說的，我懂。可是……我就是想要個女孩。」

其實夏枝看到年齡和琉璃子相仿的女孩心裡也很難過，但就是忍不住想和她們說說話。琉璃子再也回不來了，但她從那些女孩身上總能找到琉璃子的影子，譬如說：缺了角的小小蛀牙、絲綢般的肌膚、飽含陽光氣息的頭髮，或是童言童語的說話方式。夏枝一心只想再看一眼逝去的愛女，強烈的母性驅使她上前和那些女孩攀談。這種願望的強烈程度，遠遠超過了啟造口中「看都不想看」的痛苦。

夏枝希望能再次看到琉璃子，哪怕只有幾萬分之一的相似點也好，因此才對那些極微小的相似處那麼執著。

對啟造來說，夏枝想領養一個女孩的願望難以理解，對夏枝來說卻再自然不過了。只因實在太想再看一眼自己的孩子，無論以任何形式都好。她覺得只有以這種方式才能彌補失去琉璃子的遺憾。

夏枝無法把自己的心境完整表達出來。她甚至認為，既然啟造也是為人父母，他理當了解她的心情。從夏枝的角度來看，不了解這種心境的人才不正常。

夏枝直愣愣地看著院裡像在思索什麼，眼皮眨也不眨。看到她這模樣，啟造有點不安。

（她不會又要發瘋了吧？）

一想到這裡，啟造只好妥協。

「領養小孩可不像領養小貓那麼簡單，讓我再考慮一下吧。」

「哎呀，真的嗎？你願意考慮一下嗎？」

「嗯。」啟造不得不這麼回答。

「可以問一下高木先生，他不是在育幼院當顧問？」

「高木？」

啟造想起前幾晚和辰子聊天的內容。

「是啊，高木先生一定能給些意見的。」

「嗯，對啊。」

「啊，西瓜應該已經冰透嘍。」

啟造心情複雜地望著妻子走向廚房的背影。夏枝的腰肢原就比一般女人纖細，啟造雖已看慣她穿浴衣的身影，但現在看在眼裡，覺得那背影籠罩著一層傷痛與煩惱。

「看起來很好吃唷。」

夏枝端來一大盤西瓜放在客廳桌上，招呼著啟造。

「育幼院裡有些苦命的孩子吧？我覺得撫養那種苦命孩子就是紀念琉璃子最好的方法。我啊，一定會把那孩子當作復活的琉璃子，全心全意撫養長大。」

啟造吃著西瓜，一面沉思。

（事到如今，不管妳做什麼，死去的琉璃子都不可能再活過來。）

他很想這麼對夏枝說。剛才看到夏枝悲傷欲絕的背影，啟造忍不住又想起村井。那一天，村井和夏枝究竟做了什麼？他實在很想弄清楚。

剛才都告訴她村井要到洞爺去了，她卻一句話也沒有，未免有點不自然。

夏枝這時突然起身。

「阿徹，次子，西瓜切好啦！」

夏枝轉臉朝著側門高聲喊道，聲音十分溫柔。

待她走回身邊坐下，啟造終究按捺不住，便開口問她：

「村井是因為肺結核才請假休養的，聽說還咯血了呢。」

夏枝點點頭，什麼話也沒說。

「現在還沒有治肺結核的特效藥，只好到洞爺那種溫暖的地方去，除了靜養也沒別的辦法了。」

此時，阿徹從側門跑進來。

「哇！紅西瓜！」

「要洗手喔。」夏枝溫柔地笑著對阿徹說。

「好！」

阿徹高聲答著，奔向洗臉台。夏枝沉默地低下了頭。

「他到洞爺以後，我們就沒法去探病了。妳最近找天幫我去探望一下吧？」

夏枝抬頭看著啟造，像幼童發脾氣似的左右搖晃腦袋。

「妳不想去？」啟造努力裝出平靜的表情。

「是啊。」

「但是妳身為院長夫人，去探望生病的屬下是妳的職責啊。」

「是啊……可是……」夏枝依然不肯點頭。

（我看，那天鐵定有什麼事。）

啟造忍著失敗的苦澀盯著夏枝。

（是什麼理由讓妳不想去見村井？）

啟造正想發問時，次子和阿徹走進房來，他只好閉上了嘴。

「阿徹，挖到很多番薯嗎？」

夏枝忙著把西瓜分給阿徹，堆起了滿臉笑容。看到她這表情，啟造心裡不禁感到火大。

＊＊＊

「阿徹，要不要去散步？」

吃完西瓜，啟造站起身說道。

「真的嗎？」

阿徹拍著手歡呼起來。看到他天真無邪的歡喜模樣，啟造有些心痛。他也知道阿徹在琉璃子出事後有多寂寞。

「真的啊，仙女棒也帶著吧。」

「哇！好高興喔。」阿徹眼中閃著光芒。

「這麼高興啊？」啟造摸著阿徹的腦袋問道。

（最起碼也得讓這孩子活得幸福才行。）

他在心底反覆地對自己說。

「媽媽也一起去吧。」

阿徹走過去拉起夏枝的手。夏枝還沒來得及回答，啟造就先開口說道：

「媽媽下次再去吧，她身體不舒服。」

啟造對夏枝有些不滿，剛才叫她去探望村井，她卻遲遲不肯坦誠地說聲「好」。

他正是為了忘掉那件事，才想出門散步。

「現在出門的話，等下回來的時候天就黑了。」

次子拿出一支手電筒交給啟造。

「路上小心。」

夏枝似乎察覺了啟造的異樣，並沒多說什麼。

出了家門，啟造走上通往森林的小路。自從琉璃子遇害後，這還是他第一次走進森林。

「爸爸，好可怕唷。」

阿徹發現他們正往實驗林走去，鬆開了啟造的手，蹲在地上不肯起來。

「傻瓜！有什麼可怕的。爸爸不是跟你在一起？」

啟造又拉起阿徹的手，帶著他走進森林。林間天空掛著淺紅色晚霞，高大的白松樹梢隨風搖曳。仔細一看，樹枝的動作不像在搖擺，彷彿像在輕輕繞圈，攪拌著天空。

「我們要到哪裡去？」

「河邊。」

「河邊？」

阿徹害怕得緊抓啟造的手。啟造握著阿徹的手來回搖晃，大聲唱起歌來。

「晚霞呀，晚霞，太陽已下山……」

不知不覺，阿徹也跟著啟造高聲唱和起來。

走了不久，眼前出現一座木橋橫臥在乾涸的小河上。琉璃子就是被凶手牽著走過這條路和這座橋吧？然後，她再也不曾活著走回來……想到這裡，淚水從啟造眼中落下，歌聲也變得斷斷續續。阿徹沒注意到父親的反應，仍舊一個人唱著歌。啟造聽著童稚的歌聲不斷流淚。

走過木橋，眼前是一道略高的堤防。

（琉璃子一個人是爬不上去的。大概是凶手拉她或抱她上去的吧。）

啟造腦中鮮明地浮現琉璃子的身影。

（早知會這麼難過，還不如不來散步呢。）

啟造在心底自語著，但不知為何，他無法立即轉身離去。

堤防斜坡上的狗尾草隨著晚風來回搖曳，月見草的黃花滿地盛開，父子倆一步步順著堤防往下走，前面又出現另一片森林，林中種滿歐洲雲杉。

即使是正午，這片林子也給人陰森的印象。而現在太陽已快下山，林中早已十分陰暗。從樹木枝幹間望去，金色天空顯得格外遙遠，陣陣山鳩低鳴不斷傳入耳際。

「爸爸，會不會有鬼跑出來呀？」阿徹低聲問道。

「別怕，這世上沒有鬼。」

啟造嘴裡這麼回答，但他不禁下意識地環顧四周。林間逐漸晦暗不明，幽靈彷彿隨時會從路邊跳出來似的。然而就算是鬼魂也好，啟造多麼希望看到琉璃子站在前面的松樹下啊！

啟造這才發現，自己對琉璃子的愛和夏枝比較起來，實在望塵莫及。上次還是大白天，夏枝就在自家後院看到琉璃子的幻影呢。想到夏枝和自己一樣深愛著琉璃子，啟造不禁被這理所當然的事實深深打動，同時也深切反省。自從琉璃子死後，他總是冷眼對待夏枝，他也知道這麼做並不公平。

踏過這片愛女曾經走過的森林，啟造心中也逐漸坦然。

走出森林，黃昏的天空一下子變得十分明朗，美瑛川的河灘已近在眼前。河邊小路沿著較深的河段蜿蜒向前，兩旁茂密的熊竹遮住路面。啟造背起阿徹，用手撥開兩邊的竹子繼續前進。

不一會兒，來到河邊淺灘。兩人脫掉木屐，捲起浴衣下襬，一起走向河中沙洲。

「爸，琉璃子就死在那裡喔！」

阿徹皺著眉指向前方。啟造沒說話，只用手臂環抱阿徹的肩膀，在琉璃子喪命的河灘上躑躅前進。他想起四十天之前，自己曾跌跌撞撞地匍匐在這條小路上。

半晌，父子兩人在滿是石子的河灘上坐下。

「烏鴉啊，為何哭呀？烏鴉要上山。」唱到這裡，啟造停了下來，「阿徹，你聽過這首歌嗎？」

他轉頭問阿徹。若是再唱下去，眼淚似乎又要流下。

「沒有，我不知道啦。」

阿徹說完便跑開了，他撿起一些小石子投向河面。

陽光下，阿徹獨自投石子的身影就像紙影戲裡的人物。

夕陽照著河面映出閃閃光輝，阿徹不厭其煩地連連投出石子。

啟造叼起一支菸，劃了一根火柴。河風吹得有些強勁，他連劃了幾次，覺得體內也有陣陣涼風吹過。

（琉璃子就是在這片河灘、這個地點喪命的。如果我現在能坐在這裡，為什麼那時卻不能來到這裡救她呢？）

儘管知道再怎麼想也是枉然，腦中卻反覆重播這想法。無論凶手有什麼理由，他已奪走琉璃子三歲又幾個月的生命，這真是太慘忍了！或許琉璃子當時曾哭喊著：

「媽媽！媽媽！」

一想像女兒哭喊求助的模樣，啟造的心都要碎了。

「可恨！」

啟造從沒像現在這樣深深憎恨佐石。他咬緊牙關，壓抑強烈的恨意。憎恨使他不由自主地全身顫抖。

「爸！爸也來拋石子吧。」阿徹喊道。

「嗯，等下爸爸跟阿徹比賽。」

「好！我一定不會輸的。」

阿徹精神振奮地一連撿來五六顆石子。

夕陽即將下沉，這一瞬，太陽燃燒似的微微晃動起來，才一眨眼工夫，夕陽就躲到山峰背後。河上吹來的晚風平添幾分寒意。啟造覺得眼前這幕黃昏景象彷彿似曾相識。

（對了，是那個時候。）

想到那件事，啟造臉上不禁露出嫌惡。那時也是在片河灘上，是啟造十七或十八歲的夏天，他帶著八歲的鄰居女孩到河邊游泳。

他們游完泳正要回家時，附近一個人影也沒有。在夕陽的襯托下，河邊楊柳黑漆漆的身影既沉穩又安靜。不知為何，啟造的心突然被這無人的河原激起陣陣波瀾。

他努力裝出平靜的表情，讓女孩坐在自己膝上，抱住她。

「妳不可以告訴任何人喔。」他低聲恐嚇女孩。

女孩驚恐地瞪大眼睛，呆呆凝視啟造，甚至連哭泣都忘了。

從那天之後，女孩只要一看到啟造就轉身逃跑。後來女孩進了女校，啟造念大學時曾在街上和她擦身而過。女孩看到啟造，露出了冷笑。後來很長一段時間，啟造都無法忘掉她臉上的表情。那時他真希望女孩突然得急病死掉，如果能殺死她而不被人發現的話，啟造甚至想親自動手。

（凶手佐石和我又有什麼不同呢？）

（佐石至少沒有不軌之心，或許他的為人比我更高尚呢。）

（如果當時那女孩哭鬧，說不定我也會掐住她的脖子吧。）

啟造感到十分羞愧。

（追根究柢，醫學博士辻口啟造和殺人犯佐石土雄根本相差無幾。）

不過腦中得出這個結論後，他又覺得不甘。

「辻口這傢伙可比阿辰妳想的更偉大呢。」

啟造想起高木的話，這番話令他慚愧。高木是真心認為他願意收養佐石的孩子，並把她撫養長大吧。他不願讓高木失望。啟造想，其他人都可以不管，但只有高木不能背叛。

記得在學生時代，有一次，高木到啟造的宿舍玩，看到桌上攤著波多野精一的《時間與永遠》，當時高木天真地向啟造表達自己的欽佩。

「你總是看這種艱澀難懂的書，到底什麼地方有趣啊？看你頭腦聰明、品行端正，不像我，有時會覺得女人俗不可耐，可你一點都看不出有這種毛病呢。所以說，雖然同樣是人，每個人的品行還是有差別的。」

其實啟造也和高木一樣，經常覺得年輕女孩讓人煩惱。他只是躲起來自己痛苦，從不肯說出口罷了。老實說，他倒是挺羨慕高木坦率的性格。

高木曾對夏枝十分傾心，甚至直接向教授提過親，不過教授有禮地婉拒了他。

「如果您打算讓她嫁給辻口以外的男人，我絕不會放棄的。」

高木當時這麼對教授說。這件事高木也向自己親口說過，全班同學幾乎無人不知。啟造也是因此才能接近夏枝，並從眾多的競爭者中脫穎而出。

光憑這段交情，啟造不願讓高木失望。這種想法不僅出自他對高木的友情，更由於他愛鑽牛角尖與感情用事的個性。

（乾脆去領養凶手的小孩？）

數天前曾在心底盤旋的想法，又浮現在他腦中。

（要對殺女凶手的小孩付出愛心，真是不可能的任務嗎？）

啟造發現心底的某個角落正在期待高木的掌聲，這樣的自己令他感到不堪。然而生性認真的啟造腦中一旦有了這種想法，就無法不正視這個問題。

河岸四周早已陷入一片昏暗。

「爸！快幫我點仙女棒啊。」

阿徹搖著啟造的膝蓋說。父子倆肩膀緊靠抵擋河風，啟造劃著火柴，試了幾次後，火柴終於點著了，仙女棒噴出許多若有似無的纖細火花。

那微弱而惹人憐愛的火花，令啟造聯想到琉璃子短暫的生命。

# 7 巧克力

（我才不去探望村井呢。）

夏枝低聲說道。啟造出門散步後，她獨自坐在供桌前凝視琉璃子的照片。剛才從丈夫嘴裡聽到村井要去洞爺的消息時，她全身突然顫抖起來。但她不知為何發抖，因為心裡既沒有同情，也沒有悲傷。老實說，夏枝現在比較希望得到別人的同情，根本無力去同情別人。

（那天村井要是沒來，琉璃子就不會死了。）

夏枝在心底說。其實那天把琉璃子趕出家門的，正是她自己。但夏枝不願正視這個事實，只想把責任推給村井，這樣才能減輕心裡的負擔。夏枝絲毫沒發現她的想法有多自私。

（就算是我不該被村井的熱情誘惑，不該向他敞開心扉，但是琉璃子死了，我已經受到近乎過分的懲罰，不是嗎？）

夏枝想，自己只不過接受了對方一個輕吻，結果竟遭到如此悲慘的對待，上天未免太過分了。

自從失去琉璃子，夏枝才體會「平安無事」的意義，才知道平安無事的每一天是多麼珍貴。從那天起，啟造對她不再溫柔，總是找碴似的冷嘲熱諷……這些都令夏枝難以忍受。

（都怪村井說了那些話。）

夏枝早已忘了曾多麼期待村井的表白。只要是對自己不利的部分，她都打算忘得一乾二淨，把責任都推給村井。

（村井也該受點懲罰才對。）

夏枝總認為只有她一個人在受苦。或許正是是這種不平讓夏枝迅速恢復了健康。自私可說是人類的自衛本能。

「晚安！」

背後突然傳來一個男人的聲音。夏枝吃了一驚，連忙回頭，只見身穿敞領衫的高木右肩掛著背包站在身後。

「唷！對不起，嚇著妳了。」高木朗聲說道。

「啊！高木先生，請進！」

「明天都要進入九月了，今天還這麼熱。辻口呢？」高木爽快地盤腿坐下。

「帶阿徹去散步了。」

「散步？」

說完，高木解開身邊背包的繩子，把背包翻過來往地上一倒，只見榻榻米上堆滿了威士忌、巧克力糖和奶油……

「啊唷！」

看到地上的巧克力山，夏枝忍不住輕呼起來。巧克力的金銀包裝紙在燈光下閃閃發光。

「大吃一驚吧？」高木得意洋洋地說。

「是啊！可是，為什麼有這麼多……」

「妳說呢？」

「眼前這時節，竟拿得到這麼多珍貴的東西……這是怎麼回事啊？」

「這是婦產科醫生可悲的工作特權啦。」

「啊？」夏枝訝異地看著高木。

「是那些妓女拿來的。她們跟美國大兵成雙成對後schwanger（懷孕）了，就來找我嘍。」

在平時耳濡目染之下，夏枝也知道一些類似schwanger的醫學專門名詞。

「如果是那種會爬著逃走的畜生倒也罷了，可是我要打掉的是裝在人的肚皮裡，根本不懂得怎麼逃呀。幾個月大的胎兒被打下來，放在手術鐵盤上，還會『嗚嗚嗚』地發出哭聲呢。他們可一點過錯也沒有呀！這簡直是徹頭徹尾的謀殺！」

說到這裡，高木突然閉上了嘴。

「啊唷！」

他看到夏枝兩眼圓睜，眼中充滿了淚水。

「對不起，都怪我太沒神經。」高木尷尬地說：「夏枝，給我一杯茶吧，水也可以。」

說完，他抓起一顆巧克力，胡亂扒掉銀色的包裝紙塞進嘴裡。

夏枝用托盤端著茶杯回來。

「真是太悲慘了。」夏枝說，她的眼中已經沒有淚水。

「這種事還是別說了吧。我常在想，就算不幹這種罪惡的事也活得下去。否則照這樣下去，等我慢慢習慣了這種事，以後可能連眼皮都不會眨一下吧。每次想到這，就覺得很可悲呢。」

從開朗的高木口中聽到這番話，顯得格外感傷。

「我說啊，高木先生，我有事想拜託您呢。」

「拜託我？」

看到夏枝突然一臉認真，高木的心臟跳得異常激烈。

「是啊，您願意幫幫忙嗎？」

「不知道啊，要先聽聽看。」

「我想要個嬰兒。」

「原來是這件事。想要嬰兒的話，該找妳家老爺去說嘛。」

「好討厭！」夏枝臉上浮起紅暈繼續說：「我想要領養個女嬰。」

「領養女嬰？為什麼？」

「因為我太寂寞了，我想把她當成琉璃子撫養。」

「別這樣！就算妳一廂情願這麼想，但她終究不是琉璃子。」

高木的聲音變得很嚴肅。

「想要嬰兒的話，自己生一個嘛。」高木冷冷地說。

「可是……我已經不能生了。」說著，夏枝低下了頭。

「……」

「因為我做過結紮手術。」

聽到這句話，高木的濃眉微微上挑，但立刻又把目光轉向陰暗的庭院。

「嗯，所以啊，想請您在育幼院幫我挑個女嬰。」

「沒必要去領養一個。就算自己懷胎十月生下來的，帶孩子都很累人。」

「我也知道。可是我實在太寂寞，簡直快發瘋了。」

「我不是不懂妳會寂寞。但寂寞會隨著時間逐漸變淡，抱來的孩子卻會隨著歲月逐漸長大。如果教養得不錯，倒也罷了，哎呀，但要想教養得好，是很辛苦的。」

「瞧高木先生說的，好像您很有經驗似的。」

「我雖是個光棍，見過的嬰兒卻不少。」

「話是不錯。不過，高木先生您為什麼還不結婚哪？」

「因為我被夏枝妳甩了嘛。」

「又來了！又說這種話。這都是好久以前的事了。」

「誰教我的手相說我會一輩子單身，我也沒辦法啦。」

說著，高木愉快地笑了起來。

「高木先生還是跟從前一樣，那麼愛開玩笑。」

「對了，我幫夏枝看一下手相吧。」

高木說著抓起夏枝的手。

（要是換成村井的話，他才不會這麼大方呢。）

夏枝對高木可說一點戒心都沒有。

「我看喔，這條是美人線。」高木一本正經地說。

「好討厭唷。」

「好好好，等一下。這一條哪，是婚姻線，上面說妳最好跟辻口分手喔。」

高木說完看了夏枝一眼，笑起來。

「這一條是養子線喔。」

「啊呀，真的嗎？」

「嗯，看來妳會領養一個非常非常可愛的女孩。哎呀！妳有這條線啊，沒想到夏枝居然有外遇喔。」

說完，高木放開夏枝的手。

「那個外遇的對象，現在生病了吧。」

「啊？」夏枝不禁轉臉看向高木。

「村井那傢伙雖然花心，他對妳倒是挺認真的。我今天才去探望過他。」

村井是高木的遠親。

「娶了那麼受歡迎的老婆，辻口的日子真不好過啊。」

＊＊＊

「啊呀，你來啦。」

啟造說著走進屋來，聲音顯得精神抖擻，和出門前截然不同。阿徹在啟造的背上睡著了，夏枝伸手輕輕把兒子抱下來。

「他帶來好多禮物給我們呢。」夏枝指著供桌上成堆的巧克力對啟造說。

「這麼多啊，怎麼回事？」

「還有威士忌和奶油呢。」

「多謝啦。」啟造說著，微微點頭致意。

「哎呀，威士忌是我們今晚要喝的，如果只給辻口一個人喝未免太可惜了，這可是『約翰走路』唷。夏枝妳去睡吧。我可不喜歡美女，對著美女喝酒容易爛醉哩。」

高木自顧自地說。

「老公，嬰兒的事，我已經拜託高木先生幫忙了。」

啟造溫柔地向她點點頭。

「不好意思啊。」啟造看了高木一眼，又轉頭向夏枝說：「待會我們會叫次子伺候的，妳先去睡吧。」

「可是……」

「別說了，妳該早點睡。馬上就九點了。」

「那你一定要拜託他幫我們找個嬰兒唷。」

夏枝上樓後，高木和啟造便把次子煮好的玉米當下酒菜，對飲著威士忌。

「你家的玉米好吃嗎？」

「嗯。次子是在農家長大的，無論是玉米或番薯，都煮得很好吃。」

「是因為調理方法得宜啊。」

高木把奶油塗在熱騰騰的玉米上，咬了一口。

「真好吃！」他大聲說道。

「你從前就喜歡這樣吃。」啟造手指俐落地剝著玉米粒。

「你這個人呀，打以前就不懂大口啃玉米有多好吃，總是這樣一顆一顆剝著吃。」

四周一片寂靜，蟲鳴不斷傳入耳際。辦完琉璃子的喪事後，這還是高木第一次到家裡來。

「你還好吧？」

「啊？」

「我是問你過得好不好？」

「還行啦。」

「聽說村井得了肺結核，給你添麻煩了。」

「哪裡。我也覺得抱歉，感覺好像是醫院讓他工作得太操勞，害他累病了。」

「什麼話！那傢伙身體如果會累壞，那一定是因為玩女人。」

「玩女人？村井嗎？」

「大概吧。他也愛打麻將啊。」

「他工作是幹得不錯啦。」

「不過他還是離開醫院比較好，這也是為了你好。」

「為什麼？醫院沒他可就糟了。」

「村井這人是不壞啦，只是喜歡糾纏女人這毛病不太好。」

高木說完，灌了一大口威士忌。

「真不愧是『約翰走路』。從哪裡弄來的？」

「工作特權啦，一個老鴇送的。剛才不小心跟夏枝提起墮胎的事，結果惹她哭了。」

「她現在很容易受刺激。」

「她說想要個嬰兒，我就回她這種事應該找老公商量。當然，如果想要的是我的孩子，那可就另當別論。」高木淡淡地說。

「也不知她怎麼想的。」

「那辻口你覺得呢？」

「我根本連小女孩都不想看到。」

「一般人應該都會這麼想吧。夏枝說想抱個女孩，她究竟在想什麼？」

「我實在搞不懂女人。」

「什麼女人，不就是你老婆嗎？」

「夫妻這檔事，我真是愈來愈搞不懂了。就好像在自家住了很多年，結果發現還有一間自己不知道的房間，既恐怖又難解。夏枝只要看到年紀和琉璃子差不多的女孩，就會去抱人家，我真是搞不懂。」

「因為女人都是用子宮思考嘛，不過話說回來，男人也難保一定是用腦袋在思考。」

高木說著說著，大眼轉了一下。

「什麼領養嬰兒，還是算了吧。」高木說。

「……」啟造舉杯啜了一口酒。

「怎麼了？瞧你一臉嚴肅的？」

「沒什麼，只是在想一件事。」

「什麼事？」

啟造猶豫了半晌，豁出去似的抬起頭。

「聽說凶手的小孩在你辦的那間育幼院裡。」

「……」高木訝異地瞪著啟造。

「我聽阿辰說了。」

「……喔！阿辰啊？真拿她沒辦法。我被她好好教訓了一頓呢。因為我說，辻口這傢伙念書時整天高唱『愛你的敵人』，但他總不可能收養凶手的小孩。她聽了便責問我：『這是你對好朋友說的話嗎？』」

說到這裡，二樓傳來動靜。

「被聽到了嗎？」高木縮了縮脖子，指著二樓問。

「夏枝聽不見的。今晚她睡在我當學生時住的那間房，對了，就是你也住過的房間。」

「喔，玄關上面的房間啊，那我們就算大喊大叫她也聽不到。」

「不要緊的。而且次子的房間在主屋外面。」

「不過我們還是小聲點吧，不能讓她受刺激啊。」

高木外表看來大而化之，有時卻比啟造還心細。

「嗯……」

「幹麼？還在想那件事？」

「對啊。」

「你不會是想收養凶手的小孩吧？」

「正是此事。」

「喂！別開玩笑了！」

「……我是認真的。」

「……」高木目不轉睛地瞪著啟造，一副難以置信的表情。

「你覺得不可思議吧？剛想到這主意時，我也覺得毛骨悚然。剛才我去了琉璃子遇害的河邊，她死後我還是第一次去。我好痛恨凶手，恨得我全身發抖，那種恨意簡直無法用言語形容。」

「這是當然的嘛。如此可惡的傢伙，你卻要收養他的小孩！真是怪事。」

「沒錯，是怪事。可是啊，正因為痛恨他，我才在想，憎恨這行為本身不也愚蠢？自己的女兒遇害已經夠不幸了，還要懷著不知該往哪發洩的憎恨度過一生！我不禁自問，這一生就只能以這種悲慘的方式度過嗎？如果我想尋求不同的人生，那就要拋棄對凶手的憎恨。可是為了不再憎恨，我該怎麼做呢？我想，除了愛他之外再也沒別的辦法了，不是嗎？」

「你這傢伙真教人無話可說！像你這種呆子，我可不敢聽你胡說。」

說著，高木在滿是鬍碴的下巴大力拔下一根鬍子。

「別想了！別再想了！什麼收養凶手的小孩，就算要當笨蛋也該有個限度啊！」

盤腿坐的高木抖動著兩個膝蓋說。

「是嗎？」

「什麼是嗎不是嗎，世上哪有這種笨蛋？自己的孩子被殺了，還去收養凶手的小孩！難不成，你打算讓那孩子也吃點苦頭？」

「開玩笑！我會好好養育她的。」

「你和夏枝精神都還不穩定，畢竟那件事才過沒多久。你們現在考慮事情不夠周全。你剛才不也說，現在根本連小女孩都不想看到，話才說完，口水都還沒乾呢，你又說想收養小孩。我可無法贊同。再說，更重要的是夏枝啊，她同意你這麼做嗎？你打算怎麼跟她提這件事？」

（對了，還得顧慮夏枝的感受……）

想著想著，啟造的表情愈來愈嚴肅。

# 8 雨後

厚重的烏雲掛在森林上空。

「會不會下雨啊？」

剛回來的夏枝準備走進家門，抬頭望著天空說道。

陰沉的天空下，夏枝一身白綠條紋的嗶嘰呢和服搭配鏽紅色腰帶，看起來豔麗奪目。

拉開後門，身穿薄毛衣的次子正忙著泡茶。

「啊！您回來啦。」

「有客人嗎？」

「是的，是村井醫生。」

「村井醫生？」夏枝眉頭微蹙，「阿次，妳先上茶吧。我馬上就過去。」

「是。」

夏枝聽說村井要去洞爺療養已經過了半個月，但至今還沒去探望。

沒多久，次子拎著空茶盤走回廚房。

「阿徹呢？」

夏枝平日即使對自己的孩子，也很少粗魯地直呼其名。溫柔婉約的語氣令她的美麗增添了幾分氣韻。

「到坂部家去了，說是去聽『看圖說故事』呢。我去接他回來吧？」次子隔著窗仰望天空問道。

「麻煩妳了。」

坂部家就在大約三百公尺之外。

「太太，好像馬上就要下雨了喔。」

「是啊。」

想到家裡只剩下自己和村井兩人，夏枝不免有些躊躇。

「我馬上就去。」

「那妳要快點回來喔。」

次子拎著雨傘出門去了。夏枝在起居室的沙發坐下。她害怕走進客廳，因為村井就在那裡。夏枝想起琉璃子遇害那天曾讓村井在臉頰上親吻，她感到羞愧萬分。

今天又碰上次子和阿徹都不在，夏枝有些不安。她打算讓村井多等一會兒，等到次子他們回來再去見他。

窗外颳起風，玻璃窗發出嘎噠聲響。

（反正次子和阿徹馬上就會回來。）

想到村井在等，夏枝坐著也不安穩。

她偷偷朝鏡子看了一眼。或許是因為緊張，一雙眸子流露出幾許不安，臉色有些蒼白，但這樣反而更加突顯出她的五官輪廓，連夏枝看了都覺得很美。她站起身，轉身檢查身後的和服腰帶，然後，毅然決然地走向走廊。

啟造就快回來了，今天是星期六。

＊＊＊

琉璃子的喪禮以來，這是夏枝第一次見到村井。上次見面之後，兩個月過去了。她在客廳門前停住腳，調整一下呼吸。

她輕輕推開門，原以為能看到村井，誰知室內沒人。回去了嗎？夏枝有些納悶。不過桌上並沒看到次子端來的茶杯。

（這個次子，竟把他帶到小客廳去了。）

小客廳是間和室，通常只有交往比較親密的客人才會被帶進去。知道村井人在小客廳，夏枝心底不禁掀起一陣波瀾，她想立刻回起居室去。就在這時，村井咳了一聲。

夏枝打消主意，拉開小客廳的紙門，只見村井端坐在黑檀矮桌前。

「您不在家的時候進來等候，失禮了。」

村井悄然離開坐墊向夏枝行了個禮，聲音很拘謹。

「哪裡。是我失禮，讓您久等了。」

看到村井表現得像個陌生人，夏枝雖有些不解，卻也放下一顆心。

「聽說您身體欠安，卻一直沒去探望……」

村井的身形看上去倒是沒什麼改變。

「還不到驚動您來探望的程度，只是我做事向來隨興，擅自決定請假休養。」

村井表情疏遠，語調生硬，夏枝覺得他似乎在責怪自己太無情。

「請別拘束。」

「是，那就不客氣了。」

村井的態度簡直就像互不相識的路人，似乎對夏枝絲毫不感興趣。

（他已經對我沒意思了嗎？）

看到村井拒人千里之外的冷淡反應，夏枝不免有些悵然。發生了那種事，理當是她對村井感到厭煩才對啊。而且一秒之前，她還覺得要和村井見面令人厭惡呢。

夏枝可說從沒看過別人臉色，任何人在她面前都表現得很殷勤，想討她歡心。村井從前正是那些討好者之一。他現在應該還屬於那群人才對啊。看到村井的態度出現變化，夏枝心中逐漸無法保持平靜，她覺得遭受到莫大的侮辱。

隔著迴廊的落地窗望出去，只見院中樹枝正被風吹得激烈搖晃。

「明天我就要出發去洞爺了，今天來向您辭行。」

村井像念台詞似的逐字說著，他的視線一直停留在庭院。

「啊，明天嗎？」

夏枝聽出自己的口氣裡帶著幾許嬌媚。她實在很想弄清村井表現得那麼冷淡，是否因為自己沒去探病。

猛然間，亞鉛板屋頂發出一陣落石聲響，接著，驟雨嘩地從天而降。

一條條粗壯的雨絲直落地面，濺起銀色水花。

傾盆大雨打在迴廊玻璃窗上，強風吹得窗戶嘎噠嘎噠作響。

「好大的雨啊！」

屋頂的雨聲掩蓋了夏枝的聲音。

雨這麼大，阿徹大概暫時回不來吧？應該在回家路上的啟造也碰上這陣大雨了吧？夏枝不由得擔心起來。

院中地面霎時成了池塘。

夏枝被這陣暴雨攪亂了心思，一時忘了村井在場。一不留神，夏枝猛地發現一隻手擱在自己肩頭，她吃驚地轉過頭，這才發現村井的臉孔就在耳邊。

「原諒我，說不定這是最後一次了。」

「不，放開我。」

風兒發瘋似的搖撼著玻璃窗。

「我不放開。」村井一臉渴望。

「求求你，放開我。」夏枝很後悔讓次子出門去接阿徹。

「就是死了也不放開。」

村井凝視著苦苦哀求的夏枝，像要吃了她似的緊盯不放。

「琉璃子遇害那天……」

才說到這裡，夏枝眼中頓時流下成串淚珠。

「妳是叫我回想一下，是嗎？」

村井臉上的表情沒有改變。

「琉璃子都死了……」

你為什麼還要這麼做？夏枝想這樣問他。

「殺死琉璃子的，不是我們。」

村井雙臂使勁地抱緊夏枝。

「啊！放開我！放開！」

夏枝掙扎著想要擺脫他的擁抱。

「別動，我不會害妳的。」

「那你放開我，辻口就快回來了。」

「沒關係，我才不在乎院長。我只是想看妳最後一眼，想靠近一點仔細瞧瞧。」

「最後一眼？」

突然，一滴晶亮的淚珠從村井眼眶滾落，宛如一顆發光的小石子。當夏枝發覺那是一滴眼淚的瞬間，便不再繼續堅持揮開村井的手。

雨聲更響亮了。

「夏枝，妳是個冷酷又溫柔的女人。」

不知何時，夏枝的手臂也扣住了村井的背。

「夏枝！」

說著，村井的嘴唇用力緊貼在夏枝雪白的後頸。

＊　＊　＊

「今天雨下得好大啊！聽說有些路段積水積得像小河。」

啟造換上睡衣說道。他今天難得忙到深夜才回家。

「對了，今天村井醫生來過了。來辭行的。」

夏枝想起順著村井臉頰流下的晶亮淚珠，忍不住提起村井的事。啟造聽她語氣平淡，不假思索地說：

「他明天要出發了，對吧？」

「是啊，說是明天呢。」

自從琉璃子死後，夏枝一度覺得光看到村井的臉孔都討厭。

然而今天她卻被村井的真情打動。「畢竟我是結核患者嘛。」村井當時這麼說，沒有吻夏枝的唇，只在她脖子上親吻一下就走了。夏枝覺得，這代表村井是真心愛著自己。

「原想看妳一眼就告辭的，才表現得這麼客氣。可是，這場大雨動搖了我的決心。」

說完，村井便離開了。從剛才到現在，夏枝一直在反覆回味那個暴雨狂打的片刻。

「什麼時候去把嬰兒抱回來呢？」

啟造躺在被褥上，柔聲問夏枝。

「哎呀！你要讓我抱一個嗎？」

夏枝把啟造脫下的衣服掛在衣架上。

「嗯，我考慮了很久，如果能讓妳高興，那就去抱一個也好。不過妳該不會改變主意了？最近好像沒聽妳提起嬰兒的事了。」

「沒有啊，我只要決定了就不會放棄的。」

說著，夏枝背對啟造解開和服的腰帶。

「一旦下定決心就忘不了，也不會放棄，我們倆在這方面倒是挺像的。」

「是啊，辰子也這麼說呢。不過她說夫妻還是不要太相像比較好。」

夏枝說到這裡，轉過身對啟造說道：

「高木先生會幫我們找個怎樣的嬰兒啊？好期待喔。」

「嗯，我會先去他那裡看看。」

啟造趴著看夏枝更衣。只見她輕輕一揮，把日式睡袍罩在和服外，然後迅速褪下和服，動作俐落地繫上睡袍腰帶。這時，啟造瞥見夏枝下彎的後頸。

兩塊發紫的瘀痕清晰地印在她頸上。啟造立刻就明白這兩塊紫色斑痕是怎麼來的。

他忍不住在腦中想像村井和妻子共度的時光。

「這吻痕是怎麼回事！」啟造很想大聲怒吼，但他拚命壓下怒氣，因為擔心一發起火來不知會做出什麼事。如果現在大聲怒罵夏枝，很可能會產生連鎖反應，引出源源不絕的怒火，後果實在不堪設想。

平時看到錐子、剪刀或手術刀之類的利器，啟造有時會莫名感到恐懼，擔心自己會突然發作似的拿來揮舞傷人。

所以啟造平日總把利器收在抽屜裡，從不放在視線所及之處。

「欸，你會去一趟高木先生那裡吧？」

啟造緊閉著雙眼，沒有回答。

「哎呀，已經睡著了啊。」

夏枝低聲說著，也鑽進了棉被。

（我好不容易才忘了村井的事，打算和妳好好過日子……）

啟造覺得愈來愈不了解夏枝，如果她自認該對琉璃子的死負責，那就不該做出這種事才對，不是嗎？

（夏枝，妳這也算琉璃子的母親嗎？）

啟造真想痛罵她一番。

夏枝關上燈。黑暗中，啟造緊盯著身旁的妻子。剛才目睹的瘀痕又浮現在眼前，此刻，啟造的腦海中夏枝和村井正以各種姿態交纏，妻子的幻影表現得是如此淫蕩！

啟造心頭籠罩一層絕望。

琉璃子被殺了，夏枝又和別人有了姦情。

（我每天這麼辛苦工作究竟是為了什麼？）

霎時，啟造覺得一切都失去了意義，就連向來引以為傲的醫師工作也變得空虛無聊。每當新患者到醫院來，他為他們驗血、驗尿、診斷、處方、治療，幾天之後，患者痊癒離開。然而無論他如何努力看診，患者永遠診治不完。啟造覺得他的工作充滿了虛無，就像人死之後得不斷在「賽之河原[8]」堆石頭一樣。今晚啟造不再覺得救人是一件值得自豪的事，只覺得日復一日重複相同的工作很無聊。妻子背叛了他，也將他活下去的希望之燈熄滅了。

燈光消失，眼前只剩一片黑暗。

「殺了夏枝，和她一起死吧！」

啟造在腦中描繪夏枝和自己全身冰冷倒臥在地的模樣。

然而他或許能夠親手殺掉夏枝，卻下不了手殺死阿徹。一想到要留下阿徹孤單一人，啟造實在不忍心。再說，啟造身為醫院院長，也不能想死就死，因為有許多患者需要他。身為社會的一分子，他有責任，也有義務要繼續活下去。

---

8 賽之河原：日本民間傳說中人死後要經過三途川才能到達冥府，三途川周圍的河原被稱為「賽之河原」，是比父母早亡的子女亡魂受苦之處。據說這些亡魂為了向父母報恩，必須在此處以石頭堆成石塔。但石塔完成前總有惡鬼將之搗毀，所以石塔永遠無法完成。「賽之河原」一詞引申有「枉費力氣」、「徒勞」等意義。

（夏枝！妳究竟對我做了什麼？）

頸上印著紫色吻痕的夏枝就躺在身旁，啟造卻不知該如何面對她。

（什麼嬰兒！我才不讓妳領養！）

啟造原本認為，只要能讓夏枝高興，去抱個孩子回來也好。他一心想重建和諧的家庭生活，但現在，他不願再做任何可能取悅妻子的事了。

「什麼收養凶手的小孩，別幹這種蠢事！更重要的是，你打算怎麼和夏枝說這件事啊？」

他想起高木說過的話。

（對！乾脆就告訴夏枝這主意。她聽到我要收養「凶手的小孩」一定會氣瘋吧。）

不過如果夏枝現在發瘋，啟造的生活也會受到影響。

（對了！乾脆不和她商量，直接把孩子抱回來好了。不知情的夏枝，想必會很疼愛那孩子吧。我一定要守住這個祕密！有朝一日，當她發現養大的孩子竟是凶手的小孩，她會怎麼想呢？畢竟是自己含辛茹苦養大的，到時她一定大受打擊。一定會對多年來的付出悔恨不已。這樣也沒什麼不好啊。我要讓凶手的小孩在關愛中成長，我要進行一場名為「愛你的敵人」的試煉。老實說，比起毫不知情的夏枝，說不定我會更痛苦，因為我明明知道是仇人的孩子，卻還決定收養她。但是打落的牙齒也得和血吞下，因為真相大白那天終究會來，到時夏枝就算急得跳腳也來不及了。）

啟造不禁想像起夏枝到時將會露出如何驚訝與悲憤的表情。

他覺得恐怖萬分，就好像心底破了一個大洞。夏枝應是他最最心愛的妻子，自己究竟想對她做什麼啊？恐怖的情緒從心底那個黑暗深邃的洞口源源不斷冒出。

（雖說是在心底，但心能有個「底」就算不錯了，否則一定會有更多恐怖的呢喃低語，自那深不見底的黑洞冒出來吧。）

啟造想，其實任何人心底都有個無底黑洞，不僅是他自己，就連夏枝的心裡也是一樣。

＊＊＊

第二天一早，啟造決定趁心意動搖之前付諸行動。

吃完早飯，他對夏枝說道：

「趁星期六，我今天就到高木那一趟。」

「哎唷！」

夏枝驚喜地兩手捧住雙頰，罕見地做出孩子氣的舉動，如果在之前，啟造會覺得她這模樣十分可愛。可是現在，他疑心這動作是村井給她的影響。

「我也可以一起去嗎？」

「談好我會打電話給妳。或許現在沒有適合的孩子也不一定。」

啟造今早還是注意到夏枝後頸的那兩塊紫斑。

（除了患者，我連其他女人的手都沒握過。我勤奮工作，待她那麼溫柔，為什麼夏枝還會背叛我呢？）

新婚不久，啟造也在夏枝身上弄出吻痕，在那以後，他總是非常小心，喉嚨、後頸等部位都只敢用唇輕輕觸碰。儘管只是輕吻，夏枝每次都很享受似的緊閉雙眼。她也讓村井看過那副模樣嗎？啟造胸中就像煮沸的熱鍋一陣翻滾，夏枝卻好似一點都沒注意到頸上的吻痕。

「家裡還有琉璃子留下的尿布和其他東西。你電話一來，我就立刻趕去。你要選個聰明可愛的嬰兒唷。」

啟造凝視著夏枝形狀優美的嘴唇。就是這兩片嘴唇背叛了自己！一想到它們曾經觸碰過村井，啟造就痛苦萬分。

「是啊，我一定抱個出身特別乾淨的孩子回來。」啟造佯裝開心地說。

（對了！今天是村井出發的日子。）

他突然想起這件事，故意輕描淡寫地說：

「我乾脆送村井到札幌去好了。妳也會到車站送行吧？」

夏枝輕輕垂下眼皮，「怎麼辦呢？」

「當然要去送行啊！」

一想到夏枝肚裡的心事，啟造全身就忍不住打顫。

「是啊……不過……」

她回答得很曖昧，手裡的抹布反覆擦拭著桌上同一塊角落。

「去送他吧！」

啟造強硬地說，但夏枝抬起臉左右搖晃著腦袋。

「我不想去。」

「為什麼？」

「……因為，我進療養院的事，醫院的人都知道啊。總覺得不好意思……」

聽完夏枝巧妙的藉口，啟造不發一語地離開餐桌。

# 9 旋轉椅

村井前往洞爺的行程延期了，聽說是因為他昨晚又咯血的緣故。

（真的咯血了嗎？）

啟造聽了這消息很不高興，他覺得這只是村井想要留在旭川的藉口。

獨自抵達札幌後，啟造從車站打了一通電話給高木。高木不在家，聽說是去醫院上班了，啟造又打電話到他任職的醫院。

「喔！辻口！怎麼了？」

高木聽來和以往一樣開朗，聽到他的聲音，啟造覺得心似乎也變暖了。

「想見個面。」

「說要見面的電話，總是男人打來的，順便也給我帶位小姐嘛。」

「是啊。」

啟造笨拙地有些語塞，高木聽他這反應，忍不住大笑起來，嗓門大得簡直要震壞聽筒。

「有事啊？」

「嗯，有點事。」

關於領養嬰兒的事。然而這句話啟造實在無法在電話裡說出口。

「什麼事……？哎，還是到醫院來吧。今天雖是星期天，可我下午要開刀，忙得很呢。」

放下電話，啟造在「五番館百貨店」門前搭上電車。札幌是個美麗的城市，市內道路沿途都種植著刺槐路樹，無論何時看到這座城市，啟造都覺得心靈得到了慰藉。

（念書的時候，曾和夏枝一起走過這條路……）

學生時代的啟造和梳著辮子頭的夏枝每次走在這條路，往來行人總被夏枝的美麗吸引，忍不住回過頭來看著他們。啟造那時覺得能走在眾人欽羨的眼光中是極為光榮的一件事，覺得世上恐怕再也沒人比他更幸福了。

啟造方才被高木和路樹綠蔭激勵的心情又重新陷入黑暗。當年曾因得到美貌的夏枝而自以為幸福，現在想來，啟造覺得自己真是愚蠢無比。

（夏枝卻背叛了我。）

（如果我告訴高木想領養佐石的孩子，他會怎麼說呢？照他上次的反應，大概會反對到底吧。）

啟造覺得希望渺茫，但又仍感到一絲希望。

（他總不能反駁「愛你的敵人」這句話吧。）

（只是高木並不認為這句話有什麼了不起。）

然而，啟造忘了一件事：他應該以對待凶手的寬宏大量同樣地對待夏枝，他應該原諒夏枝，也應該愛她。但現在他心裡只想著：背叛丈夫的妻子遠比敵人更為可恨。

其實他也很氣村井，只是他從來沒把村井視為值得深愛與信賴的對象。但夏枝就不同了。對於生性嚴肅的啟造來說，夏枝是最心愛的妻子，是無可取代的。對於妻子的背叛，啟造心中的憎恨比對村井和凶手的憎恨更強烈，更複雜。

背叛丈夫的妻子，比敵人更殘酷。她將啟造活下去的力量連根鏟除，使他了無生氣。相比之下，凶手和村井還算不上是能攪亂啟造思緒的對手。

* * *

「來出差啊？」

高木衝進了會客室，推門的陣勢差點把門給拆下來。

會客室是個小房間，裡面有一張圓桌，以及隔著圓桌放置的兩張旋轉椅。

高木穿上白袍倒也十足醫生派頭。記得以前在學校時，同學曾對高木的模樣做出如下評語：

「高木怎麼看都沒有醫生的樣子。要是生在古代，他就是那個幡隨院長兵衛[10]吧。」

「哎呀，他可是很知性的。應該比較像老大哥型的電影導演吧？」

「什麼話！那傢伙只是一頭熊！一頭會說流利德語又很會唱浪花節[11]的大熊！」

奇妙的是，啟造和高木個性雖然截然不同，兩個人卻意外地合得來。無論高木怎麼批評自己，啟造都能感受到話中的暖意。

「一進入九月，就覺得日子過得飛快啊。」高木抽著菸，微笑著說。

「是啊！馬上就到十月了。又要開始下雪了。」

「真的呢。今年我得換個新火爐。什麼牌子比較好呢？」

9 五番館百貨店：札幌「西武百貨公司」的前身。
10 幡隨院長兵衛（一六五〇—一六五七）：江戶初期武士出身的俠客。
11 浪花節：一種類似說書的彈唱藝術。

「喔，令堂應該很清楚吧。」

「家母才不懂這些呢。你也不知道吧，畢竟你從小就是用俄國式暖爐，從來沒受過凍吧。我們窮人可沒辦法像你一樣。」

高木似乎還不打算問啟造的來意。啟造心想，乾脆今天什麼都別說，就這樣回去算了。到醫院的路上，他想了很多，想到要和殺女凶手的女兒同住一個屋簷下，他覺得這計畫實在不可行。又不是一天兩天的事，倘若今後二十年要在同一個屋簷下生活，啟造覺得自己恐怕沒辦法承受這個事實。

（向左還是向右？眼前的選擇將會改變自己的一生。）

一想到這，啟造突然膽怯起來。

「村井已經到洞爺去了？」

聽到村井的名字，啟造覺得從沒像此刻這樣被這名字刺痛過。

「本來今天要出發，可聽說又因咯血延期了。」

「喔，那真糟糕。」高木兩道濃眉皺成了八字形，一臉深思。

（有什麼糟糕？糟糕的可是我啊！）

啟造又想起夏枝頸上的吻痕。

（就算夏枝沒發現，村井應該知道她脖子上有吻痕啊。）

（村井為什麼不告訴夏枝呢？）

（他是想看我們夫妻為了吻痕糾纏不清吧？）

啟造覺得很不愉快，村井簡直就是正面向他挑戰。

「有什麼事啊？」

看著一臉憔悴的啟造，高木在脖子上抓癢一番。

「喔。」啟造心裡還有些猶豫。

「一定是夏枝整天吵著叫你快去抱嬰兒回來，對吧？」

高木不懷好意地笑著說。啟造點了點頭。

「夏枝原來也有這麼固執的一面啊？我還記得她以前總梳著辮子，雪白的臉頰像是剛蒸好的年糕，可愛極了。加上個性又老實，第一次見面時我還懷疑這人到底會不會說話呢。」

高木的話中充滿了往日之情。

「她只是說話溫柔。」

「哪裡哪裡，無論是語氣還是脾氣，夏枝都溫柔得沒話說，別的女人根本沒法比！老實說，她吵著想要孩子，還不是因為心腸軟嘛。」

「你是這麼想的嗎？」

聽到高木對夏枝寬容的評論，啟造覺得不太自在。

「夏枝和村井之間不單純。」

如果自己這樣告訴高木，他會是什麼表情？

「什麼嘛！你這說法豈不是在說夏枝不溫柔？」高木不滿地說。

「我不是這個意思。她很溫柔啊。」

（無論對誰都溫柔，特別是對村井！）

高木平日有個毛病，常一不小心就過度評價他人，太容易相信別人。

「要看嬰兒的話，最好夏枝也一起去。不過今天我倆先去看看情況吧？」

也許是看到啟造都親自到札幌來了，高木沒再反對他們領養嬰兒。

「不了，不看也罷。」

「不看也罷？」高木訝異地問。

「是讓我決定的意思嗎？倒是有個非常可愛的嬰兒唷。」

說著，高木眼中閃耀愉悅的光輝。

「不，我是想要佐石的孩子。」

硬著頭皮說出後，啟造心中反倒舒坦多了。那兩個吻痕又清晰地浮現在他眼前。

「佐石的孩子？你是說凶手的小孩？還在說這種夢話！你要那個孩子的話，我可不幫忙。」

說著，高木把旋轉椅輕巧地一轉，背過身去不再看啟造。

「為什麼？」啟造低聲問道。

「不為什麼！」

高木重新把椅子轉向啟造，兩腿架在桌上，環抱雙臂。啟造毫不迴避地迎視高木那兩道探照燈般的視線。

「你收養那孩子打算做什麼？就算是殺人犯的小孩，孩子本身可沒有罪啊。也有堂堂正正活下去的權利啊。」

「我知道，所以我才想收養她。」啟造微笑著說。

「我不懂你在盤算什麼，總之先說清楚，我雖不像你這麼優秀，一畢業就有大學來延攬，但我骨氣不輸人。無論是殺人犯的小孩還是貴族的小孩，只要交到我手裡，我一定保護到底。老實說，世上怎麼可能有人想扶養殺女凶手的小孩呢？也不知道你會對那孩子做什麼，我可是擔心得要命喔。」

「那當然，這種傻瓜世上恐怕不存在。不過，當今這地球上，倘若有個這樣的傻瓜也不錯啊。」

說完，啟造竟也開始相信自己就是那個傻瓜，覺得這麼努力爭取那孩子，並不只是為了折磨夏枝。

「哼！討厭的傢伙！」

高木嘴裡雖這麼說，表情倒像是十分欽佩。

「沒錯！我這人是很討厭，也令人不快。畢竟在你眼中，就連津川教授那樣品格高尚的人都無法真心去愛自己的敵人。或許我的確做不到。但我也跟你說過，現在的我要活下去只有兩條路可走，一條路是這輩子都活在對凶手的憎恨裡，另一條路是把『愛你的敵人』這句話當作終生課題，努力付諸實踐。我希望能愛著那孩子活下去，因為人活在憎恨裡是再悲慘不過的一件事。」

「……」

高木不作聲，只是抱著胳臂仰面凝視著天花板。

「我此刻的絕望，不曾經歷喪女之痛的人大概很難理解吧。」

「你的敵人……？現在回想起來，以前你曾上過教堂，你是教徒嗎？」

「不，不是教徒，只是曾向傳教士學過兩年英語，那時我經常上教堂，或許是當年受到的影響吧。」

「你都三十多歲了，還那麼天真，真令人無話可說。對了，我想起來了！你這傢伙從以前就像是肚臍眼下沒那玩意似的，成天把愛和永恆之類的字眼掛在嘴邊。雖說生了兩個孩子證明你的肚臍下是有那玩意的，可你還在說什麼『愛你的敵人』，你這人真是可怕唷。」

高木臉上一絲笑容也沒有。說完，他又盯著啟造上下打量著。然後，他像是有了結論般用力點點頭，放下架在桌上的雙腳，轉臉對啟造說：

「好吧！我懂了。喔，不對，我其實不全懂，不過我相信辻口啟造的為人，就當我懂了吧。這件事你當然和夏枝提過了吧？」

聽到這問題，啟造頓時臉皮發熱。剛才發表了一堆冠冕堂皇的說詞，連他都差點相信自己真能疼愛佐石的孩子。

然而，他對夏枝的計畫絕不能告訴高木。

「收養凶手小孩的目的，其實是為了讓夏枝痛苦。」

這句話，他說不出口。印在夏枝後頸的紫斑，此刻清晰地呈現在他眼前。

「看你不講話，原來是打算瞞著夏枝啊？」

聽到高木的疑問，啟造只好點點頭。

「是嗎？想瞞著她啊？所以說，可憐的夏枝根本不知道要收養的是仇人的小孩？」

說著，高木坐在旋轉椅上不斷打轉。

「嗯，因為她還不能受到刺激。要是知道這件事，她大概會當場暈過去吧。」

「廢話嘛！就算沒昏倒也不會聽你說下去的。誰會像辻口你生出那種傻念頭啊？夏枝很想要個可愛的女孩，對吧？我想她是真心的，她一定是想把孩子當成琉璃子撫養。」

「大概吧。反正同樣是養小孩，那就養佐石的孩子也不錯啊。這麼一來，琉璃子的死也不再沒有意義。再說夏枝也不是傻瓜，我想將來有一天，當她明白了我的用意，肯定會對我的作法表示欣慰的。」

「喔？會這樣嗎？」說完，高木閉著雙眼像在思考什麼。

啟造一直以為自己不擅說謊，周圍的人也向來認為他性格過於正直，他實在沒想到竟能如此厚顏無恥地說出這番謊言。

（或許像我這種不敢撒小謊的懦弱之人，反倒會撒漫天大謊吧。）

「辻口！」高木從椅子上站起身來。

「怎麼？」

「你就這麼想收養這孩子，甚至不惜瞞著妻子這種天大祕密？」

「或許吧。對我來說，養育這孩子將是一輩子的課題。現在雖是祕密，我並不打算讓它一輩子都是祕密。只要找到適當時機告訴夏枝，我想她應該能懂我的。」

謊言！啟造想，這根本是不可能的事情！

「是嗎？想想你要做的事有多殘忍啊！夏枝全被蒙在鼓裡，她會非常疼愛那孩子唷。你覺得這樣也行嗎？」

「我是深思熟慮過後才做的決定。而且這是我們夫妻間的問題，你不必擔心。」啟造自信滿滿地說。

聽到他自信的口吻，高木也露出笑容重新坐下。

「好！我懂了。既然你想清楚了，那我就不再多說什麼。」

「你終於懂了？」

「還是不太懂啦。不過，我本來就比不上你。你這人個性太認真，實在認真過了頭。我無法贊同你的作法，但我信任你。信任不表示贊同喔。」

聽到高木這麼相信自己，啟造反而不知該說什麼了。

「但是辻口啊，事已至此，最好還是嚴守祕密唷，就連夏枝也不能透露。因為凶手的小孩也有生存的權利呀。你要徹底忘掉她的身世，絕對保守她的出生祕密。」

「我會保密的。」

「絕不能告訴夏枝喔。」

「絕不說。」

「阿徹將來長大之後，也不能說喔。」

「那當然。」

「就連佐石的孩子，也不能告訴她。」

「這不是理所當然嗎？」

「那我呢？」

「你？你不是已經知道了？」

「不，我可不知道。從今天起，我會忘了這件事，所以你也別跟我提。就連你自己，也不要再想起。千萬不要一直記著：這是凶手的孩子。更別記著她是收養的。她就是你們的孩子，知道嗎？」

「知道了。」

「你是個男人，千萬要保守祕密啊！」

「你也說太多遍了！是不相信我吧？」

「不是啦。我這人雖然做事乾脆，不過囉唆起來可比別人更囉唆。你能保守這祕密吧？」

「知道了，真煩人。」

聽到高木再三叮囑了好幾遍，啟造有些不安，彷彿這祕密馬上就會洩漏出去。

「高木，你也不能對任何人提起唷。」

「廢話。」

「也不能告訴村井喔。」

「我幹麼告訴他？」

啟造有些擔心，他覺得如果村井知道一定會說出這祕密。

高木坐在椅子上又轉了一圈，起身低頭看了啟造一眼後，開始在房裡來回踱步。半晌，他停下腳步冷冷地說：

「還有件事我可得說清楚，小孩沒有愛的呵護是長不大的，你得答應我，將來無論發生了什麼事，你一定會愛護那孩子。這兩件事你能答應我嗎？一是嚴守祕密，二是愛護孩子。」

「我懂了，我答應。」

聽到啟造肯定的答覆，高木終於露出安心的神色。

「真想不到育幼院的孩子這麼多人搶著要。每次我交出小孩都很不放心，不過還從沒像這次這麼擔心過。畢竟這次可是把她交到仇家手裡啊！」

高木開玩笑地說，說完又笑了起來。

# 10 九月風

和高木談妥後，啟造立刻打了通電話給夏枝。因為他覺得心裡很不踏實，如果不立刻打電話，很可能會改變主意。打了大約一小時，電話才接通。

「我馬上過去。」

夏枝也有自己的打算，她覺得這事得趁啟造改變心意前趕緊進行，所以電話裡也沒問太多孩子的事。

高木進手術房開刀後，啟造實在無法坐著乾等，便往門外走去。

出了醫院，啟造在刺槐路樹下漫無目的地閒逛著。刺槐的黃葉不時從樹上飄落，天空雲層很厚，陰沉沉的。

街頭轉角的商店前排了一長列，人群好像在等待分發。隊伍裡有個小女孩，啟造看到她的那瞬間，心頭不由得一震，腳步也停了下來。他以為看到了琉璃子。

小女孩被母親牽著，看向母親指著的某處。女孩長得和琉璃子十分相像，那纖細的脖頸，和線條有如刀削的後腦勺，都和琉璃子如出一轍。

啟造糾著一顆心走過隊伍旁。他有種錯覺，現在如果回到旭川，彷彿就能看到琉璃子在家門前玩耍。

然而，琉璃子陳屍河邊的身影卻又鮮明地浮現眼前。

（琉璃子是被殺死的，我卻要收養兇手的孩子，我真能做得到嗎？）

（沒辦法！絕對辦不到！）

（是嗎？絕對辦不到嗎？我真的不能對凶手的孩子付出關愛嗎？）

啟造腦中又浮現夏枝肌膚上的吻痕，覺得體內的血液快要被妒火染得漆黑。

（我要讓夏枝養育佐石的孩子！）

不知何時，啟造已在路旁的木椅坐下。一個穿著軍服的男人從他面前走過。男人背著大背包，黝黑有神的臉孔筆直地朝著前方，看來像是走私白米等物資的黑市小販。不一會兒，又來了一個滿臉疲憊、穿西式服裝的男人。男人突然蹲下身子從地上撿起什麼，只見他輕輕用手撣了撣灰，就把那東西叼在嘴裡。原來他撿的是一根香菸。啟造立刻轉開了視線。

（戰爭打輸了，大家的日子都不好過，我卻還一個人耽溺在憎恨和悲哀當中。）

想到這裡，啟造又從椅子上起身，搖搖晃晃地向前走去。他不知道夏枝幾點到達，就算知道，他也不打算去接她。

兩手插在風衣口袋，啟造慢吞吞邁步向前。九月中旬的風對散步的人稍嫌寒冷。這時，鐘塔的報時鐘聲隨風飄近耳際。

（也不知夏枝中意佐石的孩子嗎？說不定佐石的女兒瘦弱得像隻小猴子呢。）

啟造又擔心起來，不知計畫能否順利實現。風兒猛地捲起一陣塵埃，像要裹住他的褲腳似的從腳邊吹過。

＊＊＊

夏枝到醫院時已過傍晚七點，天色早暗了。

「公主陛下馬上就要駕到嘍！」

高木一走進房間就宣布說。他為了聯繫嬰兒的事剛去了育幼院一趟。聽高木那語氣，好像嬰兒馬上就要自己走進來似的。夏枝忍不住露出微笑，啟造卻笑不出來。

（終於要來了？）

想到這裡，啟造覺得胸膛裡一陣衝擊，心臟差點停止跳動。

「夏枝，妳會好好愛護她吧？」

「是個怎麼樣的嬰兒啊？」

「說不定比夏枝更美麗喔。」

高木看到坐在一旁的啟造垂頭喪氣的表情，忍不住調侃他說：

「辻口，你看起來很沒精神耶。要是不想收養的話，就算了吧。」

「沒有啦……」啟造無力地擠出一絲微笑，搖了搖腦袋。

「先看過之後再決定吧？嗯？老公。」

夏枝實在摸不清啟造的心思。

「對呀，如果不喜歡就不要收養了。」

高木坐在暖墊上點燃一支菸。

「不知她的父母是怎麼樣的人？」

「夏枝，不可以打探小孩的父母唷。不管是誰的小孩都無所謂，妳一定要這麼想才行。一定要抱定決心，心裡要想著：我們才是她的父母。」

「可是……」

「育幼院裡的每個孩子都是背負著不幸降生到這世上來，沒有孩子擁有值得稱道的父母啦。」

「但至少也要知道父母是誰啊。」夏枝的語氣就像在和兄長撒嬌。

「這話也沒錯。對了，乾脆趁這機會把真相告訴妳吧。」

聽了高木的話，啟造不免一驚，轉臉看向高木。

只見高木一副置身事外的表情說：「她的父親可是醫學博士辻口啟造，母親是遠近馳名的大美女辻口夏枝。」

「好討厭唷，說這種話。」

「是嗎？那就當她父親是學生，母親是有夫之婦，這樣總可以了吧。」高木笑道。

「高木先生您這人真教人沒辦法。」

「我才拿妳沒辦法哩。我們育幼院規定不能說出親生父母的身分，同樣地，親生父母也不知道孩子被送給什麼人。不過別擔心，他們的父母不是妖怪也不是蛇蠍，都是偉大人類的子孫。所以差別不過是五十步與百步，不用擔心啦。」

高木看到啟造靜坐一旁不講話，便對他說：

「怎麼啦？辻口，收養小孩也算喜事一件吧？你該表現得歡喜一點嘛。」

這時，有人敲門，一個臉蛋圓得像托盤的護士走進來，身後跟著一名保母，抱著以毛毯裹住的嬰兒。

高木從保母手裡接過嬰兒，動作十分嫻熟。保母看起來有點神經質，她向高木低頭行禮，轉身拉開房門。

「喔，妳們別忙著回去，先在休息室等一下好嗎？他們要是不喜歡還要送回去呢。」

保母離去後，夏枝走到高木身邊探頭打量起嬰兒來。

「哎呀！好可愛！多漂亮的眉毛啊！」

夏枝忍不住高聲讚嘆，伸手想從高木手裡接過嬰兒。

「如果不喜歡，還可以送回去唷。」

高木像要故意讓她著急似的緊抱嬰兒不放。夏枝輕輕瞪他一眼說：

「來！到媽媽這裡來。」

說著，便接過嬰兒緊抱在胸前。聽語氣像是決定要收養這女嬰了。

「啊唷，在笑呢。幾個月了？」

「三個月左右。」

「三個月啊。老公，你看，好可愛的嬰兒喔！」

聽到夏枝呼喚，啟造仍坐在椅子上抽菸。他害怕看到佐石的小孩。

「哎呀，又笑了！老公，你看嘛！」

說著，夏枝走到啟造身邊。啟造偷瞄了嬰兒一眼，小臉的眉眼輪廓竟意外清秀。啟造回想之前在報上看過的佐石，嬰兒的兩道濃眉和額頭形狀，簡直是佐石的翻版。看到那不似嬰兒的濃眉和濃密的頭髮，他心裡很不舒服。

「這是爸爸唷！她很可愛吧？」

嬰兒的雙眸比較接近動物，不似人類的雙眼。夏枝那句「這是爸爸唷」惹得啟造心中不快。眼前嬰兒的無神眼眸，似乎也反映著啟造此刻的鐵石心腸。

（我才不是她爸爸！）

嬰兒的眉眼和佐石實在太相像！不過啟造看到不知情的夏枝似乎相當中意嬰兒，心裡升起一種惡作劇的喜悅。

「這孩子叫什麼名字啊?」

「暫時取了個名字叫澄子。」

「澄子啊?這名字雖然可愛,可是要不要給她另取一個?」

「就叫澄子好了。」啟造嫌麻煩地說。

「不要,我要取新名字,她可是我們的孩子啊。來!該讓爸爸抱一下了。」

說著,夏枝把嬰兒送到啟造面前。

「沒關係,我不抱。這麼小的孩子要我抱,說不定會摔到地上呢,太恐怖了。」

見啟造不肯伸出手。高木不懷好意地笑著說:

「夏枝,妳要是不想養了,隨時可以送回來。我看夏枝不像會虐待她,但啟造就很難說了。」

* * *

坐上車後,夏枝比平日聒噪,一路都在對嬰兒說話。

「沒想到竟是這麼可愛的孩子。」

夏枝因為神經衰弱住院了一段時期,沒看過刊登著佐石照片的那份報紙。然而她就算看過,也不會想到抱在膝上的嬰兒就是佐石的孩子。

「現在還有回旭川的火車吧?」

「沒有了,都快九點了。」

「不,應該來得及趕上九點幾分的那班。」

「我跟你說啊。」夏枝身子靠向啟造低聲說。

「幹麼？」

「我們訂間旅館好嗎？」

「動作快一點的話，趕得上啊。」

「可是我還不想回家。」

「我還有醫院的事要顧啊。」

說完，啟造看了一眼手表，但夏枝似乎毫不在意。

「對不起，前面路口轉彎，請到鐘塔旁的那家丸惣旅館。」夏枝直接吩咐司機。

「怎麼了？妳累了嗎？」

「嗯，有點。」

但她的臉色看來一點也不像累了。夏枝究竟在打什麼主意？啟造實在無法理解。沒多久，汽車停了下來，抵達的旅館蓋得很講究，就像一間料亭。

啟造心裡雖然惦記著火車時間，還是跟著夏枝下了車。進房後，夏枝一臉嚴肅地看著啟造。

「到底怎麼回事？」啟造又看了一眼手表。

「對不起，我暫時不回旭川去了。」

「妳說什麼？」

（她不會是要和我分手吧？）

啟造感到不解，這時，村井的臉孔突然浮現在他眼前。

（難道說……）

啟造抬眼看著夏枝。眼看啟造的表情愈來愈嚴肅，夏枝畏懼地把視線轉向嬰兒。

「為什麼不回去？妳討厭我了嗎？」

「哎呀！」夏枝忍不住笑了出來，聲音裡既有無奈也有安心。「別亂說了，我怎麼會討厭你嘛。只是為了這孩子，我想暫時待在札幌。」

夏枝的表情似乎在說：你連這一點都想不通嗎？啟造這才暗叫一聲，想到夏枝肯定滿腦子都是嬰兒，根本無暇顧及自己。

「可是，為了這孩子為何非得待在札幌呢？」

「因為啊……現在帶她回去的話，大家馬上就會知道她是領養的。」

「本來就是領養的嘛。被知道有什麼關係？」

對啟造來說，孩子的身世真相被揭曉才可怕。

「哎唷，瞧你說得多殘忍！被人說成那樣，好可憐唷。」

「可是她是養女這件事是沒法隱瞞的吧？」

「不，有辦法。自從我打算領養孩子，就偷偷把布條纏在肚子上，還有人問我是不是有喜了。」

啟造大吃一驚，轉眼打量夏枝的腰部一帶。夏枝望著躺在坐墊上的嬰兒，又說：

「我在想，我們就說是懷胎七個月的時候在旅途生的。」

「可是這孩子已經三個月了不是嗎？馬上就會穿幫的。」

「所以，我決定暫時不回旭川去了，就在這裡待兩個月。」

啟造又看了一眼手表。看來最後一班列車是趕不上了。

「妳太傻了。兩個月之後這孩子已經五個月了，任誰都能一眼看穿的。」

啟造笑著說，但夏枝卻一點也不讓步。

「不會。兩個月後已經是十一月中旬，天氣變冷了，我也不必把孩子帶到外面。」

「但是會有人到家裡道喜呀。那時候怎麼辦？」

「那就找個藉口嘛，譬如孩子感冒了之類的，絕不讓外人看到她。我們也能在話裡暗示一下，就說這孩子八成是琉璃子投胎轉世，發育成長都比常人快一倍。就這樣應付到三月吧。」

「可是到了三月，原本應該是六個月大的嬰兒，卻已經九個月大……」

「那個年紀總能想辦法蒙混過去，我能應付的。你回去就告訴阿次和阿徹，說我生了一個小嬰兒。不然，這孩子長大後要是知道自己不是我們親生的，多可憐哪！我一定要想盡辦法瞞過去。」

（她對這個才見面不久的嬰兒，這麼快就能萌生母愛嗎？）

雖然和自己同樣都是人，啟造覺得女人實在恐怖。

「總之，我打算至少兩個月不回家。」

夏枝一隻手肘撐著臉頰，百看不厭地欣賞嬰兒的睡臉。

「這孩子有這麼可愛嗎？」說完，啟造忍不住嘆了口氣。

「哎呀，你不覺得可愛嗎？」

「才看一眼，根本談不上可愛不可愛吧？真是胡鬧！」

「哎唷，我從決定收養她的那一刻起，就覺得她好可愛呢。」

「喔？只看到長相就這樣？」

啟造洩了氣似的覺得異常疲憊，便在榻榻米躺下。夏枝把旅館侍女送來的茶端到啟造身邊，臉色潮紅地說：

「女人啊，打從知道自己肚子裡有孩子的那一刻起，即使看不到孩子的臉也覺得孩子可愛。不過男人都說，就連孩子出生過後好長一段時間，還沒有當父親的真實感。從我決定收養這孩子的那一刻起，就覺得是我生下她的。」

這種感情真不正常，啟造想，這種奇妙的溫柔在男人身上可找不到。難道這就是所謂的母愛嗎？啟造不禁轉眼望著夏枝。

（不，這只是自戀吧。）

啟造覺得夏枝此刻類似母愛的溫柔，極度缺少社會性，隱藏著某種危險因子，只要稍不留心，就會立即轉變成另一種冷酷駭人的情感。

（把我和阿徹丟在家兩個月，她究竟把我們當成什麼啊？）

啟造想起森林邊的自家大宅，今晚只有次子和阿徹兩個人待在家。夏枝對嬰兒所展露的熱情，實在令他難以理解。

事實上，夏枝近乎異常的熱情，是來自失去琉璃子所帶來的深刻悲痛和悔恨，但啟造無法體會她這種心境。

（如果夏枝發現這是佐石的孩子，她會怎樣呢？）

啟造趴在榻榻米上沉思著，點起一支香菸。他沒意識到，身為夏枝的丈夫，他這種想像簡直是殘酷得罪無可赦。不知何時，啟造的目光又轉到夏枝雪白的後頸。昨天的吻痕仍舊在那裡，只是顏色變淡許多。

「出生登記是要在出生地辦理吧？」

聽到夏枝的疑問，啟造忍不住坐起身子。

「出生登記？還要去辦出生登記？」

「當然啊，高木先生不也說這孩子還沒有戶籍嘛。那就當她才出生，立刻去辦……」

（對啊，戶籍也是個問題！）

啟造這才驚覺自己是多麼遲鈍。

「妳說去辦出生登記，小孩又不是妳生的。」

啟造再三打量著那個眉毛和佐石如出一轍的嬰兒。

「不，是我生的，就是我生的！去辦理出生登記才表示我們要把她當成親骨肉撫養啊。」

啟造無從辯駁。雖然他自以為了解深藏夏枝心底的激情，卻沒想到這份情感竟是如此強烈。

（我自以為能疼愛佐石的孩子，但是要讓殺死琉璃子的凶手小孩入辻口家的戶籍，我辦不到。）

啟造的視線越過窗口，看著月光下閃著藍光的鐘塔。

「老公，要取什麼名字去辦登記呢？」

「名字不是叫澄子嗎？」

「我才不要，別人取的名字……對了，叫琉璃子好嗎？」

「琉璃子？別開玩笑！」啟造忍不住提高嗓門叫道。

「可是我想把她當成琉璃子撫養啊。」

夏枝說著，淚珠從臉頰滾落。

就在前一秒，她還喜孜孜地抱著嬰兒，臉頰貼著嬰兒的小臉呢。

（妳已經忘了死去的琉璃子嗎？）

啟造再三在心底詰問夏枝。但是看她說著說著流下淚來，啟造又不知如何是好了。

夏枝無聲地抽泣起來，淚水不斷自她眼中流下，沾溼了面頰。

「琉璃子是琉璃子，還是另外取個名字吧。」

啟造柔聲說道。夏枝順從地點點頭，擦乾了眼淚。

（老實告訴妳吧，這孩子啊……）

啟造的嘴巴就快要按捺不住，但他還不知該如何開口。

「啟子怎麼樣？從你的名字裡取個『啟』字。」

（開玩笑！）

「啟子雖然不錯，就沒有別的名字了嗎？」

「那，太陽的陽，陽子怎麼樣？我從小就很喜歡這名字呢。聽起來很開朗，很好相處。」

說到這裡，夏枝又語帶哽咽。

「陽子？很好啊。希望能把她撫育得像太陽一樣明亮開朗。」

只要不叫琉璃子或啟子，啟造覺得取什麼名字都行。

「那就決定叫陽子啦？太好了！」

「嗯，就這樣吧。對了，還有件事……夏枝，我們把這孩子還回去吧。」

「什麼？為什麼說這種嚇人的話！」

「老實和妳說，我是有理由的。妳沉住氣好好聽我說。」

夏枝戰戰兢兢看了啟造一眼，把嬰兒連同坐墊一起抱在懷裡，連連搖著腦袋說：

「不要！我不要把陽子還回去。我才不會把她交給任何人呢！」

嬰兒是剛剛才命名的，夏枝竟已將「陽子」這名字掛在嘴上。啟造聽了更覺得可怕。

「可是……」

「不要！我不要還回去！不管是什麼理由都不要，對吧，陽子？」

夏枝激動地打斷啟造，並將嘴唇貼在嬰兒的額頭上。

除了自己和阿徹，啟造很不願意看到妻子親吻別人。而眼前的夏枝，卻展露著細長雪白的後頸親吻嬰兒。看她這副模樣，啟造不免在腦中想像起夏枝面對村井時的姿態。

（琉璃子遇害那天，夏枝，妳究竟和村井在幹什麼？還有昨天，妳又不知懺悔地幹了什麼？）

啟造站起身子，他的視線像要扎進夏枝後頸似的緊瞪那兩個顏色轉淡的吻痕。

（夏枝！那可是佐石的孩子，是和佐石長得一模一樣的女兒，妳去愛她愛個夠吧！）

「開玩笑的，夏枝，我只是想試探妳是不是真的想要撫養這孩子。」

「哎唷，你這人好壞唷！說什麼還給別人，故意嚇唬我。」

「對不起啦。總之，我先回家去好了。」說完，啟造從衣架取下風衣。

「可是已經沒火車了。」

「那就只好包輛車回去。」

「可是包車價錢很貴呢……」

「夏枝，阿徹正在家裡和次子看家唷！妳不覺得他可憐嗎？」

啟造其實很想對她說：什麼車錢太貴，和妳接下來要花的住宿費根本不能相比！

夏枝聽到啟造尖銳的聲調心裡嚇了一跳。

「對阿徹是過意不去……不過，這時候他已經睡了，睡著了就不寂寞啦。」

（想到他得一個人睡的模樣，妳不覺得可憐嗎？）

想到這裡，一陣不安突然襲上啟造心頭。

（說不定現在，年幼的阿徹也和琉璃子一樣正遭遇不測？）

森林邊那座自己的家園浮現眼前。

（我們和佐石的孩子在一起的這段時間，家裡會不會又出什麼事……？）

「那出生登記就拜託你啦。」

站在身後的夏枝說道，她正幫啟造穿上風衣。啟造沒回答就匆匆走出房間，連夏枝的臉都沒再多看一眼。

# 11 動搖

吃完早餐，啟造對次子說：「阿次，今天好像有點冷喔。」

「是啊。可能會下雪吧。」

「不可能吧？才十月十六呢，不會下雪啦。對了，要請妳把我的冬裝找出來。」

「是……」

次子很沒把握地答著，立刻又請教啟造：

「請問……冬裝的衣箱是在儲藏室裡？還是在衣櫥上面？」

「不知道啊。阿次不知道嗎？」

「真抱歉。衣服都是太太收的……我會去找找看。」

阿次一臉愧疚地往二樓儲藏室走去，可她這一去遲遲沒回來。桌上碗盤還沒收拾，啟造在餐桌前的沙發坐下。

「給您，報紙！」

阿徹走過來緊靠著啟造的身子。

「喔，昨天上川下了今年頭一場雪啊。」啟造攤開報紙說道。

「下雪了嗎？上川在哪？」

「層雲峽你去過吧，就是有大浴室的那個地方。上川就是離那裡很近的一個小鎮。」

「旭川什麼時候會下雪？」

「這個嘛，旭川通常要等到十月二十號以後才會下雪，你再睡十次覺，就會下了。」

「哇！好高興啊！下雪了媽媽就會回來了吧？」

「嗯。」

「媽媽生小娃娃肚子很痛吧？」

「大概吧。」

「小娃娃是從肚臍那裡，『砰』地肚子破成兩半，然後生出來的吧？」

「……」

「那好痛唷。媽媽好可憐啊。」

「……」

「對吧？好可憐哪。對不對？」

「阿徹才可憐呢。」

「為什麼？我肚子不痛啊。」

「媽媽不在家，你很寂寞吧？」

「嗯，是有點寂寞。」

啟造心裡掛記著上班時間快到了，他抬頭看了一眼壁鐘。次子這時走回客廳。

「好奇怪，到處都沒看到冬裝呢。」

「沒找到嗎？」

「冬裝的五個衣箱都是空的，難道被偷走了嗎？」

「不可能吧，是不是放在衣櫥裡呢？」

「沒有，衣櫥裡只有春秋兩季的衣服。」

「那就奇怪了。」

啟造謹慎地以牙籤挑著牙，心情逐漸陰沉起來。

「真抱歉。」

「哪裡，又不是阿次的錯。都已經到換季的時候了，總該說一聲衣服收在哪裡啊。是夏枝不對，不過找不到的確奇怪，該不會真的被偷了？」

＊＊＊

啟造出門的時間比平日稍晚，屋外不像想像中那麼冷，但啟造心頭有種被妻子拋棄的淒涼感。穿上皮鞋，次子匆匆跑出來說：「找到冬裝了。」然而一想到醫院裡還有患者沒吃早飯等著接受肝臟檢查，啟造穿著秋季夾克就匆匆出門。

夏枝做事向來有條不紊，家裡的衣服收在哪裡全記得一清二楚，就算遇到停電，她也能在一片黑暗中找到需要的衣服。但也因為她的井然有序，很少讓別人代勞家事，特別是家裡的衣服，她從來沒讓次子碰過。

像今早那樣找不到衣服的事，家裡可從來沒發生過。這件事給啟造的衝擊相當大。

公車站一個人影也沒有，看來車已經開走了。這公車一小時只有一班。

（真是屋漏偏逢連夜雨啊！）

啟造苦笑起來，無奈中決定步行上班。寬闊的大路一側種著高大的唐松，另一側則並列著低矮的木造民房。

家家戶戶門前都有掃帚留下的痕跡，幾乎每家屋簷都吊著要用來做澤庵漬[12]的白蘿蔔。一根根洗得乾乾淨淨的大蘿蔔以繩子綁成一排，倒掛在屋簷下。秋季的晨光照在蘿蔔上反射出雪白的光芒。

（今年家裡大概不晒蘿蔔了吧？）

這條路很安靜，幾乎沒有汽車經過。一輛載著成堆白菜的馬車從啟造身後趕上，馬匹緩步向前邁進，悠閒恬靜的馬蹄聲在四周迴響。啟造心中的悲苦在馬蹄聲中逐漸趨於平靜。

（就算沒有冬服，只要有毛衣也能過冬。）

一名穿著破舊軍服和軍鞋的青年從啟造身邊走過，這一刻，他不禁對擁有四季服裝而感到羞愧。在這生存不易的時代，民眾大都把衣服拿去換成白米了。

「院長，您早！」

身後突然有人向他打招呼，是個年輕女人的聲音。啟造訝異地回頭，只見松崎由香子一雙閃閃發光的眸子仰頭直視著自己。

「喔？妳住在這附近啊？」

「不是的。」由香子披在背上的長髮隨風飄舞著，「我到朋友家過夜。」

說完，由香子和啟造並肩而行，但又立刻停下腳步。

「哎呀！好美啊！」

說著，她轉臉朝一間蹄鐵店張望。店裡豎著四根拴馬用的粗木樁，不見人影。

「什麼好美？」

12 澤庵漬：即醃製的黃蘿蔔。

「火呀。」

昏暗的店內，打製蹄鐵的火爐裡閃耀著透明鮮紅的火焰。

「火焰為什麼這麼美啊？」

由香子的綠色風衣豎起衣領，裡面的白毛衣隱約可見。她的目光緊盯著蹄鐵店裡的爐火，眼皮一眨也不眨。啟造顧不得等她，逕自向前走去。

「院長，火焰為什麼這麼漂亮啊？」

穿著白色帆布鞋的由香子悄無聲息地追上來。她快步跟著啟造並肩前進，沒多久又把身子貼近啟造。

「不知道啊。」啟造說完，避開了由香子。

「是因為正在燃燒嗎？燃燒之後化成灰，變成了煙，下一秒就煙消雲散，所以看起來才那麼美吧？」

由香子自言自語似的說，身子再次貼向啟造。啟造向右閃開一步。

「欸，院長，火焰這東西啊……」

「松崎！」

「是。」由香子的小嘴裡露出小小的白牙，溼潤的表面閃閃發光。

「妳走路時能不能離我遠一點？」

「啊唷！」由香子的臉一下子紅起來，一直紅到耳根，「對不起！怎麼辦？我太不注意了，平時也總是被別人提醒。」

說完，由香子好半天沒再說話，只是跟在啟造身後。啟造看她全心全意注意著腳步，心裡不免生出一絲憐惜，便對她說：

「跟我並肩走是沒問題，只要保持適當距離就好。」

啟造說著轉過頭，卻看到由香子眼中滿是淚水，他吃驚地問：

「怎麼了？」

大清早就惹哭女人，啟造感到很無奈。這時他突然想起村井說過的一句話。

「松崎由香子對院長很傾心唷。」

不一會兒，兩人來到附近的大街，路旁全是雜貨店、小吃店、五金行、藥房和菜市場……店家騎樓的矮簷緊緊相連，其中也有一家蹄鐵店。往來的行人逐漸多了起來。

「聽說您家裡添了一個小娃娃？」由香子睫毛上還掛著淚珠，轉臉笑著問啟造。

「是啊。」

「村井醫生……」說到這裡，由香子遲疑地閉上了嘴。

「村井？」

一大早就談到這個人，令啟造有些厭煩，便加快腳步。由香子踩著無聲的步伐連忙追上。

「村井醫生說，您夫人應該已經不能生孩子了。」

「妳去看過村井了？」

啟造想起曾在醫院藥房看到她和村井獨處。然而由香子並沒回答啟造的問題。

（這女人和貓一樣！）

啟造在心底說道。不知不覺之間，由香子又以身體推擠啟造的肩膀，緊貼著他向前走去。

＊＊＊

啟造打開玄關大門，家裡沒有人出來迎接。夏枝離家已經一個月了，啟造還是很不習慣這種無人迎接的冷清感覺。

次子通常都待在廚房，從不出來迎接主人回家。阿徹也因夏枝不在感到寂寞，每天都玩到黃昏才回來。

「咦？這是誰的鞋子？」

玄關裡整齊擺著一雙黑色高跟鞋，啟造想不起家裡有哪位女客是穿西式服裝的。

（難道是松崎由香子？）

他想起今早由香子流淚的模樣。就在這時，紙門拉開了。

「老爺，今天居然這麼早就回來啦。」

辰子出人意料地站在眼前。今天她穿著黑色V領毛衣和灰色緊身裙。

「嚇我一跳。」

走進起居室，啟造對辰子說。

「什麼？」

「還說什麼，辰子這是第一次穿西式服裝出門吧，不是嗎？」

辰子微微交叉著那雙肌肉勻稱、腳踝纖細的小腿，在沙發坐下。

「這哪叫西式服裝，不過穿了件毛衣嘛。」

「我還是第一次看妳這麼穿，真的！」

「真受不了。再怎麼眼裡只有夏枝，起碼也該記得辰子穿毛衣的模樣呀。」

辰子表情豐富的眸子咕溜一轉，輕輕瞪了啟造一眼。

「不，妳真的是第一次在我面前這麼穿。」

啟造也不換衣服就坐下，視線迅速地從她高高攏起的髮型到豐滿的胸部轉了一圈。

「是第一次看到啦，沒錯。」

「是嗎？那我以前是穿著振袖[13]和服打網球啊？」

「對喔！」啟造不禁大笑出聲。

「啊唷，現在才想起來！」

「哎呀，那時妳還是女校的學生吧？這可是妳畢業之後第一次穿洋裝唷。」

啟造看慣和服打扮的辰子，眼前的她就像個陌生人，全身散發一種近似美少年的清朗氛圍。

「不管怎麼說，歡迎妳來。」

「瞧您那張臉哪，就像寫著：我太太不在家，心裡正寂寞啊！」

「沒想到她竟在札幌生下孩子。」

辰子低下頭撣撣菸灰，表情像什麼都沒在聽。

這時，阿徹從外面回來，看到身穿毛衣的辰子，他一臉吃驚地兩眼緊盯著辰子，不過下一秒，阿徹立刻奔到辰子身旁拉起她的手，蜷起兩腿坐在她美麗的長腿上。辰子對阿徹說：

「今晚阿姨陪你一起睡吧？」

「阿姨，妳要住我們家嗎？真的？」

阿徹高興極了，撲倒在榻榻米上滾來滾去，像是不知如何表達內心的快樂。

「辰子，妳要在這裡過夜啊？」

啟造的聲音裡也透露出歡欣。

13 振袖：未婚女性所穿的和服，袖長及地。

「怎麼連老爺都這麼高興！是夏枝拜託我的，我也沒辦法啦。」

每當辰子做了讓別人高興的事，總會擺出一副酷表情，像在宣告：這可不是我主動要做的喔。看到眼前辰子又露出招牌的酷表情，啟造不禁微笑。

晚飯時，次子把一盤挑好刺的魚肉放在阿徹面前。辰子看到次子的動作，便問阿徹：

「阿徹幾歲啦？」

「五歲。」

「自己會吃魚嗎？」

「不會，我不會。」

「為什麼呢？」

「因為我還沒上學。」

「因為還沒上學？」

「嗯，魚骨頭會刺到喉嚨啦。」

「要是不會刺到你的話，能自己吃嗎？」

「嗯，可是很可怕耶。」

「我跟你說啊，阿徹，不要狼吞虎嚥大口吞下去，可以先放一點在舌頭上，這樣你就能吃出魚肉裡有沒有刺了，對吧？」

說著，辰子故意挑了一塊帶刺的魚肉放進阿徹嘴裡。

「感覺到了吧？」

「感覺到了。」

「輕輕地剔出那根刺來。」

「嗯。」

這天晚飯，阿徹學會了自己吃魚。

啟造不禁想起夏枝。她總是把魚肉一塊一塊從魚身挑下，放在阿徹碗裡。絕不可能像辰子那樣擺出嚴母的態度。

「阿徹，你看過魚的笑臉嗎？」

「魚會笑嗎？阿姨。」

「會笑呀。對吧？」辰子看著啟造說。

「我不知道。」

「芭蕉先生寫過：『春將盡，鳥啼魚落淚。』既然魚會流淚，當然也會笑呀。」

說完，辰子大笑起來。啟造覺得家中頓時明亮起來，感受到久違的家庭氣氛，但這種感覺背後，卻又隱含了幾分不安。

（原應是夏枝坐的位子，現在卻坐著辰子。）

或許是因為這景象令人感到不協調吧？啟造深思著望向辰子，她表現得快樂而開朗。啟造這時注意到，辰子將餐具放在桌上時一點聲響也沒有。他仔細觀察後發現，即使在談笑時，辰子也沒把餐具弄出聲響。好厲害！啟造對辰子的觀感頓時大為改觀。

＊＊＊

辰子哄阿徹入睡後，又回到一樓來。

「對不起，我管太多了。」她一坐下來就對啟造說。

「什麼事？」

「就是讓阿徹自己吃魚嘛。」

「不，我很感謝。夏枝總是寵著他……」

「每個母親都有自己的教育方針嘛，我應該先徵得夏枝同意的。」

說著，辰子臉上露出一絲悔意。

「今天的事就請多多包涵啦。」

辰子語氣懇切地說。

「對了，說到多管閒事，我再多管一點吧……」

「什麼事？」

啟造猜不出辰子要說什麼。

「一大清早就和年輕小姐那麼親熱地走在一起，可不行唷。」辰子眼神發亮地笑著說。

「一大清早……」

「今天早上，您不是跟一個長髮女孩走在一起？」

啟造這才明白她說的是松崎由香子，不覺苦笑著說：

「在哪裡看到的？」

「不知道啊。反正夏枝沒交代我監視老爺，所以在哪看到的也不重要啦。倒是那女孩有點奇怪。」

「的確是個怪女孩。」啟造把由香子喜歡貼著人走路的毛病告訴辰子。

「是嗎？這種毛病算怎麼回事呢？不過那女孩怪雖怪，給人印象倒不壞。」

「是嗎?」

「什麼『是嗎』,瞧您,立刻就露出這麼高興的表情!」辰子說著,佯裝瞪了啟造一眼。

啟造突然想起由香子從村井那聽到的訊息。夏枝結過紮這件事,似乎早在醫院傳開了。

(不管她再怎麼宣稱是自己生的,人家也不會相信啊。)

辰子當然也知道這件事吧。所以剛才提起嬰兒的事,她才裝作沒聽到,一定是因為體諒我的處境吧。想到這裡,啟造不禁覺得有些羞愧。

「說起我家的小嬰兒啊。」

聽啟造重提這件事,辰子立即明白了他的用意,便接口說道:

「很好啊!夏枝說是自己生的,就隨她吧。」

「可是她以前做過手術……」

「結紮手術也可能會失敗呀。不過您夫人也太傻了,還準備了一大堆理由,什麼懷了七個月就早產、長得和自己很像之類的。我看她實在太可憐,都忍不住流下眼淚,很疼惜她,決定幫她演好這齣戲。看來琉璃子的事對她傷害不小啊。她信裡不知寫了多少遍,說要把孩子當作琉璃子撫養。」

辰子倒了茶,真誠地說。

(不過她不可能知道我領養的是凶手的小孩。)

啟造在心底說。

「雖說要當作琉璃子養大,誰知道養大以後會變成什麼樣呢?」

啟造沉思著,自言自語地說。

辰子沒有接腔。

「對了，那孩子怎麼樣了？」

「那孩子？」

「哎呀，就是那個凶手的小孩啊。不是在高木先生那裡嗎？」

「喔。」啟造故意裝作不在意地答道。

（她該不會從高木那聽說實情了？如果真是這樣，夏枝一定馬上就會知道。）

「也不知能不能順利長大。」

「誰知道呢。」啟造答著，又以開玩笑的語氣補了一句：「我們要是收養那個凶手的小孩就好了。」

辰子手裡的茶剛端到嘴邊，手在空中停了幾秒。

「老爺才不可能收養呢。」

聽到辰子的回答，啟造心裡鬆了口氣。

「那如果是辰子妳，有沒有可能呢？」

「什麼收養，我連考慮都不會考慮！」

「是嗎？我還以為像阿辰這樣的人，大概會願意收養呢……」

「我可沒把自己看得這麼偉大，我還有自知之明。」

聽了這話，啟造覺得好像挨了一鞭似的。

「是嗎？但也不是不可能吧？」

「我可做不到。自己的孩子被殺了，還得用愛去撫養凶手的小孩。這種事如果人真能做得到，這個世界應該比現在更美好才對。」

「可是這世上總有一兩個這種人吧。」

「我可不認為人有那麼偉大。很多人連自己的小孩都不養，還有人把父母當成絆腳石，我可不會把人類看得多麼偉大。」

「好嚴苛！妳還是和從前一樣。照妳這樣，結婚之後老公有了外遇妳要怎麼辦啊？」

「那我可不知道，或許會披頭散髮大鬧一場吧。或許二話不說，一刀就殺了他。也或許我會覺得，人嘛，誰沒有逢場作戲的時候呢？說不定我會意外地表現得很淡然也不一定。反正沒有事到臨頭，誰也不知道會怎樣啦。」

「不到事到臨頭，不知道會怎樣喔。原來如此，的確是這樣！」

（發現夏枝和村井的姦情前，我打算這輩子要做個寬厚溫柔的丈夫。但現在不同，我已經變了。）

「我是男人，男人對女人的感覺我知道，但女人對男人是怎麼想的，我就不清楚了。辰子妳也對男人神魂顛倒過嗎？」

「『辰子妳也』是什麼意思啊？『也』字是什麼意思？」辰子笑著被煙嗆得咳了起來。

「啊唷，對不起！我太失禮了。」

「太失禮啦。我一直都對男人神魂顛倒呀。跟乖乖牌女生比起來，我覺得和留級的男生聊天有趣多了。所以啊，說不定哪天有機會，我就會做出什麼大事也不一定喔。」

「是嗎？連辰子都這樣的話，那我家夏枝更有可能了。她搞不好也是一有機會就不知會幹出什麼事呢。喔，不，說不定已經在進行了呢。」啟造裝作開玩笑試探地說。

「老是開這種玩笑！老爺也會說這種無聊的笑話啊？我可得對您改觀了。」

說完，辰子抱住自己豐潤的膝蓋望著啟造。

（說不定辰子已經知道村井和夏枝的事了？）

啟造看出辰子是巧妙地避開重點。

「辰子看起來成熟多了。是因為練舞才顯得比較穩重嗎？實在看不出妳未婚呢。」

「這話是誇獎我嗎？那我該向您道謝嘍？什麼『看不出未婚』！這種話可有損我名聲，會害我嫁不出去啦。」

說著，辰子俐落地站起身來。

「晚安！老爺。」

辰子對啟造笑了一下，便逕自走上二樓。

啟造鑽進棉被後一陣疲憊襲來，他比平時更快陷入昏睡。

就在他即將步入夢鄉之際，房間紙門靜靜拉開了。

「辰子……」

啟造從枕上抬起頭，只感覺女人的髮絲輕撫著自己的臉頰

（喔，是辰子啊。）

啟造想撐起身子。

「不，我是由香子。」

女人把身體貼近，腳上穿著帆布鞋。

「為什麼穿了鞋子？」

女人沒有回答。

「脫掉鞋子啦。」

女人還是沒說話。啟造心中生出憐惜，便伸出手臂抱住她，但女人不知何時卻已變成了夏枝。

# 12 泥靴

辰子來家裡過夜後，又過了十天。

這天，啟造一打開玄關大門，立即感覺家裡氣氛不太一樣。屋裡傳來陣陣熱鬧人聲。

紙門拉開，夏枝抱著嬰兒走出來。

「老公，你回來啦。」

「妳這麼快就回來啦？」

啟造臉上高興的表情幾乎無法掩飾。夏枝也想家了啊？這念頭令他有些欣慰。

「是啊。因為陽子的牛奶很不容易弄到手啊。」

「坐火車很辛苦吧？」

「是啊。可是一想到回到家牛奶站就在隔壁，我就再也忍不住，匆匆趕回來了。」

「……」

「住宿費用又那麼貴。再加上天氣也變冷了，陽子還是住在有俄式暖爐的家裡最好啦。」

「……」

「你看，長大了吧？她都不哭喔，很好帶呢。」

「……」

「真的，從來都不哭呢。」

說著，夏枝打算把陽子交給啟造，但他只是氣呼呼地瞪著夏枝。

「我說老公啊，陽子才剛到家裡來，你也抱一抱她嘛。」

夏枝發現啟造一臉不悅，轉身把陽子放回嬰兒床。這張床阿徹和琉璃子以前都睡過。

（妳心裡就只有嬰兒，一點都不關心我和阿徹，對吧？）

啟造心裡埋怨著，嘴巴卻沒說出來。他起身到隔壁房換衣服，認定夏枝一定會跟來幫忙。

「阿次，伺候老爺更衣吧。」

誰知耳邊卻傳來夏枝指示的聲音。啟造氣得滿腔怒火，結婚到現在，夏枝從沒有一次不幫他更衣的。

「去叫夏枝來！」啟造命令正要拉開衣櫥的次子。

「可是太太正在換尿布呢。」

次子很為難地答道。啟造心底升起一種難以形容的淒涼，這感覺慢慢地滲透、蔓延全身。

「去跟她說，換好了立刻過來。」啟造站在原處發號司令。

「陽子！陽子！」

阿徹快樂的呼聲傳進啟造耳中。

「哎呀！不行啦。阿徹，陽子在睡覺唷。」

耳邊傳來夏枝溫柔的苛責聲。啟造一直站在衣櫥前，焦躁地等候著不知何時才會過來的妻子。

＊＊＊

「這段日子害你生活不方便，真對不起。」

當晚，夏枝對離家一事首次向啟造表達歉意。

「嗯。」

（怎麼回事，現在才說這些話。）

啟造有點納悶，但也因為她這句話，從黃昏起就按捺在心底的不滿毫無抵抗地打消了。

「棉被有些溼呢，明天我好好晒一晒。」夏枝鑽進啟造的棉被說。

「妳好像瘦了一點？」

「是嗎？」

「嗯。不，好像也沒瘦。」

「你倒是變胖了喔。」夏枝的聲音沉穩而甜美。

「對啊，這是我沒搞外遇的證明。」

夏枝低聲笑起來。

「有什麼好笑？」

「你才不會搞外遇。」

「這麼小看我喔。」

「就算求你，你也不會外遇的。」

「我真是信譽絕佳唷。」

村井修長的手指，突然異常鮮明地浮現在啟造腦海，他不禁緊緊抱住夏枝。

窗外似乎起風了，森林裡不時傳來林木的陣陣嘈雜。接著是一段沉默的時光。

「還是俄國式暖爐暖和。」

完事後，夏枝和啟造身上都有些汗溼。

「對了，聽說辰子到家裡過夜了？」

「阿徹很高興喔，她穿了西式服裝來呢。」

「哎唷，辰子嗎？怎麼回事？」

「可能是心境改變了吧。辰子很適合和服，但也很適合西式服裝唷。」

「……」

「她的腿好漂亮啊，不粗也不細。」

「……」

「腳踝特別細，是因為練舞的關係吧？」

「辰子睡在哪裡？」

「二樓啊。陪阿徹一起睡。」

「……」

「怎麼了？」

「辰子就那麼美嗎？」

「是啊。她那個人啊，腿和表情都很棒。」

「好討厭！」

「……」

「好討厭唷！」

「傻瓜。」

啟造把唇貼在夏枝的眼皮，夏枝沉默著用手指在他胸膛比劃。

「什麼聲音啊?」

風吹在迴廊的玻璃窗發出些微聲響,啟造和夏枝側耳傾聽著屋外的動靜。

「喔,大概是下雪了吧。」

「雪?是嗎?或許吧。」

夏枝輕巧地鑽回自己的棉被。

「陽子的出生年月日,你登記時填的是幾號?」

夏枝問道。啟造不禁撇撇嘴唇。

「……」

「你忘記了?」

「嗯……」

「你真是少根筋啊。」

夏枝深信啟造一定早辦好出生登記。啟造不禁嘆了口氣。孩子都收養四十天了還沒去辦出生登記,這話他實在沒法對夏枝說。

辦理出生登記需要醫生開具證明,啟造需要利用職權去做這件事,他心裡很抗拒。但他並不是因為抗拒這件事才不去辦理登記。

「真糟糕,我得知道她的生日啊。」

「是嗎?又不急。」

「當然急。要是別人問我她什麼時候出生的,總不能說不知道吧。」

「妳還是打算暫時不讓人見她啊?」

「是啊。」

「妳想說她一個多月大？」

「如果要當成是我自己生的，不這麼說，日子不對嘛。」

「四個多月的孩子要說成四十天多大？很困難吧。別人看了會說她是妖怪唷。」

「我才不給別人看呢。」

「……」

「對了，陽子都不哭吧？」

陽子這孩子的確不太哭鬧。

（可我聽說，佐石就是因為這孩子老是哭鬧不休才患了神經衰弱啊……）

或許夏枝比較會帶孩子吧，啟造想，男人和女人畢竟是有差別的。

「我去熱牛奶。」

夏枝在睡袍外披上外套，走去廚房。

啟造懷著複雜的心情望著放在牆角的嬰兒床。

（明明打算疼愛這孩子才收養她的，我卻連陽子這名字都叫不出口。我實在比不上夏枝。）

（不過這是因為夏枝不知道她是佐石的孩子吧。如果知道了，一定不肯收養她的。）

（這個冬天，夏枝每晚都得忙著熱牛奶、洗尿布，一定很辛苦。而我就這樣冷眼旁觀嗎？毫不知情的夏枝一點都不可憐嗎？）

（夏枝是為了和村井幽會，才把琉璃子趕出去的。她理當該受懲罰。）

夏枝兩手握著奶瓶走進房來。

「老公，真的下雪啦，外頭已經一片全白嘍。」

「嗯。」

啟造佯裝很睏地翻了個身。

＊＊＊

一大早，阿徹就跑進房來探視陽子的小床。

「陽子！陽子！哇！」阿徹發出歡聲，努力逗弄著陽子。

家裡多出一個嬰兒竟會變得這麼熱鬧？啟造暗自感嘆，趴在被褥上抽菸。

「阿徹，小娃娃可愛嗎？」

「嗯，好可愛唷。陽子比琉璃子更可愛。」

「比琉璃子可愛？」

「嗯，因為她都不哭。」

啟造一不小心，手上的菸灰掉在床單上。

將來等到阿徹長成少年，不，或是長成青年時，萬一發現了陽子的身世，他會怎樣想呢？啟造看著阿徹陷入沉思。阿徹個性有些神經質，總是皺著眉頭，啟造不難想像阿徹長大以後的模樣。他長得很像啟造，啟造腦中的未來阿徹，是一個正氣凜然的青年。

（我的所作所為，會讓自己的獨生子恨我一輩子吧？）

幸好還沒去辦出生登記。啟造欣慰地想著，從床上爬起來。

（無論如何也得想辦法把嬰兒送走！）

「阿徹，去叫媽媽過來。」

「好！」阿徹立刻奔出房間。

「什麼事啊？」

穿著圍裙的夏枝走了進來。啟造穿著日式棉外套跪坐在地。夏枝看到丈夫臭著一張臉，似乎十分訝異。

「能不能解決一下這孩子的問題？」

「啊？」夏枝不懂啟造在說什麼。

「有嬰兒在家，吵得我都沒法睡覺。」

「哎呀！睡不著啊？真對不起。」夏枝一副自知理虧的語氣答道。

「可是陽子很少哭啊。吵到你了嗎？」

「不哭的嬰兒更恐怖，總之她搞得我心神不寧。」

「那從今晚開始，我和陽子到二樓睡好了。」

夏枝沒有反駁啟造。

「不，這孩子頭髮那麼多，眉毛那麼濃，還有她一點都不哭，這些我都不喜歡。」

「啊唷！這些全是陽子的優點呢，你竟然不喜歡。」

「我就是不喜歡。總之，把她還給高木吧？所幸還沒把她登記在戶籍裡。」

夏枝的臉色一下變得鐵青，「老公！你還沒去辦登記啊？」

出生登記還沒辦妥這件事，比「把陽子還回去」這句話更令夏枝大受打擊。

「是啊，還沒辦。」

「你這人好過分！太過分了……」

夏枝的嘴唇顫抖，唇上毫無血色，視線如一把刀似的直逼啟造。那眼神令啟造害怕，夏枝從沒對他露出如此冷峻的目光。夏枝的視線一直沒從啟造身上移開，她像要保護陽子般退到小床邊坐下。一種讓人毛骨悚然的妖異氣息自她身上散發，啟造這才第一次發現，夏枝不是容易應付的對手。

啟造早已習慣夏枝平時柔弱的模樣。雖然知道她也有頑固的一面，做事也很任性，只要是決定的事，非達目的不肯罷休，但啟造總認為這些也是她惹人憐愛之處。因為夏枝就算態度強硬，語氣仍保留著幾分溫柔和嬌媚。

「我說啊，拜託你。我求求你了，我很想要個嬰兒啦。」

每次夏枝柔聲乞求，啟造也只能低頭答應。就算最終結果總是自己投降，啟造心中也沒有一絲不滿。不過此刻夏枝表現出來的冰冷，絲毫不帶熱情與淚水的情緒。自從琉璃子遇害，啟造一度深深痛恨夏枝，當他發現村井留下的愛撫痕跡時，甚至曾動念殺掉夏枝。這衝動或許也可解釋為他對妻子的另類愛情。然而此刻啟造從夏枝身上感受到的，卻和這種另類愛情截然不同。啟造覺得彷彿深陷在夏枝的憎恨裡，這使他痛苦。雖然他痛恨夏枝，卻希望受到夏枝的溫柔對待和尊敬。

半晌，夏枝一言不發地走出房間。

（本想和她商量把陽子送回去的，結果竟變成這樣。）

啟造走到小床邊仔細打量陽子。陽子臉上露出純真的笑容，喉嚨發出一些哼聲，似乎期待啟造對自己說話。

（我應該把「愛這孩子」當作自己的人生課題才對啊。）

他盯著那酷似佐石的眉眼，開始省視自己反覆動搖的內心。

（可是「愛」是什麼呢？）

隔著玻璃，啟造望向覆蓋新雪的庭院。純白雪花偶爾被風吹起，帶起陣陣輕霧般的白煙。

（我真的打算一輩子愛這孩子嗎？）

但啟造連陽子的名字都叫不出口，佐石的陰影仍然殘存在他的心底。

（這孩子並沒有罪，她不需負任何責任。）

儘管心裡明白這一點，但啟造實在提不起興致抱她，看到微笑的陽子，他甚至無法對她笑一笑。

「爸，吃飯嘍！」

這時，阿徹站在門口喊著。

＊＊＊

夏枝一臉不高興地低頭坐在餐桌前。啟造遞去飯碗，她還是不肯抬頭。阿徹突然問道：

「爸爸，PAPA是爸爸的意思嗎？」

「嗯。對呀。」

「為什麼叫PAPA呢？」

「因為抽菸的時候發出PAPA、PAPA的聲音嘛。」

次子和阿徹都笑了，但夏枝只是目光嚴厲地瞥了啟造一眼。

「那媽媽為什麼叫MAMA呢？」

「因為媽媽煮MAMA給我們吃啊。」

「那我們家的MAMA是次子姊姊嘍。」

啟造和次子齊聲大笑起來，夏枝卻開口說道：

「阿徹，PAPA和MAMA都是英文，不是因為煮MAMA所以叫MAMA啦。」

「喔？可是我覺得爸爸的說法比較好耶。抽菸發出PAPA的聲音所以叫PAPA，煮MAMA所以叫MAMA。」阿徹說著抬眼望向啟造。

「阿徹，這些都是爸爸胡說啦。」夏枝柔聲說道。

啟造匆匆結束無趣的早餐，起身準備更衣，夏枝也跟了過來。

「不用了，我自己換吧。」

夏枝把襯衫披在啟造的背上，順勢將手放在他肩頭說：

「我不要把陽子送回去。如果送她回去，我會死的。」

啟造心底鬆了口氣。他覺得與其沉默不語，還不如挨夏枝痛罵一頓比較輕鬆。

「知道了，我只是睡眠不足才胡言亂語。」

夏枝像平時一樣跪下身子幫啟造穿襪。她先把襪子由內向外捲起套在啟造腳尖，再拉上捲起的部分，襪子就穿好了。無論對穿襪的一方或是被穿的一方，經過多年的配合，他們倆早已合作無間。相隔了四十天，啟造再度把腳放在夏枝柔軟的大腿上，等著她幫自己穿襪子。

（畢竟是夫妻啊！）

啟造不禁發出真心的喟嘆。

然而，即使在穿襪動作上配合得很好，兩人心中卻存著某種芥蒂。

夫妻的性生活或許也和穿襪一樣，只要像呼吸那樣熟練配合就行了吧，啟造想。

（但是夫妻除了肉體的聯繫，內心深處應該也擁有某種緊密契合的東西吧？然而，我們現在除了性生活，還有什麼足以引起彼此共鳴的東西呢？）

「你為什麼沒去辦出生登記呢？」

夏枝摺好啟造脫下的棉外套問道。

「妳問我為什麼，我也說不上來。一直都很忙嘛。」

「我知道你很忙，可是都過了一個多月啊。」

「嗯……」啟造連忙在心中搜索辯白的藉口，「妳說得也沒錯。每天心裡一直想著今天就去辦、今天就去辦，結果一不注意就拖了這麼久。日子過得好快呀。」

「我還以為你這人做事很有效率呢。」夏枝的聲音已變得溫柔許多。

「我也不是故意把這件事拋在一邊不管。可是在醫院，我要對付的是活生生的人呀。又不時有意外事故的急診病患，根本沒辦法按計畫行動啊。」

「我知道，可是三十分鐘的空閒總該有吧？」

「開玩笑！醫院多忙啊！別說抽空三十分鐘了，連吃午飯的時間都沒有呢。」

「……」

「早上要看診，下午要巡房，這之間還要抽空去出診。醫生的工作又不是坐著拿聽診器看病就好。」

「……」

「再說，還有事務長、各科醫生、藥劑師、放射線技師，這些人的想法和意見我都得聽啊。還不只這些，譬如護士的戀愛問題、患者的私人煩惱，我都得提供諮詢，大家都在等我的時間，要找我商議事情呢。」

說到這裡，一直低頭傾聽的夏枝抬起頭來。

「啊唷，你這麼忙啊！那真是太辛苦了。我什麼都不懂呢，太抱歉了。」

夏枝道歉著說，語氣溫柔得近乎肉麻。

「我知道了，那今天我去辦好了。」

聽到夏枝的回答，啟造覺得像是中了計不安地說：

「喔，妳去的話，我也省事。」

其實他一點也不願意讓夏枝去辦入籍手續。他還在期待奇蹟出現，期待能把陽子送走。

（即使我願意收養她，但要讓她入籍卻是這麼困難！）

啟造走到玄關，他的長筒靴已放在門口。

「爸爸的長筒靴好長啊！」

聽到阿徹的聲音，啟造點了點頭，夏枝也跟在他身後。

「下雪天的妳出去也辛苦，乾脆我路上順便去一趟村公所？就請妳打通電話給醫院，說我今天會晚點去上班。」

「哎呀，你願意去一趟啊？」夏枝臉上的表情頓時明亮起來。

「是啊。進了醫院，根本不可能出來辦私事。」

啟造也在擔心，倘若再不去辦出生登記，夏枝說不定會對陽子的身世起疑。

「那真抱歉喔，這麼忙，還要你跑一趟。」

夏枝開朗地把啟造送出家門。啟造踩著昨夜的新雪慢吞吞地走著。

（我要把「愛護陽子」當作自己的人生課題才對啊。）

啟造很後悔。因為對自己不夠了解，他才會碰到眼前這種難題。

（如果是真心愛她，就不該對入籍的事如此猶豫不決啊！）

啟造迷迷糊糊地坐上公車，又意識不清地下車。就在他要橫越馬路的瞬間，一輛吉普車毫無預警地從他鼻尖擦過，疾駛而去。啟造大吃一驚，停下腳步。

「嗨！」

遠去的吉普車裡，一名稚氣未脫的美軍士兵向他露出微笑。

因為自己全副心思都在煩惱陽子的事，剛才差點被吉普車撞倒！啟造想到這，心中一陣淒涼。

走到村公所前，啟造倚著老舊的門柱，又猶豫不決起來。

（我是真心想收養陽子嗎？）

天上又飄起雪花。啟造拉起大衣衣領。

（其實我並不是真心想愛陽子，我是想讓夏枝扶養凶手的小孩。因為她背叛了我和村井幽會，琉璃子那天才會死。當她有朝一日發現陽子的身世，她將會痛苦萬分，我是為了那一天才收養陽子。）

（但在未來這段漫長的歲月裡，活得最痛苦的人卻是我，只有我知道陽子是佐石的孩子。）

（不過這是我自願的。只要看到一無所知的夏枝辛苦養育陽子，我心裡就能得到慰藉。）

（夏枝的不貞，我能否看成是她一時糊塗而原諒她呢？）

（原本我已打算原諒她了！夏枝因為失去琉璃子悲傷得幾乎發瘋時，我一度原諒她了。但她若是真心對琉璃子的死感到悲傷，就不該再讓村井碰她才對。）

啟造在村公所前躑躅徘徊，完全沉浸在自己的思緒裡。

（除了夏枝，我從沒碰過其他女人的手。醫院雖然有女性患者，但我從來沒把她們當成女人。村井應該也知道我有多愛夏枝。夏枝和村井明明知道，卻背叛了我！）

即使到現在，夏枝後頸上的紫色吻痕仍然深深刻印在啟造心底，鮮明得令他心痛。

（究竟要不要進去辦入籍手續呢？）

啟造靠在村公所門前的柱子苦思著。

要是自己猶豫不決的模樣被高木看到了，他會怎麼說呢？啟造不禁感到羞愧。

「什麼嘛！這就是辻口啟造的真面目啊！說什麼『愛你的敵人』喔？笑死我了！還是先做到『愛你的妻子』吧。你這蠢男人！」

高木的大嗓門彷彿隨時都會在啟造耳邊響起。

（沒錯！我的確是傻瓜！自己的孩子被人殺了，我竟要收養凶手的小孩，要把財產分給那孩子。「愛你的敵人」這句話只有短短五個字，但這五個字所隱含的艱辛是多麼詭異而不合情理！）

我必須變成百分之百的傻瓜才行，啟造想。

「在這世上至少有一個像我這樣的傻瓜，也不錯呀。」

啟造想起自己對高木說過的話。

（既然要當傻瓜，何不也傻傻忘掉夏枝的不貞？）

正當啟造猶豫不下時，一輛私人包車突然在他面前停下，接著，車門打開了。

「院長，好久不見。」

坐在車上的是村井，或許是因為消瘦許多，那雙長睫毛看來更顯黝黑、美麗。

「喔，好久不見。可以出門蹓躂了？」

「還不行，不過總算能出發到洞爺去了。」

村井只推開車門，似乎並不打算下車。

「後來還有咯血嗎？」

說完，啟造看了一眼村井的紅唇。

（就是這兩片嘴唇弄出那些吻痕的！）

「最近咯血的情況比較穩定了。我送您到醫院去吧。」

「不了，我是來辦出生登記的。」

啟造的視線始終無法從村井的嘴唇移開。

「喔，我聽說了。恭喜您。」村井臉頰浮現嘲諷的微笑。

村井曾對由香子說：「院長夫人應該已經不能生育了。」

「也不知算不算喜事。」

「啊？」

「老實跟你說吧，夏枝做過結紮手術，我們以為沒關係可以放心……沒想到這種手術也可能失敗。」

村井臉上的嘲諷消失了，他輕咬嘴唇，疑惑地望著啟造。

「不過生的是女孩，夏枝挺高興的。」

聽到這句話，村井毫不掩飾地露出失望神色。

「請你保重身體！」

啟造說完便轉過身，大步走進村公所。

辦完出生登記，啟造一整天心情出奇平靜，難得地感到工作愉快。

「你要嚴守陽子的身世祕密，也要疼愛陽子。」

下班後，啟造思索著與高木的兩個約定，匆匆踏上昏暗的歸途。

早晨的積雪已經融化，沾滿泥濘的長筒靴穿在腳上很沉重。啟造離家愈近，心中的沉穩逐漸消去。他覺得好孤獨，也覺得不妥，期待有人能來拯救自己，同時，又有種站在馬拉松比賽起跑線上的緊張感。

「老公，已經登記好了嗎？」

夏枝待會兒大概會立刻奔到玄關來吧。

「什麼登記？」

啟造很想故意裝傻逗一逗她。

「夏枝，出生登記辦好嘍！」

他也想高聲大喊，看她反應如何。

為了辦理陽子的入籍手續，啟造猶豫很久，也苦惱很久，夏枝對這些都一無所知。

（從今以後，我還得為陽子的事痛苦多久呢？為了保守她的身世祕密，我得花費多少心思？）

（但這條路是我自己選的，無論多苦，我也要獨自走下去！）

啟造壓下一顆忐忑的心，打開家門。

夏枝因為長年練琴聽力向來靈敏，每次啟造打開大門，夏枝必定立刻迎到門口。然而，夏枝今天卻沒現身，啟造只聽到一陣笑聲自家裡傳出。

「已經辦好出生登記嘍。」

原打算一進門就大聲宣告的啟造頓時覺得挫折，他默默脫掉滿是泥濘的長筒靴。泥土沾得他兩手髒兮兮的。

起居室不見人影，寢室傳出一陣開心的笑聲，聲音越過走廊傳進啟造耳裡。

「啊唷，看懂了耶。阿徹，再來一遍，招招手。」

是夏枝的聲音。

啟造把紙門拉開一條縫，偷看房內的情景。其實他大可一把拉開紙門，但啟造就是不想老老實實走進去。

他窺見夏枝將陽子抱在懷裡，阿徹和次子從兩旁伸著頭探視陽子。啟造離開寢室，不脫大衣就直接坐在起居室的沙發上。

眾人的笑聲再度傳進他的耳中。

（你們都已經忘了琉璃子嗎？）

啟造點起香菸，覺得眼淚就要奪眶而出。他想起了在河邊抱起琉璃子屍身的那一瞬間。

（可憐的琉璃子整晚都孤零零趴在河邊啊。）

房裡第三度傳來一陣爆笑。啟造站起身，猛地拉開寢室的紙門。

「幹麼呀！吵死了！琉璃子走了還不到一年，什麼事這麼好笑！」

# 13 湖

「好快啊！」

啟造和夏枝並肩坐在涼亭，亭子建在能夠眺望湖面的一塊高地。湖面上空一片蔚藍，景色美極了。

「什麼好快？」

啟造從剛才就在欣賞對岸山上色彩鮮豔的紅葉。

樽前山的山巔形狀奇特，就像山頂戴著一頂平頂草帽。天空中，一朵扁平的白雲正在秋陽照耀下閃耀著光輝。

「我是說陽子啊。從那以後，已經過了七年。」

「嗯，我也正在想這件事呢。」

啟造全家今天一起到支笏湖遊玩。

「媽！」

遠處傳來陽子嘹亮的呼喚。坐在椅子上的夏枝回頭，只見身材高瘦的阿徹和陽子並肩朝父母奔來。阿徹身穿白毛衣和黑短褲，陽子穿著乳白色毛衣和褐色裙子。

「爸！媽！看啊！我撿了這麼多堅果喔！」

陽子攤開一只白手帕。

「哎唷，好多啊！陽子。」

「不，不是啦。不是陽子一個人撿的。哥，對吧？」

「嗯。」

阿徹微微蹙眉看了父親一眼。他這蹙眉的習慣就和小時候一樣。啟造瞥了一眼陽子撿來的堅果，目光又立刻轉向湖面。

「媽要不要一起去撿？」

陽子對啟造的反應並不在意，她天真地把手放在夏枝膝上。

（怎麼會有這樣一對眸子？）

雖說每天都看著陽子，夏枝還是忍不住每天都在心底讚嘆一遍。陽子深邃的眸子裡總像有東西在燒，整顆心都要被吸附進去。

「堅果已經夠多了，謝謝妳。」

「陽子，我們去撿落葉吧。」

阿徹身高雖已超過啟造的肩頭，聲音還是少年的清澈嗓音。

「好棒唷！陽子要拿來當書籤。」

說著，陽子像顆皮球似的「砰」地跳起身，立即飛奔而去。

「陽子的動作總是這麼快。」

夏枝的臉形和身材都和七年前沒什麼改變，唯有語氣和態度變得穩重許多。

「嗯。」

啟造答著，緊盯湖裡一艘飛馳的汽艇。汽艇後方揚起一道白浪。啟造前額的髮絲比七年前稀疏，身材也豐滿了一些。

「你到現在都還沒當自己是陽子的爸爸。」

聽到夏枝的埋怨，啟造故意裝不懂答道：

「是嗎？我覺得自己很像呀。」

「可是你剛才只冷冷瞥了陽子的堅果一眼。」

「……」

「還有學校的事也……」夏枝說了一半閉上嘴，沒再說下去。

這時，山下的碼頭開始播放遊船出發的時間。

「還有學校的事也……」夏枝這話只說了一半，其實夫妻倆最近曾為陽子上學的事發生過爭執。究竟要讓陽子去上附近的神樂小學？還是去旭川的學藝大學附屬小學？兩人各持己見，夏枝主張要送陽子去上學藝大附小。

「不必去那麼遠的學校，神樂小學不是很好？」

「不！聽說附小的家長比較重視教育，學生的成績也比較好。」

「和成績不好的學生一起念書，有什麼不好？」

「可是環境很重要啊。如果家長都熱心教育，同學的成績自然也好，這樣不是很好嗎？」

只要一談起陽子的事，夏枝就變得很積極，很有主見。

「是嗎？」啟造回答得興趣缺缺。

「是啊。而且學校裡也沒有窮人家的小孩……」

「是嗎？不過，我還是要送她上這裡的小學。」啟造打斷夏枝說道。

「哎呀，為什麼你就是不懂我的想法啊？」

「我覺得啊，有窮人家小孩，有成績不好的小孩，這樣的學校我比較喜歡。日本本來就有各式各樣的小孩，學著和各式各樣的孩子做朋友是很重要的。」

「……」

「對能力不好的小孩，我們可以鼓勵他。而窮人家小孩通常都比有錢人家的小孩自立，我們可以向他學習。還有身體不好的小孩，我們可以照顧他，這樣不是很好嗎？」

「……」

「不管是什麼出身的小孩都不該排斥，應該重視每個小孩，這才是教育的根本啊。記得有人說過：歧視乃萬惡之本。每種小孩都有的學校不是很好嗎？就拿大學來說，愈是所謂的名門大學，學生菁英意識就愈強，總把別人當成傻瓜，不是嗎？」

「我知道了。你說『不管是什麼出身的小孩都不該排斥，應該重視每個小孩』，你對陽子倒是相當『重視』呢。」說著，夏枝臉上露出冷笑。

此刻，啟造欣賞著湖面，想起那天的情景。

「你對陽子倒是相當『重視』呢。」

當時受到夏枝的指責，啟造一時竟不知如何回答。

自從收養陽子以來，啟造也曾下過工夫，努力想對陽子付出親情。然而他卻連抱一抱陽子都做不到。啟造從生理上就無法接受陽子。他在心底告訴過自己：她是佐石的孩子，必須愛她，這是自己一輩子的課題。但愈是這樣告誡自己，他愈是無法抱起陽子。

啟造又想起另一件事。那是陽子還不到三歲的時候，有一天，坐在夏枝膝上的陽子突然大聲念起圖畫書裡的故事。夏枝起先還不在意，因為她已經為陽子念過那本書很多遍了。

「て加上兩點，是什麼字？」

「啊？陽子會認字啦？」

夏枝大吃一驚，指著圖畫書問陽子：

「這個字怎麼念？」

「の。」

「這個呢？」

「う。」

「那，這個呢？」夏枝提高了聲調又問。

「ふ。」

陽子竟在不知不覺中學會了認字。夏枝當時激動得緊抱陽子，以臉頰摩蹭陽子的臉頰，對啟造說：「老公，陽子會認字嘍。」

啟造的視線仍舊停留在報紙上，臉上浮起一絲嫌惡。

「琉璃子和阿徹在這年紀都還沒學認字呢，認字等進學校再學就行了。」

「啊唷！」

「那樣的小孩才顯得大氣，我比較喜歡。」

聽了啟造這番話，夏枝難以接受地瞪著他。

「你這人好冷酷啊！要我和你分手沒問題，但我絕不會離開陽子的。」

夏枝當時的話聽起來一點都不像開玩笑。

不過啟造就是無法說一句「陽子好聰明唷」，也沒辦法伸手去摸摸陽子的腦袋。

陽子學說話也比普通小孩早一些，她幾乎從沒說過幼童學說話前的童言童語。

「爸爸，路上小心。」

「爸爸，您回來啦。」

陽子每天都被夏枝抱在懷裡向啟造打招呼。奇怪的是，每次聽到陽子說出清晰明快的字句，啟造都覺得很不愉快。

（今天一定要抱抱她，也要摸摸她腦袋。）

啟造每天都抱著這種決心回家，但是一看到陽子，臉上就反射性地露出不悅。然而陽子對啟造的冷淡似乎絲毫不以為意。即使已是小學一年級學生，每當啟造回家，陽子仍像從前一樣立即奔出來迎接。陽子身上有種特質，她總是把別人的惡意也當成善意。

「我們回旅館去吧？」

原在凝視遊船的夏枝突然提議。聽到她的聲音，啟造回過神來。

「天氣好像變陰了。」

湖水剛才還是一片湛藍，現在卻已微妙地混進一些鐵灰色。

阿徹和陽子看到父母起身，都跑了過來。

「啊唷！好累啊！」

陽子聳著瘦小的肩膀呼吸急促，一逕跑來抓起夏枝的手。

「不要跑得那麼急嘛。」

夏枝當初只是想把陽子當成琉璃子撫養，誰知隨著歲月流逝，夏枝竟開始覺得琉璃子就算沒死恐怕也不會像陽子這麼可愛。

「我討厭媽媽！也討厭醫生！都沒人要和琉璃子一起玩。」

琉璃子生前最後的這句話，經常在夏枝心頭罩上一層陰影，再沒有任何一句話比這更刺痛她了。每當她想起琉璃子，心裡的哀傷總是超過憐愛，並且還有更多的悲痛、苦澀與難過。

對於陽子，夏枝卻不必感到任何責任。陽子生來就必須仰賴他人養育，十分惹人憐愛；而且她也不像琉璃子犯了錯還嚷著：

「我討厭媽媽！也討厭醫生！」

陽子不會像那樣從家裡跑出去。就算在外面玩，陽子也是整群孩子裡笑聲最開朗的一個。

儘管啟造從沒摸過陽子的頭，陽子也不在意，對啟造毫不畏懼。陽子從不害怕貓狗，就像她從不怕生人一樣，她常常騎在鄰居家的大狗背上，嘴裡高聲唱著：

「跑啊跑啊，小馬向前唷。」

周圍的人看到陽子那模樣，幾乎沒有人不會露出微笑。

「累了的話，回旅館去洗澡吧。」

「我還想坐遊船。」阿徹抗議地說。

「可是你已經坐了兩次吧？」

「人家還想再坐一次啦。」阿徹噘起嘴唇說。

「哥，我們到浴池游水吧？」

「好。」

不知為何，阿徹對陽子一向言聽計從。這也讓啟造覺得不對勁。看到兩個孩子手牽手向前奔去，啟造和夏枝也一起邁步向前。

「他們倆感情那麼好，真不錯！」

聽了夏枝的話，啟造沒有回答。

「聽說村井剛在鬼門關前走了一遭。」啟造突然低聲說道。

「啊？」

夏枝剛好一腳踏在突出地面的榆樹根上，差點摔了一跤。

「昨天高木告訴我的，說是出現自然氣胸症狀，這很折磨人唷。空氣如果不斷灌進肋膜腔，會壓迫到肺臟。」

「好可怕唷。」

「我們從這裡包輛車，一路開到洞爺去探望他如何？」

聽到啟造提議去看村井，夏枝臉上的表情暗了下來。

「帶孩子到療養院去？」

對夏枝來說，現在阿徹和陽子比村井重要多了。

「只要不讓他們進病房就行啦。妳也該去探望一下啊。」

雖說七年過去了，啟造對村井和夏枝的事絲毫不曾忘懷，現在只是較少回憶起這件事罷了。啟造有個本領，能從記憶裡翻出往事來，而且印象鮮明得有如事件發生當時，有時心底甚至還會掀起比當時有過之而無不及的激情。他的心底似乎蘊藏著某種物質，能讓記憶永保新鮮。

啟造想起村井，又想到松崎由香子。

（那女孩為什麼一直不結婚？）

不過仔細想來，還沒結婚的人其實不只由香子一個。像是高木和辰子，他們也都還是單身。辰子因為有父母留下的遺產，其中光是不動產數目就相當可觀。她同時擁有舞蹈事業和財富，就算不結婚大家也不覺得奇怪。

（高木今年也三十八歲了。）

想到單身的高木，啟造甚至對他懷著幾許羡慕。

「你一個人去看村井先生吧？阿徹容易暈車，沒辦法去的。」

「是嗎？」

啟造不再勉強夏枝。

不一會兒，兩人就走到旅館門前。這是一棟ㄈ字形建築，內部面積十分寬敞。阿徹和陽子正在玄關前的空地踢石子玩。

回到房間，早有人幫他們把暖爐裡的煤炭燒得火紅。

「媽媽不洗澡了。」夏枝突然冒出這句話。

「怎麼了？」阿徹和陽子依偎在她兩側問道。

「媽媽有點累了。」

說著，夏枝向啟造輕輕點了點頭。

「來得真不是時候。」啟造苦笑著說。

「一路上坐公車搖來晃去，日子好像亂了兩三天。」

阿徹和陽子聽不懂夏枝在說什麼，便跟著啟造一起走出房間。

夏枝的視線越過面庭院的玻璃窗，瀏覽著湖面風光，這時她忽然想起四五年前的一個插曲。

記得那時阿徹才上小學二年級。那天是十月二十七日，是陽子的三歲生日。

吃完晚飯，夏枝和陽子在洗澡，阿徹突然跑過來。

「我也要洗。」他拉開浴室的玻璃門說。

夏枝覺得當時的情景就像發生在昨天似的歷歷在目。

阿徹當時以瘦小的身體勉強擠開玻璃門，跑進浴室。

「阿徹，你不是和爸爸洗過了？」夏枝苛責地問。

「可是我覺得身體又變冷了。」

當時阿徹雖已上小學二年級，但無論是心理或肉體都比同齡孩童幼稚。

「陽子，哥來抱妳吧？」

阿徹每次進了浴池都喜歡抱著陽子。

「嗯。」

陽子老實地答著，伸出可愛的胖手臂勾住阿徹的脖子。

夏枝一面清洗身體，欣慰地看著兩人。夏枝的胴體一點也不像生過孩子，凹凸有致的腰部曲線使下半身看來更加豐滿，無數的肥皂泡沫順著她圓潤的大腿往下流。

「陽子今天三歲了喔。」

「只有這麼多？」

陽子在阿徹眼前舉起三隻細小的手指。

「哥幾歲了？」

「八歲嘍。」

「陽子自己會洗。」

浴池底部有幾層階梯，可供陽子一個人站在水池裡。

「再讓我抱一抱。」

阿徹似乎不願意放開陽子。

「長大以後，陽子要做我的新娘喔。」

夏枝不由得心頭一震，停下了手上的動作。

「嗯，我做新娘。」陽子天真地答道。

夏枝一直當陽子是自己在寒冷的月夜生下的，或許因為琉璃子也是在冬天出生的緣故吧。聽了阿徹的話，夏枝覺得將來長成青年的阿徹，或許又會把同樣的台詞再對自己說一遍。

夏枝原希望陽子一輩子都是自己的女兒，但她轉念又想，如果陽子能當阿徹的妻子似乎也不錯。

「我的新娘是陽子喔。」洗完澡，阿徹滿臉得意地向啟造說。

「是嗎？」啟造關掉正在聽的收音機，臉色凝重起來。他以鄭重其事的語氣說道：

「阿徹，你已經三年級了，好好聽我說。陽子是阿徹的妹妹，妹妹是不能當你的新娘的。」

「為什麼？」

「這問題等你長大之後就會明白。」

「我才不要！陽子是我的新娘啦。」阿徹一臉快哭出來的表情。

「混蛋！」

啟造用力地一掌揮去。在這之前，他從沒出手打過人。

挨打的阿徹嚇了一跳，愣愣地仰頭看著父親。他不明白自己為何挨打，不懂究竟發生了什麼事。

「老公！不過是小孩的童言童語嘛，也不用這麼生氣啊……」

聽到夏枝的話，阿徹哇哇大哭起來。

「不，這事要從小說清楚。你聽好，阿徹，陽子是你的妹妹。無論在任何情況下，都不能當你的新娘。」

夏枝盯著啟造略顯蒼白的臉，覺得丈夫有些反常。

「阿徹，就算你長大了，也不能忘掉今天挨打的事！你給我好好記住！」

夏枝實在不明白啟造為什麼那麼生氣。若說他只是一時多心，深怕原來當作兄妹撫養的兩人將來出了什麼差錯，他的反應也未免太沉不住氣了。

夏枝不知啟造擔心的是：

（萬一阿徹和陽子知道他們不是親兄妹，談起戀愛……然後，當他們發現陽子的生父是誰……那豈不是超乎想像的噩夢？無論如何，陽子只能當我們的女兒。）

當時啟造心中顧慮的事，夏枝是絕不可能知曉的。

（從那時到現在，四年過去了。）

夏枝想到正在旅館浴室洗澡的阿徹和陽子。

剛才從啟造嘴裡聽到村井病危的消息，夏枝只是單純地感到驚訝。除了驚訝，她心裡沒有任何感覺。村井住進療養院這七年，夏枝的心思全被阿徹和陽子占據了。

對夏枝來說，村井只不過是一時的意亂情迷，她不會永遠愛著一個早已不在眼前的男人。夏枝對愛情的看法很幼稚，她覺得愛情就是「因為你愛我，所以我愛你」。更何況現在對村井的回憶又和琉璃子的死扯上關係，對夏枝而言根本沒有值得再三回憶的價值。

想來想去，夏枝覺得還是丈夫啟造最可靠。這其實稱不上愛情，只是一種近乎自私的情感，夏枝卻深信這就是愛情。

寬敞的旅館十分靜謐。儘管對面那棟建築有些團體客入住，但夏枝在房裡聽不到一點噪音。

（這裡真是好山好水好景色！）

醫院的業務也已步上軌道，自己實在別無所求，夏枝覺得心滿意足。

忽聽一陣輕微的腳步聲。是陽子進房了。

「媽，妳好一點了嗎？」

夏枝朝身邊的陽子點頭微笑，將她攬進懷裡。剛洗過澡的陽子身上散發著宜人香味，夏枝輕輕閉上眼，長睫毛微微顫動。她深信，眼前的幸福一定會永遠持續下去。

# 14 雪霧

雪融之後，又下雪，又融化。然後不知不覺，地上積了厚厚一層雪，無法化盡。
十二月初某一天，剛到醫院的啟造推開院長室的門。
「嗨！」
房裡突然傳出一聲招呼。原來是高木，他臉上罕見地露出疲態。
「嚇我一跳！這麼早，怎麼回事？」
「剛從斜里回來啦。」
「斜里？你妹妹家嗎？」
「嗯，去參加她大兒子的葬禮。」
「喔？什麼病？」
「不是生病，是被馬橇撞倒了。」
「這又是怎麼回事？」
「我妹住在斜里的鄉下，那裡路上經常有馬橇通過。」
「所以被撞了？」
「聽說是因為遇上了暴風雪，放學時抄近路，風吹得臉都抬不起來。我想就算抬起頭也什麼都看不見吧。結果撞到馬肚子摔倒了。」

「真可憐啊，幾年級了？」

「才一年級呢，可憐呀。」

說著，高木點起一支香菸。

「說起一年級，你們家那個一年級生怎麼樣了？上次你們到支笏湖來時，我還真想見見她呢。」

「你還是那麼疼孩子。那天夏枝說去你醫院會想起領養的事，她覺得不好，所以只打了電話給你。」

「自從去年春天就沒見過她了，上小學後有沒有改變啊？」

「喔，你看了就知道。之前大家說她長得像夏枝，最近臉變圓嘍，小孩子的臉經常在變啊。」

（只是眉毛還是很像佐石。）

「是啊。陽子將來一定是個好女孩，這孩子眼睛真有魅力，就連我這個大男人被她一望，都覺得胸口一帶怪怪的。」

「嗯，夏枝很自豪呢。說是帶著陽子走在路上，連不認識的人都稱讚她可愛。」

「喔，看她長大真是一件樂事啊。」

「而且，這孩子性格有她灑脫的一面，不管周圍的人是高興還是生氣，她一點都不在意。」

啟造的話裡充滿了父母對子女的自豪。高木聽完站起身說：

「那我現在就要去府上見見你美麗的妻子和可愛的陽子嘍。」

穿過長廊時，兩人一路無語。

「我走嘍。」

「嗯。」

地面的積雪映著高木的黑影，只見他逐漸走遠。

＊＊＊

「夏枝，不得了！辻口不得了啦！」

一走進辻口家玄關，高木就大聲嚷起來。

夏枝聞聲走出來，姿勢端正地向高木行禮。

「歡迎光臨，請進！」夏枝微笑著說。

「聽到辻口出事了，妳也稍微表示一下震驚嘛。」高木不好意思地搔搔腦袋。

「我該嚇一跳嗎？」

窗外的陽光照滿客廳，令人感到十分溫暖。

「高木先生還是和念書時一個樣子。記得以前也有一次，您突然跑到我家嚷道：『津村老師在研究室昏倒了。』結果我爸從屋裡走出來問：『是哪位津村老師昏倒啦？』」

「那時我才快昏倒呢，真沒面子！」

「從那之後，再從高木先生嘴裡聽到『不得了』三個字，我也不會嚇到了。」

說到這裡，兩人不禁相視而笑。高木把夏枝給他的坐墊放在迴廊，踩著墊子佇立窗邊。

「這房子蓋在森林邊真不錯，冬天的清晨一定很美吧？」

「是啊，樹冰很美唷。有一種不帶感情的美，看起來一點也不像植物。」

「樹木變少了嗎？怎麼林子好像變亮了。」

「對呀。您聽，聽到聲音了吧？」

兩人側耳傾聽，一種堅硬的物體敲擊聲清晰地傳入耳中。

「那是斧頭聲。」

「喔，『鏘鏘鏘』的真好聽。不過有點可惜。當學生的時候，我很喜歡這座黑壓壓的林子呢。」

高木走回屋裡盤腿坐下。

「坐幾點的火車來的？」

高木把到斜里參加葬禮的經過報告了一遍。

「生死真是難以掌握。村井上次患了自然氣胸差點死掉，沒想到那之後居然愈來愈健壯。」

「那是好消息啊。」夏枝輕描淡寫地說。

「阿辰最近在幹麼啊？已經兩三年，不，都四五年沒見到她了。」

「啊唷！那麼久沒見面啦？她還是老樣子啊。」

「也不記得是什麼時候了，有一次我跟阿辰說，單身一個人太麻煩，我乾脆娶她算了，結果被她拒絕了。她說和我結婚更麻煩。」

「哎呀，辰子真是的……」

「那傢伙到底是不是女人哪？從沒聽說她跟誰談戀愛嘛，我都開始懷疑她是不是男人了，加上講話口氣又豪放，她究竟怎麼回事？」

兩個人正聊著，忽聽有人說道：

「我回來啦！」

陽子嘹亮的嗓音從後門傳來。

聽到陽子的聲音，高木輕咬著下唇側耳傾聽。

「媽！妳在哪裡？」

陽子的聲音這次從起居室傳來。高木問夏枝：

「阿次不在嗎？」

「是啊，她結婚了。」

夏枝向高木微微示意後暫時離席。次子是在今年秋天結婚的，婚事決定得很倉促。她離開後，夏枝就沒再找其他女傭。所幸次子最近搬到附近來了，這對夏枝來說真是個好消息。

沒多久，夏枝和陽子一起走進房間。

「叔叔，您來了。」

高木看了陽子一眼說：「喔，很像呢。」

「啊？」夏枝不由自主地轉眼看高木。

「一模一樣喔，長得和媽媽好像啊。」

說著，高木瞪了夏枝一眼，回應她訝異的目光。

「來！給叔叔抱抱？」

高木伸出手，陽子笑嘻嘻地走過來，小屁股坐在高木盤起的兩腿之間。高木微笑著以臉磨蹭她的面頰，陽子倒也不嫌棄他滿臉都是鬍碴。

「陽子，學校好玩嗎？」

「很好玩。」

「那真不錯。老師叫什麼名字啊？」

「渡邊美佐老師。」

「是男的還是女的？」

「女老師啊。眼睛大大的，脾氣很好唷。」

「妳坐在誰的旁邊啊？」

「三和雅子。」

「她是個好孩子嗎？」

「長得很漂亮，聲音又溫柔，功課也很棒唷。」

「那坐在妳前面的是誰呢？」

「篠井育子，還有，米津豐子。」

「育子是個怎麼樣的孩子呢？」

「字寫得很好看，皮膚很白，很乖啦。」

「喔。那豐子怎麼樣呢？是個壞孩子吧？」

「才不是壞孩子呢。她脾氣很乾脆，很用功，不愛說話。」

「這是怎麼回事？」高木看著夏枝笑了起來，「看來陽子班上沒有壞孩子呢！」

「可能有吧，只是我不知道啦。」

「這樣不行喔，妳太老實了。陽子要更精明一點才行。」

「陽子很精明唷，我還會爬樹呢。」

「喔？女孩子會爬樹，真不錯！」

「我很厲害，就像猴子一樣。」

「是嗎？對了，陽子啊，妳喜歡爸爸還是媽媽？」高木從陽子身後審視著她的臉龐問道。

高木提出問題時沒多想，但夏枝卻留心起陽子的回答。

「都一樣喜歡呀。」陽子天真地答道。

（枉費我這麼疼妳。）

夏枝有些不滿。她期待陽子在高木面前回答：我喜歡媽媽。她覺得自己有資格聽到這個答案，有資格獲得為人母的感動，可惜她並沒有如願。

吃完午飯，陽子到外面玩雪。

「真是個好孩子。」

「這都要感謝您呢，我覺得好幸福啊。」

「覺得幸福嗎？」高木眼睛亮了。

「是啊，陽子就像是我懷胎十月生下來的。」

高木沒有接腔，端起茶喝了一口。

「一直想找個機會問問您。」夏枝說了一半，遲疑著沒再說下去。

「問什麼？太難的問題我可不想聽喔。」高木先設下了防線。

「……」

「什麼問題啊？我很好奇。」

「可是您說不想聽太難的問題。」

「是啊。不過如果妳是要說『高木這男人挺不錯的』，那我倒不會拒絕聽下去。」

「您又來了。」夏枝忍不住笑起來。

「話說了一半又吞回去，真教人好奇。是什麼問題啊？哎呀，算了，不管妳說什麼我都聽啦。」

「就是關於陽子的事……。您看她那脾氣、頭腦、容貌，樣樣都無可挑剔，我常覺得好奇，想知道那孩子的父母是什麼樣的人物。」

高木手肘放在黑檀桌上撐著自己的面頰。

「那孩子的父母近在眼前啊。」

「又來了，又說這種話……」

「沒有什麼這種話、那種話的。剛才夏枝妳不也說了？覺得這孩子像自己懷胎十月生下來的。」

「可是……」

「就算知道了親生父母是誰又如何呢？妳想跟人家說：『把這麼好的孩子給了我，真不好意思，我還給你們吧。』妳想這麼說嗎？」

「開玩笑！這種話……」

「我打開始就跟辻口說得很清楚，不要把她當作養女，要把她看成自己的孩子。有關陽子的出身，高木我什麼都不知道。這是我們當初約好的。就這樣不好嗎？夏枝。」

這時屋外傳來轟然巨響，原來是屋頂的積雪滑落到院裡去了。

飛揚的細雪，看起來如霧般美麗。

# 15 飛石

高木來訪後過了兩三天。

「陽子，來試穿一下。」

這晚，夏枝替陽子打的新毛衣完成了，這是她打算新年時讓陽子穿的。

「好。」

靠在沙發上看童話書的陽子抬起頭來。她的臉色有些蒼白，不過夏枝滿意地欣賞著剛打好的白毛衣，完全沒注意到陽子的臉色。

陽子正要脫下身上的衣服，卻突然皺起眉頭。

「哎唷，怎麼了？哪裡痛嗎？」

「沒有，沒事。」

陽子努力擠出一絲微笑，但她脫衣服的手明顯很不靈活。夏枝出手幫忙，一面問道：

「是不是哪裡扭傷了？讓媽媽看一下。」

「沒關係啦。」

陽子縮了縮身子。夏枝這才發現她臉色不好，趕緊伸手貼在陽子額頭上。

「倒是沒發燒。」

說著，夏枝把自己的額頭貼在陽子的額上試探體溫。

「陽子，生病了？」正在做功課的阿徹立刻轉過頭問。

「好奇怪，難不成是手臂受傷了？舉起手來看看。」

陽子緊咬下唇舉起雙手，但左手明顯不聽使喚。夏枝連忙幫她脫下內衣，衣服剛脫下，夏枝就大聲嚷起來：

「啊唷！怎麼了？陽子。」

只見陽子白胖的肩頭青紫地腫起一大塊。

「這該多痛啊！好可憐！」

「哎唷，這麼嚴重！怎麼回事？」阿徹也驚訝地叫嚷起來。

「陽子也不知道。」

「這麼嚴重，不可能不知道吧？」

夏枝覺得陽子有所隱瞞。

「撞到東西了嗎？」阿徹像是也很痛似的皺起眉頭。

「……」陽子試著想露出笑容，卻又立刻皺起眉頭。

夏枝幫忙陽子穿上睡衣，一面說道：

「我就說奇怪嘛，怎麼一直乖乖在讀書呢。本來每天都會去滑雪的呀。」

夏枝有些自責，竟沒發現陽子受了這麼嚴重的傷。

「這樣不行，受傷的話要早點說呀。」

「嗯。」陽子用力點點頭，把臉頰靠在夏枝肩頭。

「老公！你來幫陽子檢查一下好嗎？她受傷了。」夏枝仰臉朝著二樓呼叫啟造。

「什麼？受傷了？」啟造在二樓問道。

「肩膀上烏青的一大塊呢。」

啟造從二樓趕下來，看了一眼傷處就說：

「這可真嚴重，是撞傷吧。運氣不好的話，骨頭說不定也裂了。很痛吧？」

說著，他轉臉看陽子。

「有一點。」

「這情形，不可能只有一點痛。」

說著，啟造又問夏枝：「妳沒注意到嗎？」語氣裡帶著幾分責備。

「對不起，因為陽子沒說。」

「說得也是，晚飯時我也沒注意到。陽子，是誰打妳了？在哪裡弄傷的？」

啟造看到陽子這麼能忍痛，除了感到意外，也有些焦躁。

「陽子不知道。」

「不知道？不可能的。被誰打的嗎？」

陽子睜著一雙明亮的眼睛迎視啟造。

「痛的話一定要馬上說出來。夏枝，趕緊叫輛車。」啟造不悅地吩咐著。

外科醫生松田就住在辻口醫院後面，立刻趕來替陽子診察。陽子照了X光，幸好骨頭並沒有異狀。

「好危險啊！一定很痛吧？」松田和藹可親地摸摸陽子的臉頰問道。

「您也看到了，她連一滴淚都沒掉呢。」啟造無奈地看著陽子說。

「真是個能吃苦的小姑娘。」

「這麼不怕痛，簡直就像瘋瘋病毒侵入神經的患者嘛。」

啟造原是想開玩笑，不料話中意外地透露出幾分諷刺味道。

做完治療回到家後，夏枝和阿徹立即迎到門前。

「傷勢怎麼樣？」

「嗯，還好骨頭沒出問題。」

「哎呀，真是幸運啊，陽子。」夏枝不禁深深地嘆口氣。

「陽子，妳好笨啊！」阿徹臉上沒有一絲微笑。

「笨？為什麼？」

啟造覺得全身的疲憊頓時湧現，便躺在沙發上發問。

「陽子才不笨，她很了不起喔。老公，跟你說啊……」

夏枝才說到一半，阿徹就激動地接下去說：

「井尾這傢伙，看我下次揍他。」

「什麼啊？怎麼了？」

啟造這才發現阿徹眼中滿是淚水，連忙坐起身子。

看阿徹死命緊咬嘴唇沒說話，啟造又問：「到底怎麼回事？」

「是這樣的，剛才住同一個町的井尾太太帶著二三夫到家裡道歉，說是二三夫把石子混在雪球裡砸中了陽子。對吧？陽子，是這樣吧？」

陽子沉默著，手擱在自己肩頭。

「二三夫不敢告訴父母，可是他家隔壁的阿進看到了。」

「喔。後來呢？」

「後來是阿進告狀的，說是看到陽子在地上蹲了好久，好像很痛的樣子。井尾太太一家聽了嚇了一跳，趕緊帶著孩子來賠罪。」

啟造不由得望向陽子。讓她疼得當場蹲在地上的那種疼痛，啟造彷彿能夠感同身受。

「簡直就像瘋瘋病毒侵入神經的患者。」

他想起剛才還說出這種無情的話來。

「陽子，妳為什麼不說呢？」啟造柔聲問道。

「因為我不想害二三夫挨罵啊。」

「做了壞事的孩子，就是挨罵也活該呀。」

「可是二三夫很久以前送過我色紙呢。」

原來陽子並非想幫二三夫掩飾，而是她一直沒忘掉二三夫以前對自己的善意。

「哎呀，陽子！」夏枝眼中噙著淚水，「阿徹氣得要命，直嚷著『陽子好可憐』呢。」

這天晚上，啟造躺在床上始終無法入睡。

（有時為了別人無心的一句話，我會記恨好幾天，我真是連七歲的陽子都不如啊。）

啟造又想起陽子剛學爬行時發生的事。那天他在書房念書時突然停電了。當時他有事拿著蠟燭走進對面房間，誰知一進去，就看到原本應該在睡的陽子一個人在黑暗中爬行。她看到啟造進來，對他笑了笑，又高高興興繼續爬。

啟造當時感到莫名的恐怖。七八個月大的嬰兒在黑暗裡也不哭，還到處亂爬，讓人覺得格外詭異。

啟造把當時的陽子和今天的事對照一番，他實在無法不懷疑，陽子似乎是個天生不懂恐懼和使壞的孩子。

（一個生來就被人憎恨的孩子，竟如此純潔！）

啟造嘆口氣，翻了個身。

「你也睡不著啊？」

啟造不想讓夏枝看出自己在為陽子的事感嘆，便說：

「是啊，睡不著呢。可能咖啡喝多了吧。」

夏枝沒理會他的解釋，說道：

「欸，陽子這孩子真了不起。」

不過啟造卻不願老實表示贊同。

「這孩子根本不懂得憎恨別人。」夏枝又說。

（佐石的孩子哪有資格憎恨別人！）

想到這裡，啟造剛才對陽子萌生的感動霎時消去。心境的激烈變化，連啟造自己都感到驚訝。

（不管是誰的小孩，難道她有罪嗎？了不起就是了不起，為什麼我不能老實承認這件事？）

「老公！」

「嗯。」

「陽子的父母究竟是什麼人啊？」

「……」

「我可以確定的是，他們一定比我們人品更高尚吧。」

「人品高尚的人會把小孩送給別人嗎？」

「無論是誰，都可能遇到各種難處吧。」

（她可是殺死琉璃子的凶手的女兒！）

啟造壓制住脫口而出的衝動，又翻了個身。這時，他的心底突然浮起一個疑問：陽子真的是佐石的小孩嗎？啟造向來信任高木，到現在為止，他從不曾懷疑過這件事。

啟造猛地坐起身來。

「怎麼啦？」

夏枝嚇了一跳，也跟著起身。

「不，突然想起一件事得查一下。妳先睡吧。」

啟造無法抑制自己加速的心跳。

走進書房，拉開書桌左邊最下面的抽屜，底層放著三份疊成四摺的報紙。三份報紙都刊載著琉璃子被害的新聞。

啟造拿起其中一張攤在桌上，報上印著佐石的大頭照。啟造的眼睛像黏在報紙上似的緊盯著佐石的臉孔。

「嗯。」

啟造情不自禁地點著頭。以前他一直認為陽子只有眉眼像佐石，然而現在仔細觀察，才發現她的頭形，甚至連臉孔輪廓都和佐石一模一樣。

啟造覺得很慚愧。這麼重大的事情，自己竟會懷疑高木！他的臉孔因羞愧而扭曲糾結。

「老公！」

登上樓梯的腳步聲傳入耳中。

啟造連忙把報紙塞回抽屜。

# 16 激流

這天陽光灑滿室內，屋裡暖和得令人微微冒汗，簡直不像十二月中旬的天氣。

（溫暖的日子總讓人覺得喜事就要降臨。）

被冰封住的窗戶向來很難打開，今天卻毫不扭捏地一下子就推開了。

夏枝手拿雞毛撢子清掃室內，心血來潮想打開久未開啟的琴蓋彈上一曲。她受到一種難以抑制的衝動促使，體內深處好像有人在演奏音樂，樂聲旋律自然地順著手指緩緩爬上指尖。其實這種感覺在琉璃子死後從來不曾消失，但鋼琴的琴蓋卻始終蓋得緊緊的。

琴弦繃斷時曾發出「叮」的一聲，那不祥的金屬聲始終留在夏枝心頭，使她聯想到琉璃子的死。

（不過，最近應該可以彈琴了。自從發生那件事，我七年沒碰鋼琴了。）

再說，我想讓陽子學琴，夏枝想。她老早就有這個打算了。

打定主意要重新練琴後，揮舞雞毛撢子的動作也奇妙地變得富有節奏，不一會兒，打掃完畢，夏枝又關起窗戶。

書房是八疊大的洋式房間，除了進門處的半面牆、窗戶占用的整面牆之外，牆壁都給書架占據了。架上放著啟造父親那一代開始收藏的醫學書籍，還有不少啟造蒐集的德語和法語文學作品。

啟造做事有條不紊，從不讓夏枝碰他桌上的東西。書桌上除了一座大得可供雙臂環抱的大型地球儀外，還有一盞燈罩有些褪色的藍色檯燈，和一個阿伊努族細工木刻的圓木船形筆盒。這幾樣物品永遠放在同樣的位置，就像製作書桌時就已釘在桌上似的。

筆盒旁端端正正放著一本日記，這也是啟造結婚至今從沒改變過的習慣。啟造從小學三年級就開始寫日記，從沒有一天中斷。

「日記能連續寫上三年的人，將來必有成就，而能連續寫上十年的人，則早已有所成就。」

不知是誰說過這句話。高木曾引用這句話來調侃啟造：

「所以說，辻口這傢伙照理說早該幹出一番大事業啦，不過好像也沒做出什麼大不了的事嘛。」

啟造的日記內容很簡潔，幾乎就和寫便條一樣，文中偶爾還夾雜些德文和英文。

新婚不久的那段日子，夏枝也曾偷看啟造的日記，不過本子裡什麼祕密都沒寫，既沒有令夏枝臉紅心跳的內容，也沒有任何有趣的文字，漸漸地，夏枝對丈夫的日記也就失去興趣，到最後，她根本就懶得再去碰它。

啟造的日記平時總放在桌上，對夏枝來說，它就像那個筆盒一樣，只是桌上的幾件物品之一。

而現在，事隔多年，夏枝又重新翻開啟造的日記。或許是因為今天心情莫名雀躍的緣故吧。

夏枝翻開日記。

〇月〇日星期〇晴

製藥公司兩名推銷員來訪，討論「希得羅桑[14]」之事。護士貝森透露，因結婚而打算辭職。

〇月〇日星期〇陰

營養師與住院患者代表舉行會談，討論住院伙食之事，有結果。

○月○日星期○暴風雪

近來X光片顯影不佳，提醒技師注意。

夏枝讀著讀著忍不住露出微笑。丈夫的日記無論是文體或文字風格，都和十年前無異。

（只是……）

夏枝的視線自日記本移開，陷入深思。

（為什麼他日記裡不寫我和孩子的事？）

（難道工作比妻兒更重要嗎？）

夏枝並不認為啟造是那樣的丈夫。雖然七年前琉璃子剛死的那段日子，啟造一度對她很冷淡，話中總是帶刺，但現在的啟造是個溫柔的丈夫。當然，夏枝並不知道啟造的溫柔是裝出來的，更不知道啟造還瞞著她收養了佐石的孩子。

「辻口這人城府很深，令人無法摸透。」

夏枝記得有一次父親津川博士曾對她說過。

「但城府深，也表示他這個人律己甚嚴。」

當時，夏枝的父親特別向她說明。

（別看他平時總是心不在焉，說不定是因為滿腦子都想著醫院的事。）

丈夫平日要掌管那麼大一間醫院，要他腦中經常惦記著妻兒，或許是苛求吧。夏枝想。

14 希得羅桑：藥品名稱。

可是身為女人的自己，無論在打掃、縫紉或洗衣、購物，總無時無刻不曾忘記家人。男人究竟什麼時候才會想到自己的妻兒啊？夏枝在心底自語著，隨手胡亂翻閱日記本。怎麼看，這日記都和十年前沒兩樣。夏枝懷著既無奈又佩服的心情，將日記收進硬殼封套裡。

就在這時，一張對摺的白紙突然從封套盒裡飄落到桌上。夏枝隨手打開那張紙，原來是啟造用醫院的粗格畫線紙所寫的一封信。

夏枝隨口念起那封信來。如果這天沒有那滿室陽光，或許她就不會有細讀的興致而立即把信收回封套吧。

啟造的工整字跡規規矩矩地排列在信紙上，一點一畫都不敢隨便亂寫。

夏枝念著信，臉上表情出現了激烈變化，原本站在書桌旁讀信的她，滑落似的慢慢蹲下身子。夏枝屏息讀著那封信，嘴角微微顫動，卻無法發出任何聲音。

高木，上回你從斜里過來時，我實在很想告訴你，但考慮再三，終究開不了口。

這件事我無人能訴說，除了你，只有你知道這整件事，除了你，我無人可說。

我很痛苦，真的非常痛苦。陽子已經七歲了。七年的歲月或許不算長，但對我來說，這段時間實在太漫長，也太痛苦了。

無論曾仗持什麼理由，我實在不懂自己怎會動念去收養殺女凶手的小孩。

高木，琉璃子死在河邊的模樣，我這輩子是絕對忘不了的。每次一想起琉璃子當時的模樣，我就非常痛恨陽子。

那時我曾大言不慚地對你說：我將把「愛你的敵人」當作一生的課題……

念到這裡的瞬間，夏枝還不能理解信中的含意。老公究竟在說什麼呀？她納悶著，又重新讀了一遍。當她逐漸明白信中的含意時，夏枝的身子滑落般蹲向地面。

……所以，我曾為了去愛陽子而做過努力。我想，在這世上，能有個像我這樣度過一生的人，不也挺不錯的？也因此開始對自己的人生採取肯定的看法。

老實說，陽子是個善良的孩子，善良得令人害怕。每當我暗自懷疑：這孩子體內真的流著殺人犯的血液嗎？我也不免感慨：人類這東西究竟是怎麼回事？

說來慚愧，過去這七年我始終無法摸摸她的腦袋。無論我多麼努力，我的手就是不肯移動半分。因為我心裡懷著一種厭惡，或許也可說是一種生理反應吧，總之，那感覺強烈得令人難以置信。

但不久前，我終於摸了摸她的頭。那天，陽子像平時一樣跑出來迎接我，並對我說了聲：「您回來啦。」我忍不住就摸了她的腦袋。然而，這舉動卻令我非常痛苦。因為我立即想起琉璃子死後的面容。我這樣寵愛陽子，琉璃子會高興嗎？一想到這，我就痛苦萬分。

現在，我要向你坦承一件事。其實，我是個打著「愛你的敵人」旗號行騙的醜陋男子。我不只用這句話騙了你，也騙了自己，事實上，我只是因為無法原諒夏枝。現在我要向你自白，當初之所以收養陽子，是出於一個殘酷的念頭：我想讓夏枝撫養佐石的孩子。

高木，夏枝在七年前背叛了我。琉璃子遇害那天，夏枝和村井兩人獨處一室。他們兩人那時在屋裡做了什麼？即使時至今日，我只要稍微想像一下，仍然感到滿腔憤慨。

而且還不只如此，那件事發生之後，夏枝和村井的關係還沒結束。當然，我並未親眼目睹他們幹出好事，不過在村井後來造訪我家的那晚，我看到夏枝後頸上的吻痕。他們兩個究竟做了些什麼？我這個懦夫實在沒勇氣追問。明明很想知道事實真相，卻沒有勇氣去弄明白。從那之後，我究竟過得多痛苦，你一定不知道。我甚至還曾生出要與夏枝同歸於盡的念頭。

總之，我不是為了愛護陽子才收養她。我是為了要看到夏枝一無所知地把佐石的孩子養育成人。我想看到夏枝發現她是佐石的孩子時急得跳腳的模樣，我想看到夏枝因自己一生都獻給佐石女兒而怨嘆不已。高木，反正我這個男人……

信寫到這裡中斷了。

這是一封寫完打算寄出去的信？還是寫了一半決定放棄的信？夏枝看不出來。但她看得出有些字跡曾被水沾溼暈開，或許是啟造的淚水打溼的吧。

夏枝茫然地頹坐在地。不知為何，眼前突然浮現一片海景，那是她少女時代去海水浴時造訪過的苫前海濱，遠處海面有兩座島嶼像眉毛似的左右相望，一座是天賣島，一座是燒尻島，一輪夕陽正從兩島之間逐漸沉入大海。

夏枝一直坐在地上，她覺得腦袋突然麻痺般完全失去思考能力。

也不知坐了多久，夏枝蒼白又乾燥的嘴唇微微蠕動著。

「多麼……可怕……」

直到一秒前，夏枝還堅信啟造深愛著自己。她從沒懷疑過啟造對自己的愛，因為他從不曾深夜不歸，也從來沒和任何女人鬧過桃色緋聞。

夏枝雖曾對村井動心，但這份感情還不足以令她離開啟造而奔向村井。夏枝以為就算啟造知道自己對村井的這份愛慕之情，也不至於太過苛責。

夏枝一直相信自己是個深受丈夫疼愛的幸福女人。她做夢也沒想到，丈夫從七年前就對她懷恨在心，甚至設計讓她扶養佐石的小孩。

（騙人！陽子怎麼會是佐石的孩子……）

夏枝大受震驚，遲遲不願接受信裡的內容。她無法相信陽子竟是殺人犯的小孩。無論如何，他們不可能收養殺死琉璃子的佐石的女兒啊。

啟造忘了他是琉璃子的親生父親嗎？這封信裡所寫的內容，夏枝根本無法接受。

夏枝又念了一遍啟造的信，信裡聞不出一絲謊言的氣息。而對於自己後頸留下吻痕一事，夏枝也是看了信才第一次知曉。

（只不過是一個吻……）

不過，夏枝轉念又想，如果啟造身上帶著其他女人的吻痕回來，自己一定不會原諒他吧。想到這，她又覺得對啟造的憤怒與怨恨能夠感同身受。

夏枝也想到，和村井雖沒做過超出親吻程度的事，但她無法證明自己的清白。

啟造信裡說曾打算與她同歸於盡，從他這番苦惱的告白，夏枝也感受到他對自己的愛意，可是就算要報復，也有其他方法呀。啟造竟然讓她撫養佐石的孩子，夏枝覺得不可原諒。

（陽子竟是佐石的小孩……）

夏枝猛烈地搖著頭。

（那麼開朗、聰慧又溫柔的孩子，不可能是佐石的小孩……）

夏枝想起陽子明亮的眼眸深處如同火焰的奇異光芒。

（騙人！）

夏枝覺得自己彷彿陷入了噩夢。

屋簷上的水滴不斷掉落，不知從誰家屋頂傳來一陣積雪滑落的聲響。

（或許我是在做夢吧。）

夏枝第三次把視線轉向那封信。

啟造雖然發現村井和夏枝之間有染，卻從未正面為此質問她。他明明知道了，卻絕口不提，夏枝一想到過去七年和啟造的房事就覺得作嘔。

（我只讓村井先生親吻後頸就失去了琉璃子，還在毫不知情的情況下養育凶手的小孩，我犯了什麼大錯，錯到必須接受這種懲罰？）

陽子可愛的身影浮現在夏枝的腦海。

（騙人的！一定是弄錯了。）

夏枝一心想著，就算陽子是死刑犯的女兒也沒關係，但她絕不能是佐石的女兒。

（如果她就是奪走琉璃子生命的凶手的女兒，我可沒辦法繼續照顧她！）

原本屬於琉璃子的座位，怎能讓佐石的孩子坐在那裡？

夏枝想起陽子生病時為了看護陽子，自己連續好幾個晚上都沒闔眼。那時啟造就冷眼旁觀我的辛勞嗎？

夏枝想到這，全身的血液彷彿都快乾涸。

（對了！他就是在等我發現陽子的身世，一直等著看我嘆息、悲傷、憤恨的模樣。）

（多殘忍啊……）

丈夫的恨意緊緊壓迫夏枝的胸膛，噩夢般的感覺突然間變得真實，眼珠乾澀得無法轉動。

夏枝身體無法動彈。眼前這一刻，夏枝心裡只剩對丈夫的恨意。我把陽子當成琉璃子的替身，全心全意疼愛她，誰知陽子竟是佐石的女兒！微微喘息中，夏枝逐漸變身恐怖的女鬼。她實在太恨啟造了。

夏枝端麗的臉上沒有任何表情，就像能劇的面具令人發毛。

突然，那能劇面具般的臉上出現激烈變化。夏枝睜大雙眼，緊咬住下唇，由於過分用力，嘴唇幾乎滲出血絲，轉眼之間，蒼白的臉頰因充血變得通紅。夏枝費力喘息著，肩膀劇烈地聳了幾下後撲倒在地。

「琉璃子，嗚……」

她彷彿用盡生命地發出悲痛的哭聲。

夏枝用愛撫養陽子長大，從未發覺陽子就是佐石的女兒，此刻她真不知該如何向琉璃子表達自己的歉疚。七年前，夏枝曾緊抱著琉璃子的屍身大聲哭喊，而現在，她的悲傷比當年有過之而無不及。

「琉璃子，原諒我。」

夏枝又想到啟造在等待這一天，他正等著看自己悲痛欲絕的模樣。一想到這，夏枝心中的痛又加重了兩三倍。

（惹人憐愛的陽子，竟然是佐石的小孩！）

真令人難以置信。但隨著時間分秒過去，夏枝也開始接受這個事實。

（我該向陽子告別了。）

想到這，溢滿眼眶的淚水遮住了夏枝的視線，她什麼也看不見了。畢竟對她來說，眼前的陽子比親生女兒琉璃子更可愛，要和她分開的痛苦更甚於死別。

（還有高木先生，他一定知道陽子是佐石的小孩。他究竟和我有什麼仇，竟連他也……）

夏枝終於明白為什麼每次談到陽子的生父母，高木總是故意岔開話題。啟造當初不願去辦理出生登記，還有他連陽子的頭都不摸一下的理由，夏枝也全明白了。

（丈夫、高木，還有陽子……都已離我遠去。）

霎時，夏枝覺得十分孤獨。

（現在我只有阿徹和辰子了。）

記得以前阿徹曾說過「陽子是我的新娘」，遭啟造狠狠打了一巴掌。夏枝現在才了解，那是因為啟造害怕阿徹會和佐石的女兒結婚啊。

當然阿徹和陽子在戶籍上是兄妹，但將來他們變成夫妻的可能性也不是沒有。

（在阿徹面前，一定要堅稱陽子是他的親妹妹。）

無論是否甘心，夏枝這輩子只能扮演陽子的母親度過一生。

（或者，我應該把真相告訴阿徹？）

然而生性敏感的阿徹知道這件事之後，會做出什麼事來，夏枝實在不敢想像。

夏枝反覆用冰水冷敷哭腫的雙眼，水冰得令人發麻，也冷卻了她的心。

冷敷雙眼後，夏枝靜靜坐在梳妝台前。這面鏡子她從結婚一直用到現在。

（做夢也沒料到會有這一天，我竟懷著這種心情凝視鏡中的自己！）

夏枝眼底的冷光連自己看了都心悸，那雙眼睛目不轉睛地凝視著。

夏枝比平日更仔細地化了妝，像要看穿自己雙眼般細心塗抹。

（要我繼續養育陽子，我辦不到。可是我向來疼她，突然放手不管，周圍的人一定會起疑。）

（且不說其他人，首先阿徹就不會答應吧。如果阿徹知道陽子不是自己的親妹妹，他會怎麼做呢？）

夏枝再度思索這個剛才已想過無數遍的問題。

她緊盯鏡中的自己，把紅色眼影塗在眼皮。這樣就看不出她剛才哭過。

（絕不能讓老公發現我知道陽子的身世後曾經痛哭。）

夏枝費了一番心思把眉毛描得特別長，比平時更仔細地塗抹口紅。

（辻口一直想看我得知真相那天悲痛欲絕的模樣，我絕不能讓他看到我失態的樣子！）

完妝後，夏枝覺得心情平穩多了。化妝或許是女人的武器吧，夏枝想。

（既然辻口不肯原諒我，設計我撫養佐石的孩子，那我也絕不原諒他！）

（既然他誤會了我和村井的事，還為此苦惱，那就讓他繼續誤解吧！）

以後在啟造面前，我要表現得比現在更疼愛陽子，夏枝暗自盤算著。

「然後，總有一天，我的身心都會背叛辻口！」

夏枝對鏡中的自己起誓，大膽地低語。話一出口，其中蘊含的神力便發揮作用，夏枝頓時充滿信心，相信自己終有一天會背叛啟造。

剎那間，村井孤獨而頹廢的表情浮現在夏枝腦海，一股出乎意料的思念之情自她心底升起。

她想起村井寬廣的額頭、修長的手指、略微前傾的身軀……有關村井的一切，都令她懷念無比。

（已經七年沒見到他了。）

過去這七年她早已把他忘懷，但現在卻又生出了莫名的思念。

（那是因為我一直忙著照顧陽子啊。我把她當成琉璃子的替身，盡全力在養育她啊。）

而她竟是佐石的女兒！想到這裡，夏枝胸中怒火沸騰。

「我回來啦。」

這時，陽子爽朗的招呼聲傳入夏枝耳中。

陽子的聲音和平日無異。夏枝屏住呼吸，此刻村井已自心底消失蹤影。夏枝喉頭發乾，想吞嚥口水，嘴裡卻沒有一滴唾液，全身像石化般無法動彈。

紙門拉開。陽子背著書包，鏡子裡映出她的笑臉。

「好漂亮啊！媽要去哪裡？」

陽子跑過來手搭在夏枝肩頭，臉湊向夏枝，笑著問鏡中的母親。

（這是陽子，和昨天一點也沒變的陽子。）

夏枝目不轉睛瞪著鏡中的陽子。陽子發現她的反常，仔細打量夏枝的臉龐。

「媽，您生病了嗎？」

（就是這孩子的父親殺了琉璃子？）

夏枝感覺不到一絲真實，她甚至懷疑剛才是在夢中讀到啟造的那封信。

「您怎麼了？不舒服嗎？一定是的。」

說著，陽子擔心地仰起臉望著夏枝。夏枝拉起她的手說：

「陽子！」

夏枝的聲音沙啞，雙手捧起陽子的面頰凝神注視。濃黑的眉毛形狀秀美，一雙黑眼珠裡總像有光閃耀，還有兩片微薄但形狀優美的嘴唇。

（這孩子的體內流著凶殘的血液嗎？）

「怎麼啦？媽！」

陽子從夏枝的表情裡察覺出異樣，歪著腦袋問：「我可以出去玩嗎？」說完便打算起身。

這一瞬，夏枝也不知為何會生出這種念頭，全身的激情彷彿都集中到兩隻手上。

「陽子，和媽媽一起死……」

還沒說完，夏枝的雙手就已掐在陽子的脖子上。

「不要！不要！」

陽子掙扎著大叫起來。夏枝看到她眼中的驚恐。

「不要！不要！」陽子又大聲嚷起來。

「去死吧，我們兩個一起死……」

夏枝眼前浮現啟造看到母女倆屍體時狼狽的模樣。

夏枝中邪似的陷入恍惚狀態，手裡不斷加強力道。

她看到啟造一臉驚愕、茫然佇立的身影，然而下一秒，她看到的是正在哭泣的阿徹。

「啊！」夏枝不自覺鬆開手。

陽子嘴裡冒出白沫，大口吸著氣，喉嚨發出呼嚕聲，緊接著放聲大哭。

「喔！陽子！」

夏枝忍不住緊緊抱住陽子，陽子趴在夏枝身上痛哭不已。

（這孩子沒犯任何錯，我究竟要對她做什麼啊？）

夏枝猛然驚覺自己的錯誤，全身因恐懼而不住顫抖。她做夢也沒想到自己竟有想殺人的一天。

夏枝和陽子緊擁對方放聲大哭。陽子哭得簡直無法歇止，平時她幾乎從不哭泣，現在卻時而痛哭時而哽咽，完全變了一個人。夏枝不知該如何表達自己的歉疚，也不知如何安慰陽子。

（陽子一定忘不掉今天的事吧。）

陽子長大之後回想起今天的事，她會怎麼想呢？夏枝覺得心中萬分難過。

過了好半天，夏枝起身去廚房準備午餐。她彷彿置身夢中，一切都缺少真實感，腳底軟綿綿的無法站穩。

做好午飯的夏枝走回起居室，只見陽子正在發呆，一手摸著脖子，表情淒楚。夏枝看她這副模樣，不由得一陣心痛。

「陽子，對不起喔。」

說著，夏枝拉起陽子的手。她轉過一雙哭腫的眸子迎視夏枝。

「媽，您為什麼生氣？」

「不是生氣啦。媽媽剛才一定是在做夢。」

「醒著也會做夢嗎？」陽子的聲音不像撒嬌，反而像反駁。

「跟妳說啊，大人就是醒著也會做夢啦。」夏枝慌亂地答道。

「可是媽在夢裡為什麼想殺死陽子？」

「啊唷！怎麼說殺妳……」

夏枝雖然確實掐住了陽子的脖子，但聽到陽子指責她想殺人，夏枝眼中不自覺湧出淚水。

夏枝不知該怎麼對七歲的陽子解釋。

（不是因為我恨妳啊。）

（陽子會把今天的事告訴啟造和阿徹吧。）

夏枝覺得像被逼到了無可辯解的絕境。

「陽子，妳不要跟爸爸和阿徹說這件事喔。」

夏枝覺得說出這話的自己很淒慘。陽子則不解地看著她說：

「陽子不會告訴任何人的。」

# 17 橋

這一天，夏枝一直等著啟造歸來。原來這就是「全身都長了耳朵」的感覺啊。夏枝暗自嘆息，豎起兩耳等待啟造歸來的腳步聲。

黃昏時，啟造像平時一樣悠閒地把公事包遞給夏枝，彎身在玄關邊坐下。因為腳上穿著毛線襪，他花了一番工夫才脫下長靴。

「今晚又變冷啦。」

夏枝瞪著彎身脫靴的啟造，眼睛像要看穿他的背部緊盯不放。

（毫不知情的我竟每天高高興興地出來迎接他！）

她盡可能掩飾臉上的憤怒，慢吞吞收起啟造隨手脫在一旁的襪子。

「怎麼了？妳好像沒精神啊。」

同時，啟造也發現平時一定會出來迎接的陽子不見蹤影，但又不好意思詢問。

「肩膀有點痛啦。」

夏枝的手放在肩膀，脖子左右轉動幾下，動作十分自然。

她放心了，看來自己的聲音和平時沒什麼分別。她必須繼續作戲，假裝還不知道陽子的身世，她要想出一個辦法，一個能給予啟造強烈打擊的報復手段。

起居室裡也不見陽子的身影。

啟造不安地環顧室內。

「爸，您回來啦。」阿徹從二樓下來。

「嗯，回來了。」

啟造穿著大衣站在原處，以為陽子會跟在阿徹身後下樓。

「不換衣服嗎？」

「嗯。」

陽子每天都會出來迎接自己，從不曾缺席，啟造到現在才省悟到這件事，同時也暗自反省平日對陽子的冷淡。沒想到陽子不在眼前竟會如此在意，啟造也感到意外。

換上和服時啟造心裡還在惦記陽子，以致沒注意到夏枝的視線愈來愈險惡。

兩人走回起居室，阿徹狐疑地問：

「媽，陽子呢？」

「不是在房裡讀書嗎？」

夏枝早就注意到陽子不在起居室。就算她再開朗健康，今天的事肯定對她打擊不小吧。

「陽子不會告訴任何人的。」

剛才聽到陽子這麼說，夏枝心裡很感動，同時也感到內疚。

「奇怪，沒看到陽子唷。」阿徹到陽子房間檢視後，不滿地向夏枝報告。

「啊？」夏枝聽了臉色大變。

「什麼？陽子不見了？不會又像琉璃子那樣吧？」

聽了啟造的話，阿徹神經質地瞪了父親一眼，啟造這才警覺自己忘了阿徹有多敏感。

「應該是還在外面玩吧？等下就會回來啦。不說她了，我肚子好餓啊。」

啟造為了掩飾不安，故作輕鬆地在餐桌前坐下。

「是啊。」夏枝臉上一片陰霾。

啟造並不知道白天發生的事，他這麼說只是想避免刺激阿徹。

「不用擔心啦。」

聽到啟造的話，一股怒火從夏枝心底升起。

（看來陽子果然是佐石的女兒。老公這種冷淡的態度實在太過分了！）

夏枝沉默著拿起啟造的飯碗。

（如果我表現出擔心陽子的樣子，老公一定會在心底暗喜，但我若是反應冷靜，他一定覺得不對勁吧。）

夏枝覺得坐也不是站也不是，心中一片混亂。

（萬一陽子發生了什麼事……如果她再也回不來……）

想到這裡，夏枝幾乎快掉下淚來，她連忙假裝有事躲進廚房。

（陽子啊，妳在哪裡呢？快點回來吧。都是媽媽的錯啊。）

夏枝想起自己用手掐住陽子的脖子，心中充滿了虧欠。

「媽！」

耳邊突然傳來阿徹尖銳的呼聲。夏枝慌忙擦乾眼淚，回到起居室只見阿徹站在餐桌前俯視著啟造。

「媽！陽子是養女嗎？」

阿徹詰問夏枝。啟造和夏枝不約而同抬頭注視對方。

「為什麼這麼說？」啟造語氣平穩地問。

「陽子是媽媽生的，不是嗎？在一個有月亮的寒夜呀。阿徹，怎麼了？」

夏枝柔聲說道。既然知道陽子是佐石的孩子，這下一定要讓阿徹相信他和陽子是親兄妹。

「可是天都這麼黑了，陽子還沒回來，爸卻在家裡輕鬆地吃飯，不是嗎？」

「天是黑了，可是才五點半啊。陽子那麼能幹，不會走失的啦。」

啟造的語調依舊平穩。

「還有，爸從來都沒好好對待陽子。爸不是沒抱過陽子嗎？陽子……陽子，好可憐啊。」

說到這裡，阿徹泫然欲泣地瞪著啟造。

＊＊＊

陽子大約是在下午三點離家的，此刻她穿著淺藍外套，背著紅書包。出門時，陽子並未考慮去處。她用鑰匙打開自己的撲滿，拿了錢帶在身上。她想：先搭上公車再說吧。

陽子實在忘不了夏枝掐住自己脖子時的猙獰表情。

（媽媽為什麼想殺陽子呢？）

陽子實在想不透。她當然也不可能知道真相。

陽子熱愛夏枝的一切。她喜歡夏枝每天早上幫她梳頭，也喜歡夏枝身上宜人的香味，和溫柔高雅的談吐。每當看到夏枝帶笑的嘴角，陽子稚嫩的心裡總會生出無法形容的歡喜。陽子也喜歡夏枝洗碗的背影，拿著抹布打掃的俐落動作，而陽子最喜愛的，還是夏枝喊她名字的時候。

「陽子！」

那偏低沉而又溫柔的嗓音，總讓陽子莫名欣喜。

只要有夏枝在身邊，陽子從不覺得寂寞或恐懼，就像上次被二三夫丟石子打中肩膀，陽子也不覺得痛苦。啟造的冷淡從未在陽子心頭籠上陰影，也是因為夏枝對她付出了濃濃的愛意。

然而，向來疼愛陽子的夏枝卻用手掐住她的脖子。母親當時那張中了邪似的臉孔實在太可怕了。在陽子心裡，夏枝一直是個值得信任與依靠的母親，然而今天她卻展露從未顯露的恐怖形象，使得陽子的心境也發生變化。

陽子並不是厭惡夏枝，只是恐懼。以往陽子對暗處，甚或大型狗都從不覺得害怕，但今天的夏枝卻給她一種難以形容的恐怖印象。

陽子對死亡雖還不理解，但可能遭人殺害的恐怖她已經很清楚。

陽子在神樂農會前搭上公車。到旭川必須越過一座大橋，當她的公車駛上那座大橋時，陽子有生以來第一次嘗到「寂寞」的滋味。她從不曾獨自前往旭川。橋下河水滾滾，一片漆黑。陽子額頭貼在車窗上望向車外，橋下「武士部落[15]」的某間民房窗子垂著一塊紅布條，陽子看了更覺孤獨。那塊紅布是什麼呢？她想，難不成是圍巾嗎？

公車駛過大橋後進入旭川市。

沒多久，公車在丸井百貨公司前停下。陽子每次和夏枝到旭川，都是在這一站下車，於是她從車上跳下來。然而下車後，她不知該往哪裡去。面前的交通號誌變成了綠燈，陽子便跟著移動的人潮一塊向前走，朝旭川車站的方向走去。

---

15　武士部落：札幌市內豐平川沿岸的貧民窟，最早出現於一九二九年左右，後因札幌市舉辦冬季奧運，於一九六九年全部拆除。

＊＊＊

無數乘客從驗票口走出來，陽子靠在驗票口的欄杆上注視著剛進站的火車。

車窗裡有個抱著嬰兒的女人，嬰兒身上穿著白色嬰兒服。女人看了陽子一眼，露出微笑，看起來脾氣很好。

（她很像媽媽呢。）

坐在女人身邊的男人對她說了什麼，女人笑著不住點頭。陽子眼睛緊盯那個女人，期待她再看自己一眼。很快地，發車鈴響了，女人只顧著和男人說話，直到最後一刻都沒再看陽子一眼。沒多久，火車便啟動遠去。

剛發車的月台對面停著一列黑貨車，貨台上堆滿了被雪染白的巨大原木。

陽子望著緩緩開動的貨車，眼眶積滿了淚水。

（她和媽媽一樣，脾氣都好溫柔。）

「怎麼啦？」

一名站務員走過來問道。陽子垂著頭沒作聲，轉身朝大街走去。

陽子重新回到丸井百貨店門口。

（到跳舞阿姨家去吧。）

這時，陽子腦中升起這個念頭。

陽子向來都叫辰子「跳舞阿姨」。一想到辰子，陽子突然變得有精神了。

辰子家位於六條十丁目，陽子必須步行八百公尺才能抵達。辰子家在大路旁，房屋距路面約兩公尺，是一棟穩重堅固的木造兩層樓房，門外掛著一塊老舊發黑的木招牌，上面用墨汁寫著幾個大字：花柳流　藤尾研究所。

走進玄關，迎面是一條寬兩公尺的筆直走廊，盡頭便是練舞場。走廊右側是廚房、浴室，左側是兩名入室弟子的房間和起居室。辰子的房間在二樓，共有兩間，不過從沒有訪客上過二樓。

辰子家的起居室大約十塊榻榻米大小。這間起居室是個有趣的地方，從早到晚有許多和舞蹈扯不上關係的男人聚集在這裡，他們的職業包羅萬象，從教師、醫生、銀行員，到商店老闆和新聞記者都有，不管是白天還是夜晚，這些人只要一有空就會泡在這裡。

客人也不客氣，無論辰子在不在場，有些人隨地而躺，有些人彎身坐在凸出的窗台上，各自挑中意的位置坐，和其他人聊天。

這些客人或下棋，或喝酒，或煮飯，簡直就當自己家一般自在。

「沒有米啦！」

有時，不知誰大嚷起來。到了第二天，就會有人把米搬來，把米箱裝得滿滿的。

無論尼采、畢卡索、薩德或貝多芬，在這間起居室裡，這些人物就像眾人的好友似的名字總被掛在嘴上。

辰子不練舞的時候，也會背靠著梁柱站在一旁，傾聽眾人發表意見。

太宰治[16]去世時，這些人雖從沒見過太宰的面，卻在這裡為他辦了一場奇妙的守靈儀式。

---

16　太宰治（一九〇九—一九四八）：日本著名小說家。於一九四八年六月十三日深夜，與崇拜他的女讀者兼女朋友山崎富榮跳玉川上水自殺。

辰子把這群整天聚在一塊的朋友叫做「起居室那群人」。

這群人無論喝酒或吃飯，從不採取「各自付錢」的分攤制，隨時都有人帶食物來，大家便一起隨意吃喝。

「進門前起碼把腳擦乾淨吧。」

有時辰子也會毫不客氣數落他們一頓，但眾人也不放在心上，有人甚至還像受到讚美般露出喜悅或羞澀的神色。

夏枝偶爾會帶陽子到辰子家玩。這些人也不管認不認識，紛紛鼓掌以表示歡迎，不過拍手之後就沒人再對她們母女獻上多餘的阿諛或奉承。

「人類當真天生自由嗎？」

眾人又回到先前討論的話題。

夏枝不喜歡辰子家起居室的氣氛，但陽子很喜歡那裡活力十足的感覺。

「對不起，有人在家嗎？」

這裡不會有人把這種客套話掛在嘴上。每個人都是默默走進來，就像回到自己家，外人看起來可能會覺得不成體統，但這是這群人之間不成文的規矩。

這裡也沒有人想獨占辰子，沒人會隨便跑到練舞場偷看。對於辰子的兩名入室弟子，眾人也只是行注目禮，從不過去搭訕。

這天陽子走進辰子家，她默默脫掉鞋子，直接朝練舞場走去。房間裡不像在排練，台上只有辰子一個人在跳舞。兩名入室弟子規規矩矩坐在電唱機旁，隨著辰子的動作搖頭晃腦，打著拍子。

辰子看到陽子進來也沒打招呼，仍舊專心舞動身體。陽子看不出辰子在跳什麼舞，只知道身穿黑底銀柳葉碎花和服的辰子十分美麗。

沒多久，音樂停了。陽子有點興奮，她以為辰子會立刻走到自己身邊來，沒想到電唱機又播起音樂，辰子再次舞動。她踏出第一步的同時，身體裡就像鑽進了另一個靈魂。

陽子心底升起奇妙的感覺，饒富興味地看著在跳舞的辰子臉上不時變換的表情，只見她時而嚴肅，時而溫柔。

同一隻舞連續跳了三次，辰子才下台來。

「妳媽呢？」辰子若無其事地問。

看到陽子其實辰子心裡很高興，卻故意表現出一副不在乎的模樣。因為個性使然，辰子總是無意識地控制自己，不讓情緒外露。

「在家裡。」

「陽子自己一個人來的？」

「是啊！」

「喔。」

辰子並沒問她為什麼自己一個人跑到這裡來，她幫陽子卸下書包，問她：

「放學路上順便繞到這裡來的？」

「我從家裡來的，因為不想回家。」

聽了陽子的回答，辰子忍不住放聲大笑。

「哎唷！原來是離家出走？膽子不小喔。陽子上小學了吧。」

「是啊。」

「還說『是啊』。一年級就離家出走喔？真是令人高興的消息！」

辰子笑著走進起居室，室內四五個男人都回過頭來。

「什麼事高興？阿辰。」

「這個一年級學生離家出走跑到我這裡來了。」

「很有反抗精神啊。」

「那我們應該很聊得來唷。」

幾個男人一起拍手說道。

陽子閃著一雙聰慧的眸子向眾人行了個禮。

「挨妳媽罵了嗎？」在高中教國文的市川問陽子。

「才沒有被罵呢。」

「哎唷，沒挨罵也會離家出走啊？」

陽子又想起了今天下午夏枝臉上的表情。

見辰子沒再多問，陽子便從書包拿出教科書。窗外天色正逐漸變暗。

「會不會覺得寂寞啊？」

一名臉孔很像雛人偶[17]的入室弟子問陽子。

陽子沒作聲，只是笑了笑，辰子雖然看見了，卻裝作什麼也沒看到。

晚餐時，入室弟子端來幾個三角形飯糰和水煮蛋，淺草海苔的誘人香味充塞鼻腔。

這時房裡只剩下兩個男人在下圍棋，其他人都回去了。

「陽子的媽媽一定很擔心吧。阿辰姊不打個電話給她嗎？」

「蠢話！做娘的擔心有什麼大不了，就讓她擔心一下不也很好？」

「只要是阿辰姊口中說出的話，總讓人覺得有道理，真是奇妙。」

「可不是嗎？這麼小的孩子會從家裡跑出來，可見父母一定做了什麼不對的事。所以要讓做父母的擔心一下，反省自己是不是做錯了，是不是換個方法會比較好。」

辰子鬆開三味弦的琴弦，看著陽子露出笑容。

「這孩子啊……」辰子說著，視線投向陽子，「以前我總懷疑她是個傻瓜呢。瞧她一天到晚笑咪咪的，從沒發過脾氣。不會生氣的人啊，總給人一種不老實的感覺，我不喜歡。」

穿褐色毛衣的高中老師市川抬起眼，細細打量了陽子一番。

「不會生氣就是不老實嗎？」市川低聲說道。

「不過她今天卻背著書包跑到這裡來，還嚷著說『不想回家』，我就欣賞她這樣！這孩子頭腦挺聰明的，但一個人只有頭腦聰明沒什麼意思，要性格一點才行。」

「因為阿辰妳自己就是性格得不得了啊。」

市川把棋盤收好放在一邊，站起身來。

＊＊＊

當晚，陽子有生以來第一次離開母親在外過夜，但沒露出一絲寂寞表情，很快就在辰子的房裡睡著了。

晚上九點多的時候，電話鈴響了。

---

17 雛人偶：日本在三月三日「雛祭」時，有女兒的人家擺設的娃娃，形象多為富泰可愛的圓臉。

「總算打來啦！」辰子不懷好意地暗笑著拿起電話，話筒裡傳來夏枝的聲音。

「喂，辰子嗎？是我啦。」

「『我』？有何貴幹？」

「跟妳說啊，陽子不見了。」

「喔。」

「已經報警了。妳說我該怎麼辦啊？」

「什麼『怎麼辦』？我怎麼知道？怎麼連陽子也不見了？」

「因為啊……辰子，萬一陽子也像琉璃子那樣……」

夏枝的話聲變成了抽泣。

「陽子在我這裡啦。」辰子打斷夏枝，輕輕「嘖」一聲說道。

「哎呀！真的？妳好過分，辰子，為什麼不早點告訴我？過分！太過分了！」

辰子沒回答，默默聽著夏枝的抗議。

「喂！喂！辰子妳聽得到嗎？」

「聽到妳一直在說『過分、過分』啊。」

「啊唷！好討厭！我現在立刻過去，可以嗎？」

「當然不可以，早上有練習，我每天清晨四點就要起床呢。陽子已經睡了，又不會逃走，明天我會送她回去。」

「可是我沒看到陽子的臉，沒辦法放心睡覺啊。」

「陽子說她不想回家喔。我沒問她理由，也不知道詳情，她大概是有不得已的苦衷才會出此下策吧。」

「……」

＊＊＊

「昨晚妳媽打電話來啦。」早餐的桌上，辰子對陽子說道。

「喔……」陽子欲言又止地看著辰子。

「妳媽擔心得哭了呢。」

「我媽，哭了嗎？」陽子為難地放下筷子。

「讓她哭，沒關係。像她那樣的媽媽！」

辰子眼中露出笑意。

「哭了的話，很可憐啊。」

「可是她讓陽子不高興了，不是嗎？」

辰子從昨夜就在擔心，不知陽子是否因為發現自己是養女才離家出走。

「媽媽沒有罵我啦。」

「那妳為什麼到阿姨家來呢？」

「……」

陽子想起昨天的事。她不想把夏枝掐住自己脖子的事說出來，這件事她連想都不願再回想。

「沒挨罵卻離家出走，就有點怪嘍。」

（陽子八成發現自己是養女了吧。）

辰子看著低著頭的陽子，心底升起一絲不安。

「今天還不想回家？」

「不，陽子要回家了。」陽子以爽朗的聲音明確答道。

「跟妳哥吵架了？」

「我們才不會吵架。」

「朋友說妳什麼了？」

「什麼也沒說啊。」

「喔。」辰子試探性看著陽子的眼睛問：「陽子喜歡爸爸嗎？」

「喜歡啊。」

「那媽媽呢？」

「喜歡。」

辰子發現這次陽子回答時眼中閃過一絲陰影。

「哥哥呢？」

「最喜歡啊！」

說完，陽子露出微笑。

（這孩子究竟為什麼離家出走呢？）

如果是別人，辰子倒不會像這樣打破砂鍋問到底，但是像陽子這麼隨和的孩子竟會離家出走，辰子實在不敢相信。她很想知道陽子離家的原因。

（說不定直接去問夏枝比較省事？）

吃完飯之後，辰子點燃一支菸。

「阿姨，您喜歡我媽嗎？」陽子一臉認真地問。

「這個啊……」

看著那雙認真的眼睛，辰子覺得自己也必須嚴肅回答才行。

「我很喜歡陽子的媽媽呀。不過，她讓我覺得討厭的地方也不少。」

「不是喜歡她的全部喔？」

「人哪，無論是誰，都會有令人喜歡和不喜歡的部分。」

「阿姨也一樣嗎？」

「是啊，當然啦。」

「可是陽子喜歡阿姨的全部。」

「這話讓我好高興啊。」

辰子像是真的很高興地笑了起來。

「可是啊，自己喜歡的人，並不表示就是好人。相反地，有時自己討厭的人，也不表示就是壞人唷。」

「喔？為什麼呢？」

「因為有時可能是『討厭別人的自己』有問題。」

（對小學一年級的陽子來說，這可能太難了吧。）

辰子抽著菸思考該如何說明。

「我聽不太懂。」

「對了，譬如說，有些人覺得所有的人都討厭，一天到晚都在說別人的壞話，陽子的朋友裡也有這種人吧？碰到這種情形，就是『說別人壞話的人』不對了。」

陽子點了點頭。

「陽子，妳對大部分的人，都還算喜歡吧？」

「嗯，大部分的人我都喜歡。阿姨呢？」

聽到這問題，辰子苦笑起來。

「阿姨也喜歡大部分的人啊。不過，那都是因為他們對我好的緣故。人其實不夠聰明，原本對自己好的人，往往只要做了一點不好的事，我們就馬上覺得他討厭。」

陽子眨著眼睛聽她講下去。

「陽子也一樣啊。就算平時媽媽對妳那麼好，但只要有一次，她做了讓妳不高興的事，或許妳馬上就會覺得她很討厭呢。」

陽子不假思索地用力點點頭。

（阿姨簡直就像知道昨天的事了。沒錯！媽媽一直對我那麼溫柔，而她讓我不高興的事，只有昨天那一次而已。）

陽子此刻真想立刻奔回母親身邊。

「如果只是一點小小的不愉快，我們應該要忍耐。如果每次遇到不高興的事都跑到阿姨家，萬一哪天妳連阿姨都不喜歡的話，要到哪裡去呢？這裡也不喜歡，那裡也不喜歡，慢慢地，就沒地方可去啦。所以，有人就會去自殺。陽子，妳知道自殺是什麼意思嗎？」

「知道，自殺就是自己吃毒藥死掉啦。」

辰子這時才注意到自己竟和才小學一年級的陽子談論自殺，不禁露出苦笑。

「總之，如果只是一點不愉快，我們應該要忍耐啦。」

「阿姨也會有不愉快的事？」

陽子又提出疑問。

「那當然啦。不愉快的事、傷心寂寞的事，是人都會有的。」

辰子臉上出現一絲陰霾。

聽夏枝昨晚電話裡的語氣，原以為她今天一早就會趕來接陽子回去，誰知等到早晨七點多，卻連通電話也沒有。辰子無法想像昨晚一整夜夏枝是如何打發過去的。

＊＊＊

夏枝知道陽子的去向後，心底突然升起一股無名火。陽子肯定向辰子告狀了吧。她一想到這件事，就覺得無地自容，想挖個洞躲進去。

「陽子是養女嗎？」

阿徹之所以那麼尖銳地質問父母，也是因為陽子不告而別。這件事害夏枝昨晚整夜都氣得睡不著覺。雖然已經知道陽子的身世，但在阿徹面前還是必須像以往一樣對待陽子，一想到這件事，夏枝便對啟造生出更多的恨意。

夏枝想到陽子這個燙手山芋，不免對自己和阿徹的未來感到憂心。陽子小小年紀就敢離家出走，可見在她開朗天真的外表下潛藏著不可知的想法。夏枝總覺得，只要陽子待在這個家一天，自己的將來根本沒有希望和幸福可言。

一夜之間，夏枝對陽子的感情便生出嫌隙。

而夏枝心境的變化，辰子當然無從得知。

這天早上，夏枝正忙著做飯，忽聽門外傳來一陣剎車聲。

「是陽子！」

阿徹從窗口望了一眼，立刻朝玄關奔去。夏枝整夜沒闔眼，眼睛下兩個黑黑的眼圈，使她的表情顯得嚴峻。

「啊唷，辰子，給妳添麻煩了。」

迎到門口的夏枝垂手鞠了一躬。

「媽！」

陽子踢掉腳上的鞋子，飛快奔到夏枝身邊抱住她。

「陽子！」

撲到自己懷裡的陽子，不再是昨夜夏枝所痛恨的模樣，她忍不住緊緊抱住陽子流下眼淚。

阿徹則在一旁目瞪口呆地望著母女倆。

「鏘！鏘鏘鏘鏘鏘！」

辰子笑嘻嘻地嘴裡發出一連串模仿話劇落幕的木擊聲。她不知道昨天這個家裡上演了一場什麼戲，看到眼前的景象，還單純地以為只是一幕喜劇大團圓。

＊＊＊

啟造、阿徹和陽子出門之後，夏枝和辰子在俄式暖爐旁相對而坐。

「妳這個母親不及格唷，這麼快就被孩子討厭了。」

辰子為了安慰夏枝故意朗聲說道。夏枝的眼圈微微發黑，表情也顯得陰鬱。辰子暗忖：

（看她那著急擔心的模樣，簡直就當陽子是自己懷胎十月生下的孩子啊。）

辰子心中很感動。

「陽子都這麼大了，大到都敢離家出走了，妳不覺得她很了不起？」

「……」

「說到了不起，這孩子真的很不得了。我問她為什麼到阿姨家來，她一句話也不吭，就是不說自己受到責罵。」

「……」

夏枝難以置信地看著辰子。

「我問過她，是不是挨罵了？是不是和阿徹吵架了，可是她說沒吵架，也沒人罵過她。」

「……」

「小學一年級就離家出走，這事的確令我吃驚，但更讓我震驚的是，這孩子不告惡狀，也不在背後說別人壞話。」

夏枝聽得出辰子的話沒有一絲虛假。夏枝很怕被人發現昨天對陽子動手的事，報上常看到的「殺人未遂」幾個字，此刻彷彿在眼前逐漸放大，步步逼近。知道辰子還不知曉，夏枝偷偷地鬆了口氣。

「很多女孩從小就愛嘰嘰喳喳，好像天生就為了在背後說人閒話而生到這世上，不是嗎？究竟那孩子……」

（那孩子的父母是什麼人啊？）

這句話，差點就從辰子嘴裡脫口而出。

自從七年前夏枝在她面前宣稱生下陽子以來，辰子一直都選擇支持夏枝的謊言。於是她改口：

「……那孩子究竟是愚蠢還是聰明啊？」

「誰知道，究竟該算什麼呢？」夏枝若有所思地說。

「總之啊，她很有靈性，不但頭腦聰明，品格更是出眾。」

「還不至於那麼好啦……」

聽到辰子對陽子的讚美，夏枝的心情逐漸沉重起來。

陽子並沒把昨天的事告訴辰子，照理說，夏枝應該為此感動才對，然而，她實在無法真心這麼想。

「妳家老爺也很擔心吧？」

「誰知道呢。」

（他會為佐石的小孩擔心？）

「夏枝，妳累了吧。昨天沒睡好嗎？我應該昨晚就送陽子回來的。」

辰子以為，夏枝只是因為疲憊才顯得無精打采。

# 18 藍焰

「院長，能不能想辦法讓我在過年前出院啊？」

每年一進入十二月，總會有許多住院患者前來拜託啟造。

今天也來了三位患者。每次聽到這種要求，啟造總覺得被追趕似的累得要命。下班後，啟造坐在院長室悠閒地抽著菸。他實在不想立刻回家。

（其實令我疲倦的，並不只是住院患者。）

想著想著，啟造腦中清晰浮現夏枝陰沉的表情。昨晚，她似乎整夜都沒闔眼。

（她真的愛陽子愛到那種程度？）

啟造做夢也沒料到夏枝已經發現陽子的身世。

對於陽子為何不經允許就跑到辰子家去，啟造完全相信了夏枝的說詞。

「今天我稍微嚴厲地罵她幾句。以前她從沒被我罵過，可能因此覺得傷心吧。」

夏枝昨天是這麼向啟造說明的。

啟造一聽說陽子要在辰子家過夜就放下心來。更讓他在意的，其實是阿徹的責問。

「陽子是養女嗎？」

聽到兒子如此強烈地指責自己，啟造覺得很痛心。

（無論如何，一定要讓阿徹相信他和陽子是親兄妹。）

啟造下定決心。他躺在棉被裡再三告誡自己，必須杜絕所有會讓阿徹起疑的可能，以後要表現得更像陽子的親生父親才行。

也不知這是幸還是不幸，啟造滿腦子都在思考阿徹的事，以致沒注意到夏枝的反常。更何況，陽子今早回家還緊緊抱住夏枝，啟造親眼看到她們母女倆相擁而泣的畫面。

（簡直就像是親生母女。原來夏枝如此深愛陽子，如果她知道陽子是佐石的孩子……）

當時，啟造還暗自揣測著，完全沒有警覺夏枝已經發現了真相。看到夏枝徹夜未眠，啟造不免自責，覺得自己的作法實在太殘忍。坐在辦公室思前想後，啟造更確認自己的疲累並非來自工作，這下他更不想回家了。

掙扎半天，就在啟造打算起身離去時，電話鈴響了。他拿起電話。

「高木先生從札幌打來的電話。」

接線生向他報告。

「喂！辻口嗎？」高木的聲音和以往一樣活力十足。

「是啊。你好嗎？有急事？」

「哼！這種反應真不討喜，你不知道有種電話叫做『沒特別的事』電話嗎？」

話筒裡傳來高木爽朗的笑聲，啟造受到影響臉上不自覺地露出微笑，身上的疲憊似乎也減輕了不少。

「你好嗎？」高木問道。

「嗯，很好啊。」

「你這種人就算嘴裡說『很好』，表情一定還是死板板的吧？醫院怎麼樣啊？」

「嗯，託你的福，業務挺繁忙的。」

「還能說『託你的福』，看來不錯嘛。不過聽到醫生跟和尚嘴裡說出『業務繁忙』，可讓人心裡涼颼颼的唷。」

「……」

「再說啊，無論業務多麼繁忙，健保制度也不會讓你變成大富翁。」

「就是啊。醫生可是重勞力工作，內科今天光是門診就看了將近四百人。」

高木從不曾從札幌打電話來，啟造實在猜不出他打電話是為何事。

「四百人？七小時看四百人，一小時豈不是要看將近六十人？一個人只有一分鐘？」

話筒裡傳來訊號聲，表示已經講完一個通話單位的時間。

「不是，內科門診有兩個醫生一起看，況且有些複診的患者只是來打針或拿藥，所以不是一分鐘診察啦。」

聽到啟造回答得一本正經，高木忍不住笑了起來。

「你這傢伙還是老樣子啊。對了，想問你，眼科的診療器械已經賣了嗎？」

聽到這話，啟造臉上浮起一絲陰影。

「沒有，都還在啊。」

「不出所料。老實說，我就是為了這事才打電話給你。」

高木似乎早已忘了剛剛才說這是通「沒特別的事」電話。

「村井那傢伙聽說開春就能出院了。他現在暫時回札幌來了，開業對他來說還嫌太早，再說他現在不只沒體力，也沒錢哪。雖說還不至於無處可去，但是按理說，還是想先到辻口你這來問問。我也知道你如果要重開眼科，也挺麻煩的。」

啟造無法立即回答。

「他身體恢復了？」

「好像是。他秋天不是得了自然氣胸，還差點死了嗎？有趣的是，那症狀居然救了他。聽說肺裡的空洞因為服用鏈黴素而逐漸縮小，最後居然全都消失了。」

「是啊，這種病例時有所聞。」

「他這兩年都在休養，人也長胖嘍，好幾次都嚷著要出院。這次多虧自然氣胸，竟讓他痊癒了。村井這傢伙，算是因禍得福呢。」

「……」

「總之，你考慮一下吧。這種事你也無法立刻給我答覆吧。」

「我先跟事務長談一談。」

掛上電話，啟造心中有種說不出的孤寂。窗外天色已經全黑，燈光照射之處，陣陣白雪像從黑暗裡迸出來似的不斷飛舞。

（一點都不像高木的作風。）

這正是令啟造感到孤獨的原因。剛才電話裡的高木，不像平日的他那麼直率。高木先說打電話並沒有特別的事，但閒聊一陣後卻技巧性地帶出要求，這讓啟造感覺不太舒服。

就像遭人背叛的感覺。

啟造的個性使他對愈重要的事愈說不出口。也因此，他才會被豪放磊落的高木吸引，由衷欣賞高木那種一根腸子通到底的直率。

然而，今天高木卻沒有單刀直入地說出目的，這讓啟造有些失望。再加上這件事又和村井有關。

另一方面，啟造也覺得有些欣慰。他常為了一件小事不知該不該說而煩惱不已，看在他眼裡，總是有話直說的高木簡直就是天不怕地不怕的漢子。原來高木也有不敢直接表態的時候，啟造感到一陣竊喜，覺得和高木之間的差距似乎縮小了。

（可是高木今天為何不直接說：請你給村井一份工作？）

（他知道村井和夏枝的事嗎？）

啟造覺得高木不是那種人，他不會明知村井和夏枝有染還想幫忙村井復職。

啟造穿上大衣，拉開房門。

門一打開，就看到事務員松崎由香子站在眼前，距離近得幾乎碰到啟造的鼻尖。

「怎麼回事？」

由香子那雙圓圓的小眼睛露出渴求的神情。

「……我覺得，還是不要讓村井醫生回來比較好。」

（這女孩為什麼知道村井的動向？）

「村井寫信給妳了嗎？」

平時眼神專注的由香子聽到啟造的問話，眼中頓時溢滿了淚水。啟造無言地領著她走回院長室。

「他才不會寫信給我。我剛才到總機室閒聊，接線生晴子正好有事出去，就叫我幫她接一下電話……」

「那時剛好高木來電是吧。」

「是。」

「所以妳就偷聽了？」

「是。」由香子臉上沒有一絲羞愧。

「不可以啊，妳怎麼做這種事……」

（她是村井的情婦嗎？）

啟造低頭俯視由香子。

「院長，村井先生不會回來吧？」

「誰知道？難說呢。」

由香子抬頭看著啟造，向前靠近一步。

「院長，您什麼都不知道吧？」

「『什麼都不知道』，妳是指什麼？」

聽到啟造的疑問，由香子緊閉嘴唇。她的嘴巴小巧，惹人憐愛。燈光下，由香子的部分長髮像金髮般閃著光芒。

「院長，您不知道啊？村井醫生喜歡院長夫人喔。」

「所以呢？」

啟造在椅子上坐下，臉上表情並沒改變。

「什麼『所以呢』，院長覺得無所謂嗎？」

啟造無言地點燃火爐，爐中的藍焰靜靜地來回晃動。

「我幫妳倒杯咖啡吧。」

「我才不要喝什麼咖啡。」由香子氣憤地回答。

「妳喜歡村井嗎？」

聽到啟造的問題，由香子愣愣地盯著啟造半晌，只見她身體一彎坐倒在椅子上，下一秒竟抖著肩膀哭泣起來。

「怎麼了？」

啟造不知她為何哭泣，只能站著發慌。

「真讓人為難啊。」

（別人看到了會誤會啊！）

啟造感到有些煩躁。

「不要再哭了！」

他強硬地說，不料由香子竟也老實答道：

「是！」

說完，她抬起頭來。

（之前有一次在上班路上，也惹哭過這女孩。她向來這麼愛哭嗎？今天又是為何而哭呢？）

啟造熄掉了爐火。由香子仍舊低頭用手帕摀著眼睛。

「還在哭嗎？」

「沒有。」

由香子把手帕擱在膝上，抬頭看啟造，溼潤的雙眼試圖展露一絲笑意，模樣有幾分稚氣。

（這女孩幾歲了？應該有二十六七了吧。）

「為什麼哭呢？妳這不是為難我嗎？」

由香子乖巧地點點頭。

「對不起。因為您問我是不是喜歡村井醫生。」

「……」

（是因為喜歡村井而哭？還是因為討厭他才哭呢？）

啟造實在不懂年輕女孩的心理。

「總之，妳回家去吧。惹哭了妳，我很抱歉。」啟造平靜地說。

「是。」

說完，她低著頭佇立半晌，又說：

「拜託院長不要讓村井醫生回來。」

（說不定村井真會回來。）

啟造直覺村井的歸來似乎已無法避免。這就像一種預感。

# 19 白衣白裙

新年過後，立刻迎來了二月。

時序雖已進入春季，氣溫卻經常低過零下二十度。

「三月三日雛祭那天啊……」

這天陽子放學回來，放下書包就向夏枝報告。

「嗯。」

夏枝正在梳妝台前進行每天的例行保養。

「陽子要在學藝會上表演喔。」

「是嗎？」

夏枝冷冷地答著，視線一直沒從鏡中的自己移開。

因為從四月起，村井就要回辻口醫院了。昨晚啟造才告訴夏枝這消息。啟造後來找事務長談過重開眼科的事，也提起村井想重回醫院，沒想到事務長竟出人意表地表示歡迎。

「是嗎？村井醫生要回來啦？」

事務長高興地說。看來他還沒忘記村井以前創下的業績。

村井剛染病的那段日子，眼科的生意非常好，門診和住院患者多得看不完。

不過現在辻口醫院光靠內科、外科和耳鼻喉科，營運也足以維持，業務甚至已超過負荷，實在沒必要為了讓村井復職而重開眼科。

再說，如果重開眼科，醫院還得籌備眼科病房，院內現在也沒有足以擔任眼科工作的護士。

「真的沒必要重開眼科啊。」

院內也有人抱持反對意見。醫生當中，認識村井的只剩下外科的松田一人，護士幾乎全不認識村井。有人認為，院長對七年前因病離職的村井未免照顧得太過周到。不過內科的醫生倒是很贊成院內設立眼科，因為像高血壓、糖尿病、巴西多氏病[18]之類的疾病常需要眼科參與治療。

另外還有些人認為，醫院現在業務蒸蒸日上，應該趁此機會設立眼科。

啟造身為內科醫生，也覺得醫院若是能擴充眼科固然很好，只不過眼科醫生並不是非村井不可。然而從學生時代起，啟造就喜歡在高木面前充當模範生，因為從沒有人像高木那樣不掩飾地對他表示激賞。

即使現在都當了醫院院長，啟造還是不願讓高木對自己留下壞印象。

或許高木也知道夏枝和村井的事情吧？每當啟造腦中浮現這個疑問，更覺得不能拒絕讓村井回來。當然啟造心底並非沒有一絲不安，他也擔心村井和夏枝或許會舊情復燃。

但七年半的歲月，已將啟造心中的不安沖淡不少。

「媽，陽子在學藝會上要穿白衣白裙表演喔。」

看到夏枝一心一意盯著鏡子，陽子不解地在一旁望著她。

「白衣白裙？」夏枝反問。

（村井回來的時候，我要讓自己看起來和七年前一模一樣。）

不，我必須變得比七年前更年輕美貌才行！夏枝拿起小鏡子檢視臉龐，發現鼻下有條淺淺的橫紋。夏枝手指輕按在皺紋上。

「媽！」

「……」

夏枝又伸出手掌拍拍臉頰。臉部肌膚倒還算細緻，只是稍微缺乏彈性。

陽子不清楚夏枝究竟有沒有聽到自己的話，眼中流露不安的神色。

「媽，妳會幫我做白衣白裙吧？」

「白衣白裙？」

夏枝又把視線轉向手裡的小鏡子，鼻下那條皺紋令她覺得有些刺眼。

自從發現陽子是佐石的女兒，已經過了三個月。

在這段時間，夏枝對陽子的觀感也出現了劇烈變化。以前她最欣賞陽子開朗、不拘小節的性格，現在卻不以為然。

（怎麼罵她都不哭。臉皮真厚！）

這就是夏枝現在對陽子的看法。

但她並不敢如實表現出心中的感覺，因為阿徹整天都神經質地監視啟造和夏枝。

儘管如此，夏枝以前總是把魚肉最肥美的部分分給陽子，現在則是給她最薄的部分。在阿徹和啟造看不到的地方，夏枝對陽子的態度已經出現變化。

以前只要聽到陽子呼喚，夏枝一定立刻放下手邊的事，專心傾聽陽子的訴求。而現在，夏枝對陽子只是

---

18 巴西多氏病：一種婦女常見的疾病，因甲狀腺素分泌過多而引起。

敷衍了事。她已無心再為陽子做任何事了。

夏枝心裡也明白陽子本身並沒有任何過錯，但她總覺得琉璃子就像是被陽子給殺死的，而陽子裝著什麼都不知情混進辻口家。

「媽，三月三日以前要做好喔。」

「三月三日？什麼東西？」

此刻夏枝的整顆心已被村井歸來的消息占據。

（老公背叛了我，這次輪到我背叛他了！）

夏枝知道要令啟造痛苦，第一步就是設法接近村井。

（我可是一無所知地把陽子養到這麼大！）

轉念至此，夏枝回頭看著陽子。

陽子對她微笑說道：

「媽，要幫我做喔。」

「要做什麼啊？」

「哎呀，白衣白裙啊。」

「為什麼呢？」

陽子這才發現夏枝剛才根本沒在聽自己說話。

「是這樣的，我在雛祭那天會在學藝會上表演，要穿白衣白裙跳舞唷。」

「在學藝會上跳舞啊？」

夏枝這才正眼瞧著陽子。

「是啊，要穿白衣白裙跳舞。」

「大家都穿一樣的嗎？」

「老師說，不能做衣服的人，不做也行。」

「是嗎？也有人不能做喔？幾個人一起跳呢？」

「石原壽美、野口千代……」

陽子在腦中一一細數其他幾個人，然後轉臉對夏枝說：

「六個人。」

「是嗎？」

夏枝重新看著鏡中，手在眉毛附近輕輕按摩。

「媽，妳會幫我做吧？」

「……」

（穿白衣白裙在學藝會跳舞的人，不該是陽子，應是死去的琉璃子才對。）

夏枝根本不想幫陽子訂製白衣白裙。

「三月三日那天要穿的吧？」

「對啊。」陽子高興地朝鏡中的夏枝點著頭。

「只要是白色的，什麼都可以吧？」

「白毛衣、白裙子和白襪子。」

「白毛衣、白裙子和白襪子啊，我知道了。」

說完，夏枝將和服袖子拉高至手肘，倒了一堆乳液開始按摩，白得帶青的肌膚像被手掌吸附住似的潤澤柔軟，夏枝滿意地輕捏手肘的肌膚。

「媽，學藝會那天妳會來吧？」

「會吧。」

說著，夏枝在脖子抹上按摩霜，動手搓揉起來。

陽子靜靜地注視夏枝，她感覺得出母親根本無心搭理她。

「能去的話，我會去的。妳到外面去玩吧，媽媽現在很忙。」

夏枝兩隻雪白的手臂片刻不停地在脖子上按摩。

她一直看著鏡中的陽子，看著陽子一臉落寞地走出房間。

（這一切都怪辻口！天下有哪個母親能把殺女凶手的遺孤養大？我竟把她當作親生女兒一直撫養到今天，有誰能了解我心中的怨恨與憤怒？）

不知不覺間，就連夏枝都沒意識到自己眼中早已溢滿了淚水。

＊＊＊

「肚子好餓啊。媽，有沒有吃的？」

阿徹放學一進門就對躺在沙發上的夏枝嚷著。夏枝用盤子裝滿自己做的甜甜圈放在桌上。

「今天回來得比較晚啊。」

「嗯，為了準備明天學藝會的場地，我們六年級被指派了工作。」

「那可辛苦你啦。」

「明天媽會來參觀嗎？」

「大概會吧，不過媽媽很忙呢。」

「可是陽子有表演喔，媽還是來看看吧。」

「……」

阿徹每次拿起甜甜圈前，都用毛巾擦拭一遍手指。

「陽子跳得好棒喔。」

「是嗎？」

「她看上去好棒，無論是拍手還是擺頭的動作都棒。」

「是嗎？」

「大家今天都穿了白衣白裙來排演，只有陽子一個人穿得不一樣。」

「……」

「陽子明天會穿白衣白裙去學校吧？」

「當然啊！」

夏枝臉上瞬間露出一絲狼狽，阿徹敏銳地察覺到了，他立刻放下手裡的甜甜圈。

「那為什麼今天不讓她穿？」

「因為她說只要在學藝會那天穿去就行啦。」

「她有白衣白裙嗎？」

夏枝遲疑了一秒才說：「今天會做好。」

「今天？」阿徹皺起眉頭若有所思地說。「什麼！怎麼還沒做好？媽，在哪裡訂做的？」

阿徹的視線打探似的射向夏枝。

「朝日大樓裡面的武田洋服店呀。今天應該會送來啦。」

「喔？」阿徹拿起手巾慢吞吞地擦拭每根手指。

「阿徹，這事你不用操心。」

「嗯。」阿徹繃著臉走出房間。

（如果只有陽子一人沒穿白衣白裙，阿徹一定會生氣吧。）

然而夏枝早已想好了藉口。

（我就說，武田太太一時疏忽忘了這件事，或說她們不小心弄丟衣服了。）

夏枝明白必須顧慮阿徹的感受，但她最近光是聽到陽子喊她「媽媽」都覺得難以忍耐，實在不願特地為陽子訂做新衣。她甚至心想：就讓陽子一個人穿著不一樣的衣服上台，讓她嘗嘗那種難堪的滋味。

武田洋服店的布料部門在朝日大樓裡面，阿徹曾和夏枝去過好幾次。他一心只想逗陽子開心，決定親自去把衣服拿回來，便跳上自行車騎到大街。從辻口家到旭川車站前的朝日大樓大約有四公里。

布料部門位於建築物的二樓，阿徹三步併作兩步跑上樓去，店裡有四五位顧客在選購布料，幾個女店員忙著招呼客人。走進店裡，阿徹突然害羞起來，只好假裝在瀏覽架上的布匹，只見各式春季布料從天花板懸掛而下。

這時，一名店員微笑著走向阿徹。她似乎以為阿徹是顧客帶來的小孩。

阿徹緊張地逮住機會，忙問店員：「我姓辻口，我家訂的衣服做好了嗎？」

「辻口家？請等一下。」

有著玫瑰色臉頰的女店員溫柔地說，翻開櫃台上的紀錄本。阿徹從前沒看過這位店員。

「府上今年似乎沒來我們店裡訂做衣服呢。請您稍候，我去問一下老闆娘。」

阿徹感到不安起來。

（媽的確是說朝日大樓的武田洋服店啊。）

就在這時，脖子上掛著皮尺的老闆娘走了過來。

「哎唷！原來是辻口家的少爺，聽說您來拿訂做的衣服？」

老闆娘的臉孔輪廓不像日本人，只見她眼珠咕溜一轉，臉上露出討好的笑容問說：「是什麼樣的衣服呢？」

「白色的。」

「白色的啊？我記得今年以來，府上好像一次都沒來過我們店裡呢。」老闆娘歪著腦袋疑惑地說：「要不要我打電話到您府上問問？說不定是在別家訂做的。」

阿徹彷彿被人當頭敲下一棒。

「不用了，應該是我弄錯了。再見！」

說完，阿徹也不顧背後有人在對他說話，頭也不回地跑下樓去。

（媽說謊！）

阿徹跳上自行車，拚命地踩著踏板。

「媽說謊！」

憤怒與羞恥使阿徹的腦門陣陣發熱，拚命踩著踏板的同時，他也滴滴答答掉下淚來。

太陽早已下山，三月的晚風冰涼徹骨，融化的雪水在柏油路面結成冰。阿徹做事向來小心謹慎，不可能不知道結了冰的柏油路有多危險，有多容易滑跤。如果是平時，他絕不會像現在這樣踩著自行車猛衝。

（陽子好可憐，她明天要穿什麼去參加學藝會呢？）

阿徹已經忘了自己人在車輛熙來攘往的馬路上。

（媽好過分……）

想到母親，阿徹不禁悲從中來。阿徹一直以美麗、溫柔、氣質高雅的母親為傲，一想到從小景仰的母親居然說謊，他就覺得難堪。

（這種人，才不是我媽！）

這時，阿徹已經來到二丁目的十字路口。交通號誌變成了紅燈，但阿徹沒注意。

（媽為什麼不為陽子訂做衣服呢？這麼一點錢……）

他舉起手腕拭去眼淚。

「嘰——！」

就在這時，耳邊傳來輪胎擦地聲。

一輛依綠燈指示前行的卡車從阿徹鼻尖前擦過。

阿徹大吃一驚，等他猛然驚覺，已經連人帶車滑倒在地。

「混蛋！沒看到紅燈嗎？」

卡車司機看清車子沒壓到人，這才放心地高聲怒罵。路上行人紛紛聚集過來，所幸阿徹只是因為地滑摔了一跤，若不是滑倒而是直接被卡車撞上，一定會被撞成重傷。

阿徹撫著發疼的膝蓋從地上爬起。車頭已經摔歪，無法控制方向了，阿徹搖搖晃晃地推著自行車逃到人行道。

（是我活該！）

才走幾步，他覺得膝蓋比剛才更疼了。

（都怪媽沒有幫陽子做衣服！）

（萬一我被剛才的卡車壓死了，那究竟該算誰的責任？）

阿徹拖著疼痛的腳步向前走去。

（上次陽子被井尾那傢伙丟石子打中，傷處腫得那麼大，她也沒吭一聲。我可沒辦法像她那麼能忍痛啊。）

撞壞車頭的自行車推來十分沉重，剩下的兩公里路阿徹一直生著母親的氣，慢吞吞地一步步往前走。好不容易走到家門口，只見夏枝等在門外。

「哎呀！阿徹，摔跤了嗎？受傷了？」

阿徹也不看母親的臉，故意跛著腳，裝出腳傷很嚴重的模樣。

「啊唷，自行車也撞壞了……讓我看看哪裡受傷了。」

「……」

「這麼黑還在外面亂跑，多危險哪。要早點回家嘛。」

「媽，我到朝日大樓去了。」

說完，阿徹把自行車拋向一旁。

「我到朝日大樓去了！」

這句話猛地衝擊著夏枝的耳膜。她不知該如何接腔，幸好天色已經變暗。

夏枝扶起倒在地上的自行車，問道：

「你說你到哪裡去了？」

「我去過了朝日大樓。」

「啊唷，你去幫我拿衣服啦？辛苦你了。」

「……」

阿徹轉過身，逕自走進家門。

啟造還沒回來。阿徹除了膝蓋受傷，手掌也擦傷了。夏枝焦急地連連發問，但阿徹氣得發抖，緊咬著嘴唇不肯回答。

「哥哥的耳朵今天放假啊。」

陽子安慰他說。不過阿徹仍是一言不發。

「怎麼了？阿徹。你的腳那麼痛，得馬上到醫院去啊。」

夏枝裝出一副不懂阿徹為何生氣的模樣。

「不用管我的腳！」阿徹反抗地說。

「你幹麼生氣啊？喔，對了，阿徹，你去過朝日大樓了，那衣服呢？怎麼沒帶回來？」

「怎麼可能帶回來！」

「哎唷，怎麼回事？」

「媽說謊！」

阿徹說到最後，聲音變成了哭聲。

「怎麼回事？阿徹怎麼說媽媽說謊？」夏枝柔聲問道。

「妳才沒去武田洋服店訂做陽子的衣服。」

「啊！武田太太這麼說嗎？」夏枝裝出震驚的表情回道。

「店裡的阿姨說，媽今年一次都沒去過。」

夏枝的態度讓阿徹開始有些半信半疑。

「哎呀，媽媽是交代那位個子最高的店員訂做的，那天老闆娘沒進店裡……」

夏枝又撒了一個謊。她心想現在要是惹惱了阿徹，情況會變得難以收拾。

「高個子的店員？」

「哎呀，上次阿徹去做大衣時，不是她幫你量身的嗎？」

「喔，那個人啊。她今天好像不在。可是，紀錄本上也沒寫啊。」

聽到這裡，阿徹心裡已不再懷疑自己的母親。

「啊唷，那真糟糕！那個店員忘了嗎？陽子，怎麼辦？明天的白衣白裙可能來不及做了。」

「白衣白裙來不及做？」說著，陽子垂下腦袋。

「好像是喔，真糟糕啊。」

夏枝猜想，陽子一定會吵著說不去參加學藝會了。

「只有陽子一個人穿著不同色的衣服，太丟臉了。好可憐啊。」

阿徹像是不知該如何安慰陽子，手足無措地對她說。

「媽，那陽子穿什麼衣服去呢？」

陽子抬頭問道，不過臉上並沒有透露一絲不滿。

「怎麼辦才好呢？」

（只有她一個人沒準備衣服，這孩子竟一點也不在乎？）

陽子這幾天想必一直在期待學藝會的舞台服做好吧。

「可是大家都穿白衣白裙吧？只有陽子一個人穿不一樣的衣服，妳會不好意思吧？」

阿徹不知如何是好地說。

「陽子不會不好意思啊。」

「啊？陽子不會不好意思？可是媽媽覺得好丟臉啊。」

看到陽子臉上沒有一絲為難，夏枝心中有些不快。

「媽媽覺得丟臉？」

「是啊。大家都穿一樣的，只有陽子一個人穿得不一樣，媽媽會被人家笑話的。大家會說：『為什麼不幫她做衣服？』」

「對呀，大家可能會說：『辻口家的母親很吝嗇呢。』」

「哎唷，怎麼辦啊？」

「『明明很有錢，還那麼小氣。』大家一定會這麼說的。」

阿徹看陽子並不在意衣服的事，便放心地開著玩笑。

「真的呢。陽子也會覺得丟臉吧？」

夏枝一心只想讓陽子覺得難堪。

「可是媽媽一點都不小氣啊，陽子才不覺得丟臉呢。」

「就算跟別人穿得不一樣，也可以嗎？」

「嗯，反正陽子不喜歡和別人穿一樣的衣服。」

「喔？」阿徹非常感佩地望著陽子。

夏枝心底有些焦躁，暗自嘀咕：

（等明天到了學藝會現場，陽子肯定會覺得丟臉的。也可能因為她才小學一年級，還不懂事吧？）

「我肚子餓了。」

陽子像是已經忘了衣服的事，喊著肚子餓。看到她這模樣，夏枝忍不住在心中挖苦：這孩子真不知羞恥！

＊＊＊

第二天一早，陽子穿上一身鮮紅的絲絨衣裙從房裡走出來。

她對白衣白裙的事一個字也沒提，走出了家門。

走向學校的路上，阿徹對陽子說：

「陽子好可憐，妳穿著這身紅衣紅裙，一定覺得很沒面子吧？」

今天早晨一起床，阿徹又替陽子擔心起來。

「紅衣紅裙也很漂亮啊。我很高興能在學藝會上表演。」

陽子開心地說。

校園裡鈴聲響了，學生們陸續聚集到體育館。館內正前方布置了一個舞台，舞台旁裝飾著一座鋪了紅毛氈的階梯形陳列架，上面擺設著各式雛人偶。

阿徹很擔心陽子，轉頭眺望一年級的隊伍，只見一年級已經坐在靠近舞台的最前排。

鈴聲又響了，教師和家長魚貫入場，依序坐在家長席上。

（媽會來嗎？）

如果媽能來觀賞，陽子一定很高興吧。阿徹望著家長席，但沒找到夏枝的身影。

（其實陽子一定很想穿白衣白裙吧。）

阿徹愈想愈覺得悲傷。

（希望媽能來學校……）

阿徹懷著祈禱的心情等待夏枝現身。

鈴聲第三次響起，場內掀起一片掌聲。黑色布幕拉啟，一名一年級男生站在舞台正中央，他身穿深藍西裝，白衣領露在外面。男生使勁伸長手臂，擺出立正的姿勢，然後屁股一翹，向台下觀眾鞠躬。可是下一秒，小男生的手突然在大腿一帶來回搔起癢來。觀眾席裡爆出哄堂大笑。男孩不知台下為何發笑，轉臉望向站在舞台邊的老師。台下又是一陣爆笑。男孩被這麼一鬧，早已忘了自身的任務，愣愣地站在舞台中央。原本他應該要宣布學藝會即將開始的。

（媽媽還不來嗎？）

阿徹的視線從舞台轉向家長席，搜索著母親的身影。

陽子表演的〈雪花飄飄〉和〈友情小路〉應該是第三個節目。

（只有陽子一個人穿著紅衣紅裙。）

阿徹還是對此耿耿於懷。他站起身，朝陽子的導師渡邊老師走去。

老師身邊圍坐著幾名身穿相同服裝的女生。

「老師！」

「什麼事啊？阿徹。」老師快活地問。

「陽子，沒穿白衣白裙……真對不起。」

說著說著，阿徹眼中的淚水遮住了視線，四周景象頓時一片模糊。

「哎唷，阿徹，你哭了嗎？都怪老師不好，沒關係啦，不穿白衣白裙也沒關係的。起先是因為大家都說要為了學藝會做新衣服。老師才想，既然要做就做白的好了。」

老師的手放在連連低頭道歉的阿徹肩上，安慰他說。

「可是……只有陽子一個人……」

受到溫柔的安慰，阿徹心中湧起莫名的悲哀，啜泣得更厲害了。

「哥，陽子一定會認真跳舞，我一點也不覺得丟臉啦。」陽子語氣堅定地說。

阿徹點點頭，拭去眼淚。

沒多久，輪到陽子她們上場了。阿徹咬著下唇，雙手握拳，目光緊盯著尚未開啟的布幕。他覺得心臟跳得好劇烈，就像自己站在台上似的。

（陽子她……好可憐啊。）

鈴聲響起，布幕緩緩升起。

「哇！」阿徹忍不住暗叫一聲。

六名穿著雪白衣裙的女生中間，陽子一身火紅的衣裙鮮豔奪目。

「雪花飄呀飄，冰雹掉呀掉……」

音樂聲響起，台上的陽子很搶眼，就像在雪地中獨舞似的。觀眾可能會以為原本就是安排陽子一個人穿紅衣表演吧。阿徹不禁露出微笑。

或許是因為一身紅衣的關係，陽子的表現異常精采，無論是拍手或扭頭，每個動作都比其他學生惹人憐愛。

「那個紅衣服的女孩好可愛唷。」

「那是辻口的妹妹喔。」

「喔？比辻口可愛多了。」

「聽說成績比男生還棒。」

周圍人群發出窸窸窣窣的低語。阿徹聽到眾人的讚揚，不禁為陽子感到自豪。

舞台上陽子始終面帶微笑，精神抖擻地舞動身子。

（太好了，陽子！）

阿徹想到自己剛才竟哭成那樣，忍不住笑了起來。

「她怎麼這麼可愛啊？」

「你覺得可愛的話，娶回去當老婆好啦。」

「討厭！」

阿徹喜孜孜地聽著同學彼此鬥嘴。

「那個紅衣服的女孩，聽說是養女唷。」

一名和阿徹同是六年級的女生低聲說道。阿徹心中一驚，連忙豎起耳朵聽下去。

「啊？真的假的？」

「我媽告訴我的。她說辻口醫院的千金長得和父母一點都不像，一定是養女。」

兩名女生嘰嘰喳喳交談著，雖然刻意壓低聲音，聽在阿徹耳裡卻清晰異常。

（原來是真的？）

阿徹若有所思地呆望著舞台，台上的陽子正和其他人一起向觀眾鞠躬致意。

＊＊＊

阿徹在校門口等著陽子。明亮的陽光下，積雪逐漸消融。阿徹此刻心情沮喪不已，就像昨天膝蓋受傷時那樣。

（因為陽子是養女，媽才不幫她做衣服嗎？）

（媽還說是洋服店的店員忘了，她一定是在說謊！）

（她今天也沒來看學藝會。）

（可是，媽向來很疼愛陽子啊。）

阿徹愈想愈覺得摸不著頭緒。

（爸爸對陽子就沒那麼好，看來她果然是收養的吧。）

（聽說有些人很疼愛養子養女，如果陽子真是養女，那她好可憐啊。）

想到陽子竟不是自己的親妹妹，阿徹頓時覺得很孤獨。

（這麼可愛的妹妹，再也找不到第二個了。）

「哥！」陽子衝出校舍。

「哥，你在等我？」

「嗯，陽子今天跳得最棒喔。」

「是嗎？好高興啊。」

「紅衣紅裙非常可愛唷。」

阿徹刻意強調「非常」兩個字。兄妹倆並肩走在積雪融化的路上。

「可愛嗎？好看嗎？」

陽子天真地大方地表示心中的欣喜。

「媽媽來看了嗎？」

「媽？」

阿徹不知該如何回答。如果直接告訴她媽媽沒來，陽子未免太可憐了。

「觀眾太多，也不知道她來了沒有。」

「是嗎？」

陽子看來似乎並不在意。

「哎呀！有鳶鳥在天上飛喔。」說著，陽子指了指森林上空。

「嗯。」

阿徹仍對母親沒來參觀學藝會一事耿耿於懷。

「怎麼了？腳還痛嗎？」

「嗯。」

「要不要陽子背你？」

「傻瓜！陽子怎麼可能背得動我。」阿徹噗哧一聲笑了出來。

兩人一路走到轉角處。

「我等你們好久了啊。」

「阿姨……」

辰子身穿黑絲絨大衣，突然從路邊的木材堆後走了出來。

阿徹和陽子同時大嚷起來。

「陽子，妳跳得好棒唷。」

「阿姨，妳來看啦？」

阿徹和陽子分別從辰子兩側抓著她的雙手。

「當然，我可是從頭看到最後。」

辰子大力搖了搖陽子的手，和兄妹倆手牽手向前走。

「妳知道陽子要在學藝會上表演啊？」阿徹問。

「那當然。」

「怎麼會知道呢？」

「阿姨是千里眼嘛。」

「千里眼是什麼？」陽子問。

「就是能看到千里以外發生的事嘛。」

「喔？阿姨好厲害呀。」

「阿徹，你怎麼了？」

這時阿徹的表情又陰沉下來，像在思索著什麼。

「嗯。」

「走路的樣子有點奇怪呀，腳痛嗎？」

「不是腳啦，我只是覺得很無趣。」

「為什麼無趣？」

「看到陽子舞跳得那麼好，也覺得無趣？」

「跳舞是很有趣啦。」

「那是什麼無趣？」

「嗯，就是覺得無趣。」

「你太貪心了。人生在世只要能有一件有趣的事，就要謝天謝地嘍。像阿姨每天都覺得活著有趣極了。」

「喔？」

「我看阿徹這輩子注定要嚷著『無趣、無趣』度過一生了。」

「但我真的覺得無趣，我也沒辦法。」

「是嗎？阿徹，如果你掉了一百塊，你會怎麼想呢？」

「我會覺得虧大啦。這是當然的嘛。」

「那陽子怎麼想呢？」

「我沒掉過一百塊，所以不太清楚，不過很久以前，我掉過十塊。」

「那時妳覺得如何？」

「那時我想，如果誰撿到了那錢，一定會很高興吧。」

「別人撿到錢很高興，妳會不會覺得無趣？」

「別人高興的話，我也很高興啊。那時我還想，如果是乞丐撿到就好了。」

「可是錢丟掉，就是虧了，我才不覺得高興呢。」

「阿徹，丟了十塊的確是損失十塊，可是一直想著『虧大了』的話，豈不是損失更多？」

「啊！原來如此！」

「丟了一百塊，就要享受那一百塊呀。你可以安慰自己說：『還好不是丟了兩百塊。』或者也可以這麼想：『撿到一百塊的人本來快餓死了，就因為撿到這一百塊才能活下來，而且往後的日子會愈過愈好。』如果掉了一百塊，還一直怨嘆自己吃了虧，那才真的虧大了呢。」

「喔？所以腳受了傷，就該慶幸還好手沒有受傷？」

「對啊！」

「那，如果，我是說如果唷，如果我是養子，我該怎麼看這件事才好呢？」

聽到阿徹的話，辰子停下腳步。

——如果，我是說如果唷，如果我是養子，我該怎麼看這件事才好呢？

阿徹的這個問題，辰子無法聽過就算。

「阿徹又不是養子，你不用想這種問題吧？」

（這孩子全都知道了。他現在面對的，可是和丟了十塊或一百塊完全不同層次的問題啊。）

「所以啊，我是說如果啦。」

「這個啊，如果真的遇到了困難或傷心的事……」

辰子注意到陽子的視線仍在追逐天上的鳶鳥，這才放心說下去。

「……我是說真正的難關喔。你必須直接面對困難，用頭腦去思考。」

「自己一個人思考嗎？」阿徹不安地問。

「如果真的是很難解決的問題，可以和父母或老師商量。不過長大以後，也可能碰到一些不能和任何人商量的難題。」

說完，就連辰子也覺得自己的答案有些敷衍。她不免感慨，自己能混到今日，不過是憑仗著一點淺薄的處世手段罷了。她覺得這世上應該有更睿智的處世之道。辰子想起上次陽子來家裡過夜的事。

「原本對自己好的人，往往只要做了一點不好的事，我們就馬上覺得他討厭。」

那時她對陽子說的也只是一種處世手段。辰子現在才深切地省悟到，「不好的事」也可以分為很多層次，當時自己卻沒想到這一點。

「如果，我是說如果唷，如果我是養子……」

剛才阿徹再三強調的那個假設，令辰子十分震驚。

因為從這句話裡她得出一個訊息：辻口家有些不對勁。辰子想到夏枝今天沒來觀賞學藝會，在聽到阿徹這句話之前，她完全沒把這件事放在心上。

一旦起了疑心，辰子又想起年底時陽子曾經離家出走，還有第二天夏枝顯得異常憔悴，辰子現在認為這兩件事都不可等閒視之。

（以前一直覺得他們夫妻脾氣好，兩個孩子又可愛，是個幸福的家庭。）

辰子大夢初醒般驚覺潛藏在辻口家的危機。然而這時的她，還以為眼前這場危機頂多只是世間常見的養子悲劇而已。辰子當然做夢也想不到，陽子竟是佐石的女兒。

「啊！那隻鳶鳥飛到森林去了。」

這時，陽子突然仰頭對辰子說。而一直陷入沉思的阿徹也開口問道：

「不能和別人商量的時候，要向誰說呢？上帝嗎？可是上帝又在哪裡？我看都沒看過。」

# 20 打扮

四月，阿徹升上國中一年級，陽子也成為小學二年級學生。

（明天，村井就要回來了。）

吃完晚飯，啟造靠在沙發上猶豫著該不該告訴夏枝這消息。夏枝正在廚房清洗晚餐的碗盤。

「我要開始用功了。」

阿徹最近每天都躲在房裡念書，他對新拿到的課本似乎很感興趣。

陽子則在起居室專心閱讀童話書，四周一片寂靜。

遠處不知是哪家的門傳來一陣鈴鐺聲。

「春天來了。」

啟造低聲自語。這鈴鐺聲在冰天雪地的日子裡可不容易聽到。

夏枝解開身上的圍裙，走進房來。

「哎唷，我還以為你在二樓呢。」

「嗯。」

啟造訝異地打量夏枝，她的肌膚最近特別光滑動人，或許是因為春天的關係吧。

啟造並不知道夏枝為了和村井重逢，每天都花很多工夫保養皮膚，當他看到夏枝細緻得令人想伸手撫摸的肌膚，心裡真不情願讓她和村井見面。另一方面，啟造卻也無法否認，自己很期待親眼目睹兩人重逢的瞬間。

「陽子，該睡了。」

在啟造面前，夏枝仍是溫柔地對待陽子。陽子只要一拿起書就聽不見別人說話，夏枝雖然明白這一點，但看著陽子毫無反應，心裡還是煩躁不已。

「才七點半不是嗎？現在睡覺太早啦。」

「說得是啊。」

「今天高木來電話了，說村井明天下午兩點五十分會抵達旭川。」

夏枝正低頭倒茶，啟造看不見她的表情。

「是嗎？」

「我希望妳一起去接他。」

「好啊，我會去的。」

聽到夏枝冷冷地回答，啟造這才放下心來。

「明天是星期日，我安排了事務長和江口護理長一起去接他。」

「高木先生也會來嗎？」

「應該會。高木很照顧村井，他說等村井安頓下來，還要幫他介紹對象呢。」

啟造的話讓夏枝措手不及，一時不知該如何回答。

她迅速伸出手蓋住嘴，假裝忍住一個呵欠，裝出一副對村井的婚事興趣缺缺的模樣。

「我去洗澡了。」

說完，夏枝起身走了出去。

夏枝走出房間後，啟造突然不安起來。他總覺得夏枝對村井似乎還沒忘情。八年前，如果夏枝真的曾和村井有過什麼，那八成是她婚後第一次出軌。如果這次是她第一次背叛丈夫，不可能不在心裡留下任何痕跡。

（她會那麼容易就忘掉村井嗎？）

啟造轉眼注視陽子，她抱著書讀得十分投入。

（如果夏枝和村井之間什麼都沒發生過，那我絕不會收養這孩子。或許，我一輩子都不會和這孩子碰面吧。然而，我們現在竟成了父女，並在一個屋簷下共同生活了七八年。）

想到這裡，啟造突然很同情陽子。

（如果我們沒有收養她，現在她會在一個什麼樣的家庭生活？那個家庭會如何養育她呢？）

啟造起身。

「陽子！」

陽子這時正在翻頁。「幹麼？」

「還不去睡嗎？已經快八點嘍。」

「啊，真的呢。」

陽子抬頭看了時鐘一眼，對啟造笑了笑。那聽話乖巧的模樣，深深打動了啟造的心。

「媽呢？」

「在洗澡。」

「是嗎？那，爸，晚安了。」

說完，陽子便跑向走廊。接著，從浴室的方向傳來陽子向夏枝道晚安的聲音。

啟造走上了二樓。

「I am a boy.」

「I am a girl.」

走進書房前啟造停下腳步，傾聽阿徹朗讀著教科書。

啟造憶起二十多年前的學生時代，回憶起第一次翻開封面硬得像木板的全新教科書時的喜悅，彷彿是昨天才發生的事。

阿徹現在的房間正是啟造以前借住的房間，啟造忍不住推開阿徹的房門。

「在讀書啊。」

啟造很少到阿徹房裡，阿徹滿臉疑惑地回過頭來。

「爸，有什麼事嗎？」

「沒什麼，爸爸剛才聽到阿徹念書的聲音，想起自己小時候的事。爸爸那時也是住在這間房呢。」

啟造無限懷念地環顧四周。阿徹不顧父親的感慨，開口說道：

「爸，我最近看到媽媽就討厭。」

「討厭媽媽？那可不行。」

啟造臉上露出和藹的微笑。

（我也經歷過這種時期。這就是反抗期啊。）

啟造在心中說道。

阿徹欲言又止地緊盯父親的臉。

「陽子其實是養女吧。」

「阿徹，你說什麼啊？」

「爸，我覺得媽好像故意在欺負陽子！」阿徹一臉深思地說。

「媽媽怎麼可能故意欺負陽子啊。她那麼疼愛陽子，不是嗎？」

「是嗎？我可不這麼想。上次學藝會的時候，也不幫她做衣服……」

「喔，你媽說那是店員忘了。」

「就當是那樣好了，但她至少也該去學藝會露個臉呀，連辰子阿姨都來了。」

自從上了國中，阿徹說話的口氣也逐漸像個大人。

「大概那天你媽身體不舒服吧？」

啟造做夢也想不到夏枝已經發現事實真相。他一心認定，萬一這件事被夏枝發現了，她是絕不可能再讓陽子待在這個家的，也肯定會來質問自己。如果她發現事實真相，家裡不可能像這樣平安無事過日子。

啟造並沒把阿徹的話放在心上，他覺得這只是敏感的兒子多心。

「還有啊……」說到一半，阿徹沒再說下去。

「還有什麼？」

「嗯。」阿徹緊閉著嘴。

「怎麼了？不要話說了一半不說完。」

「學藝會的時候，我們班上的女生說陽子是養女呢。」

「是嗎？原來阿徹寧願相信別人，而不信爸爸的話。」

「……」

「你要是擔心這件事，可以去市政府查一下。如果是領養的，戶籍資料一定會註明『養女』兩個字。」

啟造說著瞄了阿徹的書架一眼。阿徹見狀立刻抽出其中一本書，收進書桌的抽屜裡。

「那是什麼書？」

「沒什麼？」

「沒什麼的話，就不必藏起來吧？」

啟造的語氣有些嚴厲，阿徹只好不情願地拉開抽屜。

「什麼，這不是作文選集嗎？也不需要藏起來呀。」

啟造隨手翻閱著文集的目錄。

「是你小學六年級時學校印的作文選集啊？」

阿徹沒回答，抬頭偷看啟造的表情。

文集裡排列著一連串的標題：〈河泳〉、〈旭川滑雪大會〉、〈美術課〉、〈升上六年級之後〉……突然，〈慘死的妹妹〉幾個字跳進啟造眼簾。標題下方印著阿徹的姓名。

「希望爸不要當著我的面讀。」

「喔。」

啟造轉身離開。走進書房後，他屏息讀起阿徹的文章。

＊＊＊

〈慘死的妹妹〉

六年二班　辻口徹

我有一個妹妹，但我原本應該有兩個妹妹的。如果她還活著的話，現在已經上三年級或四年級了，她的名字叫做琉璃子。

一九四六年七月二十一日，這一天琉璃子去世了。昨天正是七月二十一日，家裡來了很多客人，氣氛好熱鬧。

和尚和客人喝酒吃菜，似乎非常快活的樣子。我覺得很奇怪，在這個有人死去的日子，大家為什麼還能這麼快樂？妹妹陽子也說：

「慶典的日子好熱鬧，好好玩喔。」

陽子似乎很高興。昨天正好是旭川舉行慶典的日子，才上小學的陽子一定以為家裡的聚會是為慶典而辦的吧。不過媽媽對她說：「陽子，不是因為慶典唷。」說完，媽媽突然哭了起來。

之前，媽媽一直在廚房忙著或陪客人聊天。看她哭了，我的心情也變得不對勁，便帶著陽子到外面去玩。

「媽為什麼哭了呢？」陽子問我。

「跟妳說啊，因為今天是琉璃子死掉的日子，媽又想起她了吧。」

「可是她很久很久很久以前就死掉了，怎麼還會哭呢？」

陽子覺得很奇怪地問我。

「就算是很久以前死掉的，想起來還是會難過呀。而且琉璃子是在森林對面的河邊被壞人殺死的，所以想起來會特別傷心吧。」

聽了我的話，陽子立刻嚇得臉色發白。因為爸媽從來沒有告訴她琉璃子被殺的事，陽子什麼都不知道。

我看她臉色變得那麼蒼白，就知道自己做錯了，我不該對她說這件事才對。不過反正這是事實，說了也沒什麼。

琉璃子是在我五歲的時候被殺的，琉璃子那時三歲。當時的情景我已不太記得，只記得很多人聚集在河邊，大家都在哭泣。

我其實不太願意回想琉璃子被殺的事，但我已經六年級了，是學校裡年紀最大的學生，我決定要好好思考有關琉璃子的事。

「究竟是誰殺的？凶手已經抓到了嗎？被判了死刑嗎？他為什麼要殺掉那麼小的琉璃子呢？凶手長得什麼模樣呢？」

我曾經想過這些問題。每次想到這裡，眼前就會出現一張壞人的臉孔，那張臉上長著一對毛蟲般的眉毛，和一雙露出凶光的眼睛。琉璃子的長相我已經忘得一乾二淨了，雖然供桌上擺著她的照片，但我盡量不去看它。就算偶爾看到，也覺得照片裡的人物和我印象中的琉璃子不太一樣。

那天，我坐在林中的樹椿上思考琉璃子的事，以及關於凶手的事，我想了很久很久，陽子一個人不知跑到哪裡去玩了。

琉璃子被殺的那一刻，她心裡有多麼害怕呀！想到這個問題，我的心就忍不住怦怦地跳。我還想到另一個問題：

「人死了之後會到哪裡去呢？會上天堂嗎？真的有天堂和地獄嗎？」

我又想起以前有一次在慶典市集裡，我在六丁目的露天舞台上看過一張地獄的圖畫。畫上的亡魂被惡鬼追趕到長滿針尖的山上，看起來好可怕啊。不過我覺得琉璃子是不會下地獄的，因為她沒做過任何壞事。但我覺得如果真有地獄的話，凶手一定會到那裡去的。至於我自己將來會去哪裡，我現在也不知道。

不知為何，我突然覺得有好多問題需要思考。真希望快點長大，快點變得更懂事。

後來，陽子捧著一大把鴨跖草和紅花苜蓿走回來。

「這些花，我要送給琉璃子姊姊。」陽子說。

於是我們倆在森林裡用小石子堆了一個墳墓。雖然我覺得這麼做很幼稚，但為了陽子辛苦捧來的花束，我還是幫她做了一個墳墓。陽子兩手合十，禱告了好長一段時間。

「妳禱告了什麼？」我問陽子。

「我請琉璃子姊姊快點活著回來，來跟陽子和哥哥一起玩。」陽子說。

我忍不住對她說：

「什麼話！妳好笨唷。她都已經死掉而且燒成灰了，不可能活著回來了。」

陽子聽了我的話很認真地回答：

「等上一百年的話，她一定會活著回來的。」

陽子才上小學一年級，也難怪她會說出這種蠢話，我也拿她沒辦法。

我覺得慘死的妹妹真的太可憐了，所以我決定，把對死去妹妹的愛全都分給陽子。

完

＊＊＊

讀完阿徹的文章，啟造忍不住深深地嘆了口氣。

啟造自己的少年時代過得平淡輕鬆，不是去學校上學，就是到河邊游泳或讀書，至少在他的生活裡，從來不曾籠罩「妹妹被人殺害」或「另一個妹妹是養女」之類的複雜陰影。

（可憐的阿徹！）

啟造有如大夢初醒，開始對收養陽子一事感到自責。

（將來等在阿徹面前的，將會是怎樣的命運呢？）

當初只顧著氣憤夏枝的不貞，決定讓她養育佐石的孩子，但收養陽子帶來的陰影現在卻已籠罩著辻口家。啟造事到如今才發現這個事實。

（原本一心報仇的我，卻得到最嚴重的懲罰。）

啟造突然對明天即將抵達旭川的村井感到很不放心，一種不祥的預感從他心底升起。

（我為什麼同意讓村井復職呢？）

一切都只因自己的愚蠢。啟造想，都只是因為不想被高木看輕。在讀完阿徹的作文後，啟造覺得很後悔，後悔收養了陽子，更後悔讓村井復職，思前想後，啟造不禁連連暗罵自己的愚蠢。

（無論是陽子或村井的問題，如果我想避開，是可以避得開的。）

啟造倚在窗前深思。厚重的綠窗簾稍稍拉開一條縫，彎曲的迴廊連接著主屋外的小屋，陽子的房間就在小屋裡。

陽子房內一片漆黑。啟造想像著小學二年級的陽子靜靜躺在那片黑暗中的模樣，心底湧上一股想向她道歉的衝動。

（八年前的那一天，如果村井和夏枝沒把琉璃子趕出去，她就不會被人殺害，佐石也就不會遇到琉璃子，而陽子現在就能跟著她的生父在哪裡過活吧。）

思前想後，整件事的起因還是得歸咎於村井和夏枝。

這時，黑暗的庭園裡突然射入一線亮光，是啟造和夏枝的寢室燈亮了，夏枝似乎已洗完澡。她可能在鋪床吧，一個黑影不時在庭園裡來回搖曳。

（夏枝剛才洗澡時在想什麼呢？）

啟造懷疑此刻夏枝的心裡一定被村井給占滿了。

有沒有什麼辦法能讓我從這種日子解脫呢？啟造自問著把視線轉向阿徹那篇作文。

所以我決定，把對死去妹妹的愛全都分給陽子。

結尾那句話深深貫穿了啟造的心。

（沒錯，即使陽子是佐石的女兒，我、夏枝，還有阿徹，如果我們能打從心底疼愛陽子，世上再也沒有比這更美好的事了……）

＊＊＊

夏枝全身從內衣到和服都是新的。自從聽說村井要回辻口醫院，夏枝悄悄地訂做了一身新衣，連和服外套的繩紐到襪子，全都是新的。

夏枝的作法代表了她對村井的心意。身為啟造的妻子，這種心意是不被允許的，而夏枝將這份不被允許的心意包裹在嶄新的和服裡，搭車到車站前。

啟造和事務長早來了，夏枝看到他們倆正在討論事情。事務長一看到夏枝，立刻拖著腳步走過來。夏枝聽說年邁的事務長腿天生不方便。事務長不動的時候看起來平凡無奇，不過走起路來竟有一種奇妙的威嚴，讓人感受到他的謙虛與穩重。

「啊！您辛苦了……」

長年負責辻口醫院的事務，使他渾身充滿了自信，也讓人領教他值得信賴的人品。

「辛苦您了。」

夏枝鄭重地彎腰行了個禮。啟造瞥了她一眼，並沒說什麼。護理長站在離眾人稍遠的位置以目光向夏枝打了招呼，夏枝走上前去與她寒暄幾句，護理長沉默地微笑著。她雖然說話不多，但給人的印象很好。

啟造發現夏枝看起來神采煥發，而且還穿著自己從沒看過的一套和服。深藍色和服配上白蕾絲披肩，把夏枝的美襯托得更加引人注目。就連啟造也感覺得出，周圍的人都被夏枝的美麗折服，暗中偷窺著她。

（說不定會發展成無法收拾的局面啊！）

啟造迫切期待夏枝和村井重逢的瞬間，他要看清那一瞬夏枝眼中的神色。

另一方面，夏枝也清楚，自己試圖掩飾卻又掩飾不成的心情早已全寫在臉上。她相信自己的美麗必然會讓村井大吃一驚，只要想到這一點，夏枝的心就不住怦怦亂跳。

（還有一分鐘。）

一分鐘竟是如此漫長。夏枝暗自訝異，期待這一分鐘快點過完。事務長對她說了幾句話，但夏枝已顧不得回答，就連啟造以銳利的視線觀察著她，夏枝也渾然不覺。

火車一路響著汽笛，轟隆轟隆地駛進月台。

「旭川！旭川！」

火車像是配合擴音器裡的廣播逐漸減低速度，最後終於停了下來。

夏枝把皮包緊抱在胸前，盯著下車的人潮。

「啊！看到了！看到了！」

順著事務長所指的方向，夏枝轉過了臉。她看到高木舉著手，臉上帶著笑，但她並沒看到村井的身影。

高木橫著巨大的身軀，像被人潮擠出來似的走出驗票口。

（村井先生呢？）

夏枝的視線轉向高木四周，但她沒看到村井。

「啊！謝謝。」

高木高聲嚷起來。當夏枝的視線轉到他身後那個胖男人身上時，差點驚叫出聲。那是村井！但已經不是從前那個身材修長的村井了。

「您好，給您添麻煩了。」

他的聲音倒是沒變，但稍顯浮腫的臉上輪廓線條模糊，早已失去原有的俊美。

村井全身散發著幾許汙穢氣息，過去七年半的生活帶給他的疲憊，全都沉積在那張臉上。

（我竟在等這個男人，還打算把身心都交給他？）

夏枝眼中明顯流露出失望，在一旁冷眼旁觀的啟造立刻注意到了。

「身體已經沒事了嗎？」

啟造愉快地問候村井，此刻他的心情好得出奇。

「出發之前，突然得了感冒。」

說著，村井恭敬地向啟造行個禮，然後走到夏枝身邊，露出一個無限懷念的笑容，但夏枝只是面無表情地按著規矩行禮如儀。

夏枝心中等待的不是這個齷齪的男人。她曾在心底想像過無數次與村井重逢的情景，不該是這樣的，應該是更富有詩意、更具戲劇性的一幕。

「夫人，又要麻煩您照顧村井嘍。」

直到高木以討好的語氣向自己打招呼，夏枝這才清醒過來。

「哪裡，是我們要請他多關照呢。」

夏枝覺得難以置信，自己竟然還能保持平常心向高木打招呼。

（看他一副光明磊落的表情！這男人和老公究竟在打什麼主意？明知陽子是佐石的女兒還把她塞給我的，就是這個男人！）

眾人一起坐進醫院的汽車，只有夏枝一個人留在原地。汽車漸漸駛遠，夏枝突然感到身心俱疲。如果男人遇到這種事，或許會去喝一杯吧，夏枝想。她心裡有種被全世界拋棄的孤獨感，令她手足無措。四月的風像要纏住和服下襬似的，涼颼颼地從她腳邊吹過。

（從裡到外，我都換了一身新……）

夏枝自嘲著想。她覺悟到現在無論走到哪裡，再也找不到一處能讓她心靈獲得平靜的地方了。

# 21 步調

吃完午飯，啟造點燃一支菸，凝視醫院的庭園，院中的大波斯菊正隨風搖曳。這時突然有人敲門，只見由香子走進屋來向啟造行禮，交給他一封信。

「謝謝！」

由香子無言地行個禮，走出房間。她臉上表情很僵硬，視線也不願轉向啟造。村井復職已經五個月，由香子對待啟造的態度明顯有所改變。以前她進院長室，總是會和啟造聊上幾句；啟造桌上的瓶花，向來也是由她主動更換。不過在村井回醫院之後，由香子曾經問過啟造：

「院長，您為什麼讓村井醫生回來呢？」

她的語氣就像在詰問。

「我想妳並沒有干涉人事的權力。」

啟造答道，他自認語氣還算平和，不料由香子的臉孔卻立刻脹得通紅。

「對不起。」

由香子老實地向啟造道歉後，便走出房間。

在那以後，由香子除了公事就不願再多開口。

（這女孩和村井究竟是什麼關係？）

啟造有些疑惑，但這問題並沒讓他花費太多心思。他專心翻閱郵件，並不在意由香子態度的轉變。

其實村井復職，最令啟造在意的還是夏枝。但目前看來，倒是還沒出現什麼動靜。村井回來之後，一度因感冒引起腎炎而請了兩星期假。夏枝聽到消息還說：

「肺結核患者的身體畢竟太弱，派不上什麼用場呢。」

她的態度很冷淡，也沒表示任何同情的意思。

「偶爾也到我家坐坐嘛。」

啟造曾試著邀請村井，但他也沒像從前那樣到家裡來玩。

（看來他們之間並非我原先擔心的那種關係。）

啟造想。到了最近，他幾乎不再想起這件事了。

不過夏枝最近總是無精打采的，有時連客廳凹間[19]的花枯了都沒換，盆栽蘭花的綠葉也積了薄薄一層灰，這對潔癖成性的夏枝來說，可是不曾有過的現象。

「妳身體不舒服嗎？」

啟造問過夏枝，但她只是無言地搖搖頭，而且最近變得更不愛說話了。因此啟造現在心裡擔心的是夏枝，根本顧不得由香子。

如果啟造知道由香子身上發生了什麼事，他恐怕就無法表現得這麼冷漠了吧。

「喔！今年也要在京都舉辦學會啊？」

啟造低聲自語著，又讀了一遍手裡的學會邀請函。內科學會將在九月三十日召開。戰爭結束後，啟造一直忙著處理醫院經營的瑣事，他還沒有機會到內地[20]去一趟。

啟造打算參加這次難得召開的學會。另一方面，他也希望能趁機和最近始終悶悶不樂的夏枝分開幾天。

＊＊＊

「九月底，在京都有個學會。」

這天回到家，啟造更衣時對夏枝說。

「你要去參加啊？」

「嗯，因為醫院在秋季比較清閒嘛。」

「是嗎？去走走也不錯啊，而且到內地時天氣應該不錯。」夏枝說完，緊接著問：「能不能也帶我一起去啊？」

「妳也要去？」

啟造不禁皺起眉頭。他原想暫時離開夏枝身邊，享受一下難得的清靜。

「我想到茅崎去看看父親。」

夏枝的父親津川教授退休後定居在茅崎。聽說夏枝的大哥每天從茅崎到東京的醫院上班。

「可是阿徹和陽子怎麼辦呢？」

「也對喔。我去拜託阿次夫婦幫忙？」

「阿次也有自己的事要忙吧？」

「只要我開口，她一定不會拒絕的。」

---

19 凹間：又叫床間或壁龕，日式和室的一種裝飾，在房間一角做出一個內凹的小空間，通常會以掛軸、插花或盆景做為裝飾。

20 北海道和沖繩等地居民習慣將本州稱為「內地」。

夏枝向來是說一不二，任何事都要按照自己的意思進行，啟造對她也莫可奈何，只好答道：

「那妳就一起來吧。」

「哎呀，要帶我一起去啊？」

夏枝臉上難得露出愉快的笑容。看到她的笑臉，啟造的心情也輕鬆起來。他苦笑著想，沒想到妻子的心情竟能如此左右自己。或許，人類這種生物出乎意料地容易受到同住一個屋簷下的同伴影響吧，啟造想。

「壞心情是最大之惡。」

他又想起歌德或什麼人說過的這句話。可見這位世界名人也曾因為「壞心情的傢伙」而苦不堪言吧。也或許，那個「壞心情的傢伙」正是他老婆也不一定呢。啟造想到這，心中湧起一絲安慰。

夏枝的心情陷入憂鬱的時候，幾乎從不主動開口，如果啟造對她說話，夏枝雖會回答，但答得很簡短，不過遣辭用句和平時一樣有禮，語氣也很溫柔。即使如此，看到夏枝不講話，啟造的心情也會跟著變得沉重。

（如果她像陽子，永遠那麼快樂就好了。）

另一方面，對夏枝而言，她的憂鬱絕非毫無緣由的無病呻吟。就是因為胸中塞滿太多太多情緒無法宣洩，她才會變成這樣。其實夏枝很想責問啟造：

「你為什麼讓我養育佐石的女兒？」

她也想告訴阿徹：

「陽子可是殺死琉璃子的凶手的女兒。你為什麼那麼疼她？」

夏枝還想對陽子說：

「那個位子應該是琉璃子的座位！那件衣服應該讓琉璃子穿的！」

還有村井，她也有話想說：

「你為什麼變成那副齷齪的模樣？我一直都在等著你呢。」

然而，她的滿腹心思卻無法痛快向人吐露。一想到懷著滿腔無法宣洩的委屈，夏枝覺得世上再沒有人比自己更淒慘了。於是，她的心逐漸封閉起來。啟造對她這種心境變化，自然是無從得知。

夏枝迫切地盼望見到住在茅崎的父親。由於母親早逝，夏枝的父親不單扮演父親，同時也是她的母親。為了與父親相見，夏枝全副心思都忙著打點旅行所需的物品，一一添購禮物、鞋子、皮包等，家裡的氣氛也因此活躍許多，就連啟造也開始期待這趟旅行了。

＊＊＊

再兩天就要出發了。這一天，夏枝上街時順便去了一趟美容院。走出美容院，已經過了下午四點半。在難得出遊的前夕，夏枝有些興奮。或許因為即將見到父親吧，心底的某個部分彷彿又回到她的少女時代。夏枝實在不想立刻打道回府。

（去喝杯咖啡吧。）

次子從昨天起就住在家裡，所以夏枝不擔心晚飯的事，她走進蒂羅爾咖啡館。以前夏枝也來過幾次，都是和啟造一起來的。

蒂羅爾的老闆是位詩人，店內氣氛充滿人文氣息。夏枝走進去時客人雖多但安靜，她在一棵大型棕櫚樹背後的席位坐下。

夏枝從沒一個人進過咖啡館，她覺得很新鮮，好像走進一條從未造訪的大街。她察覺周圍不斷有人投來視線，夏枝心裡有股大膽的衝動，很想向那些人一一報以微笑。

（真不該整天躲在家裡呢！）

咖啡送上來了，她拿起奶精正要倒進咖啡，這時，突然看到一位紳士走來。對方在她對面的椅子坐下。紳士頭戴黑軟帽，帽簷壓得低低的。夏枝以為他認錯人了，便開口說道：

「請問……」

才說了一半，夏枝驚訝得沒再說下去。那位紳士竟是村井！自從五個月前在旭川車站見面以來，夏枝就沒再和村井見過面。

村井那雙深邃烏黑的眸子正向夏枝報以微笑，他沉默地叼起一支菸，斜傾著腦袋以打火機點菸。眼前的他已不是五個月前那個齷齪、憔悴又浮腫的村井了。他的臉孔和身體都像變了個人，比從前更添幾分內斂的美感。

「哎呀。」夏枝一時不知該說什麼才好。

村井身穿白風衣，繫著腰帶，頭戴黑軟帽。夏枝訝異地打量著他。

其實村井四月回旭川來時，一方面因為剛出院運動不足使得身形臃腫，另一方面也因患了腎臟炎，臉龐有些水腫。但夏枝對這些都一無所知。

「嚇到您啦？」村井露出嘲諷的微笑。

「是啊，誰想得到會在這裡相遇，真是做夢也沒想到啊。」

「是嗎？我下班常來這裡喝咖啡。這裡的咖啡味道不錯吧？」

夏枝點點頭。

「今天很早下班啊。」

夏枝好不容易才沉住氣說。

「因為我現在只是附屬於內科的眼科醫生，很輕鬆啦。」村井咧嘴一笑。

「身體已經康復了嗎？」

聽到夏枝的問話，村井瞥了她一眼，沒有表情地瞪著香菸冒出的白煙。

（他生氣了嗎？）

夏枝想起上次到車站迎接村井時，自己的表現很冷淡。

（可是那時村井先生看起來灰頭土臉的，我也沒辦法呀。）

然而這種說法只有夏枝自己能接受吧。她向來厭惡面貌醜陋的人，生理上就沒法接受，只要一看到醜人，她就像自己的美貌受到侵犯般感到不安。她的心態就像有些人迷信懷孕的母親看到火災現場就會生下身上長紅痣的孩子。夏枝對醜人毫無同情心，甚至覺得醜陋是一種罪惡。她似乎並不明白，倘若她沒有這麼冷酷的一面，應該看來更美。

相反地，夏枝對於美麗的事物則願意無條件奉獻愛心。對於天生麗質的夏枝來說，她就是自己的偶像。或許對她來說，熱愛美麗的事物也是她熱愛自己的一種表現吧。

夏枝很喜歡坐在鏡子前，每當她欣賞鏡中的自己時心底就會升起無限愉悅，相當自戀。只可惜光是欣賞鏡中的自己，並不能讓她對別人產生愛意，鏡子裡只映出肉眼可見的東西，無法投射出人們的真心。

夏枝無法對五個月前那個醜陋的村井生出愛意，因為按照她的說法，這是「做不到」的事。

而現在，夏枝卻無法將視線自村井身上移開。

村井的咖啡送上來了。

「聽說院長要去參加學會。」

村井以靈巧的手指轉動著咖啡杯。

「是啊，這還是戰爭結束後頭一次呢。」

「聽說二十六號出發。」

「是的，那天正好是星期天。」

「您也一起去嗎？」

村井和夏枝的視線交會在一起。

「我正在考慮要不要去呢。」

不知為何，夏枝竟說不出自己將和啟造同行。

「去吧！和旭川的秋天比起來，京都可另有一番風味呢。」

說著，村井不懷好意地笑起來。夏枝對他的笑容感到困惑，因為那笑容看起來既像在嘲笑夏枝，也像在自嘲。

「瞧我說什麼蠢話。別人的老婆要不要和丈夫去旅行，關我什麼事啊。」

說完，村井又笑了起來。夏枝把他的話在心底咀嚼再三，胸中泛起一絲苦澀，她甚至考慮要取消這趟旅行了。接下來兩個人誰也沒再開口，只是無言地對坐著。

（如果，現在老公到店裡來……）

夏枝腦中突然浮起這念頭，她很想看看啟造目睹眼前這一幕的表情。一個計畫誘惑著她：乾脆取消旅行，趁著啟造不在家背叛丈夫一次。不過下一秒，夏枝又覺得這樣的自己很可怕，反射性地抓起皮包。

「我先告辭了。」

村井冷冷地笑道：「想逃啊？」

說著，他把第二支菸叼進嘴裡。夏枝看著他瞇眼點菸，不禁深受吸引。

「什麼逃走……您竟說這種話……」

「不是嗎？畢竟才剛遇到，怎麼就說要回去了？」

村井一臉陰鬱。

「夫人好冷淡呀。」

「……」

「我從洞爺回來看到您的那日，心裡就在想：啊，我真不該回旭川來的。」

「……」

「我在洞爺的七年，您一次都沒來看過我。這姑且不提，可是除了賀年卡，連一張明信片也沒給我，不是嗎？」

「對不起，我……」

「健康的人對病人真是冷淡唷。畢竟健康的人都很忙呢，忙著工作，偶爾說些『我也想躺下來休息一陣』的風涼話。真想躺下來的話，先斷個五六根肋骨，再吐血個七八年，那還差不多。」

不過村井憤慨地一吐為快之後，又柔聲說道：

「我本來不想說這些的。這麼說，好像我在欺負夫人似的。其實我是有事要找您商量。」

聽到他說有事要商量，夏枝不禁怦然心動。

（不是談相親的事吧？）

「什麼事啊？」

「在這裡有點……」村井猶豫半晌，捻熄了菸，「到外面去吧？」

說著，他便站起身來。

走出咖啡館，外面天色有些昏暗。夏枝這還是第一次和村井並肩而行。站在他身邊，夏枝覺得村井似乎變得特別高大。

烤玉米的香味陣陣飄來。街角那個賣玉米的男人看到村井，便向他打招呼。

「醫生，和朋友一起啊？」

「對。」

村井伸手舉向帽簷稍微致意，走過男人面前。

「他是我的一位患者。」村井向夏枝說明。

（會不會遇到醫院的人呢？）

夏枝有點不安，但轉念又想：不管碰到誰我都無所謂。

「您說有事商量，是什麼事啊？」

不知不覺，兩人選了一條人煙稀少的小路走去。

「這兩三天之內，我就會去府上拜訪。」

（兩三天之內？到時我應該已經出門了。）

「不行嗎？我有很多事想慢慢向您說呢。」

「關於相親的事嗎？」

說著，夏枝放慢了腳步。

村井停下腳步，夏枝也不自覺停了下來。村井那雙逼人的眸子就在上方，她迎視著那雙眼睛，在心底盤算是否要取消這次旅行。這種幼稚的反應就像孩子看到了新玩具，就把原本抓在手裡的玩具丟到一旁。這時，一輛自行車響著鈴聲衝過來，故意似的從兩人身邊擦過，車上的年輕人手裡提著盛裝外賣食物的木桶。

「那就隨時歡迎您光臨。」說完，夏枝邁步向前。

「啊！」村井突然低聲驚叫。

「我再打電話給您。突然想起一件急事，先告辭了。」

村井說完轉身就走，夏枝吃驚地目送他離去。村井在最近的轉角一眨眼就不見了。夏枝完全沒發現，村井是因為看到由香子的身影才快步追上去。

＊＊＊

夏枝前腳才踏進家門，啟造後腳就跟著回來了。迎到門口的夏枝對丈夫說：

「我不想去旅行了。」

說完，夏枝故作撒嬌地看著啟造。

「不去了？為什麼呢？」

雖說啟造原先就打算一個人出門，但經過這些天，眼見夏枝因為準備旅行恢復了往日的活力，他對這趟旅行也生出了幾分期待。

「我擔心孩子們啦。」

啟造聽了，滿腹不悅地走進起居室。

「您回來啦。」

次子和陽子都在起居室裡。次子已經準備好晚飯，陽子一直在她旁邊幫忙。

「嗯，辛苦妳了。好不容易才把阿次請來，結果夏枝又說她不去了。」

啟造裝出平靜的表情說道。他心底很生氣，覺得被夏枝戲弄了。

「哎呀，真的嗎？太太。」

「是啊，有點擔心孩子們哪。阿次，真對不起啊。」

「我沒關係啦，只是老爺很失望吧。」次子同情地看著啟造說。

「對呀，媽還是去吧，茅崎那邊也等著您呀。我們會好好看家的。陽子，對吧？」

阿徹最近稱呼陽子都直呼她的名字，因為他的朋友譏笑他：

「什麼呀！對自己的妹妹還要稱她『妹』喔。」

「是啊，我們會相親相愛看家的。」

「可是我就是不放心，總擔心萬一孩子生病了怎麼辦。我還是不去了。」

夏枝說著裝出不安的表情。

「是嗎？」啟造總覺得不能釋懷。

（身為母親，優先考慮孩子的事是應該的，可妳這算什麼？到了這個節骨眼，才說擔心。自私的傢伙！）

（那最初就不要說想去嘛。）

（津川教授這麼偉大的人，竟會生出如此任性的女兒來！）

（可是有人出身不好，卻又能生出像陽子那樣的孩子。人類真難以理解啊。）

啟造吃飯時在心裡嘀咕著。

「阿徹，你想要什麼禮物？」

啟造覺得很愧疚，自己竟為了這種事在孩子面前擺臭臉。

「我？什麼都可以啦。陽子妳想要什麼？」

阿徹心裡其實希望啟造能先問年幼的陽子。啟造也敏感地察覺阿徹的期待，於是他說：

「我幫陽子買個大洋娃娃帶回來，怎麼樣？」

啟造放下筷子問陽子。對夏枝的滿腹怨恨，使他對陽子的態度變得溫柔許多。

「Danke schön（謝謝）。」

陽子滑稽地學著父親的語氣，以德語道了一聲謝。

# 22 颱風

啟造和夏枝原預定在星期天早上八點出發，後來因為夏枝不去，啟造便把出發時間提早到星期六下午。他打算先到札幌和高木碰個面才去學會。

由於出發時間改到了下午，阿徹和陽子都跟著夏枝一起到車站送行。

「這可是頭一回呢，全家都來幫我送行了。」

坐上車的啟造看著全家人，臉上露出滿足的表情。

「真的呢。那是因為到現在為止，你沒去過值得全家來送行的旅行嘛。」

夏枝隨聲附和，她也顯得興致勃勃。

「爸，雖然我說什麼禮物都行，可我還是想向您提出要求。」

阿徹有點不好意思地說。

「那正好，我也省得煩惱不知該買什麼禮物。你想要什麼呢？」

「我想請您幫我在各地蒐集明信片和地圖，愈多愈好。」

「這太容易了。」

「還有啊，凡是您到過的地方，都幫我蒐集一些土壤。茅崎外公家的土也要喔。請您都裝在信封裡，然後在信封上註明地名。」

「喔，要研究土壤啊？」

「嗯，我不想當醫生，我要當科學家。」

「要當地質學家嗎？好啊，當什麼都行。你不想接手爸爸的醫院啊？」

夏枝和陽子在一旁微笑著傾聽父子倆的對話。

「醫院就在爸這一代結束吧。我不喜歡醫院，看到病人死在醫院，我覺得心裡很不舒服。」

「是嗎？醫院在爸爸這一代結束喔？」啟造落寞地笑道。

「老公，十五號颱風不會有影響吧？」

「影響什麼？」

「渡輪哪。」

「沒關係吧。如果真有危險，渡輪也不會發船的。」

「爸，您幾點會搭上渡輪？」阿徹問父親。

「明天早上八點從札幌出發，渡輪應該是下午兩點四十分出發吧[21]。」

「老公，拜託你向我爸致歉唷。他一定在等我呢。」夏枝有些愧疚地說。

火車出發鈴響了，夏枝和孩子連忙退回月台，啟造拿起相機拍下家人的身影，腦袋探出窗外。

火車開始向前移動，啟造不斷向家人揮手道別。

「爸爸已經看不見我們啦。」

陽子雖聽到夏枝的話，仍專注地揮著小手，直到看不見火車最後一節車廂為止。

21 當時從札幌前往本州，需先從札幌搭乘火車至函館，然後搭渡輪至青森，之後再改搭火車。

＊　＊　＊

「難得的星期天也下雨啊？」

阿徹望著窗外的午後天空，回過頭對夏枝說。

「真的呢。」

自從接到村井的電話，聽說他黃昏要來拜訪，夏枝就心神不寧，無心做事。

「爸爸今天早上從札幌出發，現在不知到哪裡了。」

阿徹走到夏枝身邊盤腿坐下。

「是啊，他說渡輪是兩點四十分出發，現在應該準備離開函館了吧。」

其實夏枝根本無心多想啟造，她現在更在意要如何向阿徹說明今天村井來訪的事。

（畢竟阿徹已經不是個孩子了。）

阿徹的身高已和夏枝不相上下，上了國中後，他的心思更敏感了。

「爸的渡輪不會碰上颱風吧？剛才收音機裡新聞說，颱風會在北海道登陸喔。」

「爸爸做事和阿徹一樣小心，他如果覺得危險，就不會搭上渡輪。」

「嗯，也對。不過這次的颱風聽說也會影響到旭川。」

「旭川的氣象觀測站還沒說什麼吧？不要緊啦。」

「嗯，還沒發布任何警報。」

「旭川從沒來過一個像樣的颱風呢，颱風的事不必擔心……只是啊，現在有件事，讓媽很為難呢。」

「什麼事為難？」

阿徹擺出一副老成的表情，像要幫母親排憂解難。

「村井醫生說今天黃昏要到家裡來呢。」

「村井……喔，那位從洞爺回來的醫生？」

「對呀，就是他。」

「他來幹麼？」

「說是有重要的事要商量。」

夏枝設下第一道防線。

「如果是重要的事，找爸商量就好了。您要是覺得為難，就拒絕他嘛。」

「就是因為沒法拒絕，才為難啊。」

「是媽不懂的事情嗎？」

「媽也懂啊。」

「哎呀，那就讓他來，沒什麼好為難的啊。」阿徹很乾脆地答道。

「你說得也對。」

夏枝安心地露出笑容。她發現阿徹還是個孩子，還不懂「有男人趁啟造不在到家裡來」可能代表什麼意思。夏枝的心情輕鬆多了。她又告訴自己，等村井到家裡來時，啟造早就抵達本州。這想法讓她的身心都得到舒展。

＊＊＊

原本說好黃昏要來的村井一直沒有現身。吃完晚飯，夏枝收拾完碗盤，村井還是沒來。

等待的感覺令人心悸又甜美，夏枝已不知多少年沒嘗過這種滋味了。她宛如全身都變成耳朵，專心傾聽村井的腳步聲到來。忽然，外頭傳來一陣鞋子踩過石子路的聲響，夏枝忍不住站起身，但見門燈下一隻不知從哪裡冒出來的狗兒正慢吞吞走過門口。夏枝的心臟猛烈跳動著，臉上不禁露出苦笑。

（說不定不來了吧？）

鐘面的指針已經走過了七點半。

「媽，那位醫生還不來啊。」

阿徹和陽子一塊聽著收音機。

「是啊。」

「跟人約好了又不來，真沒禮貌。」

「可能有急事吧。」夏枝辯解似的答道。

「那至少打通電話也好啊。我最討厭不守信的人了。」

阿徹冷冷地說。陽子專心聆聽電台播放的落語[22]節目，不時發出吃吃笑聲。

「可是……」

夏枝正要接腔，電話鈴聲突然響起。

夏枝頓時一陣慌亂，差點摔倒。何必這麼緊張，她暗自告訴自己，同時接起電話。

「喂，這裡是辻口家。」

「啊，我是村井。原打算今天到府上拜訪的，突然來了急診病患。」

夏枝只覺得全身無力，就像身上的關節都鬆掉了似的。

「突然來了一名青光眼患者，需要緊急處置，連打電話通知的時間都沒有，真抱歉。」

「喔。」

「明天黃昏我一定會去拜訪。」

村井匆匆掛斷了電話。

此時此刻，夏枝覺得從現在起到明天的整整一天，漫長得讓人害怕。青光眼可不是容易對付的疾病，這一點她也明白。雖說只是短短一通電話，但村井肯打電話來，就表示他很有心。

夏枝突然感到疲累，於是比平時提早就寢。躺下來之後，她愉快地幻想明天村井來訪的情景。雖然村井說是有事商量，但夏枝覺得那只是他為了和自己見面的藉口。

夏枝現在一心想背叛啟造，想利用村井讓啟造痛苦。她並不認為被迫撫養陽子的憤恨能藉這種方法消除，但她就是想復仇。至於和村井發生關係後事情會怎麼發展，夏枝完全沒多想。或許，她只是想藉復仇之名好展開一段婚外情，只是就連夏枝本人也沒意識到這一點。不知不覺間，她就在一片胡思亂想之中沉沉睡去。

也不知過了幾小時，一陣猛烈敲擊玻璃窗的聲響驚醒了夏枝。

（是誰呢？）

黑暗中，她屏住呼吸集中全身的注意力傾聽，玻璃窗再度發出劇烈響聲。整棟屋子的玻璃窗都在發出聲響，不是人在敲擊，而是風在搖撼。夏枝住慣了風和日麗的旭川，早已忘了颱風的威力。現在颱風來了，就像一直在等待夏枝發現它的存在。

森林在怒吼，就像濁流翻滾發出的吼聲。夏枝雖已明白窗上的聲響是因為颱風，心底還是有些不安，深

22 落語：一種源於江戶時期的日本傳統表演藝術，類似單口相聲。

怕有人會趁著狂風竄進家來。走廊發出一陣陣「吱吱」聲，夏枝實在無法不胡思亂想，擔心恐怖的身影隨時會現身在她房裡。

整棟房子都在搖晃，發狂似的巨大暴風朝房子撲來。夏枝覺得颱風不可怕，更可怕的是人。她無法揮去有人躲在家裡的妄想。一陣「啪拉啪拉」的樹枝折斷聲傳來，那聲音剛被狂風蓋過，整棟房子又劇烈搖晃起來。夏枝再也無法忍受黑暗與恐懼，小心翼翼地伸出手，打開枕畔的檯燈。燈沒亮。就在這時，一道銳利的電光像要切開黑暗般突然劈向夏枝手邊，原來是閃電。屋中重新陷入黑暗後，寬敞的家中更增添了幾分恐怖氣息。

屋頂上接連傳來鉛板被風颳走的聲響。夏枝起身，打算去找手電筒。就在這時，身後的紙門突然被拉開，夏枝吃驚地縮著身子。

「媽！」

只聽阿徹叫了一聲。

「喔！阿徹。」

夏枝緊繃的身心一下子鬆懈下來。

「媽，好可怕的風啊。」

「真的呢。一片漆黑的，你還能下樓來啊。」

「是自己家嘛，我摸著扶手走下來的。二樓被風吹得搖搖晃晃的，好像房子都要被吹走了。」

夏枝好不容易鎮靜下來，找出手電筒。遠處傳來消防車的警鈴聲，但立刻又被風聲掩蓋。夏枝披上衣服，和阿徹手牽著手走向陽子的房間。陽子睡得很熟，屋外狂風也沒能吵醒她。夏枝抱起沉重的陽子走回自己房間。

「媽，現在幾點了？」

「已經一點了，阿徹也在這裡睡吧。」

「嗯，不過我想聽電台播報的颱風消息。」

「可是停電了，沒辦法聽啊。」

「喔，對呀……不過有電池收音機，我到二樓拿。」

＊＊＊

「陽子還在睡，你用耳機聽吧。」

夏枝把阿徹的棉被鋪在一邊，在陽子身邊躺下。阿徹將亮著的手電筒放在枕邊，打開收音機。

森林裡的咆哮更激烈了，這時，夏枝感到一陣天搖地動。

「有樹倒了嗎？」

夏枝低聲自語，就在這時，阿徹突然大聲嚷起來：

「媽！不得了！渡輪翻了！」

「啊！」

收音機上的耳機被拔掉，播音員語氣緊迫的聲音傳出來。

「……因瞬間狂風的打擊而翻覆，許多女性乘客與兒童都來不及逃出甲板，船內已被水淹沒，估計乘客生還的可能性近乎絕望。二十七日清晨一點，上磯町七重海濱發現一百數十名乘客的屍身，其餘乘客預計已遭巨浪吞滅……」

夏枝和阿徹互望著對方。

「不會是爸那艘船吧？」

「爸爸應該在兩點四十分就離開函館，現在已經坐上開往內地的火車了。」

母子倆再度傾聽播報。

「二十二點二十六分發出觸礁訊息，二十二點三十九分曾發出SOS無線電訊，然而在二十二點四十二分便斷絕音訊……」

「這種天候怎麼會開船呢？」阿徹氣憤地說。

「一定沒想到會發生這種事吧。」

「可是那又不是一條小船，如果只是吹點風，不會變成這樣的。那麼多人在船上，為什麼不小心點呢？」

阿徹臉上掛著少年特有的固執表情，憤慨地說。

「真的呢。那些死去的人好可憐啊，他們的家人會有多傷心啊？」

「豈止可憐，人死了就不能復生了呀。」

收音機裡繼續傳出播音員的聲音。

「……沉船的渡輪是第四班洞爺丸[23]，原本預定於二十六日十四點四十分出港……」

阿徹大聲嚷道：「十四點四十分？媽！」

夏枝吃驚地倒吸一口冷氣。

「十四點四十分的話，就是下午兩點四十分啊！媽！」阿徹瞪著夏枝說。

「可是……可是，還不知道你爸有沒有按照預定計畫上船呀。」夏枝聲音沙啞地說。

戶外狂風吹得更猛烈了，但夏枝卻對風聲充耳不聞。

「但爸不是說下午兩點四十分上船嗎？媽！」

班。

「……」

「可惡！」阿徹整張臉都皺了起來。

「可是你爸做事向來謹慎，暴風雨時絕不會貿然上船的。」

夏枝覺得啟造不可能做出這種傻事。平時即使是晴天，天上只要稍微多幾片雲，啟造也會帶著雨傘去上班。

「可是也可能上船了吧。」

「他不會上船的。」

「上船啦！一定上船了！」

聽到阿徹這麼說，夏枝突然不安起來。如果啟造坐上二十六日早上八點的火車離開札幌，那他很可能也搭上了那班洞爺丸。

（如果不是我臨時決定不去旅行，我們應該會在二十六日早上離開旭川才對。那樣的話，他就絕不可能搭上那班洞爺丸了。）

夏枝是為了背叛啟造才取消旅行。因為她一心想和村井幽會，才沒有踏上旅程。

「接下來將播報洞爺丸的乘客名單。」

夏枝和阿徹被播音員的聲音驚得心底一顫。母子倆喉嚨乾得發疼，嘴裡沒有一滴唾液。

「旭川市春光町……」

23 以往從北海道至本州的國鐵路線包含這段渡輪航程在內，火車和渡輪的班次都是固定的。直到一九八八年「青函鐵路隧道」開通後才取消這段渡輪航程。

播音員一開口就報出旭川的地名，夏枝覺得心臟都快停了。名字接連從收音機裡傳出，一個名字報完緊接著又是下一個，兩個名字間隔不到一秒，卻令人錯覺這段空白萬分漫長。

夏枝很想尋求依靠，卻又不知該依靠什麼才好。乘客的姓名無止境地繼續唱名，目前還沒聽到啟造的名字。

「啊！」

不知從什麼時候起，夏枝祈禱般雙手緊緊合十。她對自己一度想背叛啟造感到不可思議。

（原來我這麼希望他活著！）

眼下她對啟造已不懷一絲憎恨或怨恨。這一刻或許啟造已經喪生，但夏枝不願放棄他還活著的希望。只要他活著就好，夏枝想。

「旭川市……」

念到一半，播音員咳了一聲。等待接下來的名單時，一種不祥的預感使夏枝心臟猛烈跳動起來。她很想摀住耳朵，覺得自己已逃不掉獨自撫養阿徹和陽子的命運。

「旭川市宮下通……」

不是啟造的名字。

夏枝雙手早已汗溼。啟造的名字不知何時就會被唱名出來，像這樣集中精神聆聽廣播實在太折磨人了，然而夏枝無法走開。這種痛苦就像胸口被人不斷勒緊一般。

（像他那麼謹慎的人，不可能上渡輪的。）

夏枝腦中突然閃過這個想法。她甚至覺得，說不定啟造現在正在函館的哪間旅館休息呢。仔細想來，以為生性謹慎的啟造會在颱風天搭乘渡輪的想法才奇怪呢。

「阿徹，你爸不會有事的。」

夏枝正要說出這句話，喇叭傳來震耳的翻紙聲。

「旭川市外神樂町辻口啟造。」

播音員的聲音像電流般貫穿夏枝的全身。

「怎麼辦！怎麼辦啊？」

阿徹大叫起來。

（騙人！一定是弄錯了。）

夏枝無法相信這消息，從心底拒絕接受這個事實。當自己想著村井走進夢鄉，啟造竟已沉入海底。夏枝實在不願這麼想，更不願去想啟造是因為自己取消這趟旅行才死的。

「怎麼辦啊？爸爸死了！」

阿徹搖晃著夏枝的膝頭問道。

夏枝眼中沒有淚水。她搖搖晃晃地站起身，打算打通電話給辰子，但拿起話筒才發現沒有聲音。電話已經斷了。夏枝第一次發現和外界失聯是多麼可怕的事。現在，在她最需要幫助的時候，電話卻派不上用場。她根本無法向任何人求救。

（乘客名單裡雖然有他的名字，但這能表示他一定死了嗎？）

夏枝覺得啟造很可能在即將出航前就自行下船了。

陽子這時已經爬起來坐在棉被上。她看著夏枝問：

「爸爸死了？騙人的吧！」

「不是騙人啦！」

阿徹再度激動地大嚷起來。

夏枝眼前清晰地浮現啟造出發前的身影，他從火車窗口伸出腦袋，一直向家人揮手……

玄關突然傳來敲門聲，不像是風吹的，因為其中還夾雜著人聲。

（或許是老公吧。）

夏枝猛然驚覺，立即奔向玄關，但門外似乎不只一兩人。

「夫人！夫人！」

事務長的聲音傳來。夏枝打開大門，只見事務長身後站著外科的松田，還有村井。眾人都是一臉緊張。

夏枝立刻明白一切，她彷彿看到啟造在黑暗的波濤中逐漸下沉……腦中出現這個畫面的瞬間，夏枝暈了過去。

＊＊＊

渡輪遲遲不出發，擴音器一直播放著歌謠，船艙內氣氛有些浮躁。

「怎麼還不發船啊？」

啟造向身邊一名看似商人的男子打聽。

「因為貨車卸貨耽擱了吧，馬上就會出發啦。」

男人捲起正在讀的雜誌，態度和藹地答道。

「是因為颱風的關係吧？」

「颱風好像會去江差那邊，不用擔心啦。」

男人像是經常旅行，說完便「咕咚」一聲橫躺在地上。

「是嗎？」

「聽說颱風要等這艘船到達青森兩小時後才會登陸呢。」

看到男人表現得如此悠閒，啟造也放下心來。他轉眼環顧四周，有人在啜著威士忌，有人早早就睡了，還有人在看書。眾人都是一副隨遇而安的模樣，似乎對渡輪延遲出發的事一點也不在意。

船外風勢並不強。剛才在火車上沒休息的啟造也躺了下來，打算小睡片刻。

也不知睡了多久，耳邊一直聽到電台播放的相撲實況轉播。漸漸地，那聲音由遠變近，啟造的頭腦也逐漸清醒過來。

「已經到哪裡了？」

啟造請教剛才那位商人模樣的男人。

「還沒出發呢。」

「啊？還在函館嗎？」

啟造覺得不安起來，便走上甲板。先前的風雨已經停了，但海浪起伏得十分劇烈，半邊的天空映著夕陽的鮮紅，但啟造並不覺得美，他的心底生出一絲異樣的感覺。甲板上擠滿了脖子上掛著相機的人群。

啟航的鑼聲響起，服務員敲著銅鑼快步跑過啟造身邊。

啟造重新走回二等船艙。

「終於出發了。」

剛才那個態度和藹的男人打開一個樹皮紙包，裡面裝著四個大飯糰，全都裹著烏黑油亮的海苔。

「要不要來一個？我不太喜歡船上餐廳的伙食。」

原來如此，這飯糰的確比餐廳裡的食物看來好吃，沾了醬油的柴魚片拌在飯裡，啟造吃在嘴裡覺得美味無比。他懷念起少年時代母親做的飯糰，沒想到會在這種地方想起亡母，這也算是一種旅途的感傷吧？

不一會兒，耳邊傳來船員拋錨的鐵鍊聲，啟造一驚。

「好像拋下錨了。」

「咦？我去打聽一下吧。」剛才的男人站起身來。

「因為颱風嗎？」

啟造突然緊張起來。窗外天色已黑，明亮的艙內景象映在玻璃窗上，看不清黑暗的海面。

又過了一會兒，船內的擴音器發出廣播。

「由於目前海峽內波濤洶湧，本船暫時停靠港內，請各位諒解。」

啟造又聽到有人說：只要引擎還在轉動就不必擔心，但他心底卻升起一種難以形容的不安。眼看周圍的人群都像鬆了口氣似的重新躺下，甚至還拿出書本來看，啟造覺得十分奇妙。就在這時，擴音器裡又發出廣播：

「各位乘客請注意，現在船內有位乘客患了急病，如果有哪位是醫生，請和服務員聯絡。」

啟造立刻站起身來。從前父親曾再三囑咐他說：

「做醫生的不管什麼時候都得有醫生的樣子，無論你去散步或是看電影，都不能忘了帶醫生必備的七樣工具。」

所以此刻啟造身邊的皮箱除了聽診器，還裝有血壓計、注射針筒、各種藥品，以及小型手電筒。啟造拿起皮箱，跟著服務員走到下層的三等船艙。三等艙看起來像走廊，船外的驚濤駭浪正不斷撲打在船窗上。

患者是一名大約二十歲的胖女孩。診察時，啟造一直用身體幫她遮掩，以免她的身子被人看到。胖女孩的病是胃痙攣。啟造替她打了一針止痛劑後，在一旁坐下觀察患者的病狀。女孩似乎是一個人旅行。

「多謝，辛苦您了。」

身後有人向啟造道謝，啟造轉過頭，看到一個洋人正衝著自己笑。這洋人說話有個習慣，每說一句話，句尾必定再加一句：「……我想啊。」

洋人自我介紹說他是一名傳教士。

這時患者的疼痛似乎也減輕許多，她微笑著向啟造點頭致意。不久，一陣狂風突然從船上的通風管竄了進來，接著，海水也跟著倒流進來。

（好危險！）

啟造下意識地把皮箱拉到身邊。服務員這時提著水桶走了過來。

「風浪好大呀！」

旁邊一名乘客說道，但似乎不打算起身的樣子。服務員的表情很冷靜，然而啟造卻無法抑制心中的不安。他索性打開皮箱，把箱裡的毛衣、西裝全穿在身上，換洗的長褲也套在身上的長褲外頭，凡是箱裡能穿在身上的衣物，全都拿出來穿上了。啟造不久前才給護士們上過一課，他在課堂上告訴大家：海難和山難都一樣，萬萬不可穿得太少。

「你冷嗎？」

傳教士問啟造。就在這時，船身猛地向左搖晃，不知是誰的包袱掉了下來。

船身搖晃得愈來愈厲害，一名老婦雙腳一軟趴下身子哭了起來。啟造瞥向時鐘，快十點了。

「不要緊！不要緊！」

船員連聲嚷著從乘客身邊奔過去。啟造提醒那胖女孩說：

「盡量多穿點，不要露出皮膚來。」

船身又開始劇烈搖晃，船艙的氣氛充滿了異樣的緊張。啟造腦中隱隱浮現醫院的影子。

（聽不到引擎聲了！）

啟造的背脊唰地一陣冰涼。船身愈搖愈激烈，啟造背緊抵著牆，盤腿坐在地上。

這時船內廣播又響了，船艙內一片沉寂。

「本船有在七重濱觸礁的危險，但船體很安全，請各位乘客穿好救生衣後待在船艙，並聽從工作人員的指示行動……」

服務員跑進船艙，用力扯下吊在艙頂的繩索，救生裝備散落在座位上。乘客一擁而上，奮力爭奪救生衣。大家誰也沒作聲，迅速動作。

啟造實在拉不下臉去搶救生衣，傳教士也靜坐在一旁。這時，船身傾斜了三十度，一個救生包滾到傳教士的面前。

「您請用吧。」

傳教士拿起救生包交給啟造，啟造猶豫了一秒，隨即看到另一個救生包滾了過來，便立即背起救生衣，連「謝謝」都忘了說。

「唧——！」

伴隨一聲巨響，渡輪撞在沙洲上。眾人還沒來得及反應，船體已向一邊傾倒，轉眼間，海水灌進船艙。乘客一窩蜂擠向船舷左側的樓梯，啟造踩著傾斜三十度的榻榻米，一鼓作氣跑到樓梯口，等他跑出狹窄的三等船艙，船身已傾斜成九十度。

啟造站在船艙的一側牆壁，另一面牆在他頭頂。海水嘩啦嘩啦從船窗灌了進來，才一眨眼工夫，水就已漲到他的腳踝高度，艙內的燈照得海水閃閃發亮。

耳邊忽然傳來女人的哭聲，是剛才那個胃痙攣的女孩。

「妳怎麼了？」

傳教士鎮靜地問。女孩哭著說她救生衣的繩索斷了。

「這可糟了。我的給妳吧。」傳教士邊解開自己的救生衣邊說：「妳比我年輕，日本還要靠年輕人重建。」

啟造望著傳教士，但他並不打算讓出救生衣。

海水很快就漲到啟造的腹部高度。水漲得這麼高，啟造反而漸漸冷靜下來。猛然間，他發現水裡有許多夜光藻，像水中花似的閃著藍光。夜光藻很美麗，對這些面臨生死關頭的乘客來說，簡直美得有點殘酷。

忽聽「鏘」的一聲巨響，船身完全傾覆。四周一片漆黑，啟造原本浮在水裡的腳尖踩到了地面。接著，海水從頭頂灌了進來。

（我就待在船艙裡吧。只要鼻子能夠露出水面，一定就能獲救。）

啟造決定不亂動，靜靜地待在船艙裡。然而，不知是誰突然抓住了他的腳，啟造差點跌進水裡，他這才發現待在船裡也很危險。

啟造攀住玻璃早已破碎的窗框，身體浮了起來。他從窗口伸出腦袋。窗外黑暗的大海令人心生恐懼。回到船內，不知是誰又抓住他的腳，他索性從窗口出去，弧形的黑色船底呈現在他眼前。

這時，一道巨浪對準船底直撲而來，啟造被這瀑布般的水流給一口氣沖向大海。

啟造回頭探望，沒想到渡輪已經離自己十分遙遠。

啟造從小常在美瑛川游泳，對水並不畏懼。但身處這驚濤駭浪的大海裡，自己這點游泳的本事究竟能起什麼作用，啟造非常懷疑。他心底的某個角落已經陷入深深的絕望，準備坐以待斃，此刻的心境猶如無藥可救的患者正在等待臨終。

然而，儘管心已經放棄，身體卻還在掙扎。啟造盡量不亂動手腳，以免力量消耗殆盡。他注意著不被海浪捲走，設法讓身體浮出海面，這些動作耗盡了他所有力氣。不過啟造一心注意海浪，卻忽視了海上吹來的陣陣狂風。

猛然間，一道逼人仰視的巨浪從頭上撲來。啟造的身體翻滾一圈，沉入大海。

（啊！這下我完了吧？）

巨浪從眼皮擦過，打得眼皮的肌膚熱辣辣的。啟造感到呼吸困難。

（完蛋了！）

腦中浮起這念頭的瞬間，啟造的身體又重新浮上海面。

（阿徹！）

要是再被大浪捲走，說不定就真的完蛋了。

（夏枝！）

想到夏枝，啟造腦中緊接著浮現村井的臉孔。

（我還不能死啊！）

村井和夏枝的臉孔重疊在層層浪濤中。「不能死」的念頭生出的那一秒，啟造突然害怕起死亡，頓時失去冷靜，手腳又開始胡亂擺動。

面對死神的這一刻，地位和醫學知識完全派不上用場。啟造還沒準備好迎接死亡。雖說他身為醫師，早已經歷過無數死亡，但死的都是他人，啟造從不認為死亡和自己有關。現在面對死神，啟造覺得無計可施。

「啊呀！」

啟造看到一個一丈高的大浪撲來，恐怖的感覺穿透全身，霎時，他就像一塊木片消失在浪花之中。

啟造覺得呼吸困難，意識也逐漸朦朧起來。

（這次真要完了！）

想到這裡，啟造又驚醒過來。他感覺背部「砰」地撞到沙堆。不知何時，他已被海流沖上海灘。

（得救了！）

他暗自激勵自己氣餒得快崩潰的心，企圖從水裡站起來。如果繼續待在這裡，難保不會再被海浪捲走。身上的衣物吸飽水後變得十分沉重，全貼在身上。

啟造呻吟著掙扎起身。他打量四周，看到不遠處有塊高約二尺的水泥塊。啟造打算躲到水泥塊後面，兩條腿卻無法直立，腰部以下完全使不上力。啟造只好四肢著地向前爬行，費了一番工夫總算將自己安置在水泥塊後頭。

（啊！我得救了！）

這念頭竄進腦海的瞬間，極度的疲勞也向啟造襲來。

（不能睡著！）

啟造告誡自己。但不知不覺，又沉沉睡去，直到被打在背上的冰冷海水驚醒。剛才一個大浪越過兩尺高的水泥塊向他撲來。

黑暗中，啟造拚命撐開雙眼，視力習慣了黑暗以後，他看到兩三公尺外有個白色物體。那是一艘白色救生艇！小船前方躺著一具全裸的雪白肉體，似乎是個女人。

（死了吧？）

啟造此刻心底沒有一絲悲哀或恐懼。

（不能睡著！）

他解開救生衣墊在腦袋下。仔細打量四周，幾具人體倒在身邊不遠處，一艘翻覆的黑色貨船近在眼前。

啟造不禁打了個冷顫。

（如果我撞上那艘船……）

自己一定會粉身碎骨，死狀淒慘吧，啟造想。

（身上有沒有受傷呢？）

啟造摸了摸腦袋。頭上黏著一塊包袱布，是剛才在船艙蓋住腦袋的。胸口好像沒受傷，手腕似乎有點疼，但他還不能確定傷勢如何。

啟造再度感到濃重的睡意襲來。不能睡！不能睡！他告誡著自己，費力撐開眼皮。就在這時，一盞手電筒在他身邊移動。

啟造伸出手。手電筒的主人沒注意到他，逐漸走遠。

「救救我啊！」

啟造費力喊出了聲。那盞手電筒忽地把光圈打向啟造，走近他。

「喔！有人活著！」

一個男人伸頭過來探視啟造的狀況。

啟造點點頭，然後便陷入昏睡。

＊＊＊

啟造轉過頭，函館山的紅葉從火車窗口映入眼簾，銀色的海面顯得十分平靜。

(我還活著!)

啟造眼中突然溢滿淚水。船難後已經過了半個月,啟造除了臉上和腿上受了點皮肉傷,並無大礙,身體恢復得很快,他甚至對那些遇難的乘客感到過意不去。夏枝和松田趕到醫院時,啟造還很虛弱,一直處於昏睡狀態,所幸並沒受到其他外傷,很快就恢復了健康。

有些乘客雖被救起送到醫院,卻因出血過多丟掉小命;也有人的腦袋慘遭釘著成排三寸釘、梳子般的木頭插入。

啟造想起那位請他吃飯糰的親切男子,直覺那男人應該還活著,不過聽說一等和二等船艙幾乎無人獲救。那個男人那麼親切,難道也喪命在黑暗的大海了?啟造覺得自己的一條命變得別具意義,想到這條命是以上千人的犧牲換來的,他一時千頭萬緒,既痛苦,又感動。

(他們都希望活下去啊!)

啟造覺得今後必須為了那些亡者而活。或許,那排釘子原本應該插進他腦袋,只因為些許偏差,才插中了別人腦袋。他無法否定這種可能,他甚至覺得,能夠活著回來並不單純只是幸運。

啟造覺得身上彷彿肩負了更嚴肅、更沉重的使命。

火車很快地駛過大沼湖[24],窗外的紅葉和美麗的湖水映得車內一片燦爛。啟造懷著重獲新生的心情瀏覽窗外,他覺得那景色好美,美得簡直令人心痛!

(不知那位傳教士獲救了嗎?)

躺在病床上時,啟造數度想起那位傳教士。他把救生衣讓給胃痙攣的女孩,這種義舉啟造是絕對辦不到

24 大沼湖:位於北海道西南部渡島半島上的堰塞湖。

的。啟造非常希望傳教士還活著，因為如果要他繼承傳教士的使命而活，那根本是不可能的任務。

他和那位傳教士對生命的目標，肯定完全不同，啟造想。

火車不知何時已在海岸線上奔馳，海霧匍匐似的裊裊翻騰。沒多久，眼前已被海霧染成一片乳白，天空和海面全籠罩在乳白色的輕煙之中。

大海不見了。那片遼闊的海洋明明就在眼前，啟造卻看不見。原該近在眼前的大海竟不見蹤影，似曾相識的情境似乎也在自己的人生上演過，啟造不禁感到恐懼。

啟造沒告訴夏枝今天會回家，他想給她一個驚喜。回到旭川以後，他打算此生都要過著真正沒有遺憾的日子

他要全心去愛夏枝、阿徹和陽子，也要與村井和睦共處。

火車離東室蘭愈來愈近了。

# 23 雪蟲

又到了雪蟲紛飛的時節。啟造從函館回來已經過了五天。

每年快要下雪的時候，北方天空總有一種乳白色的有翅小蟲四處飛舞。與其說在飛舞，倒不如說是一幅小蟲亂飄的虛無景象。人們準備迎接寒冬之際，看到這情景，緊張的情緒便一掃而空，心頭平添幾分柔情。

晚秋的夕陽下，空氣已沒有一絲暖意，啟造從醫院走出來，低頭沉思著朝自家走去。

今早阿徹在餐桌上說的話一直梗在他心裡。早餐時，阿徹向父親說：

「爸，那位村井醫生長得很英俊嘛。」

啟造聽說颱風那晚，村井和事務長在廣播聽到啟造遇難的消息曾立即趕來探望。所以他聽到很少到醫院去的阿徹提起村井的名字，倒也不覺得訝異。

「嗯，他不當電影明星可惜了呢。」

啟造和藹地答道。誰知阿徹又天真無邪地繼續說：

「喔，對了！媽，就是那位醫生吧？颱風那天，和媽約好有事要商量的醫生……」

夏枝被問得啞口無言，啟造看著她，胸口像被人打了一拳。

（我不在家的時候，夏枝和村井又約好見面了？）

啟造雖不願這麼想，但他實在無法不把事情想成是：夏枝突然取消旅行的理由和跟村井有關。

幾隻雪蟲像被吸住了似的黏在啟造的大衣，薄得近乎透明的翅膀被映成大衣的褐色。啟造小心地捏起蟲體，蟲兒卻毫不領情地乾癟而死。蟲體輕得像雪花，彷彿指尖一碰就會化了。

（什麼幸福，什麼和平，不都和這雪蟲一樣！）

經歷了這次海難，啟造覺得已能體會人活在世上是多麼辛苦的一件事。那麼多人慘痛犧牲才換來自己的命，他決定一輩子都不忘這個事實，由衷地打算認真活下去。啟造是懷著這種心情回到旭川來的。

然而，這次經驗只屬於啟造一人。夏枝、阿徹和其他親友，誰也不曾有過自驚濤駭浪苟延殘喘的經驗。啟造本來打算今後都像小學一年級生那樣，本著純潔認真的態度活下去，但離家愈近，他覺得似乎有一隻沾滿汙垢的手企圖把他拉回從前的生活。無論他下了多大的決心，打算忘掉過去，原諒夏枝，他仍覺得妻子在計畫背叛自己。

（反正人生在世，任何人都只能獨活。）

啟造突然想起今年春天去世的前川正。

茫茫天地間，存在自我任飄遊，深思手術夜。

這首和歌是前川正因肺結核接受肋骨切除手術後寫下的。前川正是啟造的學弟，比他小三屆，是名頭腦聰明的醫學生，還是網球隊隊員。他寫下這首和歌時的孤獨心境，啟造已能深深體會，這種心境和他在黑暗的波濤中上下浮沉時的心境十分相似。

（他經歷這份孤獨去世，而我卻活了下來。）

人生在世，多像在大海裡和巨浪搏鬥啊！啟造心底期待著光明平穩的生活，誰知又有一股巨浪向他撲來。

（夏枝！妳讓我安穩度日吧！）

啟造很想高聲大喊。現在的他，只希望永遠走在這條雪蟲亂飛的街上。

不知不覺中，啟造走到富貴堂書店門前。

或許是星期六的緣故吧，黃昏的店內十分擁擠，簡直寸步難行。啟造不想硬擠進店內，只是舉目瀏覽面前的書架。

「聖誕禮物就送聖經吧！」

書架上貼著一張廣告，下面堆著數目驚人的聖經，全都是黑皮封面，書背上燙著金字。

這張廣告讓人以為聖誕節馬上就要到了，其實現在也才十月中旬而已。

啟造伸手抽出一本聖經，書本沉甸甸的重量使他想起學生時代。那時他為了學英語定期拜訪一位傳教士，那段日子除了閱讀聖經，也經常出入教堂。由於他並不是心中有煩惱或疑問才去聽道，當時的講道內容並沒在他心裡留下印象。但啟造還記得，當時曾在教會裡和其他年輕人針對「神的存在」、「永恆」之類的題目進行討論。

大學畢業後，啟造沒再讀過聖經，他甚至連聖經擺在書架的哪裡都不記得了。現在重新拿起，啟造不禁懷念起從前讀聖經的那段日子。

（原來是口語譯本啊。）

啟造隨意翻閱著手裡的聖經。

祈求，才能獲得；尋找，才能發現。

他記得這是《馬太福音》裡的一段話，但現在的譯本卻變成：

祈求吧，這樣你們才能得到；尋找吧，這樣你們才能找到。

這種譯法讓啟造感到新奇，甚至覺得帶點幽默。

隨意瀏覽數頁，啟造的視線停在《馬太福音》第一章。讀完一段之後，他不覺倒吸了口氣，又從頭開始念起。

這一段講述的是關於馬利亞處女懷孕的故事。

耶穌基督降生的事，如下記……母親馬利亞已經許配約瑟，還沒有迎娶，馬利亞懷了孕。她丈夫約瑟是個義人，不願意羞辱她，想要暗暗休了她。正思念這事時，主的使者顯現在他夢中說：「大衛的子孫」約瑟，不要怕，只管迎娶你的妻子馬利亞，因她的身孕，是聖靈旨意。她將生下一個男孩，你要為他取名耶穌，因他將自罪惡裡拯救他的子民。這一切成就，是要應驗主藉先知所說的話……約瑟醒了以後，就遵照使者的吩咐，迎娶妻子。

對啟造來說，整部聖經再也找不出比這一段更重要的文字了。

大學時代的啟造讀到這一段時，曾對醫學與科學產生質疑：「處女懷孕是否可能？」無精卵的分裂在人類身上是否可能發生？啟造和別人討論過這個問題。聽說，有些學者為了證明處女懷孕的確可能，親自用針刺卵子數萬次。啟造對這類研究很感興趣，他認為：

「什麼聖靈讓處女懷了孕，聖經也太奇怪了，居然一開頭就寫這種事。」

另一方面，啟造也向同伴提出自己的看法。

「如果處女懷孕不是事實，聖經不可能開頭就寫這種容易遭人質疑的故事。可見這件事一定是真的。而且經過兩千年，也沒被刪除或修改。證明了那是事實，是一種奇蹟。科學無法證明的事，我們就稱之為奇蹟。然而從事科學研究的對象，應該是奇異的現象，不能是奇蹟。」

對當時的啟造而言，處女懷孕這種事確實荒謬可笑。而現在，這段文字卻深深打動了啟造的心。夏枝的背叛令啟造苦惱不已，對他來說，這段故事是無法讀過就算的。

還沒過門的未婚妻懷孕了，跡象還愈來愈明顯。約瑟發現時內心有多苦惱，啟造現在已能深刻體會。

「想要暗暗休了她。」

他覺得這短短一句話裡，隱藏了約瑟所有的煩惱。然而，天使卻到約瑟的夢裡告訴他，馬利亞懷孕是神的旨意，於是原本打算休妻的約瑟便按照天使的指示，娶馬利亞為妻。這段故事讓啟造深受感動，他不禁深深嘆了口氣。兩千年來，世上有數十億基督徒，其中一定沒有人比約瑟更加懷疑馬利亞處女懷孕的可能吧？約瑟是最有資格懷疑馬利亞的人，他卻老實地按照天使的指示行事，啟造不禁對約瑟感到十分佩服。他也想像約瑟相信上帝和馬利亞那樣，對夏枝的貞潔深信不疑。

書店裡顧客熙來攘往，人們不時彼此碰撞。啟造手裡捧著聖經，努力忍住淚水。

八年的時光過去了，當時夏枝後頸的紫色吻痕，依然鮮明地浮現在啟造眼前。

不過啟造覺得約瑟始終堅信馬利亞是處女懷孕，一定是因為馬利亞的天生秉性。她不只是個清純、正直的普通女性，性格裡一定包含著神聖崇高的成分。

夏枝和村井的關係究竟發展到什麼程度，啟造並不清楚，但他對夏枝心儀村井這件事實在無法忍耐。

（取消了期待已久的旅行，夏枝就那麼迫不及待想和村井幽會嗎？）

（阿徹說村井有事要找夏枝商量，就算阿徹的記憶有誤，但他們相約見面卻是事實。）

啟造買了一本口語版聖經後，走出書店。

（人與人之間能否建立起像約瑟和馬利亞那種堅定的信賴關係呢？）

啟造頓時覺得非常孤獨。在那滔天大浪裡吃了那麼多苦頭終獲新生，結果卻還是得懷著這種無聊的想法度日，這使他很挫折。

（我會永遠像傻瓜般煩惱這些事，度過一生嗎？）

如果人生就是如此，那當時就算死在海裡也不值得可惜。

啟造後來聽說，那位把救生衣讓給胃痙攣女孩的傳教士遇難了。

（我該把這條命讓給他的。）

啟造自嘲地想。

書店外天色已暗，寒氣纏繞兩腿似的從腳底向上攀升。啟造走到家門，看見陽子站在門燈下等候。她一看到啟造，立即迎上來。

「您回來啦！今天星期六，您還這麼晚回來，陽子好擔心唷。」

說著，陽子拉住啟造的手。

「嗯……」

在街上轉了大半天，啟造已經累了，他反射性甩開陽子的手，不料一抬手竟打中陽子的臉頰。陽子驚訝地抬頭看著啟造。

「啊！對不起。很痛吧？都是爸爸今天太累了。」

雖說是無意，但想到陽子擔心自己一直站在門外守候，啟造心中充滿不捨之情。

＊＊＊

前一天在街上閒逛太久，第二天啟造一直到中午才起床。這天是星期天，夏枝為了答謝到醫院探視啟造的親友，決定出門選購謝禮。午後，阿徹正好要去市立圖書館，夏枝便和他一塊坐車走了。

這天次子來家裡幫忙，在廚房忙著做過冬要吃的醃菜。啟造讀不下書，無聊地走到廚房看看醃菜做得如何，然後又閒蕩到家門口。

遠處只見陽子領頭帶著四五個女孩，一面跳繩一面從森林朝家裡跑來。陽子看到啟造，臉上露出害羞的表情，腳不小心被跳繩絆了一下。啟造趕緊上前扶住差點摔倒的陽子。她揚起小臉看著啟造，臉頰因奔跑顯得紅撲撲的。

「小心！」

陽子用力點點頭。

「來，借爸爸一下。」

「哎唷，爸也會跳啊？」

陽子很高興地把跳繩交給啟造，其他孩子也一臉新奇地圍過來看熱鬧。身穿和服與木屐的啟造連連甩動跳繩，可惜繩子對他來說實在太短了。

「可惜啊，太短了！」

說著，啟造把跳繩還給陽子。陽子一臉失望地說：

「爸，不玩了嗎？」

孩子們聽了轉身又跑向森林。啟造心底突然升起柔情，想安慰陽子，補償他昨晚不小心打中她的臉頰。

「陽子，爸爸陪妳玩吧？」

陽子的臉一下子綻放亮光。

「真的？玩什麼呢？」

被她這麼一問，啟造一時不知如何回答。他從來沒有陪小女孩玩耍的經驗。

「外面好冷喔，先進屋去吧。」

啟造說著，拉起陽子的小手。陽子非常高興地單腳跳著跟他走進家門。

（只要改變心境，和陽子共處的時光也會變得更有趣吧。）

看到陽子高興的模樣，啟造也很愉快。他為了補償一心只想逗陽子開心，已經忘記她是誰的小孩。

「來玩摺紙吧？」

啟造才說完，陽子立刻「咚咚咚」地快步跑出走廊，抱著一個大紙盒奔回來。

「爸，摺什麼呢？」

「陽子會摺什麼？」

「仙鶴啊，小人啊，還有變形船[25]……。」

「會摺這麼多種啊，那就摺變形船吧。」

陽光照得窗上一片明亮，一隻不知名的鳥兒從窗前飛過。

（只要我願意，我也能愛陽子的。）

啟造很想好好讚美自己一番。

陽子的嘴唇抿得緊緊的，手指輕巧地摺著色紙。紙角跟紙角相疊時，她那分毫不差的準確摺法讓啟造讚嘆不已。完成後，陽子對他微微一笑。

「爸，你幫我抓住船頭，然後要閉上眼睛喔。」

（原來這孩子如此可愛！）

啟造像發現了新大陸般凝視陽子的笑臉，覺得怎麼看都看不厭。

「哎呀，閉上眼睛呀。」

陽子覺得有趣般笑了起來。那一臉燦爛的笑容，彷彿連她的髮梢都跟著發笑似的。

「陽子。」

「什麼？」

「爸爸抱妳好不好？」

陽子已經小學二年級了，卻從沒被父親抱過，只見她紅著臉既高興又害羞，聽話地坐在啟造膝上。

「陽子好重啊。」

陽子胖乎乎的，比啟造想像的重，他抱著膝上的陽子，內心反省自己的冷淡，以前竟連一次都沒抱過她。

「因為我已經二年級了呀。」

「妳在班上算比較高大的吧？」

「全班第二高。」

「哇，真了不起。」

啟造的手輕輕搭在陽子的雙肩，就像他平日觸摸患者的身體那般。陽子微微歪著腦袋，乖乖地坐在父親膝上，啟造又輕撫她的兩臂，沒想到她的手臂意外結實。

啟造的臉頰抵在陽子背上，摸了摸她的小腿，兩個光滑的膝頭圓滾滾的，十分惹人憐愛。

25 變形船：一種紙船摺法，摺成後呈帆船形狀，但手指抓住船頭，將船身反摺，原先的帆變成船身，而船身則變成帆。

「怎麼？妳沒穿褲襪？」

「我穿了長筒襪呀。」

「這樣露出膝蓋來，很冷吧？」

「不會呀，今天很暖和呢。」

膝蓋的觸感摸起來就像綢緞，啟造撫摸著，想起那些怪男人侵犯小女孩的新聞。他向來對這類新聞嗤之以鼻。小女孩有什麼意思？怎麼會讓一個大男人幹出這種蠢事？啟造早已忘了自己年少時也曾犯下類似的過失。此刻，陽子坐在他的膝上，啟造覺得似乎能理解那些怪男人的心態了。這和與成熟女性相處時的心態完全不同，是一種更隱諱、更詭異的心情。

由於成熟的女性已經對「性」有所認識，也有欲望，所以互動時必然會有所反應，而年幼的小女孩對「性」一無所知，也毫無反應，擁抱著小女孩，就像在密室進行一個人的遊戲。雖然天真無邪的小女孩並不會做出引誘人的動作，卻自有一種魅力，和成熟女性的誘惑是不一樣的。

啟造想到這裡，猛然驚覺，趕緊把陽子放下來。

「陽子，妳好重喔。」

陽子縮著肩膀笑了起來。如果現在親吻眼前這張小嘴，陽子會以為是出於父愛而接受嗎？啟造在腦中幻想，同時又訝異自己竟會生出這種幻想。

（如果陽子是親生女兒，我一定不會有這種邪念吧。）

啟造不禁覺得自己的心簡直醜陋得無可救藥。

（我也能愛陽子的。）

剛才還覺得自豪的想法，現在已從腦中完全消失。

（這不是愛！我這種人只會依循欲望偏袒某人罷了！）

陽子當然不會明白他的想法。父親的擁抱令她心情雀躍，她努力地摺著紙鶴。

（愛一個人……，究竟該怎麼做呢？）

啟造無意識地望著陽子摺紙的小手。

（愛一個人，並不只是對他好。愛和喜歡並不同。）

「接下來再摺什麼呢？」

「……」

「哎，爸！」

「嗯？」啟造看著陽子。

「摺什麼呢？」

「嗯，飛機吧。」

「飛機？」

啟造年少時常拿夾頁廣告來摺飛機，現在不假思索就說出了「飛機」。

（愛一個人就是……）

啟造突然想起洞爺丸上遇到的傳教士。

（是那樣！就是那樣！就是把自己的生命獻給對方！）

啟造不自覺地拍一下膝蓋。

（可是……我卻辦不到。過去這麼長的時間裡，我連把陽子抱在膝上都辦不到。好不容易把她抱起來了，而我卻敗給了欲望。像我這種人，根本不可能像那位傳教士那樣。）

為什麼自己不行呢？啟造深思著。

（「愛你的敵人」這句話，我是知道的，但是愛一個人，不能只靠喊口號。那位傳教士肯定還知道其他更關鍵的部分，那部分不只是簡單的幾句話。他所知道的那部分，除了文字，一定還有些更深沉的體驗。）

啟造很想知道那究竟是什麼。

＊＊＊

「爸！摺好了，飛機！」

陽子把摺好的飛機向啟造擲過來。紙飛機畫出一條鮮明的弧線，飛向啟造。

就在這時，突然有人嚷著：

「啊唷！還活著，還活著！」

紙門打開了，高木的臉孔探進來。

「呵！」啟造的臉微微泛紅。

「壞人的運氣可真好！不，應該說是辻口平日修行夠。因為你不算壞人。」

高木緊靠著啟造坐下，兩人的距離近得幾乎碰到彼此的膝蓋。坐下之後，高木凝視著啟造，啟造心頭感受得到一股暖意。

「太好了！只要活著就好。人死了就完啦。陽子，對吧？」

說著，高木一把抱起陽子，放在自己膝頭。

「妳爸還活著，太好了。」

「太好了。」

「要是妳爸死了，怎麼辦？」

「我會哭啊。」

「會哭喔？哭多久呢？」

「不知道。媽媽上次還昏倒了。」

「昏倒？」

「醫院的醫生還幫她打針呢。哥哥也哭了，因為聽說爸爸死了。」

「喔，真不得了！陽子也哭了嗎？『嗚嗚嗚』地哭了？」

「陽子沒哭。」

「為什麼？妳不傷心嗎？」

「因為啊，雖然哥哥說爸爸死了，可是陽子覺得是騙人的，我想一定不是真的。」

啟造看著高木把陽子抱在懷裡，又想起剛才的胡思亂想，不禁有些羞愧。

玩伴呼喊陽子的聲音從森林方向傳來。

「馬上就來，等一下！」

陽子以嘹亮的嗓音高聲答著，抱起裝色紙的紙盒跑出去。

「……」

「……」

高木和啟造愣愣看著對方。除了彼此對望，他們一時想不出該說什麼。

「這回你真是遇到大難了。」

「是啊。」

「現在連想都不願再回想吧？」

「嗯。」

「每個人看到你，都會問同樣的問題吧？我可不會問喔。那些人一定都是為了好奇才問。」

「也不盡然啦……」

「哪裡！人這玩意兒啊，對別人死裡逃生的經驗一點都不客氣，都很想聽呢。」

「……」

「你可別想趁這機會來個什麼洗心革面、重新出發的計畫唷。」

「……」

「因為人啊，無論再重造多少遍，都沒法造得令人滿意啦。哎呀，只要不過分自以為了不起就夠了。我們得活得輕鬆一點。」

聽了高木這番話，啟造發現了自己的愚蠢，但又覺得高木的話裡好像缺少什麼。

「喔，對了，等一下村井也會來喔。」

「村井？有什麼事嗎？」

「不，沒事。」

啟造兩三天前開始到醫院上班，已經和村井碰過幾次面。

「夏枝呢？」

次子送上威士忌之後離開房間。高木向啟造問道。

「去選購謝禮了。」

「謝禮？什麼謝禮？」

「感謝大家這次來探望我的謝禮啊。」

「什麼話！你這可是一輩子難得碰上幾次的慘痛經驗啊。這次你就大方接受探望，不還謝禮也行啦。」

說完，高木露出雪白的牙齒笑起來。這時，森林傳來陽子清澈響亮的笑聲。

「真是個活潑健康的孩子，不是嗎？」

「是啊！你是說陽子吧。」啟造側耳傾聽了半晌，又說：「她是個好得沒話說的孩子。」

說完，他轉眼看著高木。

「那就好。」

「……」啟造的目光緊盯在高木臉上。

「怎麼了？」

「陽子她……真的是凶手的小孩？」

啟造目不轉睛地盯著高木，他從剛才就一直想問這個問題。

「你忘了我們的約定啊。」

高木也凝神回視啟造，似乎對啟造的問題並不意外。

「不，我記得，只是……」

「她就是你們的孩子。說什麼凶手的小孩，我可聽不懂。」

說著，高木伸手使勁一拉，解開了領帶。

「陽子頭腦很聰明，學校的成績從沒拿過第二名以下。」

「喔。」

「你也看到了，她性格開朗，脾氣又溫柔。」

「所以呢？」

「而且臉蛋也長得好。殺人犯的小孩能生成那樣嗎？」

「哼，什麼話！無聊！你的意思是說殺人犯的小孩都該頭腦愚鈍、臉孔醜陋，而且性格乖戾嗎？」

「哎呀，不是啦。那個叫佐石的，以前還做過苦力……」

「辻口啊，今天是來為你慶賀，我可不想罵你。每次到育幼院來看孩子的那些傢伙，最讓我生氣的就是這一點。他們總是以一種看劣等品的眼光打量那些孩子。就算孩子的父母是苦力或是小工人，你覺得會和我們的孩子有什麼不同嗎？辻口你是認為，陽子如果是醫生的小孩，你就沒話可說，如果是苦力的孩子，就很奇怪，對吧？」

高木瞪著啟造說。

「或許吧。」

「跟你說啊，辻口，每次看到育幼院的孩子，我就會想，自己和這些孩子究竟有什麼不同？每次看到那些來參訪的人，臉上露出那種自以為高人一等的表情來，我就忍不住這麼想。」

「……」

「你家不是有份長得像忍術[26]畫卷的長長族譜？其實那些血統純正、出身高尚的家族，全都跟殺人犯差不多啦。無論是妻妾爭寵或族人械鬥，都一樣。要說哪個家族沒出過這種子孫，我看一家都找不出來吧？」

「嗯，的確沒錯。不過這跟罪犯不同啊。」

「是嗎？就拿我來說，已經殺掉人家肚子裡幾十幾百個胎兒了，他們個個無處可逃、無力抵抗。殺了這麼多生，他們就算變成厲鬼跑出來都不稀奇，可憐卻連鬼也變不成。因為我並沒犯法，連警察都不能抓我。」

高木自嘲地說。

「因為你又不是罪犯。」

「嘖！你這不開竅的傢伙！只要不犯法，什麼事都可以幹嗎？戰爭的時候要是做了這種事，我們全得進監獄唷。不只是醫生，連胎兒的母親也得關進去呢。如果是那個時代，我早就不知犯下多少前科了。」

「……」

「不過話說回來，其實我只要洗手不幹就行了，可我又不願這樣，還把育幼院那些孩子當作心肝寶貝。反正，我只是個不敢面對現實的卑劣之人啊！」

「所以才說『上天不造人上人』[27]吧？福澤諭吉這個人果然有些見識。」

「說到福澤諭吉，你知道他有個情婦嗎？」

「不知道。」

「那個情婦跟福澤諭吉生了兒子，還有孫子呢。」

「啊？真的？」

「是啊，聽說是真的。雖說是他兒子，今年也已經七十了，長得很體面。孫子也從慶應大學畢業了，頗有成就。」

「喔？這可第一次聽說。」

「因為那情婦跟福澤原是親戚，福澤向她求過婚，但對方的父母認為身分相差太遠，而遭到拒絕了。」

26 忍術：忍者必須修習的技術，如兵法、武術、蒐集情報的技術等。

27 日本明治時代的大教育家及思想家福澤諭吉，引用西方民主主義時曾說過：「上天不造人上人，上天不造人下人。」

「原來如此，怪不得他會說出『上天不造人上人』這種話。」

「哎呀，我可不知道這和福澤的思想是否有關。不過他那情婦的孫子啊，跟我認識很久了，他從來沒說過自己是福澤的親人。」

「喔？為什麼呢？」

「謙虛嘛。福澤那麼了不起，但他一點也沒有自豪的模樣。還是我主動問起：『你祖母是福澤的情婦嗎？』他大吃一驚，還問我從哪裡聽來的。對了，村井怎麼還不來啊。」

＊＊＊

啟造的話還沒說完，村井就到了。

「夫人回來之前，我們慢慢喝幾杯吧。辻口你身體沒事了吧？」高木問。

「沒有大礙了。」

一看到村井，啟造的心底便掀起陣陣波瀾。

「聽說你已經到醫院上班了？」

說完，高木把次子送來的乳酪一把抓起三片，塞進嘴裡。

「到醫院上班，心情反而比較輕鬆。」

「好奢侈，在家欣賞美女老婆不也很好？」

村井表情呆滯地抓著威士忌酒杯。

「村井，怎麼了？」

「什麼怎麼了？」

「瞧你無精打采的。」

「是嗎?」村井若有所思地笑了笑。

「對了，你還不打算結婚嗎?」

「結婚?」

「他身體行嗎?」高木徵詢啟造的意見。

「看你最近上班也沒請假，差不多可以考慮一下了。」

說完，啟造又覺得後悔，因為自己表現得太期待村井結婚了。

「結婚啊……」村井說著，輕笑一聲。

「笑得好邪惡唷。結婚這玩意兒，雖然大部分結過的人都會後悔，也不必因此不結婚。人啊，不管做什麼，都會成天悔恨和埋怨的。」

聽了高木的話，村井又不懷好意地笑起來。

「高木先生，你跟院長同年吧?」

「嗯，對呀。」

「那你應該比我先結才對。」

「喔，也對喔。」高木抓抓腦袋又說:「按照世俗的習慣應該是這樣。不過啊，村井，單身的我和單身的你，誰比較讓人看不順眼呢?」

啟造忍不住笑了起來。村井答道:

「別說這種招人誤會的話呀!好像我做了什麼見不得人的事，不是嗎?」

「不是『好像』，你『就是』做了見不得人的事!」

「好了啦！高木先生真是的。」

「總之啊，我就是不結婚，世上的女子也不會吵鬧不休，可你要是一直單身的話，女人們肯定要興風作浪，對吧？辻口。」

啟造無奈地笑一笑，然後硬著頭皮問村井：

「聽說你找夏枝商量事情……是關於婚事嗎？」

村井顯得有點狼狽。

「喔，也不是什麼大事……」

他支吾著沒再說下去。

「醫院裡有沒有中意的人選啊？」

高木伸出大手在泛紅的臉上來回摩挲著。每當他摸起臉來，就表示他已經有點醉了。

「沒有耶，很可惜。」

「辻口這裡的護士，不是都挺不錯的？」

「不知道，沒什麼特別的。對吧？院長。」

聽了村井的回答，啟造難得犀利地問：「事務員裡沒有嗎？」

「沒有！」村井不客氣地答道。

「是嗎？我看你跟松崎由香子倒是挺合得來，不是嗎？」啟造不懷好意地追問。

「松崎？那女人的眼裡除了院長，再也容不下別的男人了。」

說完，村井面不改色地拿起威士忌倒進酒杯。

「唷！辻口也有女人愛慕啊？我得對你刮目相看了。」

高木像在審視什麼似的打量啟造的臉孔。

「別開玩笑了。」啟造搖搖手說。

「瞧你這麼緊張，很可疑喔。村井，對吧？」

「松崎對院長可是真心的。」

村井說著微微一笑。

「沒想到辻口這傢伙也不正經，表面裝得品行端正，從來沒對我吐露半句！」

說著，高木把威士忌倒進啟造杯裡。啟造悄悄地瞥了村井一眼。

（如果松崎真像他所說的，村井又為什麼知道松崎由香子的心意？）

「不過你可不能太認真，否則夏枝會流淚的。」

高木說完一轉身，對村井說道：

「村井，總之你快點結婚吧。」

「……」

「我是被你媽逼的啦，叫我勸你早點結婚。可別覺得我討厭啊。」

「只要是高木先生覺得合適的人選，我都可以。」

「唷！真的嗎？」

高木臉上一亮，笑嘻嘻地把手伸進口袋，掏出一張照片來。

「這女孩，怎麼樣？」

啟造在一旁緊盯兩人的互動。

「不用看照片了，反正女人全是五十步與百步之差。只要高木先生覺得合適，我就娶她。」

村井十指扣著威士忌酒杯，來回轉動杯子。

「何必說成這樣，先相親見個面不也很好？」

「相親太麻煩。」村井撇著嘴說。

「你的意思是馬上交往？」

「結了婚，即使不喜歡還是得在一起啊。與其在結婚前見一面，不如不見。」

「喔？那你照片也不看，面也不見，你是打算在婚禮上才見她嗎？」

高木無奈地看著村井，啟造心底也吃了一驚。

「只要高木先生覺得不錯，我就結婚。」

「可你先看看照片，也不會有什麼損失。」

「只看照片，能看出什麼呀？即使見了面，也看不出什麼啦。就算是先交往三個月或半年，雙方都在瞞騙對方，只想展露自己的優點呀。」

「所以你才不想先交往？」

「這只是我對婚姻的看法。結婚這東西，不是親身體驗，很難理解的。不，就算結婚了幾十年也搞不清楚呢。大家不都是這樣嗎？」

「辻口，村井這論調，你覺得如何？」

高木不知如何接腔，只好看著啟造。啟造覺得似乎意外瞥見了村井心底的傷痕。

（村井是什麼時候、在哪裡受到這麼嚴重的創傷？）

「高木先生你還是光棍，不會懂的。可是院長啊，結婚這玩意兒就像賭博，對吧？幸福或不幸，反正就是這兩者之一。」

「是嗎？」啟造不知如何回答。

「無論是熱戀一場結婚，或是青梅竹馬結為夫婦，都不能保證婚姻一定幸福。任何一樁婚姻的成功與失敗的可能性，都各占百分之五十。」

「這傢伙腦袋裡想的，跟他的臉蛋不太相配啊。」

高木輕輕搔著腦袋說。

「就看骰子投出來的是單數或雙數，既然決定賭了，那就不必管對方的容貌、年齡、姓名、父母、性格和其他條件，要賭得乾脆一點。」

「一天到晚打麻將，你終於變成賭徒啦？」

「是啊，我就是賭徒。如果不是準備賭一把，誰會想要結婚啊？」

村井喝醉後臉色蒼白，啟造看著他，心裡第一次對他生出一絲親切。

「可是你這種態度，女方不會答應吧？」啟造和藹地說。

「更討厭的是，你這簡直在蔑視人嘛。真是個無可救藥的傢伙！我可不想幫你介紹對象。」

高木氣憤地說。就在這時，夏枝走進房來。

她原以為客人只有高木一個人。

「高木先生來了。」

剛才次子報告時，並沒提到村井。次子或許以為村井和高木是一道約好的吧。夏枝走進房間，意外地發現村井的身影，她的臉頰瞬時變得通紅。待她發現自己紅了臉，熱血更是往上躥，最後連脖子都紅了。

看到這情景，啟造和高木的兩雙眼睛同時閃出銳利的光芒。

「對不起，我剛才出門去了。」

向客人打了招呼之後，夏枝的心情總算稍微平靜下來。

「夏枝，村井決定要結婚嘍。」

高木直視著夏枝的臉龐說道。啟造以為高木又在開玩笑，畢竟他才說完不幫村井介紹對象。

「啊唷，恭喜您了！」

夏枝有點吃驚，但並沒有顯露在臉上。颱風夜聽到啟造的死訊時，她當場昏了過去。在那以後，她就像中邪的人清醒過來似的，再也沒把村井放在心裡。

剛才夏枝看到村井之所以紅了臉，只是單純地因為驚訝。也或許，並不是那麼單純，但她對村井的心情已不是愛戀之心。夏枝的感情和小孩有點相像。對她來說，現在啟造比任何人都重要。只要一想到啟造可能死去，夏枝全身都會發抖。相較之下，村井成婚對她的生活來說，並不會造成任何陰影。夏枝雖然痛恨啟造讓她養育陽子，但她還沒恨他恨到希望他死去。

「恭喜您了！」

聽到夏枝的話，在場的三個男人分別懷著各自的想法。

（騙人！）

啟造在心底說。而高木則是另一種心思：

（她面不改色地說「恭喜」，這是怎麼回事？剛才臉不是紅成那樣？難道臉紅只是因為害羞嗎？）

至於村井，他倒是直接讀出夏枝的感情：

（這才是她的真心話吧！）

「是高木先生介紹的。」

村井平靜地說。夏枝的態度和他們上次在蒂羅爾咖啡館相遇時完全不一樣，不算冷淡，卻有些距離。

「哎唷，什麼樣的小姐啊？」夏枝微笑地歪著頭問。

「就是這位小姐啦。」

高木瞥了一眼村井，把照片放在夏枝面前。

「好可愛唷！對吧，老公？」

夏枝轉臉問啟造。

「啊！我還沒看過。」

啟造猶豫著，村井還沒看過的照片，他不知該不該看。另外，夏枝的態度也讓他有些不安。

（裝傻也裝得太徹底了吧？）

啟造心底嘀咕。

# 24 行蹤

洞爺丸事故發生後，八個月過去了。

當初村井曾說：「如果高木先生幫我介紹，我就結婚。」而現在，他已決定在六月舉行結婚典禮。

上次見面之後，夏枝沒再和村井有過任何瓜葛。因為當年琉璃子遇害，還有啟造遭遇海難，兩件事都發生在自己試圖接近村井的當下，這偶然的巧合令夏枝感到害怕。她不是自責，只是產生一種近似迷信的恐懼，她相信：「只要接近村井，就會大難臨頭。」這也是夏枝才有的幼稚想法。

聽到村井即將結婚的消息時，夏枝心中雖有些悵然，同時也覺得鬆了口氣，有點像逃過一場災難的解脫心情。

自從那場海難以來，無論啟造或夏枝，都已深深體會平安的可貴。然而，夫婦倆的心底有個共同的疙瘩，那就是陽子。眼前這種平安的日子持續得愈久，啟造也愈容易陷入突發的不安。

（如果夏枝發現了陽子的身世，眼前這種平和的日子肯定無法持續。）

啟造並沒發覺，夏枝早在一年以前就已經知道了。

夏枝對陽子的心情則總是飄忽不定。有時，她對陽子恨之入骨；有時，又覺得陽子是個苦命的孩子；也有時，夏枝會忘了一切，又把陽子當作心肝寶貝。

夏枝心裡一直無法原諒啟造，因為是他讓自己撫養陽子的，但在洞爺丸事故之後，夏枝的心裡發生了微妙的變化。並不是說她原諒了啟造，而是怨恨的刀尖被磨平了。啟造遭遇海難讓夏枝心頭的憤恨減輕了。

至少眼下辻口家正過著平穩的生活。阿徹升上國中二年級，陽子也已經是小學三年級的學生。

「聽說櫻花已經開了。」

阿徹和陽子就寢後，啟造和夏枝在起居室看電視。這台電視是今年四月在阿徹再三央求下買回來的。

「我們到神居古潭[28]去賞花吧？」

夏枝說著，關掉了電視。

「可是還要忙村井的事啊。當什麼證婚人，實在不想去……」

「……」夏枝低著頭，似乎正在思索什麼。

高木曾來拜託啟造，請他當村井的證婚人

「是你介紹的，你去當證婚人就好啦。」

啟造對高木說，不料高木回答：「別忘了我還是光棍呢！」說著，他連忙搖著兩隻大手。

啟造很少看他那麼緊張，忍不住大笑出聲。

「就算是光棍，也可以找個女伴一起去嘛。阿辰怎麼樣？」

「阿辰啊？這女人是不錯啦，但我很怕她，好像能看穿別人心底似的。」

「你也有害怕的人啊？」啟造吃了一驚。

「當然有啊。如果你肯出借夏枝，那就另當別論。不知情的人說不定還會稱讚我們是一對很相配的夫妻呢。」

說著，高木愉快地笑了起來。

28 神居古潭：旭川市內地名。

「不過啊，像什麼『新郎是品行端正的優秀青年，新娘是一位才女』之類的話，要是從我嘴裡說出來，人家一定覺得很假吧？可是如果是辻口你來說，聽起來就跟真的一樣。」

高木用這番說詞，硬是勉強啟造接下證婚人的任務。

「早知這樣，還不如婉拒他算了。」

夏枝對高木強迫他們夫婦擔任證婚人有點不滿。她心裡一直懷疑，當初瞞著自己把陽子塞給她的主謀，很可能就是高木。夏枝已無法像從前那樣敞開心胸信任高木了。而高木硬是要他們夫婦擔任證婚人，夏枝也隱約猜出他的心思。

（夏枝，妳才是帶領村井走進禮堂的最佳人選。）

高木就像在對她這麼說。夏枝確實曾被村井吸引，但仔細想來，對象也不是非得村井不可。或許換成其他男人，她也會接受吧。對成天關在家裡的夏枝來說，丈夫以外的男性是一種嶄新的刺激。如果當時是高木企圖接近夏枝，或許她也不會拒絕吧。

然而，和啟造一起生活固然無趣，她也沒有積極採取行動，或奔向其他男人懷抱。或許對夏枝來說，只是覺得自己的一舉一動能引來男人大獻殷勤很有趣吧。

「可是我也沒理由拒絕，畢竟我是村井的上司。」

啟造說著，望向面色凝重的夏枝，他有點不知所措。

夏枝想像著站在村井身邊的新娘，接著，她又幻想站在新娘身邊低頭故作謙遜的自己。

（對！我一定要比新娘更美！）

「你就答應接下吧。」

夏枝開朗地說完，抬頭看著啟造。啟造覺得有點莫名其妙。

這時，電話鈴突然響了，啟造接起電話。

「喂，這裡是辻口家。」

「啊！」

話筒裡隱約傳來一聲女人的輕呼。

「我是松崎由香子。」

女人的聲音低沉。

「喔！原來是妳。」

啟造下意識地回頭看了夏枝一眼。她跪坐在地上仰頭望著啟造。

「……」

「怎麼回事？喂，松崎？」

「……啊，我還以為夫人會來接電話。」

那無助的語氣就像是從幽靈嘴裡說出似的，啟造心中受到一種莫名的震撼。

「結果是我接的，真對不起。」

「不，哪裡，我好高興……」

松崎語帶哽咽，聲音聽來十分怪異。

「怎麼了？」

啟造又回頭看了夏枝一眼。

「不，是這樣的……」松崎猶豫半晌，突然改以爽快的語氣說道：「院長，對不起。這麼晚打電話給您，因為我今晚打了個賭。」

「打賭？」

「是的，老實告訴您，因為事務長勸我結婚……」

「喔。」

「事務長說我不正常，要我不要成天在院長室前徘徊，還叫我快點嫁人……」

「……」由香子究竟想說什麼，啟造完全猜不出來。

「……因為被念了太多次，我一直在考慮，要不要乾脆就聽事務長的話結婚算了？所以我跟自己打個賭，今晚打電話到院長府上，如果是夫人來接，我就結婚，如果是院長來接，我就一輩子單身……」

「那我來接電話，可對不起妳了。」

說完，啟造暗自猜想，難道由香子喝醉了嗎？這時，他腦中突然閃過村井快結婚的事。

「不，我好高興，我一輩子都不會忘記院長的。」

由香子的聲音在聽筒裡顯得熱情十足。

「我？」

啟造回頭看了一眼夏枝。夏枝似乎敏感地察覺了什麼，眼神銳利地緊盯著他。啟造心中一陣慌張。

「是的。現在老天爺也允許我思念院長終身不嫁，我覺得好高興。」

「妳太傻了……」

「說我傻也沒關係。」

「妳究竟怎麼了？發生了什麼事嗎？」

「……什麼也……什麼也沒有。我有個請求，我想幫院長生個孩子。」

「蠢話！」

說完，啟造不假思索就掛斷了電話。

「怎麼了？哪裡打來的？」

夏枝緊貼在啟造身後。

「醫院的事務員打來的。」

啟造覺得電話內容實在太荒謬，根本不想告訴夏枝。

「男的嗎？」

「女的，叫松崎。」

（我想幫院長生個孩子。）

對一個二十七八歲的女孩來說，說出這種話算是相當大膽，啟造覺得很不愉快。

夏枝似乎想說什麼，但沒開口多問。而啟造也覺得，若是向夏枝轉述對話，恐怕也會招來她的誤解。

躺進被窩之後，啟造還是很在意由香子的話。平日的他不會主動掛斷電話，無論對長輩或晚輩，啟造一定確認對方掛斷了才會放下話筒。他從不曾像今天，話還沒說完就粗魯地丟下話筒。

而現在事情過去了，啟造又在意起來。他覺得由香子可能是認真的，不是一時糊塗才打那通電話。

（我想幫院長生個孩子。）

或許不能斷言她太輕薄，啟造想，說不定她也有她的難處。

（不過就算是這樣，我也沒法答應她。）

臨睡前接到由香子這通莫名其妙的電話，啟造心裡又氣憤又憐憫，翻來覆去難以入睡。

（村井和由香子究竟是什麼關係？）

轉念至此，啟造想起一件事。

（村井結婚的事想必讓她很震驚吧？）

再過一個月，村井就要結婚了。

他的對象是高木朋友的妹妹，名字叫做咲子。根據高木的描述，促成這段姻緣的經過是這樣的：

「我告訴他們兄妹，我有個傻瓜遠親，年紀都已經三十六了，卻嚷著說什麼，若要娶妻，最好娶個不知姓名和年齡的女人。我好心好意拿相親照片給他看，問他：『這女人如何？』結果他連看都不肯看一眼。還說：『不必看了，只要高木認為合適，我就娶回家。』我對這位咲子小姐說：『所以嘍，天下哪裡會有嫁給這種傢伙的笨女人呢？』誰知咲子小姐竟回答：『那我就來當這個笨女人好了。』天下竟有這種事！我連忙勸她：『最好別做這種傻事，再說那傢伙還得過肺結核。』誰知咲子小姐竟沒被嚇到，還回答說：『喔？是嗎？沒關係呀。』世上竟有這種令人無話可說的姑娘！這可能就是所謂的緣分吧。」

結果一個月之後，村井和那女孩不被看好的婚姻就要成真了。

想到這裡，啟造暗自思量，今天由香子的電話一定和村井的婚事有關聯。

＊＊＊

再過十天就是村井舉行婚禮的日子了。

星期六下午，夏枝到村井家去送結婚賀禮。村井家就在醫院後面，由於去前已事先通知，村井應該已經在家等著。

村井家大門是近來少見的木格拉門，夏枝一拉開，只見身穿和服的村井迎了出來。

「啊，您好。」

村井打完招呼，在玄關突起的木緣俯視著夏枝。一旁的鞋櫃上擺著一盆茂盛的紫丁香。

「真漂亮！」

夏枝看著紫丁香微笑地說。

「請進吧？」

村井倒退幾步，拉開右邊的紙門。

他的房間是一間六塊榻榻米大和室，室內的凹間也有一盆紫丁香插花。

（誰幫他插的呢？）

夏枝納悶地想，說不定是他的未婚妻咲子從札幌來玩了吧。

「打掃得很整潔啊。」夏枝說道。

「我跟隔壁的松田先生合請一位歐巴桑來幫忙。」

「哎呀，那很好啊。也幫你做飯嗎？」

「早中晚三餐我都在醫院吃。」

村井的臉色看起來很差。

「聽說您要結婚了，衷心恭喜您。」

夏枝從袱紗[29]取出一只裝飾有龜鶴飾物的賀禮信封，放在矮桌上。

「多謝！這次婚事多虧您幫忙……」

村井微微低下頭，勉強行禮。

「身體現在怎麼樣了？」

29 袱紗：一種專門包裹禮金的方形絹布，以顏色分別賀禮與葬儀。

飾。

「健康得簡直讓人發愁。」

村井的語氣很不屑，一點都不像是個快結婚的男人。

房裡雖然放著一盆美麗的紫丁香，氣氛卻很冷清。凹間的壁上沒掛字畫，牆壁和柱子上也沒有任何裝飾。

村井對夏枝正眼都沒瞧一下。

「蜜月旅行要到哪裡呢？」

「啊？」

說著，村井抬起臉來。他從不曾對夏枝這麼冷淡過。

「蜜月旅行要去哪裡啊？」

「喔，旅行只是累人，所以打算不去了。不過我們兩人的老家都在札幌，可能去兩邊打個招呼吧。」

村井的語氣很沒精神，表情若有所思，眼神黯淡陰慘。夏枝覺得自己一點也不像是來向人道賀的。

＊＊＊

從那晚的電話之後，原本每天負責把報紙送到啟造辦公室的由香子就沒再出現。

「我想幫院長生個孩子。」

由香子這句話讓啟造耿耿於懷，也使他盡量避免在醫院碰到由香子。

啟造平時很少到事務室去。他一直認為事務室應由事務長全權負責，身為院長最好少去。如果有事要和事務室聯絡，可以使用內線電話，事務室的人有事找他，就到院長室來。

但今天啟造卻難得地想去事務室瞧瞧，因為他突然發現，最近都沒在走廊上遇到由香子。再加上上次那通電話，啟造還是放不下心。

走進事務室時正好碰到午休時間，由香子和事務長都不在。啟造摺好報紙放在桌上，裝出有東西要查的表情。事務室呈L形，放報紙的地方擺放著會客用的桌椅，但從由香子她們的座位看不到這裡。

「松崎呢？」

耳邊傳來村井的聲音，但從啟造的位置看不見他。

「還在請假。」

回答的是平日坐在由香子旁邊的女孩。

「請那麼久啊，都一個星期了。」

「是啊，可能是感冒吧。」

「有沒有送假單來？」

「沒有，只有她宿舍的大嬸打電話來說她要請假。」

「是嗎？」

說完，村井便走出房間。

「村井醫生跟由香子究竟什麼關係？最近連續三天都跑來問呢。他們很親密嗎？」

一名事務員沒注意到啟造也在場，開口問道。

「不知道啊。」

「好像有點奇怪唷。經常看到他們站在走廊低聲說話呢。」

「……」

「一定是因為村井醫生快結婚了，由香子才請假的。」

坐在由香子旁邊的那位事務員沒有回答。

「由香子這人有點奇怪喔，她對院長也是那樣……」

「好討厭！由香子喜歡誰都跟妳無關吧？」

那名事務員幫由香子說話。

「可是啊……」

「別說了！當由香子的面說比較好，我不喜歡在人家背後偷偷議論人。」

聽到這裡，啟造從訪客專用的門悄悄走出事務室。

他不相信由香子只是因為感冒請假。

＊＊＊

村井的婚禮結束了。刺槐帶著甜味的香氣，隨著風陣陣飄送到院長室。

（村井終於結婚了。）

那位叫做咲子的女孩，出人意料地有雙清澈知性的眼睛。就算是讓村井自己挑選，也未必能找到條件這麼好的女性，啟造想。

（只希望他們夫妻和睦相處……）

一種像擺脫麻煩的爽快感在啟造心頭蔓延。

（但對手是村井，可不能因為他結了婚就放鬆警戒。）

村井對新婚妻子還覺得新鮮的這段日子，說不定會老實一陣子。但仔細想來，他不可能那麼乾脆地離開夏枝。

村井似乎並不是真的有心結婚，即使在婚宴上聆聽賓客致詞的時候，村井也一直在桌底下把玩一朵白色康乃馨。身為證婚人的啟造當時坐在村井身邊，感受到他心中的不耐。這天，啟造正在思考村井的事，有人走進房來。

「哎呀，這可怎麼辦才好啊！」

事務長走進院長室對他說。

「怎麼了？」

啟造示意事務長坐下。

「真抱歉！其實是關於松崎的事。」

啟造的心臟猛地一跳。

「最近她一直在請假。因為她休息太久了，昨天我就去看看情況。」

「結果呢？生病了嗎？」

「哎呀，如果是生病就好了。她那宿舍的大嬸告訴我，是她拜託大嬸打電話告訴醫院說感冒，其實是旅行去了。」

「旅行？」

「就是啊，她說要去內地旅行一個月左右，萬一醫院有人去看她，就叫大嬸隨便幫她編個藉口。據說交代完她就走了。」

「那她過一段日子就會回來吧。」

「可是啊，我因為擔心，便拜託大嬸讓我進屋看看。」

「……」

「宿舍的大嬸還擔心地問我：『出了什麼事嗎？』我跟她說，那倒不是，只是想進房間找假單，然後她就讓我進去了。」

「後來呢？」

「要我走進一個女孩家的房間，我還真有點猶豫呢。結果她房間裡啊，只有一張放著化妝箱的小桌子，其他什麼都沒有！我打開那化妝箱看過，裡面什麼都沒裝，乾淨得像才擦過似的。」

「那……」

「小桌的抽屜也是空的。真讓人大吃一驚啊！我還拉開壁櫥看了。壁櫥一百八十公分寬，上層放著棉被、褥子等等，疊得整整齊齊的，下層推滿了書籍。衣物全裝在兩個柳條箱裡，房裡也沒衣櫥。看起來挺可憐的。」

「沒看到書信之類東西？」

「老實說啊，我也擔心這一點，特地找了一下，不過沒看到辭呈，也沒找到任何書信。」

「這樣的話，她大概一個月後就會回來吧。」

「如果真是如此，那倒是沒問題。只是那房間未免打掃得太乾淨了些。」

說完，事務長欲言又止地看著啟造。

「院長。」

「什麼事？」

「松崎真的會回來嗎？」

「為什麼？會回來吧。」

啟造答完，發現事務長似乎知道一些內情。

「院長覺得那女孩怎麼樣？」

平時不抽菸的事務長把玩起一張從口袋裡掏出來的衛生紙，只見他摺起又打開，打開後又摺起。

「那孩子有點令人難以捉摸。」

「您不清楚嗎？」

「她是怎樣的女孩呢？」啟造反問道。

「她不是個壞孩子。如果我有兒子，甚至想讓她做我媳婦呢。總之是個溫柔的女孩。」

「喔。」

「可能因為父母很早就亡故了，有點黏人。原本是跟她哥哥兩個人一起過，後來哥哥結婚了，她開始一個人生活，變得很怕寂寞。」

啟造聽著事務長的描述，想起由香子打來的電話。

「她還有個毛病，也不管對方是誰，總喜歡像貓一樣往別人身上蹭。」

「對，對，我也注意到了。」

「總之我希望她會回來，真讓人擔心啊。」

說完，事務長便走出房間。

啟造離開醫院後，難得地登上附近石狩川的堤防。夕陽滿照的天空倒映在河面，看上去十分美麗。旭橋在石狩川上勾出一道綠色弧線，遠處的山脈刻畫出清晰的紫色稜線。堤防下的公園早早亮起路燈，許多小船在池塘中漂來盪去，啟造眼睛望著那些船，突然同情起由香子。

在這美麗的季節，她究竟受了什麼傷而決定出門旅行呢？啟造滿懷柔情地思念著由香子。

＊＊＊

「媽！有客人。」

陽子跑進廚房呼喚夏枝。

「誰啊？」

夏枝剛把晚餐的碗盤收拾乾淨。

「村井醫生啦。」答完，陽子又說：「表情很可怕唷。」

說著，陽子向夏枝做出撇嘴的表情。

「村井醫生嗎？」

夏枝稍微整理儀容後走向玄關。村井站在門邊，身子斜靠著門扉。

「哎呀，歡迎！」

村井婚後曾帶新娘咲子到家裡拜訪，那不過是十天前的事。

「打擾了。」

村井嘴裡說著，身子仍靠在門上。

「請進，請進。」

「夫人，我喝醉了，可以進去嗎？」

他沒有叫她「夏枝」，聲音很陰沉。

「可以啊，請進。」

村井雙腳搖晃，有點不穩。

「陽子，去叫爸爸來。」

說完，夏枝打開客廳的門。村井從沒喝醉上門。今天究竟為何來訪？夏枝心底不覺升起一絲恐懼。

村井充血的雙眼顯得渾濁，只見他搖搖晃晃地脫掉鞋子。

（難道是跟咲子發生了什麼不愉快？）

夏枝納悶著招呼村井坐下。

「啊！歡迎。」

身穿大島紬[30]和服的啟造這時走進客廳來。

「院長！」

村井怒吼一聲，視線緊盯著啟造。夏枝正打算去倒茶，也被村井叫住了。

「夫人也請留步。」村井大聲嚷著。

「怎麼回事？你好像喝得很醉了。」啟造說。

「我沒醉！哪裡醉了！」

說著，村井粗魯地撩起垂在額上的頭髮。啟造從沒看過村井喝醉後如此失態，他喝酒向來都是靜靜地一個人喝。

（究竟發生了什麼事？）

啟造和夏枝彼此望著對方。

「我才沒有醉，沒醉！」

---

30 大島紬：奄美大島所產的絲線織成的一種綢布，以樹皮與泥漿染色，色調以藍、褐、灰為主。

村井又說了一遍，低頭伏向桌面，腦袋差一點就撞在桌上。

啟造夫婦無言地看著村井，兩人都猜不出他為什麼如此失態。半晌，村井猛地抬起腦袋。

「院長！」

「院長！」

他連叫了兩聲，惡狠狠地瞪著啟造，一會兒，又慢吞吞地把視線轉向夏枝。夏枝覺得他要說的事似乎和自己有關，懷著忐忑的心情站起身來。

「夫人，請坐下！」

「我去拿杯水。」夏枝溫和地說。

「喔，對不起。」

村井意外平靜地說。

夏枝端了一杯水回到客廳，村井向她低頭致意，一口氣喝乾了杯裡的水，脖上的喉結上下蠕動。

「有沒有酒啊？」

問完，村井抬眼看著夏枝。夏枝不知所措地望向啟造。

「真可惜，我平常不太喝酒，家裡也沒存貨……」啟造說。

「是吧！因為院長不但不隨便喝酒，也不隨便玩女人，是一位可敬的聖人！哼！聖人？」

說著，村井臉上露出一絲淺笑。啟造苦笑著把香菸用力摁熄在菸灰缸裡。

「媽！」

陽子突然打開門叫道。

「嗨！可愛的小姐！到這裡來！」

村井向她招招手。

「醫生，您喝酒啦？」陽子走到村井身邊問道。

「對！喝酒啦。」

「醫生，您討厭喝酒啊？」

「就是因為不討厭，所以才喝啦。」

「可是您看起來並不高興啊。」

村井的眼睛凝視著陽子。

「長得不像爸爸，也不像媽媽。」村井說。

「陽子，有事嗎？」夏枝露出責備的神色問陽子。

「喔，我是來說晚安的。」

陽子說著撿起村井掉在腳邊的白手帕，放回村井手裡，對他微微一笑說：

「醫生，晚安！」

陽子走出房間後，村井像是氣勢頓挫似的沒再說話。啟造和夏枝也不知該說什麼好。

森林裡，不知名的鳥兒發出尖銳的叫聲。

「說真的……」說了一半，村井沒再說下去。

「咲子正在家裡等著您呢。」

夏枝說。但村井沒有理會她。

「院長！松崎死了！」

「啊？」

村井閉著雙眼又說了一遍：「松崎死了。」

「松崎死了？真的嗎？」

啟造吃驚得差點站起身來，夏枝滿臉狐疑地來回看著啟造和村井。

「死了！那傢伙。」村井垂頭說道。

「在哪？什麼時候？」

「不知道啊，因為連信都沒有一封。」

「你是從哪裡聽到消息的？」

啟造稍微恢復了鎮靜。

「沒從哪聽說啊。」

「什麼！原來是你自己的想像？」

啟造鬆了口氣。

「不是想像！她已經死了，一定的！」

村井執拗地嚷道。

「她有尋死的理由嗎？」

啟造覺得在這裡聽村井胡說實在莫名其妙。

「夫人！」

村井沒回答啟造，卻轉臉叫夏枝。

「什麼事？」

「那個叫做松崎由香子的，是醫院的事務員。由香子一直深愛著院長唷。」

「啊？」夏枝轉眼看著啟造。「她愛著辻口嗎？」夏枝微笑著問。

「淨是他胡說啦。」

啟造不想再和他胡扯下去，就算村井是喝醉了，啟造實在想不透他為何要來說這些有的沒的。

「我胡說？如果是胡說，那松崎真的太可憐了。今天我們把話挑明了講吧。夫人，其實夫人也有義務要憐憫由香子喔。」

「村井醫生說些什麼，我一句也聽不懂呢。」

「我會讓妳懂的，哎，請聽我說啊。」

說著，村井脫下外套掛在椅背上。

「村井，今天你還是早點回家休息比較好，有話明天到醫院說……」

啟造心裡很不高興。

「不！院長！我今天就是打算說清楚才來的。」

「……」

「請您為了由香子，聽我說下去吧。」

「可是……你說她死了，不是真的吧？」

「不，她死了。因為是她，所以一定是死了。好傻啊，那傢伙。」

村井抬眼仰望啟造，只見那雙眸子裡淚光一閃，眨眼之間竟然熱淚盈眶。村井拚命睜大雙眼，不願在他們面前痛哭。

他大力擦一下眼淚，然後說：

「由香子真是個奇特的女孩！那是在我出發到洞爺之前，有一天，她跑到我家來，興師問罪似的責問我是不是喜歡院長夫人。」

聽到這，夏枝不禁紅了臉，啟造臉上布滿陰霾，村井繼續說道：

「我跟她說：『對呀，我是喜歡哪。我喜歡誰跟妳無關吧？』松崎回答說：『你是可以喜歡，但請你不要表現出來。』」

啟造漸漸焦躁起來。

「我便問松崎：『叫我不要表現出來，妳有這種權力嗎？』那女孩回答說：『有！』接著她說：『老實告訴你，因為我喜歡院長，所以會讓院長招致不幸的事，我都有權阻止。』當時她非常生氣。」

夏枝轉眼看著啟造。

「你，這種事……松崎由香子的事，我可一點也不知道。」

啟造一臉困擾地說。

「今天就請您安靜聽我說完吧。我聽松崎說，她第一天去上班，事務長帶她到院長室報到，院長聽她提到父母早死，便溫柔地點著頭對她說：『真可憐，妳吃苦了。』然後當場就交代事務長，把她的薪水提高三成。事務長那時不服氣，還提醒院長說：『應該也要顧慮其他事務員的薪水才對。』院長卻說：『如果她有父母，哪怕是只有一個活著也好，她就不用擔心住宿問題，她從吃到住全都得自己操心，就用住宅補助費之類的名義幫她加點薪水吧。』」

說到這裡，村井像是在等待啟造的反應，轉眼望著他。啟造早忘了這些事，現在聽村井講起，才依稀覺得有些印象。畢竟這些都是八九年前的往事了。

「那女孩是樺太[31]回來的歸僑，兄妹倆相依為命，無家可歸，所以院長說的那番話，讓她深受感動，她跟我說起這段往事時，還流下了眼淚呢。

「她跟我說，世界上再也沒有人比院長更溫柔、更偉大，她對院長一見鍾情。然後她又責備我說：『就連身為女人的我都能忍著，不表露出愛意來，村井醫生卻總是跟在院長夫人身後跑，弄得人盡皆知，不是嗎？心裡喜歡一個人是沒辦法的事，但為了院長，拜託您冷靜行事吧。』記得那是我出發到洞爺半年前左右的事。」

村井喝醉後臉色青白。也可能是因為酒醒了，才顯得格外蒼白。

「那天晚上我也不知是中了什麼邪，看到松崎那麼大言不慚地示愛，我就想逗弄她一下。」

說著，村井深深嘆了口氣，又繼續說下去。啟造和夏枝沒有插嘴。

「……所以我對她說：『那松崎妳就去愛院長吧，這樣我也可以和夫人在一起。』那時我是故意氣松崎才那麼說的，但松崎生氣地說：『那絕對不行，院長很愛他的夫人。』她可不願看到院長不幸，如果有人要害院長，她會豁出性命去阻攔的。

「是嗎？我想，我也願意豁出性命去愛夫人啊。院長，您別生氣唷。您不知道我有多恨您，您不知已在我的夢裡死過多少回了。每次夢到院長死去，我都會忍不住大喊：『好極了！』接著又驚醒過來，發現原來是夢！這種事不知發生多少次了，每次都讓我失望透頂。」

啟造不覺轉眼看向夏枝。從她側面望去，只見她滿臉通紅，低垂著眼皮。啟造真想過去看清她的表情。

「那時我還年輕，為了得到夫人，說不定我連院長都下得了手。所以我告訴她：『就算妳為了院長的幸

31 樺太：中文名稱為庫頁島，位於黑龍江入海口處，最早於十七世紀有少數日本漁民定居南部沿岸，一八五三年始有俄國人入居於島嶼北部。日俄戰爭之前，俄國曾短暫取得全島統治權，日俄戰爭後，兩國以北緯五十度為界限分別占有南北部。第二次世界大戰結束後，俄國重新取得全島主權，並將島上的日本居民全數遣返。

福豁出性命也沒用。』

「松崎聽了沒說話，猛地站起身來，惡狠狠地瞪著我。說來羞愧……當時我年輕氣盛，看到她那眼神，心底忽然湧起一種想征服她的欲望。

「我對她說：『好，我不再跟在夫人身後了。』松崎露出不太相信的表情，一直站在那裡。我又說：『可是我有條件。既然妳說為了院長可以不要命，那就把妳的身體給我吧。男人若不能得到這種回報，怎麼可能忘掉自己所愛的女人！』松崎想逃走，但我一把抓住她的手罵道：『什麼嘛！說什麼為了院長的幸福可以捨棄性命，還不是嘴裡說說而已？』

「我實在是個壞東西！由香子的不幸就從那時開始了。從那時起，我總是對她需索無度，予取予求。」

不過，啟造心想，松崎由香子其實也愛著村井吧。倘若由香子是為了啟造才任由村井玩弄，未免太像天方夜譚，不過，現在這件事是從村井的嘴裡說出來的，啟造又覺得可能不假。夏枝的眼神完全變了，她正冷冷地瞪著村井。啟造注意到她的改變。

「松崎對我簡直是恨之入骨，而相對地，她對院長懷著一種超凡的憧憬和愛慕。當初她聽說我要從洞爺回來，似乎非常不安，甚至還想從醫院逃走，但生活裡唯一能讓她高興的事，就是每天見到院長一面，所以，由香子也沒法離開醫院。

「從洞爺回來之後，我還是常去糾纏她。不過那傢伙也學乖了，每次都巧妙地躲過。後來聽說我要結婚，她高興極了，還帶了賀禮來看我呢。那時她說：『最高興看到這樁婚事的人就是我啦。』還在我房裡插了好多盆紫丁香。對了！就是夫人帶著賀禮上門的那天。她還說很想懷院長的孩子，想幫院長生個孩子，這是她唯一的願望。可是她不敢當面說，所以打了電話，結果院長罵了聲『蠢話』之後，咔噠一聲掛斷電話。她在凹間插花，對我說，以後不知院長會怎麼看不起她呢？只要想起這件事，她就想去死。我看著說個不停的由香子，心裡被她惹得騷亂起來，結果我又侵犯了她。」

夏枝想起去送賀禮那天，村井的臉色異常疲憊晦暗。她不想再聽村井說下去了，一想到村井當時剛剛侵犯過那個叫由香子的女孩，夏枝覺得說不出的噁心。

啟造也想起那天由香子打來的電話。

「松崎一度拚命抵抗，但我們倆原本就有那種關係，後來她就妥協了。由香子臨走前說，已經沒臉再見院長……第二天她到醫院去，大概是為了清理辦公桌的抽屜吧。從那之後，她就一直請假，再也沒回來。」

說完，村井呆呆地望著遠方。

「要是你跟松崎結婚多好啊。」啟造低聲自語。

「院長！」村井惡狠狠地瞪著啟造。

「院長聽了我剛才那番話，竟還能說出這種話！老實說，我也向她求過婚，不過她毫不考慮就立刻拒絕了。院長，人家年輕女孩好不容易鼓起勇氣打電話給你，你竟然……竟然毫不留情就掛了電話。那女孩已經死啦！她可不是男人，不是像院長這種不解風情的男人啊。你怎麼不能體諒一下那女孩的心意呢？雖然我也算是加害者，不過院長更殘忍，喔，不，還是我比較可惡吧。總之啊，由香子已經不會回來了。她已經死了！她就是這麼一個笨女人。」

說完，村井晃晃悠悠地站起來，低聲自語：

「這輩子，討厭我的女人，就只有由香子一個。」

# 25 冬日

最近，夏枝對陽子的厭惡又更增添了幾分。

「陽子！」

每天早上，陽子的同學上學前都會在門外齊聲呼喚她。就是這麼一件小事，夏枝卻莫名覺得厭惡。

「陽子呢？」

阿徹每次回到家，開口一定先問陽子。這也讓夏枝覺得忿忿不平。

陽子幾乎從不犯錯，以致夏枝找不到理由責罵陽子，這也讓她不快。

夏枝並不清楚是什麼原因改變了自己。那天晚上，聽了村井酒後的自白使她悶悶不樂。村井應該是愛自己的，夏枝想，而愛著自己的男人，不應該是個會去玩弄其他女人的傢伙。對夏枝來說，村井的自白是一種汙辱。不知從什麼時候起，她把對村井的憤怒與憎惡，以另一種形式發洩在陽子身上，但夏枝卻沒發現這個事實。

夏枝對陽子的冷淡就連啟造也感覺到了，他開始買些巧克力和書籍回來送給陽子，而這些行為又帶給夏枝更多刺激。

（我才不讓陽子永遠過得那麼幸福呢！）

（老公明知道陽子的生父是誰，難道他不在乎？）

再加上還有由香子的事，夏枝不相信啟造和那女孩之間沒有發生關係。光憑她會打電話來說想要啟造的孩子，就令人無法相信他們之間是清白的。

夏枝做過結紮手術，早已不能生育。因此由香子說過的那番話，刺得她心頭發疼，傷口化膿。村井的自白可說給了夏枝二度甚或三度的傷害。

至於啟造，他發現無論做什麼事都會想起由香子。每當他走進醫院玄關，總是不自覺地望向事務室的窗口。每天早上，他心底那個「說不定……」的希望都會破滅一次。由香子的辦公桌前，現在已有另一位職員坐在那裡了。

由香子失蹤已經超過半年，啟造仍舊每天懷著渺茫的期待朝事務室張望。既然她沒有提出辭呈，啟造總覺得，只要由香子的屍體沒被發現，說不定哪天她就會突然回來。

和夏枝共度的夜晚，由香子被村井凌辱的畫面有時也會突然浮現在啟造眼前。一直等到事過境遷，由香子才漸漸埋入啟造的心底。

時間過得很快，由香子失蹤後始終杳無音訊，這一年已快過去，陽子和阿徹也進入了第三學期。

＊　＊　＊

「媽，給我午餐費。」

這已是陽子今天早上第三次向夏枝開口了。

每次夏枝都像聽懂了似的嘴裡應著，下一秒卻又匆匆走向廚房。陽子穿上綠色大衣背起黑書包，抬頭看了一眼壁鐘。夏枝還是不肯從廚房出來。

陽子又看了一眼時鐘，已經不能等了。

「媽！我要遲到了。」

「是嗎？那趕快去啊。」

「午餐費呢？」

「哎呀，對喔。我現在有點忙呢，明天再繳吧。」

夏枝正在洗碗，陽子一聲不吭地走出家門。她很想哭，但她討厭哭哭啼啼的自己。以前老師說過一句話：「汗水和淚水都要為他人而流。」陽子很喜歡這句話，她覺得能理解這句話的含意，所以每當她想哭，就趕緊想一想這句話，然後再努力擠出一個微笑。只要臉上有了笑容，心情就會比較平靜，然後就能打從心底真心笑出來。

（好奇怪唷！）

陽子納悶著。她剛才也努力擠出一個笑容，但不知為何就是想哭。

（討厭！）

陽子在心裡說道。

陽子四月就要升上四年級了。

（媽媽一定生病了。）

陽子對自己說。

（她為什麼不給我午餐費呢？）

陽子實在想不透。夏枝今早還提醒阿徹：

「阿徹，今天是繳班費的日子，不要忘了喔。」

可是陽子討了兩三天，夏枝還不肯給錢。

（明天一定也不會給我的，一定又會說「再等一下喔」。）

這天放學，陽子朝辰子家走去。因為沒錢買車票，她決定走著去。陽子從不曾用走的到大街。從學校到辰子家距離大約有一里。

陽子走上一座橋，放眼望去，她看到橋下的武士部落。路面積雪使得橋上的欄杆好像變矮了。四五個看來像是一年級學生的小男孩，正揮舞著粗大的冰柱在玩官兵捉強盜。男孩身旁有個五歲左右的女孩，身上沒穿大衣，卻滿面笑容。冰柱互擊的瞬間，無數冰粒向四周迸裂，一片碎冰打中了女孩的臉頰，但那臉頰通紅的女孩毫不在乎地笑了起來。

陽子斜靠在欄杆上看著那群孩子。她很喜歡那個女孩，雖然沒人跟她玩，女孩卻一直在笑。陽子打起了精神，生氣勃勃地邁步向前。今天在學校裡，老師比平時更嚴厲地罵了她一頓。

「老是忘了帶錢，功課倒是沒忘，為什麼錢就會忘了呢？」

「我討了半天，可我媽就是不給我。」

這種話，陽子當然說不出口，她只能低著頭默默承受老師的責罵。陽子一面挨罵，同時決定今天要到辰子家去。天空一片晴朗，從學校到辰子家路途遙遠，馬橇拖過的雪地閃閃發光。陽子不斷向前走，走了又走，辰子的家還是很遙遠。走著走著，陽子身上冒出了汗珠。公車站的淺藍座椅被雪覆蓋住了，只有椅背一角露出來。幾輛公車陸續越過陽子駛向前去。

好不容易走到辰子家，陽子這才鬆了口氣。門外的積雪全掃到一邊，看來寬敞無比。玄關裡放著一雙有毛皮裝飾的紅色冬季防滑草鞋和一雙孩童的長靴。陽子考慮了一下，決定先不到練舞場去，轉身直接走進起居室。

起居室裡難得地居然沒人，陽子突然覺得肚子很餓，學校在星期六並不供應午餐。她脫下大衣，走到火爐旁躺下。很快地，疲累不堪的陽子不知不覺睡著了。

等到陽子被一陣說笑聲吵醒時，辰子已坐在她身旁。不知什麼時候起，起居室已經聚集了五六個人。辰子凝視著陽子，什麼話都沒說。

「您好。」

陽子被辰子看得有些不好意思。

「唷！醒啦？」在高中教國文的市川對陽子說。

「妳睡得好熟啊。我打過電話給妳媽，妳可以繼續睡。」辰子笑著說。

「我睡飽了。」

看到辰子的笑臉，陽子也高興地笑了起來。

「午飯還沒吃吧。」

辰子抬頭看了時鐘一眼，快三點了。

她把早已備好的黑漆托盤放在陽子面前，上頭有陽子愛吃的煮豆、煎蛋和醬汁鮭魚。辰子看到陽子開心的神情，也跟著露出微笑。

「你們知道嗎？日本被占領[32]那段時期啊，連電車上都寫著『Occupied Japan』唷！」一個人突然大聲對眾人說道。此人是詩人井澤，在旭川小有名氣。

「什麼意思啊？什麼『Occupied Japan』？」

「就是『日本啊！汝乃吾囚』的意思啦。」

「哼，就是說我們被占領了？」

「被占領國日本啊！殖民地日本啊！」

詩人以詠嘆調念了兩句，眾人聽了都笑起來。

「你們覺得可笑嗎？」

「儘管我們現在又乾又瘦，但可是『獨立國日本』啦。」

個性認真的俳句詩人新井，從象棋棋盤上抬起臉來說道。

「可是啊，新井先生，那是束手綁腳的獨立啊。」詩人井澤說。

「對！根本是在耍猴不是嗎？只要用力拉一下繩子，猴子就跳上主人的肩膀，任人牽到天涯海角。」

說到這裡，眾人不禁同時陷入沉默。陽子也在一旁閃著晶亮的雙眼聆聽眾人談話。

「陽子，妳聽得懂叔叔們在說什麼嗎？」市川問。

「雖然聽不懂……但隱約知道。」

「喔，雖然聽不懂，但隱約知道啊？跟妳說啊，就是說我們不能依靠別的國家，也不能任人擺布的意思。人跟人相處也是一樣，不能太依靠別人。」

「也就是說，不能讓辰子家的米箱總是空空如也啦。」

眾人一起笑起來。因為這群人整天都在辰子家吃飯。

「也就是說，辰子代表某國，而我們代表日本吧？這可不對唷。」

辰子嘻嘻笑著幫大家倒茶。

「跟妳說，陽子，在美國啊，就算生在有錢人家，上大學的錢還是要自己去賺喔。」

「英國也一樣。可是日本有好多人無論上大學還是娶老婆，都是盡量壓榨父母，能要多少就要多少。」

---

32 從一九四五年日本宣布戰敗至一九五三年舊金山合約簽訂為止，以美國為主的聯合國軍隊曾暫時進駐日本。這也是日本有史以來唯一被他國軍隊占領的時期。

聽到這裡，陽子開口問道：

「美國的小學生也去賺錢嗎？」

「父母為小學生出錢是當然的事，因為是義務教育嘛。」詩人答道。

「可是，如果父母不肯出錢，怎麼辦呢？」

「父母不肯出錢的話，國家會準備學校讓妳去上啊。如果應該出錢父母卻不肯出的話，會被罰錢的。」

「不過也有人上小學就在工作唷。譬如送牛奶或送報紙……」

陽子的這句話，辰子並沒多想。

「陽子，吃完飯就該回家嘍。」

「……」陽子望著辰子，似乎有話想說。

「阿姨送妳回去吧？」

辰子對陽子小聲說道。那幾個被辰子喚做「起居室那群人」的傢伙，似乎已把話題轉向文學，詩人正在講述有關詩人克洛代爾[33]的事情。

「陽子自己會回去。」陽子壓低聲音說道。

「有錢買車票嗎？」

「沒有。」

「那妳是怎麼來的？」

「走路來的。」

「走路？」

辰子忍不住提高了音量。

「什麼事？」

坐在辰子身邊的國文老師市川被她的聲音嚇了一跳，轉臉問道。

「我出去一下。」

說完，辰子猛地站起身，走出了起居室。登上樓梯之後，辰子走進房間，陽子也跟在她身後。

「陽子會自己回家，不要緊的。」

辰子沒有回答陽子，從衣櫃抽屜裡拿出一件黑底白色波浪條紋的和服外套。

「嗯，阿姨，要做多少工才能賺到三百八十元？」

辰子正要伸進外套袖子的手停了下來。

「為什麼不跟阿姨說『給我錢』？」

「因為阿姨是外人嘛。」

為什麼不向夏枝要？這句話，辰子實在說不出口。陽子連公車都不搭，一路走到自己家來，辰子覺得這件事並不單純。但陽子隻字不提夏枝的事。

「我媽不給我錢，阿姨給我吧。」

陽子應該直接向自己說這種話才像個孩子啊。辰子有些生氣，同時也覺得陽子令人心疼。

「那妳去把練舞場打掃乾淨吧。」

「您會給我三百八十元？」

---

33 克洛代爾（一八六八—一九五五）：法國詩人、劇作家、外交家，曾任法國駐上海、福州、天津等地領事，並於一九二一年至一九二七年擔任駐日大使。

陽子的小臉頓時亮了起來。

辰子雙手縮進和服交握在胸前，目不轉睛地看著陽子打掃。練舞場分為兩個部分，一邊鋪著二十塊榻榻米，另一邊是十二塊榻榻米大的舞台。陽子正在專心清掃榻榻米的那一半。三歲就學會拿掃帚的陽子，掃得非常仔細，掃帚落地時也盡量壓住前端不使塵埃飛起。

掃完之後，陽子又拿起乾抹布擦拭舞台，從一個角落到另一個角落，使勁地拂拭地面。那懸著膝蓋擦地的姿勢，看起來比辰子的入室弟子更瀟灑俐落。

陽子一面擦拭舞台一面拭去汗水，辰子像在觀看學生跳舞似的嚴厲地盯著她的動作。陽子對辰子的目光渾然不覺，她一心在享受擦地的愉悅，看著用心擦拭過的地板變得光亮無比，她覺得很高興，就連一旁的辰子也感受得到她的開心。

（這孩子，將來一定能成大器。）

掃除完畢，陽子把五塊抹布用水清洗了三遍，畚箕也擦得乾乾淨淨，最後還將掃帚放在肥皂水裡清洗之後弄乾。

「陽子每次打掃都洗掃帚嗎？」

辰子在心底讚嘆著，裝作隨意地問。

「不是每次，不過髒了就會洗。」

辰子對陽子做事的態度十分滿意，她甚至願意給陽子五百元或一千元，最後還是不多不少只付了三百八十元。

「已經天黑了，阿姨送妳回家吧。」

鐘上的時針這時已過了四點。

＊＊＊

下車後，木屐踏在雪地上發出陣陣聲響，就像踩在麵粉上似的，這也是寒氣漸強的預兆。辰子將黑色和服大衣裹緊了些，走進辻口家大門。

「哎呀，太不好意思了，還讓妳送回來。」

身穿和式圍裙的夏枝迎到門口來。

「看來今晚地面會結冰唷，木屐踩在地上發出嘰嘰聲呢。」

「總是去打擾妳，真對不起。」

進了起居室，夏枝畢恭畢敬地低頭行了個禮。

「我回來了。」

陽子向母親說道，臉上一點也沒做錯事的表情。辰子瞥了她一眼，臉上露出笑容。

「不可以唷。陽子，放學路上不可以亂跑喔。」夏枝語氣溫和地說。

「是。」

說完，陽子便朝自己的房間奔去。

「欸！妳知道陽子到我家來做什麼嗎？」

夏枝抬眼偷偷打量辰子的側臉。

「什麼？不知道啊。」夏枝歪著頭答道。

「陽子是到我家打工的，她說想賺三百八十元。」

「啊？」夏枝臉上的笑容不見了。

「妳家老爺和阿徹呢？」

「真對不起，在二樓呢。阿徹明年要上高中了，最近都在拚命用功。」

夏枝想故意岔開話題，便說：

「只不過是高中，要是想上的人都能上該有多好啊。」

「只不過是三百八十元嘛，幹麼不給她呢？」

辰子並不肯放過她。

「……別這麼說啊，我又沒說不給她。」

夏枝確實沒說過不給錢，她只是說「再等一下」或「今天太忙」，這些藉口也只有夏枝才想得到。

「夏枝啊，那孩子是為了想賺三百八十元才到我家來。最好還是別讓孩子為了這些瑣事煩心吧。」

夏枝起身走進廚房，看了天火鍋[34]一眼。

「妳也看到了，我這麼忙，早上更是特別忙，所以一不留神就忘了。但我真沒想到她居然跑到辰子那要錢……這麼不老實。」

「這件事是父母不對，竟讓那麼乖巧的孩子受這種苦。妳這個人向來有點小氣，這毛病到現在還沒改啊。」

辰子不願相信夏枝是故意不給陽子錢。

「哎唷，我可不喜歡人家說我小氣。」

夏枝苦笑著說。婚前夏枝收到別人的禮物或被人請客，幾乎從不還禮。或許是她生在教授家，家裡常收到下屬或學生送來的禮物，所以她也習慣了只收不送。

「難不成妳是故意的？」

「辰子，太過分了啦。」

夏枝語氣溫和地抗議著。

「我才沒那麼壞心眼呢。」

說著，臉上露出柔和的微笑。從她那張笑臉確實看不出一絲惡意。這時，陽子走進起居室。

「陽子，妳為什麼跑到阿姨家要錢？媽媽不是會給妳嗎？」

陽子看著夏枝，她明白母親心裡在想什麼。是因為辰子在眼前，夏枝才不得不這麼說。

「跟您說啊，那錢是陽子打掃賺到的唷。我以後還想去打工賺錢呢。」

「打工？」

夏枝覺得很難堪，求救地看著辰子，但辰子卻裝作沒看見。

「對呀！我要去送牛奶或送報紙，去賣納豆也不錯。」

陽子眼中閃著光輝，表情像在描述一種有趣的遊戲。她寧願去打工也不願每次都向夏枝伸手討錢。

「哎唷，拜託不要啦，陽子。爸爸媽媽會被別人恥笑的，陽子家裡是開醫院的喔。」

夏枝哀求似的說。

「啊！好久不見！」

這時，啟造和阿徹從樓上書房走下樓來。

「老爺那麼用功，難不成也要去參加升學考試啊？」

辰子微微點頭打招呼。

34 天火鍋：日式荷蘭鍋，為一種附鐵蓋的鐵鍋，用途廣泛，可用來蒸、炒、煎、烤。

「不好意思。」

啟造摸著脖子說。夏枝起身去準備晚餐。

「阿徹長高了吧？已經長得比爸爸還高大呢。」

「只顧長身體，大人教訓我時總是這麼說呢。」

阿徹已經開始變聲了。

「辰子，春季發表會馬上要開始了，很辛苦吧？」

啟造只要看到辰子，心情就會變好。

「不只是練習很忙，雜務也多唷。不過有趣的是，每次碰上這種事，那些平日在我家起居室躺著偷懶的傢伙都很賣力呢。從張羅會場，到印節目表、入場券，還有製作海報，眨眼工夫就分配好任務了。多虧他們幫了大忙呢。」

「這都是因為阿辰平時會做人嘛。」

大家坐下開始吃飯時，陽子突然說道：

「哥，我想去打工。」

「陽子，別再提這件事了。」

夏枝的聲音十分嚴厲。

夏枝平時語氣很少這麼尖銳，啟造和阿徹都嚇了一跳，兩人同時轉眼看她。

「幹麼呀，為什麼罵陽子啊？」

阿徹袒護起陽子。

「沒有，沒有罵她呀，誰教她突然說要去送牛奶還是賣納豆。」

夏枝沒提三百八十元的事，辰子也沒抬眼看夏枝。

「很好啊，工作又不是壞事。我們老師還說，工作能讓身邊的人減輕負擔。可是，陽子，送牛奶是每天的工作喔，每天都做會很辛苦的。」

阿徹皺著眉頭說。

「對啊，就像妳哥說的，會很累唷。工作跟玩耍不一樣，每天都得做，有時還會碰到下雨天或下雪天喔，陽子。」

啟造的語氣十分溫柔，夏枝聽了覺得很不愉快。最近啟造對陽子說話總是既體貼又溫柔。

「可是陽子很想去打工。我們班上的吉田就在送報紙，我想我也能做……」

陽子今天表現得有些反常，阿徹疑惑地轉眼盯著夏枝。

「陽子，妳是辻口醫院的小孩喔。家裡開醫院的小孩怎麼能去送報紙或送牛奶呢？」

「為什麼不能？」

說完，阿徹把插著肉塊的叉子放回盤裡，臉上露出不愉快的表情

「為什麼啊……」

夏枝說了一半，求救般看著辰子。阿徹又繼續追問：

「工作是壞事嗎？」

「工作倒不是壞事。」

啟造接口說道，試圖幫夏枝解圍。

「對吧？法律又沒規定辻口醫院院長的小孩不准去送報。」

阿徹的話聽在夏枝耳裡充滿了反抗意味，他很明顯是站在陽子那一邊。

「可是啊，陽子去做做看就知道了，爸爸媽媽一定會被人笑話的。」

夏枝語氣平靜地說。

「被人家笑話？為什麼？」

陽子這話問得真誠，像是真的不懂。

「因為只有窮人家的小孩才會從小去工作。」

夏枝不禁有些氣憤，因為她覺得就連陽子都沒把自己放在眼裡。

「這種說法，我可不接受。」

阿徹不以為然地說。

夏枝很不喜歡此刻阿徹的語氣。她覺得很難過，因為兒子似乎瞧不起自己。

「『窮人家』這種說法，是在蔑視別人。」阿徹毫不退讓地又說。

「這句話的確是媽媽說錯了。」

啟造已經吃完晚飯，他把菸灰缸拉到面前。這下夏枝覺得連啟造都在指責自己。

「那你是說，陽子去送牛奶或賣納豆都沒關係嘍？」

「也不是什麼壞事，想去的話就讓她去嘛。」

「哎唷，好丟臉啊！」

夏枝忍不住大聲嚷起來。

「為什麼會丟臉？我可不懂。」阿徹窮追不捨地問。

「因為，賣納豆的……」

「看，又來了！這種說法真討厭，賣納豆的有什麼錯？醫生是好工作，賣納豆就是丟臉的工作？媽媽想法好落伍啊。」

聽到阿徹這番話，夏枝不覺抬頭看著辰子。她覺得在辰子面前丟了臉。另外，她對辰子一直悶不吭聲也很不諒解。妳也該幫我說句話呀！夏枝想。

（這家人如果不讓他們都說個夠，全家都會崩潰的。）

這念頭從剛才就在辰子腦中盤旋，所以她一直靜靜地觀察大家的反應。

「對了，陽子妳為什麼突然說要去打工呢？」啟造打圓場地問。

「……只是想試試看。」

「騙人！陽子妳想要錢吧？」

阿徹觀察著陽子臉上的表情。

「需要錢的話，可以向媽媽要啊。」

啟造什麼事都不知情。

夏枝的心裡七上八下，她擔心辰子隨時可能說出一切。「三百八十元」的事萬萬不能讓啟造知道，當然更絕對不能被阿徹發覺。阿徹不在的時候，夏枝對陽子總是非常冷淡。阿徹敏感地察覺了陽子想去工作的理由。

（一定是因為媽不給她錢，一定是的！）

「辰子，妳看如何是好？」

夏枝問辰子。

「她想打工就讓她去嘛。」

「可是，別人……」

「別人說什麼都沒關係啦。陽子要是去送牛奶，我辰子也會稱讚她的。沒有人會認為辻口家非得讓小孩去打工才有飯吃，大家只會稱讚她了不起，不會有人說她不對的。對了，陽子，如果妳媽答應了，不管是送牛奶還是做什麼，都去試試看吧。即使只做一兩天就厭煩了，妳也會知道那些每天工作的孩子有多了不起。這也算是一種學習。」

# 26 背影

陽子從五月起要去送牛奶了。考慮到積雪在四月還沒化盡，路面狀況比較惡劣，所以決定從五月開始。

啟造覺得陽子不但性格直爽，個性也很獨立。其實小孩想出去工作，絕不能算是一件壞事。只是，無論是啟造或是夏枝，甚至包括阿徹，他們小時候從不曾有過這個念頭。啟造實在無法不想，畢竟陽子的血緣和他們是不一樣的。

（聽說佐石十六歲就被賣去做苦力……）

啟造沉思著走進醫院大門。四月初的庭園涼颼颼的，樹木的新芽也顯得生硬。

啟造忽地抬起眼，看到村井就在前方約十公尺的地方。那高大的身軀似乎被心情壓彎了背脊，只見他一步一步慢吞吞地往前走著。村井也和啟造一樣，穿著厚重的大衣。一個女人從醫院裡跑了出來，似乎是陪伴患者的親友，她向村井行個禮，村井卻毫無反應，仍舊低著頭緩緩向前走。女人和他擦身而過，疑惑地回頭看村井。

（他還在為由香子的事苦惱嗎？）

想到這裡，啟造對村井生出一種近似友情的感覺。自從上次見面以來，啟造心裡一直惦記著由香子，而村井也在掛記著由香子，這使得村井現在變成啟造心中最親近的人。

（其實村井這人也不是那麼壞。）

啟造想，換個立場，如果夏枝是別人的妻子，說不定自己也會被她迷住呢。村井的背影看來十分無力，簡直讓啟造同情起他來。

這天下午，啟造又碰到村井。身穿手術服的村井解開口罩從手術室走出來，手術服下露出一雙腿毛茂密的小腿。

「切除手術啊？」

聽到啟造問話，村井露出了微笑。手術後的亢奮使他臉色紅潤，兩眼閃閃發亮。

「辛苦了。」

村井停住腳步，似乎有話想說，但隨即又和啟造並肩走去。

「等下我到院長室找您，可以嗎？」

說著，村井停下腳步。他們已走到浴室門前。做完手術，醫生習慣會去沖澡。

「喔，可以啊。是要談松崎的事？」

啟造說。村井臉上浮起一絲陰霾。

「不是。那傢伙已經死了。」

「可如果她想尋死，總會寫封遺書吧？」

「所以這證明了她心中積怨很深啊。」

說完，村井拉開浴室門。門開的瞬間，一股溼熱的空氣從門內撲來。

村井這句話一下子刺中了啟造的心。

（原來如此，不寫遺書是證明她心中積怨很深？為了傳達心意，她竟做到這種程度？）

村井沖完澡來到院長室，衣服外已套上白袍。

「累了吧？」

啟造拿出威士忌想慰勞他一番。

「不，我今天不想喝酒。」

村井伸手制止了啟造。窗上布滿水氣，溼漉漉的。

「證明她心中積怨很深啊。」

啟造想起村井剛才說過的話。

「找我有什麼事嗎？」

啟造轉向正在發呆的村井。

「我覺得內心積怨很深的人，似乎不只由香子一個人呢。」

「啊？」

「院長覺得高木先生怎麼樣？」

「怎麼樣？一個很不錯的男人啊。」

「只有這樣？」

「什麼意思？」

「那您覺得高木先生對院長您的看法如何？」

村井的問題令啟造感到唐突。

「什麼看法如何，我們是老朋友了，不會特別去想這種事吧。」

啟造很早就知道高木和村井是遠親，但兩人的容貌和性格簡直找不出相似之處。啟造沉思著打量村井。

「那您覺得高木先生對院長夫人是怎麼想的呢？」

這傢伙說話真不中聽！啟造不禁皺起眉頭。

「沒什麼想法吧。」

（高木才不像你呢。）

啟造很想這樣回他。

「是嗎？」

說完，村井嘴角忽地浮起一絲冷笑。啟造沉默著沒說話。

「沒想到院長這麼遲鈍。」

「……？」

神經病！啟造心裡根本不想理會村井。

「院長，我大概可以忘掉夫人，但高木先生能嗎？」

（別在這裡廢話了。）

啟造望著村井映在窗上的身影，窗外正在逐漸變暗。

「高木先生一輩子都對夫人……」

「別說了。」

啟造裝出平穩的語氣阻止他說下去。

「高木和我可是朋友。」

「您是要我不要傷害你們的友情？」

村井毫不退縮地繼續說：

「因為發生了由香子這件事，我才決定向您說的。我覺得積怨深重實在可怕。您知道高木先生為什麼一直單身嗎？」

你也太不了解高木了吧。啟造以眼神反問村井。

高木為何一直過著單身生活？這問題啟造幾乎從沒想過。或許是因為高木對這件事一直表現得很不在乎，他從沒吐露半句怨言，也從不自我吹噓，周圍的人不需為高木操心，他總是表現得那麼悠閒開朗。

（仔細想來，高木也四十多了呢。）

啟造從來沒催高木快點結婚。現在想來，他覺得自己實在太不關心朋友了。

（可是，如果能單身一輩子，也落得輕鬆啊。）

村井的眼睛緊盯著沉默不語的啟造。

「院長，一直有人要幫高木先生介紹相親對象呢。」

啟造也知道這件事，因為高木是醫生，想要親近他的女性簡直多得數不清。

「那是當然的啦。」

「可是高木先生一點興趣也沒有，您知道是為什麼嗎？」

村井似乎是想暗示：就是因為夏枝。啟造也知道高木在學生時代曾向夏枝求過婚，但他無法相信高木一直單身至今是因為他對夏枝還沒忘情。

「那是因為高木先生……」

村井正要貿然做出結論，突然有人敲門。房門打開了，沒想到來人竟是辰子。啟造驚訝地說：

「哎呀！在醫院看到妳可真難得，這個時間來，怎麼回事？」

「剛才去探望一位朋友啦。」

說著，辰子脫下藍色冬季外套，裡面是一身很適合她的暗紅和服。啟造正不知該如何對付村井，辰子的來訪令他鬆了口氣。這時，辰子發現村井也在，向他打招呼：

「打擾了。」

說著，冷冷地點了點頭。村井從沒遇過像辰子這樣不把他放在眼裡的陌生人。任何人只要看到村井，無論男女往往都像被懾服了似的向他行注目禮。辰子卻沒這種反應。她那雙大眼睛根本沒看村井，只顧著打量室內的布置。

「阿辰跟村井是第一次見面吧？」

「是吧，大概吧。」

啟造忙替兩人介紹。

「不，我以前見過您了。」

村井難得地露出緊張的神色。

「喔！是嗎？」

辰子說，但沒開口問他「在哪見過」。

「在哪裡見過？」啟造問。

「琉璃子的……」

舉辦琉璃子的葬禮時辰子曾來幫忙，村井記得那時見過她。

＊＊＊

「沒想到這房間很不錯嘛，那幅畫是朝倉先生的雪景吧。這是誰的作品啊？」

辰子說著抬頭欣賞牆上的一幅小型風景畫，似乎毫不在意村井在場。

「哎呀！這個啊。」

啟造說著臉紅起來。

「喔……是老爺的畫？好棒啊！我還以為是由特里羅[35]的畫呢。」

那是啟造學生時代畫的一幅札幌街景。他相當喜愛這幅畫，不久前才拿出來掛在牆上。

另一方面，對村井來說，這應該是他有生以來第一次被女人晾在一邊，但奇怪的是他並不討厭旁若無人的辰子。

「對了，阿辰，村井是高木的遠親喔。」

啟造看到村井被冷落覺得挺可憐的，便向辰子介紹他。

「是嗎？」

辰子說著，只瞥了村井一眼。

「他正在分析為什麼高木至今還是單身的理由呢。」

聽到啟造的話，辰子露出等著看好戲的笑容。

「結果呢？」

在辰子面前，村井自然不敢說高木是因為忘不了夏枝才選擇單身。

「我猜應該是高木先生心裡有個忘不掉的女人，類似這種理由對吧？」

聽了辰子的話，村井不禁露出苦笑。

「這問題也不必認真替他煩惱。高木先生只是一隻忘了怎麼築巢的鳥兒。他每次帶著雨傘出門，可是每次都忘了打傘，這種人是不可能永遠不忘一個女人的。」

---

35 特里羅（Maurice Utrillo，一八八三—一九五五）：法國著名街道景色畫家。作品有《舊巴黎蒙馬特區》、《雷諾瓦的花園》。

「以前他還向阿辰求過婚，只是被拒絕了嘛。」

啟造突然憶起往事說道。

「哪裡算得上求婚。他只是對我說：『一個人過太麻煩，乾脆跟阿辰結婚算了。』」

辰子覺得有趣似的笑了起來。村井說不過辰子，便先告辭了。他前腳剛踏出去，辰子就問啟造：

「村井醫生就是他呀？這人到底有什麼好？」

啟造以為辰子已經知道夏枝和村井的事，不覺繃緊了臉上的神經。

「妳知道村井？」

「知道啊，只知道名字。有個在我那學跳舞的學生，現在就住在眼科病房呢。剛才我去探病，六名患者嘰哩呱啦地村井醫生長村井醫生短，這就是所謂的集體戀愛吧。真是蠢！我正納悶著，那傢伙究竟是何方神聖，沒想到就在這裡遇上！他那種類型完全不合我的胃口。」

啟造鬆了口氣，看來辰子還不知道夏枝和村井的事。

「那怎樣的類型才是阿辰喜歡的？」

啟造輕鬆地問辰子。辰子眼中閃出一道光。

「我喜歡的類型啊？」

辰子笑了起來。

「也不是像老爺您這種類型，放心吧。當然，更不是高木先生那種男人。我喜歡的是哪種類型呢？這還真難說呢。」

「難道妳眼裡根本就沒有男人？剛才妳說高木是隻忘了築巢的鳥兒，那阿辰妳自己呢？」

「我也跟高木先生差不多啦。」

「怎麼會？妳還年輕啊，該考慮婚事了吧？」

「真感謝，您還肯把我歸類為女人呀？」

「像阿辰這樣的條件還不結婚，真是太可惜了。我才想問問阿辰，妳為什麼還是一個人？是因為妳已經擁有財產和舞蹈，什麼都不缺了嗎。」

辰子沒有回答，只是凝望著啟造。啟造忍不住移開視線。辰子臉上的表情他從未見過，就像在冬日下閃耀的樹冰，美麗無比。

「我可沒打算跟財產和舞蹈同歸於盡。每個人心裡多多少少都會有祕密，不是嗎？」

啟造不由自主地點點頭。他的腦中浮現了陽子的身影，這是個絕不能對夏枝透露的祕密。而他收養陽子的理由，也不能向高木坦白。然而，啟造沒想到辰子竟然也有不可告人的祕密。

「我不覺得辰子有不能說的祕密。」

「當然有，但不是不能說，而是不願說。」

說著，辰子溫柔地笑了。

「喔？那我倒是很想聽聽是怎樣的祕密？」

「知道了又怎樣？」

「妳要這麼說，我也沒辦法……」

「我呀，以前生過一個小孩喔。」

辰子緊盯著啟造。

「啊？」啟造以為自己聽錯了。

「不要露出那種表情嘛。那時還是戰時，我剛從女校畢業，在東京待過一段時間。孩子生出來以後立刻就夭折了，是個男孩。」

「……」

「我那對象是個馬克思主義信徒，始終不肯屈服，最後死在獄裡。那個人還會看《萬葉集[36]》呢，死了真是可惜。像他那樣的男人，我再也沒遇過了。」

啟造不覺心頭一震，他對辰子感到十分佩服，她懷抱這種天大祕密竟能一個字都不吐露，日子過得開開心心，全靠著與那個男人的回憶支撐，他們這段情令啟造抬不起頭來。辰子的祕密值得誇耀，和自己的完全不同，想到這裡，啟造簡直羞愧極了。

「其實這件事被人知道也沒什麼大不了的，您就算說出去也無所謂。以前我把這事看得太珍貴，所以不太願意說，或許是現在變得比較成熟，終究還是說出來了。」

---

36 《萬葉集》：現存最早的日語詩歌總集，收錄由四世紀至八世紀中四千五百多首長歌、短歌，共二十卷，於八世紀後半編輯完成，按內容分為雜歌、相聞、輓歌等。

# 27 暴風雪

夏枝一直認為，陽子嘴裡雖說要去送牛奶，但若是能堅持一個月就算不錯了。然而，一連下了幾天的雨，陽子卻沒說要放棄。等到美麗紫丁香盛開的六月過去，白色馬鈴薯花綻放的盛夏也來了，陽子仍沒有停止打工的意思。

每天清晨五點一到，陽子便自動醒過來，迅速穿好衣服，輕著腳步從後門走出去。陽子從倉庫裡推出自行車，輕巧地跨上車飛馳而去。

到了牛奶店，陽子便把四十瓶裝的牛奶箱載上貨架。對陽子來說，這是最艱難的一項工作。裝好牛奶箱之後，她吃力地穩住後座沉重的自行車，等待店老闆幫她以繩子捆緊牛奶箱。最初還不習慣，車子總是東倒西歪站不穩，但經過三個月的現在，陽子對這工作已經駕輕就熟了。

陽子踩著踏板騎過無人的大街，一路上牛奶瓶發出「咔啷咔啷」的聲響。

陽子送牛奶的消息也在學校傳開了。

「陽子，妳為什麼去送牛奶啊？」

坐在陽子身邊的慶子問她。

「因為我想用自己的錢去買筆記本和鉛筆。」

「哎唷，我用零用錢買就夠了。」

慶子家裡是開鐵工廠的。

「可是，慶子，我寧願用自己賺的錢去買，不想用零用錢去買。」

「喔？妳好怪唷，陽子。辻口醫院不是很賺錢嗎？妳卻跑去送牛奶，我媽說啊，妳一定是想要別人稱讚妳啦。」

慶子是個溫厚的女孩，她說這話應該不是出於惡意。

「不是啦，不是想要別人稱讚我啦。」

「可是我媽說，妳馬上就要上報了，報紙會稱讚妳的。」

或許慶子說這些話是要表達讚美之意，但陽子聽了卻有些寂寞。她不喜歡無人理解的感覺，但自己的心又很難向人說明。這天，是陽子有生以來第一次體會什麼叫做「誤解」。

每天早晨，自行車奔馳在清早無人街道那種快樂；一瓶瓶牛奶送出去之後，貨架輕得只剩空瓶時那種滿足。陽子享受到的這些感覺，沒有一個人能夠了解。

不過進入第二學期以後，晨風變成了刺骨寒風，高大的玉米田被風颳得沙沙作響。又過了一段日子，雨雪夾雜的季節來了，陽子每天早晨全身上下都凍得瑟瑟發抖。在冬季連日降雪的日子來臨之前，道路狀況一直都很惡劣，想騎車上路也變得十分困難。緊接著，自行車派不上用場的隆冬來了。

這年冬天，陽子一輩子都不會忘記。

由於不能騎車，分送時牛奶瓶便裝在帆布袋裡。每袋裝二十瓶，分別用兩手提著，沉重的袋子提得陽子手疼，不過習慣之後也許是手裡練出了力氣，倒也不覺得太苦。

陽子冬天六點起床。因為若是太早送出牛奶，牛奶瓶會凍裂，必須等到人們陸續起床才能開始分送。這些常識陽子已經知道了。

每天早晨一起床，陽子的第一件事就是越過窗口望向森林。如果樹枝上像被霜打過了一根根都結了冰，這樣的早晨一走出門，睫毛立即凍得像是黏住了似的，呼吸時鼻子裡也乾得像被塞住。碰到這種天氣，陽子出門時就得戴上耳罩，否則一定會凍傷。

啟造和夏枝眼看陽子每天去打工，心裡總以為她大概今天就不幹了，然而進入正月以後，心裡這種想法逐漸轉變成驚訝，甚至還夾雜著幾分無可奈何。

（畢竟出身不同啊。因為她身上流著苦力佐石的血液嘛。）

每天早上，夏枝看著剛送完牛奶的陽子胃口大開地吃著早餐，總是這麼想。

有一天，啟造忍不住說道：

「陽子真不錯，真有毅力，她到現在還不肯放棄呢。」

「究竟她父母是什麼人啊？哪天我真想問問高木先生呢。」

聽了啟造的稱讚，夏枝裝作不知情帶刺地說。每當附近鄰居稱讚陽子，夏枝總忍不住想：

（陽子這孩子，怎麼都不吵著要學鋼琴或學跳舞。才十一歲就想出去做工賺錢，不是教人一眼就看穿妳的出身嗎？）

她在心底埋怨著陽子。

「我說啊，陽子，妳已經五年級了，別再去送牛奶了吧。」

夏枝也曾勸過陽子，但她只是報以微笑。

「好，我不送了。」

這句話絕不會從陽子嘴裡說出來。一想到陽子如此倔強，夏枝就難抑怒火。對夏枝來說，小孩出去工作實在是她無法理解的事，她覺得羞恥極了。

不管夏枝說些什麼，陽子始終不肯放棄送牛奶的工作，但後來發生了一件事，使得陽子不得不決定停止打工。

那是學校還在放寒假的時候。

那天早上，前一晚深夜吹起的風雪愈吹愈強，玻璃窗被風吹得嘎噠嘎噠作響，窗戶覆滿雪花一片雪白。夏枝被風聲吵醒，她很想叫陽子今天別去了。但又想到陽子肯定不會答應，便打消了主意，她不想再多說什麼，豎耳傾聽著陽子在風雪中走出家門。

陽子豎起大衣領子，把毛線圍巾在脖上繞了好幾圈，戴上帽子出門去。才踏出大門一步，猛烈得像攻擊人的風雪差點令她窒息。

陽子鼓起勇氣邁步前進，但強勁的狂風吹得她連頭也抬不起來。眼前看不見道路，陽子一步一步在雪中向前滑行，電線被風吹得發出怒吼。這時，一陣幾乎把人吹倒的狂風突然撲來，陽子不自覺地轉過身，等到這陣強風吹過後，她才彎著腰向前匍匐而去。陽子覺得自己已經走了很遠，但林間的風聲聽來卻像近在身邊。雪花源源不斷地飄進她的長筒靴，都在靴子裡融化了。

走沒多久，前面有處吹雪堆[37]，積雪深度幾乎到達她的胸部。陽子一步步試探著吹雪堆的深度，緩慢地向前移動。額上不斷冒出許多汗珠，弄得前額溼答答的。陽子喘息著停下了腳步。

（這裡也不會比河裡辛苦，因為雪不會流動啊。）

陽子重新打起精神，費了一番工夫才擺脫吹雪堆走上積雪堅硬的路面，但這段路卻只延續了三公尺。夏天走到牛奶店，大約只有五分鐘路程，今天早上卻怎麼走也無法順利移動。

（回家吧？）

陽子停下腳步，轉眼向四周打量了一圈。路上看不到一個人影。陽子靠在路邊高高堆起的雪牆休息片刻，狂風不時捲起陣陣雪霧從她身旁吹過。

（可是嬰兒都等著牛奶呢。）

陽子重新前傾著身子挪動腳步。一路上，她不時喘息著等待強風吹過，然後拚命在雪中掙扎前進。不久，又碰上吹雪堆，沒走幾步，她全身就被汗水沾溼了。

（我能走到吧？）

（一定要走到！）

像這種狂風大雪的日子，即使是成人，可能走不到二三十公尺就被風雪吹倒。陽子不知道風雪的可怕，她一步一步向前走著，心中泛起陣陣喜悅。那是一種克服困難的喜悅。

每當一陣狂風吹來，四周景色立即覆上一層雪霧白幕，陽子只好停下腳步，等待雪霧消失再繼續前進。只要稍不注意，她就可能迷失方向，好在附近零星散落著一些住戶，陽子才能絲毫不錯地前進。

費盡九牛二虎之力，陽子終於來到牛奶店前。煙囪裡正冒著煙，陽子已累得筋疲力竭，她想拉開那道不好開閉的推門，沒想到門上發出一陣「嘎嗟」一聲響，老闆自己拉開了門。

「啊唷！這不是陽子嗎？這麼大的風雪，妳還能走到這裡啊！」

老闆難以置信地瞪著陽子說，大張的嘴裡隱約露出一顆蛀牙。

「真讓人無話可說！這種天氣，竟有父母讓小孩出門！」

老闆娘有一雙粗得像男人的眉毛，她向丈夫使了一個眼色。陽子看不懂她那眼色的意思。

「爸媽沒要妳今天別來了嗎？」

老闆拿起粗大的火鉤，伸進地上的火爐搗了兩三下，爐子發出一聲轟響，爐火頓時燒得火紅，連煙囪一

37 吹雪堆：降雪在障礙或不規則地面受風的渦流推動而聚積成的雪堆。

帶都紅成一片。

「是陽子不聽話啦。」

陽子說。她不喜歡聽到別人批評自己的父母。

「喔？瞧妳整天笑咪咪的，原來不聽大人的話呀。跟妳哥哥不一樣呢。」

老闆娘幫陽子撢掉長筒靴上的積雪，又向丈夫使了個眼色，那雙粗眉微微一動。陽子對她頻頻使眼色的舉動有點在意。

老闆狠狠地瞪了老婆一眼，繼續用火鉤搗著爐火。老闆娘臉上一副不在乎的神情。

「碰到吹雪堆了吧？」老闆娘問陽子。

「好深唷，到我肚子這麼深唷。」

「到肚子那麼深？好嚇人喔！妳爸媽為什麼讓陽子來送牛奶啊？」

老闆娘氣呼呼地說。

「什麼為什麼？當然是為了教育小孩嘛。別說這些有的沒的！」

「為了教育的話，不該只讓陽子一個人送牛奶啊，應該也讓她哥哥去送嘛。總之啊，那對父母太刻薄啦。」

老闆娘倒了一大碗熱牛奶送到陽子面前。陽子身上被雪沾溼的長靴和燈籠褲都在冒著熱氣。

「跟您說啊，大嬸，我媽也叫我不要送牛奶的，是陽子一直吵著要去。」

陽子不明白老闆娘為什麼要批評自己的父母。

「喔？陽子為什麼想送牛奶呢？」

「我也不知道，反正就是想去工作。」

陽子嘴裡吹著熱牛奶，心裡不知為何升起一種奇異的感覺。

「今天早上不送牛奶了。等風停了，大叔自己慢慢去送。」

「哎呀！可是那些嬰兒沒有牛奶不行呀，好可憐喔。」

「話是沒錯啦，不過這種天氣去送牛奶，我們也受不了呀。」

「我要去！」

「別開玩笑！」老闆制止了陽子。

門外強風捲起積雪，風勢絲毫沒有減弱的跡象。

「妳能走到這裡已經很不得了，以後千萬不可再幹這種傻事了！像這麼可怕的風雪天，連郵局送信的叔叔，還有其他大人，都可能走了一半死在路上呢。」

老闆剛說完，老闆娘又接著說：

「真的唷，多虧這附近還有些人家，要是在更偏僻的鄉下，碰到今天這種天氣陽子就死定啦。總之啊，風雪停止之前，妳先在這裡好好休息吧。反正現在學校也在放寒假。」

陽子原是為了送牛奶才來的，現在只讓她坐在火爐邊烤火，她覺得很無趣。從開始工作到現在，陽子還沒請過一天假，今天不能送牛奶，她覺得很可惜。

熱牛奶和爐火使陽子全身都暖和起來。她無聊地看著窗外，不一會兒，就因疲累躺在木椅上休息。才躺下沒多久，陽子昏昏沉沉打起瞌睡，然後不知不覺睡著了。

陽子睜開眼時發現自己躺在一個設有小型凹間的房間裡。她吃了一驚，以為在做夢，但立刻看清是睡在牛奶店的客廳。陽子以為已經睡了很久，其實也只過了大約二十分鐘。她從褥子上坐起，這時，隔壁房傳來悄聲說話的聲音。

「……妳這人，竟說這種話。」

是老闆壓低了聲音在說話。

「因為啊……」

老闆娘不知說了些什麼。

「可是說想去送牛奶的，是陽子嘛。也不……」

陽子聽出他們是在談論自己，也不好立刻出去。

「就算是那樣好了。不過啊，這種大風雪的日子……要是自己的……這種天氣會讓她出去嗎？」

「……可是看得出來嗎？」

「大家都這麼說呀，首先臉就長得不像嘛。」

隔壁的談話聲只隔著一層紙門傳入耳中，雖說聲音很小，卻清晰可聞。

「可是也有長得不像的親子啊。就拿妳來說，妳跟時子一點都不像啊。」

「笑死了！你要說那孩子不是我生的嗎？」

老闆娘發出一陣輕笑聲。

「總之啊，陽子還不知道這件事，別再說了。」

「我知道啦。但要不了多久，就會知道了吧，街坊都知道陽子是養女……」

「噓！別這麼大聲！」

陽子猛地一驚。

（……養女？我是養女？）

然而不知為何，陽子心裡並不十分意外。儘管還是個孩子，但從很久以前起，她就隱約察覺夏枝不像自己的親生母親。陽子也曾懷疑過，或許自己是養女。但現在親耳聽到別人這麼說，心裡還是覺得非常孤獨悲傷。

（那麼哥哥也不是我的親哥哥吧？）

陽子覺得淚水就要奪眶而出。她想起「汗水和淚水都要為他人而流」這句話，不過眼淚仍是撲簌簌落下。

（我才不是養女！）陽子試著在心裡告訴自己，但一點效果也沒有。她突然覺得啟造、夏枝和阿徹都離她很遠。陽子心裡充滿了孤獨的悲哀，她緊咬嘴唇忍著淚。因為她不想讓牛奶店的老闆和老闆娘看到自己的眼淚。

（就算是養女也沒關係啊。）

心裡雖這麼想，陽子的眼淚還是不停地流出來。她鼓起勇氣擦乾眼淚，走到外面泥地的房間。

「醒來啦？」

老闆娘伸出頭來問道。

「是啊。」

陽子低著頭穿上長筒靴。

「才九點唷，可以多睡一會兒嘛。」

老闆娘對她說，但陽子已經走到店外。剛才的狂風彷彿做夢般早已停歇，天空一片蔚藍。

陽子覺得自己好像變成了另一個人。面前的道路又細又長，不斷向前延伸。

（我是從哪裡抱回來的呢？）

陽子慢吞吞地邁開腳步。

（因為我是養女，媽媽才不給我午餐費嗎？）

她又想起學藝會時夏枝不幫她做衣服的事。身後傳來震耳巨響，她回過頭，看到黃色除雪車像噴水似的噴著雪霧從大路上駛過。陽子眼中湧出淚水，她覺得好寂寞，寂寞得不管看到什麼都會流下眼淚。

（明天不去送牛奶了。）

陽子想到因為自己堅持要工作，害得父母被牛奶店老闆娘批評。她現在才明白母親為什麼不希望她去打工。

走到家附近，陽子想起夏枝那張恐怖的面孔。上次她撲在陽子身上，手掐住陽子脖子時的那張面孔。

（為什麼因為是養女，就不能對我好一點呢？）

她又想起故事書裡的白雪公主，有一天，自己會不會也像白雪公主那樣被趕出家門呢？她無精打采地拉開後門，就在這時，夏枝迫不及待地衝了出來。

「哎唷！這麼大的風雪，真可憐……」

說著，她把陽子緊緊攬在懷裡。

夏枝大約七點左右起床，看到外面風雪吹得那麼猛烈，不覺大吃一驚。這種天氣，自己竟讓陽子出門去了！夏枝心中生出無限憐憫，等待陽子歸來的這段時間，她心急如焚，坐立難安。陽子被母親擁在懷裡，心中也不知是喜是悲，淚水莫名其妙地不斷湧出，她不禁放聲大哭起來，同時也緊緊抱住夏枝。

# 28 深淵

陽子不去送牛奶了。

「這麼大的風雪，就連陽子也會害怕唷。」

啟造對陽子說，夏枝和阿徹也贊成啟造的想法。

「畢竟還小嘛，不可能做太久的。」

陽子在一旁什麼話也沒說。牛奶店老闆夫婦說她是養女的事，她沒有告訴任何人。

大風雪的那天，夏枝一直擔心著陽子，整顆心七上八下地焦急等待她的歸來，看到陽子時，夏枝一把抱住她。這動作讓陽子十分高興。

（媽媽真好！）

想到那天的事，陽子心中充滿了安慰。

（我一定要做個好孩子！將來和親生媽媽見面時，要讓她稱讚我「真是好孩子啊」，我要做個最棒的小孩！）

陽子暗自下定決心。不過陽子最近卻遇到另一件令她掛心的事，那就是阿徹。阿徹最近話突然變得很少，以前陽子說起學校的事，阿徹總是比夏枝或啟造更熱心聽她描述，最近卻只答著「嗯」或「是嗎」。

（哥快要考高中了，他一定很忙吧。）

陽子心裡這樣安慰自己，但每天晚餐的餐桌上阿徹始終保持沉默，陽子覺得有點寂寞。

夏枝也注意到阿徹的改變，以前他放學回到家，一定會先問：

「媽，陽子呢？」

但最近阿徹不再提起陽子的名字。

有一天晚上，就連啟造也察覺阿徹對陽子的態度出現了變化。這天晚飯後，陽子洗完澡換上睡衣走進起居室。啟造、夏枝和阿徹都在房裡，陽子像是有話要說般走向阿徹。

「欸，哥！」

說著，陽子的手放在阿徹的肩上。一瞬間，阿徹像觸電似的全身一顫，立即避向一邊。

陽子一驚，差點摔倒在地，阿徹自己似乎也嚇了一跳，紅著臉快步奔上二樓。

「啊唷，陽子的，沒事吧？」

夏枝柔聲問著，陽子點點頭答道：

「沒事啦。」

陽子心裡覺得好寂寞，寂寞得眼淚都快流出來了。

「真拿阿徹這孩子沒辦法。」

「一定是因為太緊張了。為了準備升學考試，太累了吧？」

啟造努力掩飾內心的震驚，裝出平和的語氣說道。他雖然覺得阿徹不可能知道陽子的身世，心情卻無法保持平靜。

第二天，阿徹到市立圖書館去，陽子也去了小河對岸的伊之澤滑雪場。這是星期天的下午，天氣很好，啟造獨自坐在客廳清理菸斗。陽光照得滿室生輝，啟造卻覺得心情沉重。

他想起昨晚阿徹的舉動。陽子只是手放在阿徹肩頭，他就躲開了身子，這件事無論怎麼想都不對勁。當初是自己要把陽子抱回來的，一想到可能造成的後果，啟造心裡有些不安。

這時，夏枝走進房間來。

「哎呀，你在這裡啊。我還以為你在二樓呢。」

她看到啟造坐在熊皮地毯上擦拭菸斗，有些驚訝。

「對啊。」

「陽光照進屋來，好暖和啊。」

「嗯。」

看到啟造心不在焉的模樣，夏枝皺起眉頭說：

「好討厭，在想什麼呀？」

她說完，便在啟造身邊坐下。熊皮上的獸毛閃閃發光。

「沒有，沒想什麼。」

啟造連忙答道。

「阿徹真是令人心煩哪。」

夏枝像是看穿了啟造的心思說。

「為什麼？」啟造裝作若無其事地問。

「為什麼？昨天晚上你也看到了吧？」

「喔，我說呢，原來是那件事。」

「什麼那件事，你不覺得有點奇怪？」

「只是有人突然伸手放在自己肩上，嚇了一跳嘛。」

「不對。阿徹最近很少跟陽子說話唷。以前放學回來，要是沒看到陽子，一定會問：『陽子呢？』可是最近都不問了……」

「因為考試快到了，心情不安吧？」

「是嗎？他也很少和我們講話啊。可是嘴裡雖然不講話，眼睛卻時常盯著陽子看，真令人擔心啊。」

「阿徹也進入青春期了，是會出現各種變化的。他這種年紀啊，有一段時期既不想看到人，也不愛跟父母說話，想一個人獨處。想要獨處代表一個人正在成長，夏枝妳也不必太神經質啦。」

啟造難得說了一大堆，不安使他變得有些饒舌。

「可是他好像是有意避開陽子喔。是因為青春期嗎？陽子也上五年級了，身體也快發育了。」

「……？」

「我在想，阿徹該不會是把陽子當成異性看待啊？」

啟造做夢也沒想過夏枝所擔心的事。他以為阿徹是知道陽子的身世才避著她。夏枝卻說阿徹可能把陽子當成異性看待。

「怎麼可能，這種事！」

「可是啊，阿徹的身體已經變成大人了呢。」

說著，夏枝的臉頰忽地紅了起來。

「可是陽子是阿徹的妹妹啊，不會發生妳擔心的那種事啦。」

阿徹絕不能娶佐石的女兒！啟造像要消除心中不安般強力說服自己。然而，聽了夏枝的話再仔細想想，阿徹昨晚的態度確實不像把陽子當成妹妹。

「老公，那孩子很久以前就知道陽子不是他妹妹了。」

這件事啟造當然也知道。

他把玩著膝上的菸斗，轉眼望向森林，枝頭積雪不時無聲地掉落地面。啟造思考著現在究竟該怎麼辦。

（應該把陽子送給別人嗎？）

（應該讓阿徹知道陽子的身世嗎？）

不管怎麼說，阿徹和陽子在戶籍上是一對兄妹，他們倆應該不可能結婚。

啟造不停地豎起菸斗又倒下，那單調的動作使得夏枝煩躁起來。她很清楚啟造如此困惑茫然的原因。

（我知道陽子是佐石的女兒，你是怕殺死那個琉璃子的男人身上的血混進辻口家吧？）

「老公！」

啟造嚇了一跳，停止把玩菸斗的動作。

「什麼事？」

「我在想，將來乾脆讓阿徹娶陽子算了。」

「別開玩笑！」

聽到啟造激烈的語氣，夏枝故意和他作對，柔聲說道：

「你也不必那麼生氣嘛……既然阿徹沒把陽子當成妹妹看待，她又是個好孩子，頭腦、脾氣、臉蛋，都無可挑剔。」

啟造接受到妻子凌厲的攻勢。

「欸，你不這麼想嗎？」

夏枝溫柔的聲音更增添了幾分威脅的氣勢。

（這是妳什麼都不知道！）

「是嗎？妳覺得陽子這孩子這麼好啊？」

說完，啟造緊接著補上一句：

「既然如此，妳就該對她好一點啊。」

啟造當然沒料到這句話在夏枝身上會造成什麼反應。

只見夏枝霎時變了臉色說道：

「你叫我對她更好一點？」

啟造誤會了夏枝的反應，他以為夏枝是在氣自己怪她對陽子不好。

「是啊。如果想讓她當阿徹的媳婦，就該對她更好一點啊。」

夏枝一直低著頭，緊咬嘴唇。

「我第一次看到妳的時候，妳還是個梳著劉海的女學生，身上穿著深紫、淺紫箭頭花紋的和服，腰上繫著黃色的三尺帶[38]。那時我驚訝極了，沒想到世界上竟有這樣美麗又溫柔的女孩。當然現在的妳還是很美，如果能對陽子更溫柔一點，那才像妳啊。」

夏枝低聲笑了。啟造等著她說話，但夏枝只是笑了笑，什麼也沒說。

「我想還是把阿徹和陽子當作兄妹撫養。畢竟同住一個屋簷下的兩個人，被當成兄妹撫養長大卻又結了婚，這種事太不健康了，像是亂倫。我希望妳不要再考慮這件事了。」

夏枝一直沒說話，也沒點頭。

「怎麼了？夏枝。」

啟造這才發現妻子的沉默有些蹊蹺。夏枝昂著頭抬起臉來，直直地凝視啟造，嘴唇微微顫抖著。

「你要說的，只有這些？」

「怎麼了？幹麼語氣這麼衝？我只是想說阿徹和陽子是兄妹，只有這樣。」

「哎唷，我以為你還有話要說呢。真的嗎？只有這些嗎？」

夏枝看起來和平日不太一樣。

「老公！當初為什麼要收養陽子？」

「為什麼？因為妳先說起的呀。琉璃子的七七都還沒過完，妳就吵著要一個女孩，想把她當成琉璃子撫養，還叫我一定要拜託高木，是妳說的呀，妳忘了嗎？」

啟造覺得夏枝的模樣很不對勁。

「當然忘不了！的確是我向你提起的，我是說過想把她當成琉璃子來撫養。」

夏枝的臉色蒼白如紙。

「所以啊，無奈之下才把陽子抱回來的呀。那時我早就反對過了，可是妳好像忘了死去的琉璃子似的一天到晚『陽子、陽子』的掛在嘴上，一心都在那孩子身上。」

夏枝的眼睛死盯著啟造不放，他不自覺一驚，背脊一股涼意竄起。

「你說得沒錯！可是誰想得到琉璃子是被陽子的生父所殺？我真是做夢也……也沒想到啊……」

啟造腦中一片茫然，像是硬生生被人用棍子敲中了腿摔倒在地。

他想說點什麼，但一句話也說不出來。

（夏枝知道陽子的身世了！）

他覺得胸口彷彿被人猛地插進一把匕首。

38 三尺帶：長度僅三尺的和服腰帶，穿著居家和服時使用。

「你沒話說了吧……」

夏枝的聲音變成了哭聲。

「老公，你這個人，什麼都……什麼都瞞著我，讓我為了陽子……為了陽子……在那麼寒冷的夜晚，整夜不知起來多少回……幫她熱牛奶，換尿布……讓我做這些，而你卻……你卻沒事般地在一旁看著。」

夏枝沒有拭淚，她直直望著啟造，面頰的肌肉不斷抽動著。

「老公……你就那麼……那麼……」

夏枝因為哭泣而說得斷斷續續，壓低了聲音抽泣著。

「……就那麼，恨我嗎？」

說完，夏枝趴倒身子放聲大哭。自她發現陽子的身世到現在，這四年以來一直無法向人傾吐的憤怒與悲傷再度襲來。

啟造茫然地看著哭倒在地的夏枝。

（只有我和高木知道的祕密，被夏枝知道了，為什麼？什麼時候？）

啟造難以置信。

「你就那麼恨我嗎？」

聽到夏枝這句話，啟造有些不知所措。收養陽子至今過了十幾年，他對夏枝的恨意也逐漸轉淡。啟造伸出手放在夏枝肩頭，她卻觸電似的退了一步，高喊：

「不要碰我！」

四年前讀到啟造寫給高木的那封信，當時的憎恨和悲傷又在夏枝心中鮮明地復活了。她無法忘記那封信的內容。

……總之，我不是為了愛護陽子才收養她。我是為了要看到夏枝一無所知地把佐石的孩子養育成人。我想看到夏枝發現她是佐石的孩子時急得跳腳的模樣，我想看到夏枝因自己一生都獻給佐石女兒而怨嘆不已……

這些內容夏枝絕對忘不了。

夏枝像是碰到不潔的東西似的推開啟造的手，她所表現出的憎恨反射性地勾起啟造心底的回憶，那就是當年留在夏枝後頸的紫色吻痕。這麼多年來，啟造不知為了這件事痛苦了多久，紫色的吻痕讓他在腦中勾勒出夏枝和村井的各種擁抱姿勢。想像中的妻子，在啟造心中留下深刻的傷痕。此刻，嶄新的憤怒又傳遍啟造全身，他盡可能以平穩的語氣說道：

「說什麼不要碰妳，好像我多骯髒似的揮開我的手，我可沒有妳那麼骯髒！」

「什麼？我骯髒……你說我骯髒？」

夏枝的肩膀顫抖起來。

「夏枝，妳冷靜點，好好回想一下吧。妳說得沒錯，陽子確實是佐石的女兒。我不清楚妳是怎麼知道的，但這是事實！我是琉璃子的父親，琉璃子被害所帶來的悲痛，我就算沒有比妳深，也絕不會比妳淺。」

夏枝哭腫的雙眼轉眼間又溢滿了淚水。

「身為琉璃子的父親，我為什麼要撫養佐石的女兒？妳聽好了，因為琉璃子死時我心中痛恨的人有三個。第一個當然是佐石，他是殺死琉璃子的凶手。而另外兩個，就是妳和村井！」

夏枝的臉一下變白了，那張蒼白的臉淒美動人。

「在我心裡，殺死琉璃子的就是這三個人。」

事到如今，啟造決定把話講清楚。

「哎唷！你說是我殺的？這麼過分……」

「過分？那我問妳，琉璃子被殺的時候，妳在哪裡？」

「……」

「妳在哪裡？在做些什麼？妳答得出來嗎？那天的事，就是十年後的現在，我還記得一清二楚！那時次子還在我們家，我去出差了，妳叫次子和阿徹去看電影，然後又把年幼的琉璃子趕出去，然後，妳究竟做了什麼？妳說啊！妳跟誰？在哪裡？都做了些什麼？今天妳在這裡給我說清楚！」

啟造發現內心狂暴的本性逐漸顯露，他閉上嘴，連著深呼吸幾次，調整氣息，狠狠地瞪著低頭的夏枝。

「答不出來吧！」

夏枝既不回答也沒求饒，這使得啟造更加火冒三丈。

「當然答不出來！妳趁我出差的時候，把村井叫來做了些什麼？妳聽好！就在妳背叛我的當下，琉璃子被人殺死了。她才三歲啊！太陽那麼大的日子裡，做母親的不是應當把小孩帶回家裡來？妳為了想和村井獨處，所以沒管她。琉璃子之所以遇害，都是妳這個做母親的責任啊。」

夏枝全身顫抖起來。

（那天，琉璃子走進客廳來，我卻叫她到外面玩。）

想到這裡，夏枝的臉色更蒼白了。

「依照我的看法，凶手和村井，還有妳，你們都一樣有罪！而妳，一點也不覺得對不起琉璃子，後來又跟村井……跟村井……」

啟造愈說愈大聲，說到一半，他突然停住。這時走廊上傳來微弱的聲響，但夫妻倆都沒注意。

夏枝嘴裡似乎說了些什麼。

「我原是打算原諒妳的，也想依妳說的，收養一個可愛的女孩。可是妳卻愛上了村井，不是嗎？我看到妳後頸的吻痕了！」

夏枝無言地低著頭，她連一句解釋或道歉都沒有。啟造無法壓抑激憤的情緒，抓著夏枝的肩膀死命搖晃起來。

「妳背叛了我多少次？仗著妳的身子不能生育了，究竟跟村井多少次……」

夏枝的沉默令啟造不安。

（是吧！妳果然沒有臉回答吧？）

夏枝任由啟造擺布，那張面具般毫無表情的臉上早已沒有淚水。

（說話啊！）

啟造又用手搖撼夏枝的肩膀。

「讓妳撫養佐石的女兒，妳有資格抱怨嗎？妳跟佐石一樣有罪啊。他是妳的同夥呀！讓妳撫養同夥的女兒，有什麼不滿嗎？」

啟造愈說愈沮喪。剛才說出口的那些話，似乎全都堵在心頭，他感到心情萬分沉重。想說的話雖然都說了，心情卻完全沒有好轉。

（我說了這麼多，夏枝一句話都沒回，可見村井和夏枝真的……）

十一年前的舊帳翻完之後，啟造的心裡只剩下孤獨。他看著默不作聲的夏枝，她頑固地坐在那裡一句話也不說。啟造實在無法相信她就是和自己一起生活了十六年的妻子。我已經說了這麼多，難道我們之間完全無法溝通？啟造環抱雙臂望向森林，一輪冬日明亮地照在森林上空，他深深體會到為陽光下見不得人的事爭吵所帶來的寂寞。啟造不由得反省，十六年的婚姻生活裡，他們夫妻倆究竟共同建立了什麼。雖說他們還有阿徹這孩子，但夫妻倆所經營的只是一個脆弱的家，脆弱得只需輕輕一戳就會嘩啦嘩啦地在片刻間傾倒。

（或許在別人眼中看來，我們是一對幸福的夫婦……）

啟造打算走回書房。

這時，夏枝抬起眼狠狠瞪他一眼，兩人的視線「啪」的一聲在空中相遇。啟造移開目光，就在這一瞬間，夏枝兩手支著地面，垂頭向他行禮。

「原諒我！」

啟造沉默著俯視夏枝。

「可是，可是……我跟村井先生，像你想像的那種事，一次也沒……」

夏枝激烈地搖著頭。

啟造重新跪坐下來。

「我可沒法相信。」

「我不能相信。」

啟造反覆地說。

「可是我們真的什麼也……」

夏枝的表情毫不退縮。

（那麼，那個吻痕又是怎麼回事？狠心侵犯由香子的村井不可能只親吻一下就離去的。）

然而，看著夏枝那雙情急絕望的眼神，啟造開始相信她和村井也許真的是清白的。

「那個吻痕是怎麼回事？」

夏枝低著頭，吞吞吐吐的。

「可是……」

「可是什麼？」

「……只有那樣啦。」

「只有那樣，是什麼意思？」

啟造單刀直入地問。

「……只有接吻啦。那時村井先生要到洞爺的療養院去，到家裡辭行……然後就……突然在我的頸子上……我嚇了一跳……可是後來村井先生馬上就回去了。」

夏枝的眼神看來不像說謊。然而，讓啟造痛苦多年的疑慮是不可能這麼簡單就化解的。

「真的只有這樣？」啟造又問了一遍。

「真的啊。」

（如果夏枝說的是真的，那我究竟為了什麼痛苦那麼久？又為什麼要收養陽子呢？）

啟造臉上表情柔和多了，夏枝眼中不禁湧出淚水。

「我沒做過那麼壞的事，沒有壞到該養佐石的女兒啊。」

啟造沉默半晌，開口說道：

「可是啊，夏枝，就在妳跟村井獨處的那段時間，琉璃子被人殺死了。妳似乎以為只要沒發生肉體關係自己就沒有錯，可是妳不覺得和其他男人心心相應，是更嚴重的背叛……」

這時，紙門突然被人拉開了。兩人嚇了一跳，同時回過頭，只見阿徹站在門框上。

「阿徹，剛回來啊？」

阿徹沉默地瞪著空中，啟造和夏枝不由得對望了一眼。

「阿徹，你怎麼了？」

聽了夏枝的問話，阿徹憎惡地瞪向兩人，嘴唇微微打顫。

「不要站在那裡，坐下來吧。」

阿徹一動也不動。

「媽！我……從來沒想過，自己的媽媽竟是這麼、這麼隨便的女人！」

說完，阿徹狠狠地瞪著夏枝。啟造的臉色變得比夏枝更難看。

「『隨便』這種字眼，不可以用來說自己的母親。」

啟造忍著沒發火。

「就是因為她行為隨便，才說隨便啊。我的母親竟讓別的男人親吻，做出這麼不檢點的……」

「別說了！」啟造高聲呵斥著。

「你都聽到了？偷聽可是卑劣的行為！」

啟造盡可能保持鎮靜地說。

「我都聽到了。聲音那麼大，誰聽不見！一走進家門，就聽到爸在大聲怒罵。」

說完，阿徹又對夏枝說：

「媽妳真是太骯髒了！就算妳說和那個什麼村井是清白的，我還是覺得噁心！太骯髒了！」

「阿徹，對你媽說話要有分寸！」

啟造制止阿徹說下去。

「這種隨便的女人，不是我媽！」

「閉嘴！」

「這是我的言論自由！」

啟造站起來，猛地甩了阿徹一巴掌。阿徹的身子搖晃著。

「打我也好，殺我也罷，我還是要說！我啊，希望自己的父母比別人都高尚偉大。不！就算不高尚偉大也行，但我希望你們做人做事都乾乾淨淨的。爸也很過分，要是不能原諒媽，可以跟她分手啊！爸真是太卑鄙了！偷偷摸摸地收養了陽子……簡直不像個男人！自己做出這種事，還那樣大喊大嚷，然後現在又幫媽說話……既然你們那麼容易和好，又為什麼……為什麼收養了陽子？」

阿徹的氣勢讓啟造和夏枝一時說不出話來。

「阿徹，其中原委很複雜，你還不知道。你站在門外聽，也可能聽錯了吧？」

「可是……」

「哎呀，反正你先坐下來，坐下來好好聽我說。就連爸爸沒聽你媽解釋前，也誤會她了。你媽並沒做什麼骯髒事，什麼事都沒有，你不要想歪了。」

啟造壓低姿態收拾眼前這局面，夏枝則始終低著頭不敢抬起臉來。

「這種話，我才不信！你們說陽子是殺人犯的小孩，這我絕對沒聽錯。對吧？爸！」

阿徹仍舊站著不肯坐下來。

啟造默默在夏枝身邊坐下，他不知該如何回答。

「陽子的事，我絕對沒聽錯。」

阿徹又說了一遍。

「陽子還不知道這件事，別再說了！要是被陽子聽到，可不得了了。」

「爸！被聽到會不得了的事，為什麼要做呢？陽子從小生長在這個家裡，萬一她將來知道這件事，她會怎麼樣呢？她不就沒法在這個家裡待下去了？說不定她也沒法活下去了！」

阿徹說著，哭了起來。

「所以啊，以後我們都要盡量疼愛她，不是嗎？哎，別再說了！」

「爸做事都只顧自己……大人做事全都只想到自己。爸！不管我們對陽子多好，她生長在這裡是最不幸的，還不如在別人家呢。你有什麼權利讓她不幸？我討厭這個致人不幸的家！什麼玩意嘛，這個家！」

「我了解了，是我不好，是爸爸不好。別再說了。」

「爸！你以後會好好疼愛陽子嗎？」

「會的。」

「媽呢？」

夏枝的頭低垂得幾乎碰到撐著地面的手背，只見她微微點了點頭。

「我大學一畢業就要和陽子結婚。」

「蠢話！」

啟造慌忙答道。這是他最不樂見的一件事。

「說我蠢也沒關係，陽子被這個世上最不歡迎她的家庭收養，我覺得她好可憐。啊！對了！要是媽沒和其他男人要好就沒事了，說來說去還是要怪媽。」

阿徹仍然不肯原諒夏枝。

「我知道了，不是要你別再說下去了嗎？」

啟造語氣嚴厲地說，阿徹閉嘴沒再說話，但臉上迅速泛起紅暈。

「你一點都不懂，爸根本就不了解。說起來，爸也有不對！如果你不報復媽，現在就沒事了。可你為了報復，卻給另一個人帶來不幸，太不尊重人了！」

「我了解，都怪爸不好。」

「不，你才不了解。不是爸媽和好了，這件事就能圓滿收場喔。爸，可不是這樣就結束了。陽子怎麼辦呢？必須待在這個家裡的陽子……所以我要娶她。爸才說要好好疼愛陽子，卻又馬上反對我和她結婚。這就是……就是爸說的好好疼愛嗎？」

說到這裡，阿徹激動得再也說不下去了。

＊＊＊

禁止任意入室

阿徹貼了一張紙條在房門上，是在他向父母表達強烈憤怒的隔天貼上去的。在那以後，阿徹在家幾乎不開口了。

在那之前，阿徹本來就變得很少說話，因為他看到陽子就害羞。他也搞不清是怎麼回事。他早就知道陽子並不是親妹妹，但他一直覺得陽子像妹妹一樣可愛，可是現在，他突然覺得陽子的可愛並不是妹妹的可愛，而是一種更神祕的感覺。不久前，洗完澡的陽子把手放在他肩頭，阿徹不由自主地閃開了。那時他也搞不清自己是怎麼回事。

就在阿徹陷入這種不穩定的狀態時，他發現了家裡的祕密。以前，阿徹一直以自己的家為榮。脾氣溫和的父親是醫院院長，母親容貌美麗且性情溫柔，妹妹性格開朗又聰慧，阿徹自己是學生會會長。表面上的確是個無可挑剔的家庭。

然而剝掉一層外殼後，阿徹發現自己的父親卑劣好妒，母親行為不貞，而妹妹身上竟流著殺人犯的血，這個事實重重傷害了阿徹，他像變了個人似的成天愁容滿面。啟造和夏枝都只敢提心弔膽地在一旁看著，尤其是夏枝，她很怕阿徹，待他總是戰戰兢兢的。

「阿徹，吃飯嘍。」

每當夏枝小心翼翼地呼喚阿徹，他總用匕首般的視線斜睨母親。

啟造一直想找機會和阿徹好好談談，但他總以念書做藉口躲在房裡。啟造也不敢太過強硬，阿徹正處於多愁善感的年紀，萬一處理不當，說不定他會因而離家出走。有一天，學校寄來一封信，信中請家長到校談阿徹的事。

收到信那晚，啟造感到後悔萬分。

（我怎麼會想到讓夏枝撫養佐石的女兒呢？）

（但那時我實在無法原諒夏枝。）

（結果，因為不肯原諒她，搞得全家陷入不幸。原是打算向她報仇的，而最後嘗到最多苦果的人，不正是我自己嗎？）

（是啊！無法疼愛陽子的痛苦、隱瞞這個祕密的痛苦……我所得到的，只有痛苦而已。）

（還不只如此。現在阿徹又發現了一切，還吵著要娶陽子。）

啟造愈想愈害怕，他試圖憶起一些聖經裡的警句，但一個句子也想不起來。啟造整夜無法入睡，他一直掛記著學校寄來的那封信，不知阿徹究竟在學校幹了什麼好事。

＊＊＊

夏枝來到學校後，阿徹的老師向她說明。

阿徹升國中以後，成績不是第一就是第二，然而進入第三學期，無論哪一科考試，他都只交白卷。老師把阿徹叫去問話。

「怎麼回事？發生了什麼事嗎？」老師問。

「不管有沒有在試卷上作答，我的實力又不會改變。」

阿徹答道。老師又問他是否有特殊理由，但阿徹就是不肯開口。

「不要有傻念頭，去補考吧，今年的畢業生代表已經決定由辻口擔任了。」

「什麼代表，無聊！」

阿徹不屑地答道。

「聽說我父母以前也是模範生呢。」

阿徹冷笑著對老師說。

「事情經過大致就是這樣，您是否知道是什麼原因？」

「真抱歉，我們也不清楚呢。」

夏枝佯裝不知。

「也是。像府上這樣的家庭，我們也覺得應該不會有什麼問題。」

中年教師聽了夏枝的回答，連連點著頭說。

「他好像有心事。」

啟造聽到夏枝轉述之後，心中更沒有自信了，他不知該向阿徹說些什麼。事到如今，他才明白阿徹的心受了多大的傷，但他既不能責備阿徹，也無法向他認錯。辻口家陷入了一片黑暗。

在這種陰沉的氣氛裡，唯有陽子沒有改變。不過其實陽子也受了傷，因為她知道啟造和夏枝不是自己的親生父母，阿徹也不是親生哥哥。

（我的親生父母究竟是什麼樣的人？）

陽子常常獨自想像著。

（我要好好孝順養大我的爸爸和媽媽，他們供我這個外人吃飯穿衣，真令人感激。）

純真的陽子並沒忘記感謝之心。每當她讀到養女的故事，書中總會有個恐怖的後母登場，每次讀到這，陽子就覺得夏枝是個非常溫柔慈祥的母親。

不管阿徹表現得多冷淡，陽子從不會面露焦躁或厭惡。吃飯時，也不管阿徹有沒有在聽，她逕自說著學校的事或讀過的書。

「欸，哥你有什麼感想？」

每當陽子毫無芥蒂地發問，阿徹臉上的表情也柔和許多，會簡單回答陽子兩三句話。至於對夏枝和啟造，阿徹壓根懶得開口，自然而然地，夏枝和啟造得透過陽子和阿徹溝通。陽子成了辻口家的一盞明燈。

後來，阿徹在高中入學考每科都交了白卷，徹底粉碎了啟造和夏枝的期待。

# 29 答詞

高中落榜之後，阿徹的心情開朗起來。他以高中落榜的方式，向陽子表達最起碼的歉疚。阿徹認為非得用這種方式，才能為父母從前犯的錯贖罪。

阿徹看得出啟造和夏枝非常失望，他心中的憤恨因此逐漸軟化，他覺得父母已經受到該受的懲罰，就算陽子現在知道了實情，應該也願意原諒他們。

禁止任意入室

寫著這幾個字的紙條已經撕掉了。

阿徹經常帶陽子到各處遊玩，就連以前很少上門的辰子家，阿徹有時也會造訪。

夏枝因為畏忌阿徹的眼神，待陽子十分溫柔，但她還是無法打從心底去愛陽子。雖然琉璃子並不是陽子殺死的，但陽子的父親殺了琉璃子卻是事實。夏枝與生俱來的母性使她對陽子懷著憎恨，特別是看到阿徹對陽子萬般疼愛的瞬間。

「我將來要和陽子結婚。」

夏枝每次想起阿徹說過的這句話，就覺得頭皮發麻。

（總有一天，我得把實情告訴陽子。）

夏枝在內心深處下定決心。她覺得如果陽子得知真相，一定不可能和阿徹結婚。無論如何，仇人的血絕不能混進辻口家，「佐石的子孫變成自己的子孫」，這種事絕不能變成事實。

第二年，阿徹並沒特別準備就考取了道立旭川西高中，對夏枝的態度也逐漸軟化，母親節還送胸針做為禮物，甚至還邀夏枝去看電影。

「跟媽一起出門，可以省下零用錢啊。」

阿徹總是以這種藉口邀夏枝出門。每當和身材高大的阿徹並肩走在街上，夏枝總是開心極了。

「爸，我決定將來要當醫生。」

原本打算研究化學的阿徹後來改變了想法，一年前，他進了北海道大學。

這一年的三月，陽子即將進高中之前，發生了一件事。

「我回來啦。」

這天陽子放學後向母親打著招呼。她已經和夏枝差不多高，濃厚的髮絲垂到肩頭。前額剪成埃及豔后式的劉海，烏黑的秀髮將陽子的臉龐襯托得像白花般潔淨。

「媽，畢業典禮決定在二十號舉行了。」

「哎唷，是嗎？」

「跟您說啊，今年畢業生致答詞是由女生代表唷。老師指派陽子擔任這項任務呢。」

「哎呀，那太好了！」

夏枝臉上擠出笑容，心中卻不平靜。

身穿水手服的陽子消失在走廊盡頭後，夏枝咬著下唇。

（居然讓陽子致答詞！）

夏枝不禁想起阿徹國中畢業時的情景。那時阿徹已被學校內定為畢業生代表，他卻在期末考時交了白卷，結果不但畢業生代表的榮譽被剝奪，連高中也沒能考上。

（那時阿徹發現陽子是殺死琉璃子的凶手的女兒，受到了刺激。）

其實當時阿徹大受刺激，最大的原因是覺得父母背叛了自己的信賴。但自私的夏枝卻把這事輕易拋到腦後。依她的解釋，阿徹是因為陽子才會痛失畢業生代表的榮譽，而害人的陽子，現在卻獲得代表畢業生致詞的榮譽。夏枝覺得這簡直太過分了。她心中充滿怨恨，不甘心辻口家就這麼被佐石的女兒打敗。

「老公，陽子要在畢業典禮上致答詞喔。」

晚餐桌上，夏枝裝出十分欣慰的樣子對啟造說。

「唷！很好啊，太好了！老實說，我早覺得這任務非陽子莫屬呢。」

啟造臉上露出喜悅的表情。

「媽，您會來觀禮嗎？」

「那當然啦。陽子那麼光榮的場面，怎麼能不到呢？畢業典禮幾號啊？」

「二十號。」陽子欣喜答道。

「茅崎那邊，還有阿徹那裡，都該通知一下。」

阿徹剛結束大一的課程，現在正在外公家作客。

「真的呢，阿徹一定很高興。」

夏枝嘴裡說著，心裡卻對表露真誠喜悅的啟造很不諒解。當初阿徹國中畢業考交了白卷這件事，難道老公都忘了嗎？夏枝納悶著抬眼望向啟造。

「爸也會來嗎？」陽子問父親。

「二十號啊，我是很想去。可是二十號剛好有會要開，或許沒辦法去呢。」

啟造抬頭看著月曆，夏枝注意到他的視線一度望向陽子白毛衣下鼓起的胸部，雖然只是匆匆一瞥，但啟造的視線裡蘊含著某種令她不安的情感，這下夏枝更加覺得陽子不可饒恕。

（無論如何也不能讓她上台，就算我公然說出這話，誰又敢說我不對？殺女仇人的遺孤，絕不會有人肯把她撫養長大的，我肯養大陽子就已經很對得起她了。）

「說到致答詞，最近大家的答詞都說些什麼啊？」

啟造吃完飯問陽子。

「是啊，好像沒聽過給人深刻印象的答詞喔。」

「陽子打算說些什麼呢？」

啟造對待陽子的態度十分溫柔。因為四年前阿徹曾指責父母：

「世上再也沒有比這個家更不歡迎陽子的地方了。」

當時，啟造想起早已淡忘的「愛你的敵人」這句話。然而，他也知道只有腦中記著這句話是沒有意義的。啟造有時會想起那位在洞爺丸上遇難的傳教士，他甚至很想到教堂去聽聽布道。不過啟造只是心裡這麼想，他已無法像年輕時那樣一頭栽進陌生的世界。不過他經常一個人躲在書房裡翻閱聖經。

其實啟造對陽子溫柔，倒也不是讀了聖經的緣故。啟造平時只是隨手翻閱聖經，心中的信仰根本還沒開花結果。琉璃子遇害至今已過十六年，這段漫長的歲月讓啟造對陽子也產生感情，此外，還有一個更關鍵的原因，啟造不願讓任何人知道，那就是因為陽子現在出落得十分美麗，美得令他覺得憎恨她太過可惜。

陽子發笑時總是微微仰起腦袋，每當看到她潔白光滑的脖頸，啟造心底就掀起一陣騷動。有時父女倆一起擠在九十公分寬的洗臉台前，陽子對父親說：

「哎呀，爸，白頭髮唷！」

說著，便伸手替父親拔掉白髮。每當陽子豐滿的胸部碰到啟造，啟造都得花一番工夫克制想要抱住她的欲望。啟造心裡也明白自己為何變得溫柔，他有時不免會想：

（我究竟算什麼呢？我想對佐石的女兒做什麼？即便沒有血緣關係，我不是陽子的父親嗎？難道我已變成一個無法對陽子付出真摯愛心的男人？）

啟造絕望地想。

「對了，致答詞我就這麼說：國中時代每天只知道升學考試、升學考試，好無趣啊。」

陽子說著，向啟造露出笑容。

夏枝也笑了，她笑著在腦中盤算如何才能搞砸陽子的致詞。

（就這麼辦！）

夏枝暗自下定決心。因為阿徹不在家，她才敢這麼大膽。如果阿徹在家，這件事就沒那麼好辦。不過她已決定要進行這件不好幹的差事。

（如果我幹的勾當被發現，陽子要是指責我，就告訴她實情！告訴她誰才是她的親生父親！）

「陽子，畢業典禮那天是穿制服吧。」

夏枝愉快地問陽子。

＊＊＊

陽子的畢業典禮終於到了。這天早晨，陽子把前夜抄寫在高級棉紙上的講稿，以紫色包袱布包好，走出家門。

「我等下就去，妳要好好表現唷。」

夏枝說著，送陽子到門外。

春天的大片雪花輕飄飄地四處飛舞，陽子高舉手掌回頭向夏枝揮了揮，她身上的黑大衣看起來有些短了。夏枝也向陽子揮揮手。無論看在誰的眼裡，這都是一幕溫馨的景象。

（就算是陽子，今天一定也會大哭一場的。）

夏枝在心底自語著，一邊向陽子揮手。

夏枝站在穿衣鏡前，她已換上一身藏青碎花的和服，外面披著正式的乳白外套，腰上繫著金褐色的西陣織[39]腰帶。夏枝把臉孔湊近鏡前，她看到自己的眼角和嘴角，雖不怎麼醒目，卻已出現許多細紋。年過四十之後，每當聽到別人讚美她「怎麼看都只像三十二三歲」，夏枝心裡都高興不起來。

（不管我看來多年輕，別人也不會當我二十多歲了。）

最近每次照鏡子，夏枝都意識到陽子的青春美麗。不過她並沒發現，把十五歲的陽子拿來和四十二歲的自己相比，是一件非常滑稽的事。

「鏡子啊，鏡子！世界上最美的人是誰？」

她想起白雪公主的後母一天到晚都對著魔鏡發問。

「是妳！」

魔鏡的回答讓白雪公主的後母感到滿意。然而有一天，魔鏡卻突然答道：

「最美的人不是妳，是白雪公主。」

當後母聽到這回答時心中的怨恨，夏枝現在已能深切體會了。

兩三年前，當夏枝帶著陽子走在街上，她總是眾人矚目的焦點，而現在，路上行人的視線幾乎都集中在陽子身上。陽子那雙生動充滿表情的眸子，總像有東西在裡頭燒，人們只要瞥上一眼，就無法不停下腳步向陽子行注目禮。

不過今天夏枝顧不得自己的容貌，她一心惦記著接下來要發生的事，匆匆離開鏡子前。

夏枝抵達學校時，畢業典禮已經開始了。一連幾位來賓致詞，夏枝都心不在焉聽不進去，她努力鎮定下來，轉眼環視場內尋找陽子的座位。來賓席和家長席設在會場的兩側，座椅高度比學生略高。陽子低著頭坐在前面第二排正中央。看到陽子的身影，夏枝的心臟猛烈跳動起來。

（陽子一定知道是我幹的吧。）

等到夏枝回過神來，典禮中宣讀賀電的節目已經結束了。

「畢業生致答詞。第十三屆畢業生代表，辻口陽子。」

身材清瘦的教務主任高聲宣布。

「在！」

一個清亮的回答響起，陽子無聲地站起身來。

（好戲終於要上場了。）

心跳得太過猛烈，夏枝頓時呼吸困難。陽子先向來賓席行禮，又向教師席行禮，然後沉著地打開講稿。陽子的美貌在來賓席引起一陣輕微騷動，但會場很快又恢復寧靜，不知是誰發出的輕咳聲也聽得一清二楚。陽子兩手捧著攤開的棉紙，但不知為何，她一句話也沒說。夏枝緊緊盯著陽子，覺得自己快昏倒了。

會場裡一陣嘈雜，因為眾人都看到陽子緩緩地捲起棉紙。

「怎麼回事啊？」

39 西陣織：產於京都西陣地區的絲綢總稱。

夏枝身後傳來低語，只見教務主任慌張地站起身來，夏枝也差點跟著站了起來。

騷動更大了。畢業生致答詞是畢業典禮的重頭戲，然而現在致詞代表卻一句話也沒說就收起講稿來，這可是不得了的事。就在這時，陽子恭敬地向台下行了一個禮。

「太緊張了吧。」

「不，好像紙上什麼都沒寫唷。大概被人偷偷換掉了。」

行完禮，陽子不顧全場的騷動，步履穩重地走上講台。這當然不是預定的節目。教務主任連忙想衝上去阻止她，卻被身邊的教師拉住，結果教務主任又重新坐回座位。

人們看到陽子登上講台，都安靜了下來。場內一片寂靜，人們好奇的視線全集中在陽子身上，她又向大家行了一個禮。

「各位先生女士，站在這麼高的地方發言，實在太失禮了。但身為全體畢業生代表，我想向各位說幾句話。」

陽子的聲音清澈嘹亮。

汗水從夏枝的額頭冒出來。

（她打算說什麼啊？）

「事實上，剛才我原想朗誦這篇答詞，誰知打開講稿一看，竟是一張白紙。」

說著，陽子高高舉起棉紙。台下的人又是一陣嘈雜。

「我不知道為什麼會變成這樣，總之，這確實是我的疏忽。請各位來賓、各位老師、各位在校同學，還有今天即將光榮地踏出校門的全體畢業生，請大家原諒我的疏忽。」

說到這裡，陽子向台下深深低頭行禮。

「各位，為了我的疏忽，在此真誠向各位致歉。這是我苦思了好幾天才寫成的講稿，做夢也沒想到竟會變成一張白紙。也因此，剛才我有些震驚。」

會場裡寂靜無聲，緊張的氣氛瀰漫在空氣中。

「然而，這件事也讓我懂得，在今後的人生裡，或許也將碰到許多類似的意外。」

聽到陽子這句話，夏枝不禁緊咬下唇。

陽子繼續說道：

「事情不能按照預定進行時，就不要過分執著於原先的計畫，這是我剛學到的一件事。所以，儘管現在這麼做有些任性，還是讓我跳脫原先的講稿致詞吧。記得老師曾告訴我們：雲上永遠有陽光。譬如我自己，每次遇到一點小困難，就立刻緊張退縮，或是慌張哭泣，而如果我們事先已經知道，天上那一點點的雲層只是暫時遮住天空，等雲層退去後，太陽就會重新照耀世界，我想，大家一定就能沉著應對種種狀況了吧。我覺得今天學到這個教訓，是件很好的事。國中畢業之後，大家就要分道揚鑣，有些人升學，有些人就業，但每個人都將向大人的世界走近一步，這一點，是大家都一樣的。

「在師長面前這麼說或許失禮，但我還是想提醒大家，大人的世界裡，也有些喜歡故意搗亂的人，可是我們不能在他們的惡意前面低頭。『無論別人怎麼惡整自己，我也不會被打敗』，這種堅定的意念是很重要的。在那些想讓我們流淚的人面前哭泣，就表示我們輸了。所以若是碰到這種情況，我們更應該要有笑著活下去的勇氣。只要每位畢業生都能牢記這件事，光只記住這一點，就等於向今天上台發表祝詞的各位先生女士、師長以及各位親友表達了謝意……說得雜亂無章，還請各位見諒，以上就是我代表第十三屆畢業生發表的答詞。」

說完，陽子畢恭畢敬地向台下一鞠躬。

台下掀起一陣如雷的掌聲。夏枝有些暈眩，她覺得受人喝采的陽子十分可恨。

人們對遭到惡意戲弄的陽子充滿了同情，覺得以沉著的態度發表答詞的陽子英勇無比。按照往年慣例，聽完畢業生代表致答詞是不會有人鼓掌的，然而此刻全校師生和家長都毫不吝惜地報以掌聲。或許也受到畢業典禮特有的傷感影響，會場氣氛溫馨動人。眾人都對沒向惡作劇低頭的陽子予以讚賞。

然而，在掌聲中下台的陽子心中卻充滿複雜的情緒。她直覺知道，這件事是夏枝幹的。班上同學不可能做出這種事，因為她今天到校之後，講稿就沒離開過自己的手心。

「師恩浩蕩……」

歌唱到一半，一些學生啜泣了起來，有些女生甚至號啕大哭，也有男生吃吃偷笑。陽子沒有心情唱歌，她心中感受到的不僅是悲傷。

（如果是我的親生媽媽，肯定不會做出這種事的。）

陽子覺得很孤獨，就好像被全世界拋棄了似的。

＊＊＊

等陽子回過神來，她已和其他畢業生一起退場，夏枝凝視著陽子垂頭喪氣的身影，一肚子怨氣。

今天早上，夏枝趁著陽子去洗臉的空檔，偷偷把她的講稿換成了白紙。夏枝絕不能讓阿徹輸給佐石的女兒。

（絕不能讓她去致答詞！）

著魔般的執著已無法從夏枝的心中揮去

（陽子會在大家面前攤開那張白紙，可是紙上一個可供朗讀的黑字都沒有，她一定會驚慌失措，緊張得哭起來。在這麼盛大的場合失了面子，陽子肯定會意氣消沉，說不定連高中入學考都會考砸呢。至於講稿變成白紙的原因，她會以為是同學嫉妒才做出這種事。受到這種打擊，陽子會陷入憂鬱，並且成天悶悶不樂吧。）

但夏枝並沒有如願。

陽子非但沒露出慌張的表情，還成為人們目光的焦點。夏枝聽到身後有人說：

「這位女孩好沉著，真了不起！」

「真是可惡，究竟是誰惡作劇啊？」

「我們真的沒法像她那樣呢。」

四周傳來人們交談的低語。

原本打算出席謝師宴的夏枝，決定立刻打道回府。如果去參加謝師宴，肯定會聽到人們讚揚陽子。回家的路上，夏枝感到自己很悲慘，覺得遭到了陽子的戲弄。

原以為陽子會不知所措地號啕大哭，誰知她竟像早料準似的那麼沉著鎮靜，簡直就像演員早已把台詞演練了無數次似的。

（陽子已經知道是我幹的嗎？）

夏枝不想被陽子發現自己的失敗。等到她回家，自己必須對她說：「表現得很好啊！」一想到必須稱讚她，夏枝覺得自己實在太可悲了。走進家門，夏枝全身的疲憊頓時湧上，她筋疲力竭地跪坐在鏡子前。

（她說「無論別人怎麼惡作劇，我也不會被打敗」，這不是在向我挑戰嗎？）

夏枝滿腹怨恨地瞪著鏡中的自己，那張疲憊的臉孔顯得很蒼老，這讓她更覺得不悅。夏枝對自己的所作所為並沒受到任何良心的苛責，她甚至覺得是在為死去的琉璃子復仇。夏枝氣憤不已，因為她的計畫並沒按照預期進行。

（好啊！就看看那孩子是否真的可以不受困窘地過一輩子……無論如何，我都要讓她沒好日子過。我辦得到！因為我知道她是什麼種！）

夏枝絲毫不知道此刻陽子心中的感受。

＊＊＊

陽子走到家門口，卻不想走進去。她根本不想讓夏枝看畢業證書和學校的通知。陽子轉身走向林中。被春陽晒軟的積雪覆蓋在陽子的腳背，她在一段斬斷的樹樁上坐了下來。

（媽為什麼要做那種事呢？就算我是養女，她聽到我要代表致答詞，不是應該很高興才對嗎？）

陽子當然不可能知道夏枝的心思。

（可是我也不能斷定是媽媽做的，因為我也沒親眼看到啊。）

然而，除了夏枝，實在想不出其他的可能。因為講稿陽子一刻也沒離手，同學根本沒有機會下手。

（媽看到我受窘，她覺得高興嗎？可是我不覺得她是這麼過分的母親呀。）

突然，陽子想起小學一年級的時候，夏枝曾經掐住她的脖子。

（我究竟是誰的小孩？難道是媽媽痛恨的人所生的小孩？）

陽子試圖在腦中描繪出親生父母的形象。夏枝會討厭什麼人呢，陽子思索著。

（說不定我的親生母親和她以前是敵人，說不定媽媽的情人被我親生母親搶走了。）

可是，為什麼辻口家要收養敵人的小孩呢？考慮到這一點，陽子又覺得不是這樣。

（對了！說不定我是爸爸的情婦生的。哎唷，好討厭！我才不喜歡自己的親生母親是第三者呢。）

想到這裡，陽子皺起了眉頭。

（總之，我八成是媽媽死對頭的女兒吧。可能因為發生了什麼事，才由媽媽撫養我。如果沒有任何理由，不可能發生今天這種事。如果真是這樣，媽媽好可憐啊。因為媽媽本來不是壞人啊。或許從前真的有過什麼事，我卻一無所知。我不該在心裡怨恨媽媽的。）

陽子天生的性格就不願以有色眼光看人。

（而且，今天的事又不是親生媽媽做的，如果生我的媽媽做了這種事，我會很難過。但事實並非如此啊。無論遭遇到任何困境，我也不要變成壞孩子，我才不要為了這點小事而心生怨恨，我才不想把自己的心弄髒呢。）

陽子獨自思索著，漸漸地，她的心情也開朗起來。

# 30 千島落葉松

陽子進了高中，阿徹也升上北海道大學二年級。

自從阿徹到札幌念書，家裡莫名地籠上一層陰鬱。夏枝總是把家裡整理得一絲不苟，走廊經過她細心擦拭，光滑得幾乎令人摔跤。但家裡不知為何，總讓人覺得住起來心裡不太踏實。

特別是啟造加班的日子，只有夏枝和陽子兩個人吃飯，夏枝總是沉默著不發一語。餐桌的白桌布是每天都漿洗過的，桌上還擺著盆花裝飾。

事先烘熱的餐盤裡盛著厚厚的烤肉，旁邊配上蘆筍拌美乃滋；湯盤裡裝著熱騰騰的燉肉湯，餐後的水果盤裡擺著切成美麗形狀的蘋果。晚餐簡直是無懈可擊。但陽子坐在桌前，卻總覺得全身冷颼颼的。面對沉默不語的夏枝，陽子總是設法找話說，但夏枝卻是一副若有所思的模樣。

（媽媽為什麼這樣呢？她討厭我嗎？）

漸漸地，就連陽子也不知和夏枝吃飯時該聊些什麼了。

（可是我要開朗地活下去。世界上還有很多人，我不必受媽媽的影響而心情不好。）

陽子最近每星期都會到辰子家去。辰子家還是和陽子小時候一樣，有種令人懷念的氣氛。辰子並不會特別招呼陽子。

每次走進辰子家，她只是微笑著以眼神表達歡迎。

「來啦！」

辰子甚至連這句話都很少說。

（辰子阿姨因為練舞，才懂得以身體表達感情吧？用身體表達比用嘴說更感人呢。）

辰子臉部表情的微妙變化，陽子總是百看不厭。

這天，陽子放學又去了辰子家。辰子的朋友裡有個叫做黑江的，是陽子高中的美術教師。陽子小學時就認識他了，以為他年紀很大，其實他連三十歲都不到，目前還是單身。

「如果遇到比阿辰更棒的女人，我才會結婚。」

黑江有一次對辰子說。但辰子只是聽著，既沒表現出不悅也沒表現出喜悅。

「你就娶阿辰算了嘛。」

旁邊不知是誰對黑江說著。

「不，只像我喜歡阿辰這種程度還不行，要比這種程度更喜歡才行。」

黑江當時半開玩笑地答道。今天，黑江一看到陽子便對她說：

「這次的秋季畫展，我想畫陽子，妳做我的模特兒怎麼樣？」

然而陽子覺得與其當人家的模特兒，還不如自己動手作畫來得有趣呢。

誰知黑江對這件事相當熱中，他似乎早就想請陽子當模特兒了。夏枝從辰子的電話裡聽說這件事。當晚，夏枝向啟造報告，表示：

「黑江老師還是單身吧？不能讓她一個女孩子上他家去啊。」

夏枝非常反對。

「當然，絕不能讓陽子去當模特兒。」

啟造也堅決表示不可。

「不過黑江老師性格挺爽快，是個好人，又是陽子高中的老師，總不能反對得太明顯吧？」

聽到啟造也反對這事，夏枝突然又贊成陽子去當模特兒了。

「不行！陽子還是學生啊。就算是高中老師，最近不是才鬧出師生戀？一個老師還讓學生懷了身孕。」

啟造不高興地說。

「可是黑江老師家裡還有父母同住啊，再說他的畫室就在客廳隔壁，陽子也不用脫衣服，辰子說不用擔心呢。」

「可是再怎麼說，也不必為了那位老師，送我們家陽子去當模特兒，不是嗎？」

見啟造一點也不肯讓步，夏枝臉色一沉突然說道：

「啊唷，老公，你吃醋啦？」

說著，她冷笑起來。

「我幹麼吃醋？」

啟造語氣平靜地答道，心裡卻被夏枝的敏感嚇了一跳。

啟造想起去年夏天的事。那是一個星期六下午，啟造提早下班。回到家，家裡一片寂靜，只聽到洗衣機在低聲運轉，傳出陣陣水流聲。剛踏進起居室，啟造立即停下腳步。

陽子在躺椅上睡覺，身上只穿了一件無袖襯裙。或許是聽著洗衣機的運轉聲發睏了吧。陽子雙腿在短裙下交叉，一雙大腿躍入啟造的眼簾，修長的雙腿下一對纖細的腳踝，大腿一帶的肌膚雪白柔潤。

啟造企圖收回視線，但眼睛就是不聽使喚，像是親手碰觸到那身肌膚般，一股電流竄過全身，啟造就在戰慄中走到二樓的書房。在那之後，啟造經常想起陽子當時的姿態，他有些慚愧，但也偷偷享受著這種樂趣。

有一次在夢裡，啟造發覺懷中的夏枝逐漸變瘦，他大吃一驚，忍不住叫道：「夏枝！夏枝！」臂彎裡的肉體這才變回原來的形狀。「太好了！」啟造心裡說著，低頭看了懷中的人一眼，不料那人竟是陽子而非夏枝。

「老公，你吃醋啦？」

現在聽到夏枝冷笑著嘲弄，啟造這才發覺自己又在腦中回想陽子交叉雙腿睡在躺椅上的姿態。他確實很妒忌那個叫做黑江的老師。

不過對於當模特兒一事，陽子本人並不熱中，再加上啟造又堅決反對，這件事後來也就不了了之。

然而一想到有人想請陽子擔任模特兒，夏枝的心就無法保持平靜，她想像辰子家起居室那群人談論陽子美貌的情景，便對陽子勤跑辰子家很不高興。

「陽子，妳覺得辰子家怎麼樣？」

一天，吃完晚飯，夏枝鄭重地訊問陽子。

「我很喜歡啊。」陽子不解地看著夏枝。

「只有喜歡？妳不覺得他們那裡沒規沒矩的？」

「不會啊，一點也不。」

「啊唷，陽子不這麼想啊？起居室裡擠了一堆人，妳不覺得他們有點隨便？」

「那些人的確算不上禮節周到，但我不覺得他們隨便啊。」

「要是我們家也像那樣，成天都有五六個人東倒西歪地躺著、睡著，媽媽光是想到就發毛呢。」

說著，夏枝皺起了眉頭。陽子差點「噗哧」一聲笑出來。要是那些人都聚集在辻口家的起居室，大家一定都得正襟危坐吧。一想到這景象，陽子就忍不住想笑。和夏枝相處，總令人神經緊張，而和辰子在一起，總讓人能放鬆心情，但她同時也懂得節制，不會讓他人涉入太深。辰子的行為舉止絕非夏枝所說的那樣隨便。

「辰子家幾乎都是男人吧？陽子也到了吸引男人注意的年紀了。媽媽的朋友裡，有人在妳這年紀都結婚了呢。妳已經不是小孩嘍，不要再到那些人聚會的地方去了。」

對於夏枝這番叮囑，陽子實在無法反駁。

「可是他們都是好人啊。」

「媽媽可不喜歡那些人，他們連自家和別人家都分不清。還有那個黑江老師，老是穿著兩隻不同的木屐，一天到晚都穿著毛衣，不是嗎？那也不是到別人家裡作客應有的打扮。」

陽子卻很喜歡夏枝嘴裡那個不懂禮數的黑江。

「還有，吃飯時間到了也賴著不走，不是嗎？辰子也不對，都隨著他們。就算她有錢，也不必一天到晚招待那些人吃飯呀。」

說了半天，夏枝就是不希望陽子到辰子家去。

在那之後，陽子比較少到辰子家露臉。不能和辰子見面的時候，陽子就想像著自己的親生父母。只要在辰子身邊，陽子就感到安慰，而這種感覺漸漸從她生活中消失了，夏枝卻完全不了解這一點。

＊　＊　＊

陽子有時會覺得孤獨。

（究竟發生了什麼事，會讓我的父母把我送人呢？難道我不是他們心目中的心肝寶貝？）

每想到這，陽子就覺得無論活得多努力，這世上沒有一個人會愛自己。年輕的陽子不覺得親生父母已經去世，她總覺得他們還活著。既然活著，卻把自己送給別人，陽子怎麼想都覺得自己是個不受歡迎的孩子。

（在這世上，會有人把我當成不可取代的寶貝來疼愛嗎？）

夏枝當然是不愛自己的，陽子想。啟造待陽子雖然溫柔，但他從未積極地付出父愛；當他和陽子獨處時，舉止又很不自然，給陽子一種沉重的壓力。

阿徹到札幌念書後，每星期天都會回家。但他和陽子獨處時，表現得比啟造更沉悶，而且不知為何總是沉默不語。陽子有時抬起眼，遇上阿徹熱情的視線，心底總微微地感到不安。陽子期待阿徹給予自己的是兄長之愛，但她從阿徹身上感受不到那種可以毫無拘束向他撒嬌的兄長氣氛。

（或許在哥哥眼裡，我是他的心肝寶貝吧。）

但陽子對這並不樂見。將來哪一天，當阿徹眼中對她表露愛戀之意時，陽子覺得那也是自己踏出這個家門的時刻。

暑假快到了，阿徹寄了一張明信片給夏枝。

我馬上就要回家，請允許我帶同寢室的北原回家住一週左右。他專攻化學，比我大一屆，經常照顧我。請大家熱情款待他。

夏枝把阿徹的明信片遞給陽子說：「阿徹好討厭！也不先問問家裡方不方便。」

夏枝看來有些消沉。她向來不喜歡陌生人，也不喜歡有人來家裡作客。

阿徹經常和陽子提起這位叫北原的室友，所以陽子對他並不陌生。

根據阿徹的介紹，北原很喜歡音樂，劍道三段，是歸國的日僑。陽子還聽說他的母親已經去世。

然而陽子想不透阿徹為什麼帶北原回來。她當然也不知道阿徹為了做出這個決定，深思和煩惱了多久。

看夏枝一副提不起勁的模樣，陽子有點同情阿徹，因為那個叫北原的學生或許不會住得自在。

＊＊＊

星期天午後，天氣相當炎熱，陽子坐在林中的樹墩上閱讀小說《咆哮山莊》。森林裡倒是十分涼爽。

小說的男主角希斯克里夫是個孤兒，他的遭遇勾起陽子的共鳴。希斯克里夫陰暗的熱情吸引了陽子，她屏住呼吸專注讀下去。原是孤兒的男主角愛上了從小情同兄妹的凱瑟琳，即使凱瑟琳嫁作人婦，他仍是深愛著她，最後甚至挖開凱瑟琳的墳墓，擁抱著她的幻影死去。對於不知親生父母是誰的陽子來說，這股激烈的熱情在她心底激盪不已。

（被父母遺棄的孩子得像希斯克里夫那樣，伸出雙臂去追求自己「唯一而不可取代」的愛人。畢竟連親生父母都不把我們當成心肝寶貝，這種絕望使我們轉而愛人。）

陽子讀著，開始強烈地渴望愛人，同時，也希望被人所愛。

森林裡，背著釣竿的孩子提著小桶不時從陽子身邊走過，但陽子根本沒注意，因為她讀得太專心了。此外，還有一名青年站在長滿貓尾草的小徑，陽子當然更不可能注意到他。青年凝視著陽子沉思的側臉。

（太驚人了！希斯克里夫無論看著地面、石板，或雲彩、樹木，他的眼裡都只有凱瑟琳的臉龐！）

陽子很羨慕希斯克里夫。她覺得，只有像希斯克里夫那樣忍不住挖開情人的墳墓，不斷追憶她的面容，才算擁有「唯一而不可取代」的愛人。

（不過他卻不是凱瑟琳「唯一而不可取代」的愛人。）

陽子從書頁上抬起臉，繼續思索著。

（如果要談戀愛，我也要這樣熱烈認真地談一場戀愛。）

這時，一隻松鼠跑到陽子腳邊，她吃了一驚，連忙站起身，這才發現一名白衣黑褲的青年正緊盯著自己。

陽子不覺紅了臉，她覺得那青年好像看透了自己剛才腦中的想法。青年羞澀地向她笑了笑。他的膚色淺黑，身材中等，兩道眉毛又黑又濃，全身散發著清爽的氣質。

「妳好！」

青年親熱地向陽子打招呼，似乎知道陽子是誰。青年的聲音十分嘹亮。

「你好！」

陽子也愉快地向他打招呼。剛讀過的小說使她心頭發熱，也讓她的雙眼閃閃發光。

「我叫北原。」

青年的態度十分可親，一下子就能打入別人心裡。

「喔！是哥哥的朋友啊。」

說著，陽子鄭重地低頭行禮。

「我是他妹妹陽子。」

「我聽說了。妳就是辻口最引以為傲的妹妹啊。辻口一天到晚『陽子、陽子』的掛在嘴上，幾乎沒有一天不提起妳的名字喔。」

北原說著，爽朗地笑起來。

陽子有點擔心，不知夏枝剛才是以怎樣的態度歡迎這位客人。

「倒是這座森林真不錯，辻口竟一次也沒提過。真受不了這傢伙！」北原微笑著說：「我很喜歡森林。像這種長滿松樹的森林很少見唷。我剛才一一背下樹旁的名牌，北海冷杉、白杉、加拿大雲杉、歐洲雲杉……嗯，還有叫什麼來著？」

說著，北原和陽子走出森林，一塊登上河邊堤防。堤防上陽光耀眼。

「瑪利亞那松。」

「村山[40]松？」

「不，是瑪利亞那松，還有瑞士三葉松。」

「種類好多呢，這棵瘦瘦長長有點營養不良的松樹叫什麼名字？」

「喔，你說這棵外形纖柔的松樹？這是千島落葉松。」

「啊？千島落葉松？」

北原的臉孔一亮。

「對，這就是千島落葉松……」

不等陽子回答，北原便從堤防上跳下去，撫摸著松樹的樹幹。陽子驚訝地站在堤防上看著他，只見他發光的臉孔逐漸籠上一層陰影。陽子走下堤防來到北原身邊。

「怎麼了？」

「我是在千島出生的，四歲那年才從千島回國[41]。我母親長眠在千島，我每年都要爬上斜里岳去瞭望千島，不過雲層多的時候就沒法看見，高中一年級的時候，我花了十天工夫才爬上去喔。」

陽子心頭一熱，北原每年爬到山上瞭望再也不能踏上的故鄉千島，她能懂北原的心情。

（因為他的母親長眠在那啊。）

從沒看過親生母親的陽子，突然覺得和失去母親的北原很親近。

北原的視線停留在陽子手上的書。

「喔！是《咆哮山莊》啊，我讀過兩遍呢。」

兩人一起走進森林小徑，路面潮溼柔軟，腳邊雜草高大而茂盛，林中黑漆漆的。

「這裡光線很暗喔。被這麼多樹圍繞，一定很幸福吧？」

「幸福？」

陽子從不曾覺得自己不幸。就連她發現啟造和夏枝不是自己的親生父母，還有畢業典禮的致詞講稿被換成白紙時，她雖然感到悲哀，卻不曾怨嘆自己不幸。但現在聽到有人問她「很幸福吧」，陽子又覺得這個字眼離自己非常遙遠。

「辻口這傢伙，真的很以妳為榮唷。有時走在路上看到女生，他都會突然收回視線，一副『那種女孩根本不及陽子萬分之一』的模樣。宿舍裡的同學都說，哪天得派人去親眼勘查一下。」

「哎唷，哥哥好討厭喔。」陽子笑了起來。

「我也有個妹妹，所以不管辻口多麼自豪，我可不會羨慕他……」

北原說著臉上露出害羞的表情。他雙臂環抱胸前，臂上肌膚晒得很黑。陽子和他默默地邁步向前。

「妳母親長得很美。」北原突然說。

「謝謝。」

陽子也覺得夏枝很美，聽到有人讚美自己的母親，畢竟是件高興的事。

40 「瑪利亞那」與日文的「村山」（Murayama）發音接近。

41 北海道以東至堪察加島之間有五十六個島嶼位於太平洋與鄂霍次克海上。十九世紀起，日本居民開始移居島上，第二次世界大戰後，根據雅爾達協定將日僑遣送回國。

「辻口和妳都好幸福唷，有這樣的好母親……好羨慕你們啊。」

陽子沒說話，她不知該如何回答才好。雖然陽子知道北原是因為母親去世了才這麼說，但聽到他稱讚夏枝是「好母親」，陽子心裡還是有些抗拒。

「我們回家吧？」陽子提醒。

「對了，辻口大概在擔心了。看森林很美，我跟他說要出門散步，結果四處亂逛，竟已逛了將近一小時呢。」

走下堤防，忽聽阿徹的聲音傳來。

「北原！」

看來阿徹已經出來找他們了。

「呀呵——」

北原以他嘹亮的聲音回應。阿徹立刻向他們跑來。

「喔！跟陽子在一起啊？」阿徹微笑著問。

「根本不必介紹，我一看就知道是陽子小姐。」

聽了北原的話，阿徹點點頭。北原和陽子都沒注意到他臉上閃過一絲苦澀。

＊＊＊

「回來啦。森林怎麼樣啊？」

夏枝一看到北原，立刻露出親切的笑容。

「各種各樣的松林連成一片，好稀奇。」

北原的語氣裡帶著幾分撒嬌，陽子全都清清楚楚聽在耳裡。

「你喜歡的話，等下再帶你去看核桃樹林和白蠟樹林吧。」

夏枝一臉開心地說。

「對呀，要是媽肯帶他去就太好了。」阿徹說。

「伯母帶我去……？那太麻煩您了。」

北原露出剛才那種害羞的表情，那羞澀包含著幾分少年的純真，和一些青年的放縱。

「哪裡，一點都不麻煩。在我們家這段日子，就把我當作自己的母親吧。」

夏枝柔聲說著，從廚房端來了冰牛奶。

（上次看到哥哥的明信片，媽還苦著一張臉，說哥哥討厭，也不問問家裡方不方便，怎麼今天心情又這麼好，還表現得這麼殷勤？）

夏枝願意熱情招待北原，陽子應該覺得高興才對，但她就是沒法開心起來。

吃完晚飯，阿徹向北原說：

「到街上看看吧？北原是第一次到旭川吧。」

「那就請你帶我去逛逛。陽子小姐要不要一起去？」

「當然啦，陽子可是你的導遊啊。」

阿徹答道。不料夏枝卻對陽子說：

「陽子，抱歉啦，妳在家裡看門吧。媽媽剛好要出門買東西，可以吧？」

阿徹和陽子彼此對看一眼。

「爸等下會回來呀。」阿徹不高興地說。

「你爸說今晚要九點左右才會回來。」

夏枝的聲音十分嘹亮。

陽子目送著北原和家人坐車離去，對夏枝的態度感到納悶。她倒不是覺得不愉快，而是內心深處有種被牽動的感覺。或許是少女的潔癖讓她敏感地嗅出了什麼端倪吧。

陽子靠在門上抬起頭，仰望黃昏色彩正濃的天空，一群烏鴉在森林上空吵嚷不休。遠處西方天邊，只見一道細細的黃色雲彩橫跨天際。陽子突然想起不知聽誰說過，那種形狀的雲彩叫做「清姬[42]腰帶」。

她凝視那片「清姬腰帶」一會兒，轉身走回家裡燒洗澡水。

家裡空無一人，陽子雙眼盯著火焰，心中既孤獨又寂靜。

＊＊＊

夏枝幫北原買了一塊白絣布[43]，第二天，花一整天時間為他趕工做了一件浴衣。其實家裡還有阿徹沒穿過的新浴衣，夏枝卻特地跑去買件新的，陽子覺得有點奇怪。

北原到家裡的第三天，這天下午，陽子到朋友家玩。回來的時候，陽子看到北原在幫夏枝按摩肩膀，阿徹躺在一旁打瞌睡。北原看到陽子，臉上又露出害羞的笑容，但手並沒停下來。

夏枝抬起頭瞥了陽子一眼，對北原說：

「已經夠了。」

夏枝像是不好意思地笑著，北原卻一臉認真地說：

「我再幫您揉一下。」

說著，手還在繼續按摩。

「謝謝啦，真的可以了。」

夏枝伸手壓住北原放在自己肩上的手。

「是嗎？做得不好，請您原諒。」

說完，北原便在阿徹身邊盤腿坐下。

「陽子小姐回來得很晚喔。」

北原向陽子說，陽子輕輕點了點頭。剛才看到夏枝按住北原的手，她心裡有點抗拒。

「您知道，我從來沒幫母親按摩過，因為我很小的時候，母親就去世了。小時候每次聽到〈幫媽媽敲敲肩膀〉之類的童謠，就覺得好孤獨，總是忍不住流淚。今天多虧了您，讓我有機會扮演一回孝順兒子，心裡好高興啊。」

北原似乎是真的很高興。夏枝和陽子連連點頭，這時，原本在打瞌睡的阿徹突然說道：「那很好啊！」說完，他又翻了個身。

北原和陽子聽了看向彼此，相視而笑。阿徹沉默地在一旁看著兩人。

「你醒啦？」

聽到北原問話，阿徹便坐起身子。

---

42 清姬：日本有名的傳說人物。貴族家的女兒清姬愛上年輕的和尚安珍，因為安珍不願娶她，一直追逐著他，安珍最後躲進道明寺的大鐘裡，最後清姬變成了大蛇將安珍燒死。

43 白絣布：日本人家庭夏季經常用來做男性浴衣的一種白底碎花棉布。花紋並非先織後染，而是染線時便算好間隔，織成後自然形成花紋。

這時夏枝突然插嘴說道：

「北原同學，我們到森林去吧？為了感謝你幫我按摩肩膀，我帶你去參觀核桃林吧。」

陽子注意到夏枝的嘴唇比平日還要鮮紅。

身穿白絣布浴衣的北原走在深藍浴衣的夏枝身邊，兩人走向森林。阿徹和陽子無言地看著他們離去。

「陽子。」

「幹麼？」

阿徹沉默著沒說話。

「哥，什麼事啊？」

「明天，我們跟北原，三個人一起去層雲峽吧？」

「好啊。不過媽怎麼辦呢？」

「媽還有爸啦！」阿徹不屑地說。

「那我就不去了。」說完，陽子看著阿徹。

「不去？為什麼？」阿徹看著陽子。

「我不喜歡。」

「不喜歡？什麼不喜歡？」

「什麼啊……反正我哪裡都不想去啦。」

「妳不喜歡北原？」

阿徹心裡很希望陽子回答「不喜歡」。自從發現陽子的身世以來，阿徹一直認為，只有自己才能給陽子幸福，但最近這種想法卻發生了變化。

（陽子待在辻口家其實是最痛苦的事。她和我結婚之後，萬一知道了自己的身世，可能會誤以為我不是愛她，而是憐憫她才娶她。當她知道自己的父親殺死了丈夫的妹妹，這段婚姻可能也無法維持下去吧。）

阿徹是真心愛著陽子，以前他認為，戶籍的問題只要到家庭法庭申請更正就行了，從少年時期起，阿徹就打定將來要娶陽子，這份心意沒有任何虛假。然而隨著年齡增長，阿徹開始能體會陽子的處境。

（陽子絕不能嫁給我。）

阿徹強迫自己接受這個事實。北原是阿徹同寢室的室友，性格和他很合得來。北原不但頭腦聰明，開朗豪爽，並且具有同情心與勇氣。

（如果我不能娶陽子，那就把她託付給北原吧。）

於是阿徹性急地邀請北原到旭川的家來玩。

阿徹心底期待北原和陽子成為好友，但同時又希望看到與期待相反的發展。只要看到北原和陽子親近，阿徹就痛苦得幾乎發出呻吟。

（只要陽子幸福就好。我這輩子才不結婚呢。將來我只祈求陽子過得幸福。）

每當阿徹覺得痛苦，他便在心底複誦自己的願望。

「妳不喜歡北原？」

阿徹心情複雜地問陽子。

「不是不喜歡，我還沒和他熟到會討厭的程度。」

「那我們一起去不是很好？」

「可是我也沒理由非跟他交往不可啊。」

阿徹心裡高興得想大叫，但他盡可能冷靜地看著陽子。

「北原這傢伙，人很不錯唷。」

（媽媽喜歡的人，我才不喜歡呢。）

陽子在心底說道，同時也深切體會到孤獨的滋味，她覺得寂寞得想要大哭一場。

這時，森林傳來了北原和夏枝的談笑聲。

＊＊＊

吃完午飯，陽子在廚房洗碗。奇怪的是，她雖然人在廚房，卻很清楚北原的動靜。

（北原先生明天終於要回去了。）

洗完碗盤，陽子把餐具全收進碗籃裡，再用水沖洗一遍。這時，北原走進廚房對她說：

「對不起，請給我一杯水。」

「好，馬上來。」

陽子把杯子送到北原面前。北原伸手要接過杯子的瞬間，碰到了陽子的手。陽子身子震了一下，一種奇異的感覺自全身竄過。

北原拿著杯子靜靜地凝視陽子。陽子忽地轉過身，動手擦乾碗盤。她用力擦拭著，手裡的乾抹布不斷發出「唧唧」的聲響，陽子全身的神經都集中在北原身上。擦完餐具，陽子發覺北原還站在身後，便鼓起勇氣轉過身來。

北原還捧著一杯水站在原地。

「怎麼不喝水呢？」

陽子想問他，但在北原面前，她就是無法表現得像平日的自己。

陽子又很快轉過身，把剛才使用的抹布丟進消毒鍋裡，點燃瓦斯爐。

「陽子小姐。」

北原叫了她一聲。

陽子沒作聲，眼睛看著瓦斯爐的藍色火焰。

「幹麼？北原先生。」

她很想這樣回答。

「終於要說再見啦。」

她也很想這樣輕鬆地對他說。

（為什麼我會變得這麼奇怪？）

陽子心裡想著，眼珠緊盯在火焰上不肯移開。

「陽子小姐，我們到河邊去吧？」

北原終於喝完了水。就在這時，夏枝突然走進廚房。

「北原先生，要不要去散步？」

夏枝問他。北原看著陽子。陽子在沖洗北原剛才放在桌上的杯子，她迅速地從兩人身邊跑過，一溜煙回自己房間去了。

（好討厭！我是這麼無趣的人嗎？我應該更開朗、更坦誠才對啊。）

一走進自己房間，陽子立刻就後悔了。

（陽子，妳這樣可不行！應該要聽從心裡的聲音表現自己唷。）

陽子又走回廚房，但北原和夏枝已不在那裡。泡著抹布的鍋子已經煮開了。陽子拿起剛才北原用過的杯子，裝了一杯水喝下去。

＊＊＊

北原離去前一天，阿徹和陽子決定請他到高砂台吃晚飯。三個人剛要跨出家門，夏枝突然表示也要同行。

「爸等下就回來了呀。」阿徹說。

「你爸今晚一定又是九點以後才回來，我們幫北原同學開個歡送會吧。」

現在夏枝腦袋裡只想著北原一人。

「可是爸要是提早回家怎麼辦？還是打通電話問一下吧。」

「沒關係啦，最近他很忙。」

聽了夏枝的話，陽子不禁有點同情啟造。

「真不好意思，伯母對我這麼好，我都不想回家了。」

「所以跟你說了嘛，請你整個夏天都住在這裡呀。」

夏枝的聲音一點也不像在對兒子的朋友說話。不過就連阿徹也沒注意到這一點，他無法想像母親會對年紀和自己差不多的北原產生興趣。阿徹腦中有種刻板想法：男人會感興趣的對象一定比自己年輕。

對於夏枝特別照顧北原，阿徹自有一套看法。

（媽知道我喜歡陽子，或許她擔心我堅持要娶陽子，才極力想拉攏北原，好把陽子推給他。）

對阿徹來說，這假設正是他期待的，但也令他傷心。

（陽子說不定會嫁給北原，媽不是為了陽子，而是為了辻口家才那麼拚命討好北原。）

想到這種可能，阿徹看到夏枝殷勤的模樣就覺得氣憤。

高砂台是一塊高原地，和辻口家旁那條小河對面的山脈緊緊相連，高原頂上建有休閒旅店和瞭望塔。

「景色好美啊！」

北原說著笑瞇了眼。從這裡望下去，旭川市街一覽無遺，遠處大雪山山脈在夕陽照耀下呈現略帶紫的美麗色彩，右側連綿不已的十勝山脈像屏風似的站在那裡。

「這地方很不錯吧？」夏枝靠近北原身邊說。

「旭川這地方好大啊。」

「應該是說上川盆地很大。盆地四周都是山，所以會以為那座山的山腳也是旭川，其實開車過去就知道，那一帶都是農田。」

遠處的國策製紙工廠[44]的煙囪冒著白煙，看起來十分美麗。

「那片森林就是辻口家旁的實驗林吧。」

北原指著遠處說道，夏枝微笑著點點頭。

一行人走進旅店的餐廳，正要開始享用成吉思汗鍋[45]的時候，旭川的街燈也紛紛亮了起來。夏枝今晚也喝了一些啤酒。

「成吉思汗鍋真好吃。」

北原對陽子說，陽子對他微笑。夏枝在一旁忙著為北原烤肉、斟酒。

---

44　國策製紙工廠：現已改名為日本製紙公司。

45　成吉思汗鍋：一種中間突起的圓形鐵鍋，亦即小型的蒙古烤肉鍋，為北海道地方特有的料理，主要用來燒烤羊肉片。

「媽！我是您的兒子耶！媽好像被北原搶走了，我有點吃醋唷。」

阿徹已經有點醉了，他從剛才就一直忙著幫陽子倒果汁，燒烤蔬菜和肉片。

「我可沒看過像辻口這麼照顧妹妹的傢伙唷。我自認對妹妹很體貼，但和辻口真是沒得比。你們簡直像一對情侶，不像兄妹呢。」

北原最後這句話是對夏枝說的。只見夏枝突然一臉緊繃，但立刻又換上輕鬆的表情。

「他們從小感情就很好。」

夏枝微笑著說。

陽子的眼睛一直盯著從肉片流下的油脂。油脂滴滴答答掉下來，偶爾發出「噗」的一聲，火焰忽然往上躥起。油脂燒焦的白煙緩緩升起，瀰漫在整個房間。

「陽子是個好得不得了的妹妹。」

阿徹一喝醉就顯得心情很好。

「來！北原同學，肉烤好嘍。」

夏枝把肉片放在北原盤裡，又夾給他青椒和洋蔥。陽子在一旁默默看著夏枝溫柔照料北原。

吃完晚餐，四個人走出餐廳。阿徹打電話叫車，夏枝也有事暫時離開。

陽子抬頭仰望天空，只見滿天星斗閃閃發光。陽子有點意外，沒想到天上竟有這麼多星星。因為平時總是站在森林邊仰望天空的關係吧，陽子想。現在才發現這件事，她有些悵然。

（沒想到自己只看到了半邊天空……）

無論任何事，自己往往只看了一半。不！我連一半都沒看清。陽子想，我就像個一無所知的孩子。

「陽子小姐。」

北原著急的聲音突然傳入耳際。兩人周圍沒有別人，陽子向後退了一步。

「我……」

北原有點口吃，他直直地看著陽子。

「我可以寫信給妳嗎？」

陽子不由自主地點點頭。

看到她的反應，北原臉上露出了羞怯的笑容。

「我可以寫信給妳嗎？」

這句話在陽子心頭不斷地反覆、迴響。

＊＊＊

最近一星期，啟造每天都很晚下班，他有些疲倦。每當碰到比較棘手的患者住院，啟造總無法安心交給值班醫生。其實他也知道，一定要相信其他醫生，否則那些人很難在他手下做事。儘管心裡明白，啟造還是經常拖拖拉拉地留到很晚才回家。他不喜歡這樣的自己，他覺得這根本算不上責任心強，而是太神經緊張。

今天啟造終於橫了心，一到五點就準時離開醫院。他覺得若不準時下班，肯定又會拖到很晚。走出醫院，啟造在許久未見的明亮大街上悠閒漫步。

「辻口醫院的院長不至於要搭公車上班吧。」

很多人都對啟造說過這句話，但除了公務和出診，啟造從不坐醫院的車。因為他覺得為了自己一個人，司機必須起早睡晚，很可憐。反而是公車和計程車比較不會造成心理負擔。有時碰到啟造心情不錯，他也會走路上班。雖然阿徹已經拿到駕照，吵著要買車，但啟造一直沒答應。啟造自己不喜歡開車，也不想替還在大學念書的阿徹買車。

啟造一面走一面想著北原，自從北原住進家裡，家裡氣氛生氣勃勃。啟造醫院的工作最近很忙，他還沒有機會好好招待北原，他打算今天要和北原悠閒地吃頓晚餐，好好聊一聊。走到半路，啟造想起要買點巧克力給陽子。路邊有兩家巧克力店，啟造選了規模較小、客人較少的那家店。這家小店包裝紙品質很糟，也不美觀，但啟造只買五片一百元的巧克力，老闆娘就高興得滿臉堆笑，那笑容簡直令人憐憫。啟造覺得只不過花了一點小錢，卻似乎對這家店的生意有重大影響，心底有種既沉重又像做了善事的感覺。

走出店外，啟造也累了，便叫了一輛計程車。回到家，正要推開玄關大門，誰知大門竟上了鎖。啟造從倉庫找出備用鑰匙，走後門進家裡，就看到餐桌上放著一張紙條。

我們在高砂台的休閒旅店給北原先生開歡送會。如果有空，歡迎加入！

念完紙條，啟造不由得火冒三丈。

（不會打通電話嗎？）

最近連續一星期都比較晚歸，也不表示我今天一定很晚回來呀！啟造想。

（北原的歡送會交給阿徹和陽子去辦就夠了吧？夏枝用不著丟下家裡的事跑出去吧！）

啟造感覺得出夏枝情緒的音階現在已向上爬高了八度。

自他聽說夏枝給北原買了新浴衣那一刻起，之前沒放在心裡的一些瑣事，突然令他覺得不悅。

（客人又不是整個夏天都住在家裡，根本不需要特別為他做浴衣嘛。）

啟造從冰箱拿出一瓶啤酒，卻找不到下酒菜，只好把剛買的巧克力拿來下酒。

（誰也看不出夏枝已經四十多歲了。任誰看她，都以為她才三十多呢。對一個二十二三歲的大學生來說，大概不會覺得她和自己年紀相差太多吧。）

啟造覺得夏枝過了四十之後性格出現變化。不，與其說是性格改變，或許該說她對性生活變得積極。想到這裡，啟造有些不安。

（再說，還有她從前和村井的那一段。）

一眨眼工夫，一瓶啤酒就喝完了，啟造從冰箱拿出第二瓶的時候，窗上傳來敲擊聲。原來是辰子來了。

「還不幫我開門啊？」

外頭天色還很亮。

啟造連忙打開大門。

「怎麼！剛才從窗口瞧見老爺那張臉，簡直像被老婆拋棄了似的，瞧您垂頭喪氣的。」

辰子不客氣地說。

「哎呀，不好意思。」啟造摸著脖子回答。

「陽子也不在？」

「大家都幫給阿徹的朋友開歡送會了。」

辰子看著啟造，臉上露出調侃的笑容。

「喔，怪不得！所以在這裡生悶氣喔。來，阿辰陪您喝啤酒，別哭啦。」

辰子迅速走向廚房，沒多久，便端著啤酒、酒杯、乳酪和奶油花生走出來。

「奶油花生從哪找來的？」啟造訝異地問她。

「您府上的夫人打結婚起一直都放在同一個罐子、同樣的位置呀。我呀，連這個家裡的現金和存摺放在哪都知道呢。」

辰子爽朗地答道。她緊接著向啟造報告：

「啊！對了對了。剛才在四條的平和大街，看到村井先生從我車子前面走過唷，太太和小孩也跟著呢。」

除了新年，村井從不到辻口家拜訪。他和咲子好像處得還不錯。

「說到村井先生，我倒想起來了，最近都沒看到高木先生呢。他怎麼樣啊？」

「喔，高木自從開業以來，還沒來過旭川呢。」

「生意很好啊？」

「聽說他去年繳了兩百五十萬的稅呢。原以為高木不是做生意的料，現在得對他刮目相看了。」

聊了一會兒，啟造這才覺得啤酒滋味不錯。他覺得今晚的辰子看起來比夏枝更有活力，更顯年輕。

「健康寶寶最近也沒來看我，在忙些什麼呢？」辰子問。

「健康寶寶？喔，是說陽子啊？原來如此，那孩子確實身體健康，發育很好。她最近很好啊。」

啟造想起陽子最近似乎又長高了一些。

「沒事就好。大約從六月起，她就沒來我家了。」

說著，辰子幫啟造斟上啤酒。

「究竟是怎麼回事？」

啟造對這件事有點在意，他一直以為陽子每週都會到辰子家一趟。

「可能因為進了高中，突然長大了吧。」

「也許吧，妳家總是聚集了一堆男人嘛。」

啟造並不知道夏枝禁止陽子再到辰子家去，他以為陽子只是到了會害羞的年紀。

辰子難得地閉嘴不再說下去，逕自喝著啤酒。

「怎麼了?」

「沒什麼啊。」

辰子呆呆地望著窗子,啟造覺得她的側臉比正面看起來更美。

(原來辰子生過小孩啊。)

想到這,啟造突然覺得辰子很有女人味。這時,辰子忽地轉過臉看他。啟造一驚,趕緊垂下眼皮。

「老爺,你不讓陽子上大學嗎?」辰子問道。

「大學?」

啟造從沒考慮過陽子升學的事,他一心希望陽子高中一畢業就嫁出去。對啟造來說,阿徹想娶陽子一事實在令他恐懼。

「對呀。陽子成績不是很好嗎?有一位常來我家的沼田先生,是教社會科的老師,也是陽子高中的老師。聽他說,學校從第二學期便分成升學班和就業班,事先調查了學生志願,結果陽子選了就業班。」

「就業班?」

啟造倒是沒考慮過讓陽子出去工作。

「沼田老師覺得很可惜。聽說陽子上課時提出的問題向來犀利,沼田老師很希望她進大學繼續深造呢。」

啟造沉默不語,他無法對辰子說:其實我想盡快把她嫁出去。

「您可別生氣喔。我也很希望陽子能進大學。我是想,反正您將來也是要讓她嫁出去的,對吧?不如現在乾脆交給我。我也知道您從小把她拉拔到大,心裡會捨不得。」

啟造沒想到辰子會說出這番話,他不知該如何回答才好。

辰子看到啟造沉默著沒說話,又繼續說:

「我這要求果然太過分了吧。我想把這麼好的孩子討去，或許是過分了。但我是想把自己的財產都用來栽培她，雖然我沒有多少錢，但會讓她盡可能深造。」

（把陽子送給辰子倒是一個好辦法。）

啟造有點心動。與其留陽子在家裡，不如送到辰子那裡，這樣對陽子或許比較好呢，啟造想。

「當然，我知道辻口家錢多得淹腳，別說上大學，就算將來送到法國、英國留學都沒問題。我也知道這件事輪不到我來多嘴，只是聽說那孩子不升學了，才忍不住多想了一些。」

「哎呀，真不好意思。都怪我糊塗，從來沒想過讓女兒念大學呢。」

「陽子沒說過她想上大學？」

「也不知她和夏枝談了什麼。」

「總之，是我多嘴了，但萬一遇到什麼事，您想把她給我，阿辰永遠都歡迎。」

說完，辰子便叫車離去。

啟造決定早早就寢，他今晚不想看到夏枝的臉。躺在棉被裡，啟造愈想愈覺得，應該把陽子送到辰子那裡去，應該讓阿徹離陽子愈遠愈好。如果是送到辰子家，陽子大概也會同意吧。過幾天找個時間和夏枝商量一下吧，啟造暗自盤算著。數日來的疲累一下子湧了出來，他不知不覺就沉沉睡去。

睡夢中，啟造被回到家的阿徹和北原的笑聲吵醒，他看一眼時鐘，還不到九點。房間的紙門突然無聲地被拉開了，夏枝站在門口。啟造仍舊閉著眼，夏枝向房內瞧了一眼，立刻轉身走向起居室。

耳邊不時傳來夏枝的笑聲，啟造不覺怒火中燒。眼前浮起了北原那張羞怯的笑臉。不知為何，啟造覺得夏枝一定是坐在緊靠北原的位置和他聊天。啟造彷彿看到北原和夏枝緊緊貼著，交換體溫，兩人不時相視而笑。一想到這，啟造頓時睡意全消。

不一會兒，走廊傳來輕輕的腳步聲，接著，是一陣有力的腳步聲。啟造全身都在用心傾聽。

「我會寫信給妳的。陽子小姐，晚安！」

北原低聲說完，走上二樓。

（不是夏枝！）

黑暗中，啟造不禁露出微笑，同時也覺得自己剛才那股醋勁實在可笑。

（原來是北原和陽子？）

啟造腦中浮起了阿徹的臉孔。

* * *

北原離去後第三天，吃完早飯，阿徹在自己房裡翻譯卡羅沙[46]的《美麗躊躇的年代》。他從國中就跟著啟造學習德文，現在雖然才大學二年級，德文程度卻相當精湛。

翻譯一陣子，阿徹有點累了，便走到窗邊眺望戶外景色。

（居然蓋了這麼多房子！）

阿徹小時候，這附近整片都是遼闊的馬鈴薯田，現在實驗林旁蓋了許多紅藍綠三色屋頂的房屋。幸好房屋之間仍可看到一些玉米田和馬鈴薯田，這讓阿徹覺得安慰。

阿徹望向後院，陽子正在院裡拔草。炎熱的陽光下，包著白頭巾的陽子一心一意地拔著地上的雜草，完全沒發覺正被人窺視。阿徹看她那模樣，不禁露出微笑。陽子穿著白襯衫和黑短褲。平日她向來不喜歡短

46 卡羅沙（Hans Carossa，一八七八—一九五六）：德國作家、詩人、醫生。

褲，可能是因為便於活動，所以穿著幹活吧。

阿徹望著陽子的身影，腦中想像著若干年後，她成了自己的妻子在這裡拔草的模樣。他想像已經成為醫生的自己，在某個星期天午後站在這裡欣賞妻子在院中幹活的模樣。

（可是，這一切都得放棄。）

如果要娶陽子為妻，就得讓她知道她和辻口家沒有血緣關係，這麼一來，陽子可能會發現自己的身世。

（我們倆這輩子還是做兄妹吧。）

阿徹並不知道陽子早已發覺自己是養女，因為陽子看來一點也不像有心事。

（就連北原，也千萬不能讓他知道陽子的身世。）

阿徹原打算告訴北原一切，並把陽子託付給他。但現在阿徹知道這想法愚蠢無比，他偷偷地打個寒顫。

（這件事只有父母和我，還有札幌的高木叔叔知道，絕不能把這祕密洩漏出去。）

（但也很難講，誰也無法保證媽不會說出去。）

阿徹看著一無所知的陽子專心拔草，內心湧上無限愛憐。就在他正準備呼喚陽子，郵差騎著紅色自行車來到門前。

陽子拍掉手上的泥土接過一疊信件。等郵差走遠，陽子從那堆信裡抽出一封信，急忙拆開。但拆開之後，像是想起了什麼又把信封塞進短褲前的口袋，朝森林方向走去。看來她是打算到林中細細閱讀那封信。

（是北原寄來的吧。）

一想到這，阿徹胸口一陣疼痛。

「陽子！」

阿徹忍不住從窗口探出身子叫喚。

「什麼事？」陽子回頭應道。

「有信嗎？」

「對不起，也有哥的信唷。」

說完，陽子便跑上二樓。還沒拆開的兩封信是北原寄給夏枝和阿徹的。

「陽子也收到北原的信啦？」

陽子紅著臉點點頭。

（陽子已經愛上北原了嗎？）

看她這模樣，阿徹不禁有些悵然。

（很好啊！這樣很好！陽子是我的妹妹嘛。）

阿徹接過北原的信放在桌上，裝作沒事地翻開自己的翻譯筆記。

陽子無言下了樓，走到洗臉台洗手。洗完手，順便也洗乾淨臉，並脫下短褲，換上一條灰色百褶裙。

「陽子也收到北原的信啦？」

剛才聽到阿徹這麼問，陽子突然覺得北原的信成了珍貴的寶物。

她不敢想像剛才竟想用一雙沾滿泥土的手讀信。陽子走進房間，像平時那樣坐在躺椅上。不過她立刻又起身走到桌前，在白色針織坐墊姿勢端正地跪坐，拿出北原的信。陽子又拿出剪刀，把信封上剛用手撕破的部分修剪整齊。

北原的字有向右挑高的毛病。

辻口陽子小姐

我來到斜里的海邊，從這裡隱約可以看到知床半島，海邊到處都是輕石[47]。以前每年都會到這裡來，今年第一次注意到這裡竟有這麼多的輕石。

今天早晨，一名年輕女性被海浪沖上岸倒臥在海灘上。她原是為了自殺而跳進海裡，卻被海浪推上岸來，結果獲救了。

看到有人想死卻死不了，我覺得這件事蘊含著深奧的意義。女人瘋狂地一心想要結束生命，但她的人類意志最後卻被某個意志阻止了。這個事實讓我不禁嚴肅看待。我覺得那是無法只用偶然來解釋的一種偉大意志，而這種偉大的意志該是比死亡更嚴肅的東西吧。

這次我在府上打擾太久了，真不好意思。

一九六二年七月　北原邦雄

信寫到這裡結束了。紙上有一行被擦掉的字跡，信紙幾乎都被擦破了。陽子伸出手指反覆撫摸著這行文字。整封信裡不曾表露絲毫感情，但不知為何，卻深深吸引著陽子。或許是因為北原給她的印象清爽寬容，和這封信的感覺相差甚遠吧。

陽子又把北原的信重頭念了一遍。

（他說的「偉大的意志」是指什麼呢？難道是指神的意志嗎？）

年輕的陽子對「神」沒什麼概念，她從沒想過「神」是什麼。陽子覺得自己還不至於軟弱到必須仰賴神的地步。但現在讀了北原的信，陽子對他提到的「偉大的意志」這個字眼卻能產生共鳴。不過倘若是別人寫出這個字眼，或許她會視而不見吧。

（我被辻口家收養，也是那個偉大的意志促成的吧。）

陽子很想知道究竟是誰把自己帶到這個家裡來的。

（剛出生的我，是被誰帶到這個家裡來的？）

不是爸爸就是媽媽吧，陽子想。她很想知道，當時究竟是啟造還是夏枝動念將嬰兒的她抱回來的。

（依北原先生的想法，我被這個家收養，既非出於親生父母的意志，也不是養父母的意志，而是某種超乎所有人意志的力量促成的。）

陽子想起了「命運」這個字眼。然而她覺得北原所說的「偉大的意志」，和「命運」似乎又不太一樣。

（究竟是哪裡不同呢？就像北原先生所說，信裡提到那個女人一心想死卻被人救活了。我也覺得這世上好像有種超越人類意志的更強大的意志，但那和命運似乎不太一樣。）

陽子打算好好思考這問題。這時，走廊傳來腳步聲，接著，夏枝走進房間來。

「陽子，聽說妳收到北原同學的信了？」

「是啊。」

「從哪裡寄來的？」

說著，夏枝在陽子身邊坐下。

「斜里。」

「哎呀，媽媽收到的是從北見寄來的唷。信上說他去原生花園[48]，不過去遲了，花都開完啦。」

47 輕石：又叫浮石，岩漿急速冷卻，氣體擠出後形成的多孔狀岩石，有氣泡狀孔穴，通常顏色較淡，可漂浮在水面上。

48 原生花園：位於鄂霍次克海與佐呂間湖之間的沙丘，大部分植物的花期都在六至八月之間。

夏枝看了一眼陽子膝上的信。

「北見那地方應該很不錯吧。」

陽子說著把信紙放回信封。

「那是北原的信？」

「嗯，是啊。」

「他寫了些什麼？」

「說是在斜里海邊有個女人被大浪沖上岸來。」

「自殺嗎？」

「是啊。不過只是昏過去，後來又被救活了。」

「哎唷，真的啊？可以讓我看一下嗎？」

陽子默默把信交給夏枝。夏枝接過信站起身來。那封信後來再也沒回到陽子手中。

# 31 河川

八月底，阿徹向朋友借了一輛車。阿伊努族的火祭即將在層雲峽舉行，阿徹邀夏枝和陽子一起去觀賞。

「要開車到層雲峽去啊？」

夏枝似乎不太想去。她打算趁阿徹回大學時，和他一起到札幌一趟，想再見北原一面，所以現在不方便成天往外跑。

「你們兩個去吧。反正晚上就會回來吧？」

「都特地去層雲峽，當然要悠閒地洗個溫泉住一晚才回來呀。陽子，對吧？」

「你和陽子兩個人？」

夏枝不禁有點不安。

「是啊，就我和陽子兩個。」

看到夏枝不放心的表情，阿徹嘴上答得輕鬆，表情卻很嚴肅，嚴肅得連夏枝也不敢再多說什麼。

「哥開車的技術沒問題吧？我沒事先寫好遺書，沒問題吧？」

坐上車後，陽子開玩笑地說。

「這我可不敢保證，說不定先寫封遺書給北原比較好唷。」

阿徹愉快地答道。

（我是陽子的哥哥。不管我們同住幾晚，我都是她哥哥。）

想到夏枝不安的視線，阿徹心底升起一股怒氣。

汽車駛出旭川，進入屯田兵[49]開墾的永山村，路邊稻田綠油油一片，十分美麗。阿徹開車很謹慎，就像他平時的作風。

「哥，你車開得很好啊。」

陽子說著掰下一塊巧克力，放進阿徹嘴裡。

「我在札幌經常開朋友的車啦。」

阿徹開心地說。

陽子很喜歡阿徹表現得像個哥哥，他最近沒再出現那種令陽子快喘不過氣的怪異態度。

「哎呀，好美的河！這才是石狩川的真面目啊！」

夏日陽光紛亂地照在寬闊的河床上，河裡流水清澈見底。

「對呀，我們從小都以為那條充滿工廠廢水、黑漆漆又酸臭的河水才是石狩川，其實從前石狩川有很多鮭魚呢。」

「河流應該算是公眾財產吧？可是因為某家公司，人和魚都不能在河裡游泳，這樣對嗎？下游那些漁夫的生活都受到了侵犯，這樣可以嗎？」

陽子難得氣憤地說。

「嗯。不過啊，聽說那條河現在已經整治得很乾淨嘍。也就是說，那家公司也做了一番努力。」

大雪山山脈的輪廓逐漸清晰地呈現在眼前。汽車駛過上川的市鎮之後，進入峽谷，路邊岩壁像被巨人的大斧鑿開似的一路蜿蜒。不一會兒，終於到達層雲峽。

吃完晚飯，阿徹和陽子從旅館出發去看火祭。太陽早就下山了，路上很暗。離旅館不遠的公車站前早已搭起舞台，台上布置了祭壇，四周圍滿上千的觀光客。祭壇上裝飾著許多鮭魚、蘿蔔、黃瓜和茄子之類的供品，距舞台約三公尺處搭起一座聖火台，零星的火苗不時迸開。

陽子緊抓阿徹浴衣的袖子跟著他往人群裡鑽，兩人來到聖火旁。火堆的烈焰炙熱無比，這一帶遊客很少。

祭壇前的舞台上，一群阿伊努女人圍成圓圈，她們身穿繡著美麗圖案的厚司織[50]，拍著手隨節拍唱和。她們唱的是一首節奏單調的阿伊努民謠，氣氛愈來愈熱烈，圍圈跳舞的阿伊努女人都有美麗的長睫毛，既濃又黑。

「欸！哥！」

陽子突然俯在阿徹耳邊低聲叫他。

「幹麼？」

「回去吧？」

「為什麼？不舒服嗎？」

阿徹訝異地問陽子。這時表演結束了，人群一窩蜂擁向河邊。

「不是不舒服……」

三名阿伊努族女人將燃著聖火的箭矢放在弓弦上，轉眼之間，弓身也點燃了。一個女孩提心弔膽地瞄準，拉開弓，把燃燒的箭矢射向河面。「哇！」周圍的人群發出一陣喝采。一道水蛇似的火光竄過河面，河

---

49 屯田兵：明治時代為了開拓與守衛北海道而設立的軍隊。

50 厚司織：阿伊努語，是一種樹皮衣，用滿州榆樹或華東椴樹的內皮取下纖維織成的衣服。

對岸也同時出現火光，早已備好的煙火一起點燃，排成「峽谷火祭」幾個字。觀眾又是一陣歡呼。

「陽子，要回去嗎？」阿徹問陽子。

「沒關係。煙火好美啊。」

陽子爽朗地答道。剛才她看到阿伊努族的女人像物品般供人觀賞，心中有一股強烈的抗拒。無數巨大的菊花形煙火在空中炸開，河水倒映著火光，看來十分美麗。每當煙火在夜空中散開，高聳的岩壁也會在剎那間顯出身影，就像被人從黑暗中推出來似的。等到火光消失，岩壁也再度隱身，陽子發現這景象，每當煙火升空，她都盯著岩石突出的山壁。陰暗而堅實的岩壁具有和煙火不同性質的美，從黑暗裡現身，又消失在黑暗裡，好像地球在呼吸一般。那景象雖然恐怖，卻又有種震懾人心的美。

不知不覺，陽子的腦袋靠在阿徹肩頭。

「岩石好像有生命呢。」

「岩石？」

阿徹環抱雙臂凝視陽子，他覺得陽子在煙火照映下更美了。

每一發煙火升空時，都發出「咻」的金屬聲。

「簡直就像燒夷彈的聲音，令人想起戰時呀。」

旁邊一名年近五十的男人不屑地說完，轉身離開人群。阿徹和陽子不自覺望著男人離去的背影，只見他左右兩臂都拄著枴杖。陽子對戰爭一無所知，這是她第一次親眼見證到戰爭的恐怖。

＊＊＊

兄妹倆回到旅館時，房裡的被褥已經鋪好了。

「在峽谷看煙火感覺好過癮。」

「嗯，因為有回音嘛。」

阿徹突然對和陽子睡在同一個房間感到不安。

「陽子，妳去洗澡吧。」

「好啊。哥你要不要再洗一次？」

「不必洗兩次啦。」

陽子走出房間後，阿徹鑽進棉被裡。他希望能在陽子回來前睡著。阿徹身體微微顫抖，他很氣自己，同時也想起夏枝那雙不安的眼睛。

（荒唐！陽子是我妹妹啊！）

阿徹像要反駁夏枝在心底大喊。自己的心如此搖擺不定，這一生真的能當陽子的好哥哥嗎？阿徹有點不安。

（陽子已經屬於北原了。）

阿徹努力告訴自己。雖然他不知道陽子將來會不會嫁給北原邦雄，但他一定要說服自己，陽子總有一天會嫁給其他男人。

房間的紙門拉開，陽子走了進來。

陽子坐在自己的被褥對阿徹說。

「洗澡水好熱唷。」

「嗯。」阿徹像是喉嚨裡有痰，咕噥一聲。

陽子從水瓶倒了一杯水，正要喝，又轉頭問阿徹：

「哥，你要喝水嗎？」

「好啊。」

阿徹伸手接過杯子。喝下冷水之後，他的心情總算比較平靜了。

「陽子出生就是個大塊頭，妳現在也很高大。」

說完，阿徹覺得鬆了口氣。他試圖敘述陽子出生的情景，他想以這種方式讓自己相信陽子是血脈相連的親妹妹。

陽子沉默著鑽進自己的被窩。

「陽子比較像媽吧，妳長得很像外婆唷。」

其實阿徹並沒看過夏枝早逝的母親，他只在褪色的照片裡看過外婆。

「是嗎？」陽子低聲反問著。

「妳剛出生時，我總是趴在陽子枕邊看著妳，每次伸手摸妳腦袋都會挨罵，說是嬰兒頭頂很軟，不能摸。」

陽子無言地瞪著天花板。

「後來啊……」

「別說了，哥，不用告訴我這些啦。」

陽子從被褥上坐起身子。

「我已經知道了，自己是抱來的。」

聽到陽子的話，阿徹嚇得坐起身子。

陽子露出早熟的微笑望著阿徹。

（她已經知道了！）

「什麼時候知道的？」

阿徹顫抖地問。

「小學四年級的冬天，就是颳暴風雪的那天。」

「這麼早以前？」

阿徹又吃了一驚。

小小年紀就發現自己是養女，為什麼還能活得那麼正直開朗？想到這裡，一向自認十分了解陽子的阿徹頓時覺得她全身籠罩著神祕的面紗，就像陌生人。從小陽子的表情總是不帶一絲陰鬱，甚至比自己開朗許多。

「誰告訴妳的？」

「我聽到別人在說閒話。」

陽子腦中浮現牛奶店老闆夫婦的身影。

「妳跟誰說過這件事？」

「沒跟別人說啦。」

原來陽子從小學就把祕密隱藏在心底，一想到這，阿徹不只覺得憐憫，甚至覺得有些恐怖。

「陽子相信自己是養女？妳一定很意外吧？」

「沒有。我並沒有太意外，其實我早就感覺到了。如果那時年紀再小一點，或再大一點，或許感覺就不一樣了吧……知道時是有點寂寞，但並沒有很震驚。」

阿徹凝望著陽子。

「原來是這樣。陽子真不簡單，碰到這種事，也沒變成脾氣古怪的壞孩子。」

「或許這就是我古怪的地方吧。當初聽說這件事，我還下決心要做個好孩子，希望將來看到親生母親時，要讓她稱讚我。進了國中以後，我們不是常在報上看到不良少年的新聞？很多人明明是自己變壞的，卻找一堆藉口，說是因為失去雙親啦，因為生長在單親家庭啦，或因為被繼母養大啦之類的，對吧？其實我也有我的傲慢之處，我才不想變成那些人的同類。自己變壞卻把責任推到別人身上，這種作法，我可不喜歡。自己變壞應該是自己的責任。雖說環境的影響也很重要，但基本上，我覺得一切責任都在自己。

「陽子可是很頑固唷，我可是拚了命也不願意變壞。今天我們來層雲峽的路上，看到石狩川的上游很美，對吧？可是下游卻被工廠的廢水染得黑黑的，今天看到那條河的時候，我在想，我可不是河，我是人，就算被人澆上廢水那種髒東西，我也不能失去自己原本的模樣。所以，我也不能算很乖啦。哥！」

陽子開朗地說。

# 32 紅花

阿徹回大學去了，夏枝也和他一道前往札幌。由於婚前一直住在札幌，也在那裡長大，夏枝這次表示想到很久沒去的札幌看看，可算人之常情。另一方面，也因為自從高木開業以後一直沒到旭川作客。他現在忙得連週末都沒空，嘴裡直嚷著：「女人怎麼老是挑醫生想休息的時候生孩子啊！」所以去探望高木，也成了夏枝去札幌的好藉口。

事實上，夏枝是想去札幌看北原。北原表現出的溫柔，使她對自己的美貌重獲自信，她想再確認一次。

「他沒有母親好可憐啊。」

出發前，夏枝以這理由為北原買了一套睡衣和襪子，跟著阿徹一塊到札幌去了。

原本說好當天回來的，夏枝卻到了晚上八點還不見人影。啟造最近很早下班，但這天也遲遲沒有回來。屋旁那座面積超過十八公頃的森林寂靜無聲，緊鄰森林的家中也瀰漫著靜默的空氣，聽不到一絲聲響，陽子甚至覺得連自己的存在都變得恐怖。即使是開朗的陽子，這時也開始期待啟造早點回家。

就連打開電視機開關，陽子都覺得恐怖，覺得電視裡的人物彷彿會從螢幕裡跳出來似的。儘管平日舉止穩重，陽子畢竟還只是高中一年級的少女。陽子努力穩住心情，重新捧起卡繆的《鼠疫》閱讀，這時，電話鈴聲響了。

「喂，陽子啊？」

話筒裡傳來夏枝的聲音。

「讓妳看家，辛苦啦。爸爸不在嗎？」

夏枝的聲音很興奮。

「是啊，爸還沒回來。」

「啊唷，那妳轉告他吧，就說我明天晚上才回去。現在我在高木先生這裡呢。」

「喂！陽子。」

話筒裡突然傳來阿徹的聲音，簡直和啟造的聲音一模一樣。

「哥也跟媽在一起啊？」

「嗯……」

阿徹支支吾吾地說。

「……那妳保重啊。」

阿徹才說完，高木震耳的大嗓門立即傳入陽子耳中。

「陽子，長高了吧？要長成一個性感美女唷。好久沒看到妳，還覺得妳是小學生呢。陽子下次也到札幌來吧。叔叔每天忙著迎接新生兒，沒空去看妳。妳想要什麼？叔叔現在賺了點小錢，我買給妳。妳爸還沒回家啊？」

一口氣說完，高木突然壓低音量說：

「出來嘍，鬼出來嘍！」

「叔叔，你好討厭唷！」

聽到陽子這麼抱怨，高木朗聲大笑起來。

掛上高木熱情的電話，家裡的氣氛顯得更沉寂了。一直到十點多，啟造才回到家。

「陽子果然一個人看家啊？很寂寞吧？」

啟造換上浴衣，一臉疲憊地說。

「我料到妳媽今天可能不回來，一直想早點回家。」

「您吃飯了嗎？」

「喔，不太想吃。如果有牛奶的話，就吃幾片餅乾吧。」

「餅乾？」

「嗯，這樣就夠了。」啟造若有所思答道。

「跟妳說啊，因為有患者自殺了，也沒時間打電話回來……」

「啊！自殺？因為病情惡化了？」

「不是，是原本預定明天要出院的患者。我當了二十幾年醫生，這還是頭一次遇到出院前自殺的病患呢。」

說著，啟造把一塊餅乾放進嘴裡。

「啊？病都好了還自殺……」

啟造的想法也是如此。

那位病患是二十八歲的青年，他患了肺結核，但病情很輕，肺裡也沒有空洞。患者原本在銀行當職員，已決定復職，他的雙親健在，兄弟三人，有哥哥和弟弟，父親在小學當校長，家庭環境看不出任何問題。

他身高五尺五寸，身材有點瘦削，卻不會給人虛弱的印象。他很積極接受治療，有些輕症患者常犯的毛病如不假外宿、酗酒等，他不曾犯過。

啟造猜想夏枝今天或許不會回來，覺得陽子一個人看家實在可憐，原打算早點下班。誰知他剛脫下白袍，內線電話鈴聲大響。又是急診患者嗎？還是要我出診？啟造納悶著接起電話，話筒裡傳來結核病房護理長越智和江的聲音。

「是院長吧？二號病房的正木先生，剛從屋頂跳樓了……」

「什麼？妳說正木，正木次郎？」

「是，就是正木次郎先生。」

「明天要出院的正木？沒有弄錯？」

「沒有錯。」

啟造急忙套上剛脫下的白袍奔出院長室，只可惜病患已當場身亡。

其實啟造心中對正木尋死倒不是一點預感也沒有。因為隨著病狀逐漸好轉，正木卻愈來愈不愛開口。當他聽說可以復職，還有出院日期決定的時候，臉上都是一副呆滯的表情，似乎一點也不高興。

難道他愛上了哪個護士，對出院很傷心嗎？啟造有些疑惑，所以一星期前曾把正木叫到院長室。

如果你有喜歡的對象，一年後就可以結婚。啟造原想告訴他這件事，誰知走進院長室的正木卻無精打采。

「你怎麼沒什麼精神，哪裡不舒服嗎？」

「沒有不舒服。」

「你看起來好像有心事啊。」

「我覺得活著沒意思，一切都很無趣。」

「怎麼會呢？難道是失戀了？」

聽到啟造的疑問，正木臉上露出意味深長的笑容。啟造不由得一驚，因為那笑容顯得十分冰冷。

「如果是失戀倒也不錯。我不知道自己究竟為什麼活著。」

「您在說什麼呀。好不容易把病治好了，馬上要回去上班了。一切不是才要開始嗎？」

「不，醫生。生病這段時間，我至少有個目的，就是治病。可是病治好了，我究竟該做什麼呢？」

正木眼中透露出絕望。

「做什麼？不是有工作等著您嗎？」

「醫生！工作究竟是什麼呢？這六年，我的工作就是打算盤和數鈔票。但這些事就連機器也能做，不是嗎？最近我覺得好憂鬱。我像這樣休息了兩年，可是銀行一點也不覺得少了我就不行，不只如此，在我休息的這段時間，銀行的生意好得很，光是市內就增加了兩間分行。我休不休息，根本沒差。換句話說，我的存在價值等於是零。這樣的我回到工作崗位上，有什麼高興而言呢？」

啟造聽了這話，覺得他的想法未免太奢侈，所以只是笑笑，沒再多說什麼。然而正木卻在今天自殺了。

遺書上沒寫上收信人，正木只寫了：

人活一世，終究一死。

陽子連連點頭，傾聽啟造敘述經過。

(所以，這個人也期待自己的存在是唯一而不可取代的。如果有個人真心愛他，他會死嗎？)

聽到這個人自殺，陽子實在無法置之度外。

「爸爸忍不住想了很多。」

啟造彎身在沙發躺下。

「爸爸啊，雖然治好了正木的病，卻不能給他生存的力量。正木先生是靈魂生病了，可是爸爸只知道注意他肉體上的疾病，對他心靈上的疾病卻一點也沒留意。」

說著，啟造悲傷地看著陽子。

「可是，就算我發現正木的心生了病，我卻沒法像幫咳嗽病人開止咳劑、為結核病患者開鏈黴素那樣，為他心靈的毛病對症下藥。」

啟造並沒留意陽子正異常專注在聽自己說話。正木的死給他帶來的衝擊太大，此刻他實在無法分神去注意陽子。

這一刻，啟造腦中的疑問是：自己究竟是為了什麼而活？做為一個男人，他將自己的一生奉獻給醫師這個職業，啟造從沒對這件事後悔過，他心底甚至還懷著幾分自豪，然而，更進一步細想，就算自己不當醫師，世間的人們也不會有任何不便。如果自己現在突然死了，或是辻口醫院關門了，患者只要轉到其他醫院就行了。

醫生這個工作給啟造帶來莫大的喜悅與使命感，然而這世界上沒有任何一種疾病是非得他動手才能治癒的。不知不覺間，啟造的心情沉浸在一片虛無之中。

沉思中的啟造突然想起陽子，轉眼看她，只見陽子用一雙閃閃發光的眼睛仰望自己。

「爸，我好像懂那位叫正木的患者的心情呢。」

「喔？妳懂嗎？」

「是啊，雖然我還不太了解所謂『唯一而不可取代』的感覺，但無論是誰，每個人都擁有自己唯一而不可取代的價值吧，只是我還沒親身感受過那種感覺。如果有誰能發自內心地對陽子說『妳是我唯一而不可取代的寶貝』，或許我就能明白……那位正木先生，我想如果有誰深愛著他，他就不會去死了。」

說到這，陽子臉上唰地一下泛起紅暈。「愛」這個字太令人臉紅了，這是陽子有生以來第一次在別人面前提到「愛」這個字。

陽子這段話深深打動了啟造。

「如果有誰能發自內心地對陽子說『妳是我唯一而不可取代的寶貝』……」

從這段話，啟造聽出陽子渴望被愛的孤獨。

（我和夏枝都盼著陽子快點高中畢業，快點長到能夠嫁人的年紀。我們都期待她盡快離開這個家。）

啟造十分同情陽子。

「哎呀，已經十一點了。晚安。」

啟造裝著不經意地說。他打算明天開車帶陽子去逛逛。陣陣蟲鳴這時從庭院傳入耳際。

＊＊＊

「這裡是阿伊努人的墓園。在旭川住了這麼久，早就想帶陽子來看看了。」

汽車在山崗上停住，走下車來，眼前是一片很普通的松林。沉積在路面的火山灰很快就弄髒了啟造和陽子的鞋子。

「哇！」

一踏進墓園，陽子忍不住叫嚷起來。

這裡雖說是墓園，卻只看到許多槐木製的墓牌安靜謙遜地並排在一起，不像一般日本人的墓碑刻著「某氏」做為標誌。墓園裡瀰漫著亡者長眠的靜謐，不像日本人的墓園那樣死後還想彰顯貧富差距，也看不到任何外觀張揚的墳墓。

「哎呀！這墓園好棒啊！」

陽子抬頭望著啟造說。

「最近也出現一些石刻的墓碑，這種低調而謙遜的氣氛，和死者的財富與地位都無關，感覺很不錯吧？」

「真的呢。爸，這個石杵形狀的，和那個尖尖的有點像裁紙刀形狀的，有什麼分別呢？」

陽子站在一座小型石杵形墓牌前問道。

墓牌上刻著一個名字：鐵奇紫蘭。

「喔，這代表死者是個女人。尖尖的那種，是男人的。聽說這種木頭一百年都不會腐爛呢。」

只見長滿苜蓿的草地上，一個容量可裝一升的大酒瓶倒在墓牌前。地面鋪著一張破破爛爛的報紙，上面有個已經腐爛的蘋果，還有一碗看不出是粟米飯還是稗子飯的供品擺在旁邊。

「聽說原本阿伊努人下葬後，親友就不會再到亡者墳前來，可能是現在他們也接受了日本人掃墓的風俗吧。」

啟造溫柔地回頭對陽子解釋。

「跟好爸爸唷。這裡都是土葬，墳挖得不深，還有很多學生跑來這裡亂挖，說是當作考古學的參考材料，把一些陪葬的裝飾刀和玉飾都挖走了。」

「好過分！」

陽子悲傷地嚷道。

「爸，我剛才在想啊，死在這裡的阿伊努人，不知他們一輩子過得如何？我想他們一定過得很不幸，光是生為阿伊努人這一點，肯定讓他們自小就得承受日本人帶給他們的各種悲傷。而且，現在連他們的墓地也亂挖，真的太過分了。」

聽了陽子這番話，啟造連連點頭，他打量著一塊墓牌，上面寫著：「明治二十八年（一九五三）生」。

這個人也遭遇過痛苦而死去嗎？啟造在心底自問。

「現在長眠在此處的死者想要說什麼，我覺得自己好像能懂呢。」

阿伊努人的墓地占地在一九六三年還有一萬坪面積，如今卻已減少到九百五十坪了。光從這點來看，啟造也覺得阿伊努人實在可憐。

（昨天的現在，正木還活著。）

啟造腦中突然浮現正木死後的面容。

正木斷氣後的臉看起來十分痛苦，他的嘴唇歪斜，整張臉都扭曲糾結，嘴裡彷彿隨時都會發出呻吟。

九月的陽光下，旭川的市街像是籠罩著一層藍色薄霧。啟造和陽子並肩而立，遙望山崗下的市街。

（死是解決問題的方法嗎？）

正木雖然自殺了，但他所說「無法感受自己的存在價值」這問題並沒獲得解決。社會愈是複雜，個人的人格與價值愈容易受到忽視，每個人擅長的專業領域也愈來愈狹窄。

（死不能解決什麼，甚至還會引起更多問題。尤其是自殺，更是如此。）

啟造看到墓牌上停著一隻紅蜻蜓。牠透明的翅膀在陽光下閃閃發光，身體一動也不動。

（就算有人付出性命提出質疑，身邊的親友和整個社會卻不願給予回應。）

想到這裡，啟造覺得人類這種生物實在冷酷，同時也非常愚蠢。

「陽子！」

陽子正專心眺望著旭川的市街。

「什麼？」

「住在這街上的人們，有一樣東西是每個人都能公平分到的，妳知道是什麼嗎？」

「陽光嗎？」

「也有人住在陽光晒不到的地方呀。」

「一天的時間？每個人的一天都是二十四小時呢。」

「原來妳這麼想。爸爸想的是，無論窮人或富人、健康的人或病人，每個人都難逃一死。」

「的確，將來有一天，我也會死的。不過現在看著這市街，我心裡想的是，住在那些屋頂下的人們，他們都在努力工作，拚命活著，他們是多麼堅強啊！」

啟造聽了連連點頭。陽子現在這年紀所關心的是工作和生活，而不是死亡。可是啟造也有些不安，以陽子的年齡，她看到陽光下的旭川街景應該覺得很美才對，然而她卻對人們從事勞動的熱力感到傾心。啟造不禁想起辰子告訴自己的訊息：陽子選擇了就業班。

（陽子已經發覺自己的身世了嗎？）

幾百公尺外的遠處，只見日本人的墓園閃著白花花的耀眼光芒。

（總之，人終會一死。人的一生只能活一次，無法重頭再來。）

回顧自己活到現在的軌跡，啟造覺得十分空虛，他不知道自己活到現在究竟是為了什麼。

（人應該為了什麼目標而活嗎？我除了社會地位也算有點財產，還有美貌的妻子，但這些並不保證我一定過得幸福。）

啟造心底想著，眼睛一直凝視著綻放在腳邊的小紅花。

＊＊＊

啟造一直很煩惱，不知是否該把辰子提議收養陽子的事告訴夏枝。他認為辰子之所以不直接跟夏枝提，是希望啟造找個適當時機再提起。

「阿辰說她想收養陽子喔。」

啟造曾考慮以輕鬆的語氣開口，但他無法預料夏枝會有什麼反應。

「哎唷，這個辰子，這麼重要的事，居然只跟老公說，好過分唷。」

夏枝或許會這麼回應吧。

「奇怪呀，她怎麼會說起這件事？不會是你拜託她的吧？我對那孩子的教養方式你不滿意啊？」

夏枝也可能會這麼回答。

「你那麼希望陽子過得幸福啊？那麼疼愛那孩子啊？」

夏枝甚至還可能這樣譏笑啟造一番。

啟造之所以遲遲無法開口，其實還有另一個理由：他擔心夏枝會立刻應允辰子的提議，真的把陽子送給辰子。一想到這個家裡再也看不到陽子的身影，啟造就覺得寂寞。

啟造書房鉛筆盒裡的鉛筆，永遠都削得尖尖的。這工作是陽子的差事。只要一看到削尖的鉛筆，啟造就能感受到女兒的溫柔。

兩三年前開始，每天早上啟造一走進盥洗室，陽子就緊跟著進來，幫他把牙膏擠在牙刷上。這是夏枝從未對他展現過的體貼。啟造有時還會暗自想像，將來成為陽子丈夫的那個男人，每天早上也能像這樣享受陽子的體貼照顧吧。

每當啟造在醫院累了一天回到家裡，陽子明亮的笑臉總能讓他得到慰藉。只要阿徹願意這輩子只把陽子當作妹妹，啟造真的不想把陽子送給任何人。

（愛你的敵人。）

這句話突然出現在啟造腦中。他已經很久不曾想起這句話了。

（我曾賭氣要把這句話當作一生的課題，但不知從什麼時候起，我連這句話都忘了。現在的我，就連陽子的生父是誰都很少想起。要不是有阿徹在，說不定我早就忘得一乾二淨呢。）

近來，啟造經常想起「時間能解決一切」這句話。

（我現在對陽子付出的關愛，不正是時間所給予的嗎？所以說，無關我的人格，時間能讓我生出親情。）

然而時間並不能解決真正的問題，啟造想。

啟造很不願意送走陽子。他心裡雖然盤算著要把辰子的提議告訴夏枝，卻日復一日地拖延下去。轉眼之間，這一年又即將接近尾聲。

# 33 雪香

新的一年到了。

中午剛過，一疊辻口家的賀年明信片從門外丟進來。

「信！」

聽到門外的喊叫聲，陽子朝玄關飛奔而去。她等了很久。今天這日子，北原邦雄一定會寄賀年卡來的，陽子想。

北原曾問過她：「我可以寫信給妳嗎？」

他在旅途上曾寄來一封信，不過那封信交給夏枝之後，就沒再回到陽子手裡。陽子因而不太願意提筆回信。其實她心底期盼著，或許北原回到札幌後還會給自己寫信，但最後終究沒等到他的來信。陽子懷疑是否因為自己沒回信，他才沒寫信來。她仍在痴痴等待北原的來信。可是年都過了，北原的信卻始終沒來。

至少他會寄張賀年卡給我吧，陽子暗自期待著。她在年前寄了一張賀年卡給北原。

新年快樂！

去年收到了您的信，一直沒有回信，真抱歉。那封信裡被擦掉的部分，您寫了什麼呢？

內容很普通，但陽子覺得這樣比較合適。寫完，陽子冒著雪跑上大街投進郵筒裡。

北原或許正在讀我的賀卡吧。陽子想到這，心底一陣喜悅，她動手拆開整捆賀卡。阿徹原本躺在地上看電視，這時過來對陽子說：

「我瞧瞧，總有兩三張是寄給我的吧。」

說著，阿徹抓起半捆賀卡幫忙分信，大部分賀卡都是患者寄給啟造的。夏枝和啟造從早便在客廳忙著接待拜年的客人。

陽子也收到不少卡片，除了同學寄來的，還有些是陽子不認識的學長寄來的。

「唷！陽子也是名人啊。收到很多卡片嘛。」

阿徹看到賀卡裡也有男生寄來的，忍不住開起陽子的玩笑。

陽子翻閱著賀卡，每當看到男生的字跡，她就以為是北原邦雄寄來的，立即心跳加速。然而翻完手裡那堆賀卡，卻沒找到北原的卡片。

（北原先生已經忘了我嗎？）

陽子很仔細地一張張檢查手裡僅剩的幾張明信片。

（如果今天沒收到他的賀卡，就表示我們沒緣分吧。）

陽子賭氣地想。

「什麼，那傢伙在九州啊？」

「嗯，這張版畫真棒，對吧？陽子。」

阿徹分信的速度很慢，只見他慢吞吞地一張張欣賞手裡的卡片。

就在陽子心想不會收到北原的賀卡時，北原邦雄的名字赫然躍進眼簾。陽子的臉孔一下子亮起來，就連她也不知道自己為何這麼高興，自己都不好意思。不過待她定心細看，卻發現自己高興得太早了。因為收信人姓名只寫著夏枝和阿徹的名字。然而，陽子還沒失望，因為阿徹手裡還有三十多張卡片，她覺得北原既然寄給了夏枝和阿徹，大概也會寄給自己吧。但陽子的期待終究還是破滅了。她覺得不能就此放棄，又把全部兩百多張賀卡重頭檢查一遍。然而北原的賀卡就只有那唯一的一張。

（我為什麼這麼期待北原先生的賀年卡呢？）

北原只不過是阿徹帶來家裡住一週的朋友罷了，陽子在心底對自己說。

（我只是北原先生朋友的妹妹嘛，他又不是我的朋友，就算忘了我也無話可說……）

然而，陽子卻沒法忘記他。自己究竟是被他的哪一點吸引，陽子也說不出個所以然。

陽子拿起北原寫給夏枝和阿徹的賀年卡。

「賀正」兩個大字旁只寫了一行字：「去年給您添麻煩了。」

陽子抱起自己的五十多張賀卡站起身來。

「陽子，我們去初滑[51]吧？」

正在看賀卡的阿徹抬起頭來問。

「嗯……」

陽子難得一副消沉的表情。

阿徹趴在地上看著陽子，他覺得陽子今天穿的灰長褲和粉紅毛衣很適合她。

「怎麼了？怎麼沒有精神？元旦不到伊之澤去滑雪，就感覺不像過年呢。」

兄妹倆打小學起，每年元旦都到小河對岸的滑雪場去滑雪。陽子今年卻興趣缺缺。

「那走吧？」

---

51　初滑：指新年第一次滑雪。

陽子說。她不忍心拒絕阿徹。

兄妹倆套上滑雪板滑進森林，陽子的運動神經比較靈敏，但阿徹的滑雪技巧很出色，兩人身手輕巧地穿過林中，順著堤防滑下去。天氣很冷，空氣中飄著粉狀白雪，河風尖針似的刺得臉頰發痛，但身體很溫暖。

「我好喜歡冬天的小河。」

陽子把滑雪棍深深插進雪裡站住身子。

覆蓋著冰雪的小河看起來變窄了。冬季水色黝黑的小河流過純白的雪地，水流沉穩而寂靜。

「哥！」

阿徹轉過頭。

「陽子，什麼？」

看到陽子臉上孤寂的表情，阿徹吃了一驚。

「哥，雪這東西好純淨啊。」

「是啊……」

「可是沒有香味。」

「雪積了這麼多，要是有香味，那可不得了唷，陽子。」

阿徹笑起來，陽子也跟著笑了。

其實陽子想告訴阿徹的是，北原沒寄賀年卡給她。半晌，兄妹倆又向前滑去。

元旦的滑雪場幾乎不見人影。平時山上到處可見身穿鮮豔滑雪服的遊客，像是撒滿了紅黃綠各色花朵似的，今天卻寂靜得像是變成了另一座山。

沒多久，兩人來到山頂，阿徹和陽子互望對方。

「還是得站在這裡，才像過年，對吧？」

「真的呢。每年這習慣真是可怕，就跟不吃雜煮[52]不像過年一樣。」

四周一片寂靜，聽不到一絲聲響，只有粉狀的雪花輕飄飄從天而降。旭川街頭的景色在雪中顯得朦朧不清。

「北原給妳賀年卡了嗎？」

阿徹不經意地問。陽子的視線始終俯視著街頭，她用力搖了搖腦袋。

（他為什麼連賀年卡也不給我呢？）

陽子把滑雪棍使勁往地上一撐，飛快滑離阿徹身邊。阿徹緊盯著陽子技巧嫻熟地滑下山坡。

（是嗎？原來她和北原沒通信啊。）

阿徹在心裡自語著，同時也感到幾分安心。他在宿舍雖和北原同寢室，卻從沒和他談過陽子，陽子似乎也沒寫信給北原。起初，阿徹的確很熱心地想要湊合北原和陽子。

但上次到層雲峽看煙火的那天晚上，阿徹聽陽子說她早知道自己是養女。在那之後，阿徹的心又開始動搖。他覺得陽子既然早知自己不是親哥哥，那將來向她求婚，也不會顯得太突然。

阿徹不認為陽子會發現自己身世的祕密，萬一陽子知道了，她也找不出任何證據。他可以對她說：

「如果陽子是凶手的女兒，為什麼我願意娶妳？」

阿徹覺得，這世上只有他才能給陽子幸福。

現在聽說北原沒寄賀卡給陽子，阿徹頓時覺得精神一振。

52　雜煮：一種類似湯年糕的食物，一般是在元旦的早餐食用。

陽子已經滑到山腳，身影變得很小，阿徹一鼓作氣趕上去。他迎著風滑下山坡，天空落下的雪花刺得他臉頰發痛，但他心裡卻很痛快。

陽子看到阿徹趕來，連忙朝左側的山頂滑去。

「北原給妳賀年卡了嗎？」

剛才聽到阿徹這麼問，一種無可名狀的悲涼突然襲上心頭，陽子一路滑下山，眼淚也不斷流下。她不想讓阿徹看到自己哭。

沒想到阿徹緊跟在逃走的陽子身後。陽子無處可躲，只好臉埋進鬆散的雪堆裡。

「陽子，怎麼了？」

阿徹戴著黑色滑雪眼鏡，整個人英姿煥發。

「沒有，沒什麼。」

陽子沾滿雪花的臉轉向阿徹。阿徹在她身邊坐下。

「我們小時候，也常這樣躺在雪地看雪飄下呢。」

「就是啊。」

躺在厚厚的積雪欣賞天空降雪是件有趣的事。這時的雪花看起來不像是從那灰撲撲的天空飄下來，而是像憑空跳出來似的。張開嘴準備接住雪花那一瞬也很奇妙，雪花不直接掉進嘴裡，而是飄到眼前便突然一飛，逃走了。

「欸，跟小時候一樣呢。這樣躺著仰望天空，感覺好像要被天空吸走了。」

「嗯。」

阿徹也在陽子身邊仰面躺下，仰望天空。

「陽子妳知道嗎？大概是妳小學二年級的時候，妳問我，為什麼雪是白的？還說，如果我是老天爺，我就要星期天下白雪，星期一下黃雪，星期二下紅雪。」

「我說過這種話？」

「對呀。後來我跟妳說了雪女[53]的故事，妳還問我，雪女是在雪做的棉被裡睡覺嗎？」

「我小時候真的好怕雪女喔。看到屋簷的冰柱被月光照得發出藍光，就覺得雪女馬上要從冰裡跑出來了……」

聊起童年往事，阿徹和陽子都回味無窮。兩人從小就是一對相親相愛的兄妹，擁有許多共同回憶。

（我們兩個要是結為夫婦，不是也很美好嗎？）

阿徹在心底自語著，陽子這時撢掉身上的積雪說：

「走吧！今天要一直滑到天黑唷。」

「好啊！」

阿徹也撢掉身上的雪花。他還想再和陽子閒聊一會兒，但在那冰冷的雪堆裡，實在無法再躺下去。天空雲端露出一角藍天，阿徹繫緊滑雪板上的鋼絲繩[54]，領先朝山頂滑去。

＊　＊　＊

53 雪女：日本傳說中的妖怪，是山神的女兒，專門掌管冬季的雪，看到中意的男人便把他凍成冰棍帶回山裡。

54 鋼絲繩：用來將雪鞋或登山鞋繫緊在滑雪板上的裝置。

正月七日[55]已經過了，天氣還是冷得空氣都要結冰似的，雙層窗的外層玻璃布滿了白霜。家裡的俄式暖爐去年壞了，今年換成了煤炭暖爐。

「放寒假是有必要的。像現在，火爐燒得這麼暖，可是背上還是好冷啊。」

阿徹說著，背向火爐。

「對呀，要是像今天這種日子小學生還要上學，未免太辛苦了。旭川的寒假雖然放到二十五號，可是會一直冷到二月底呢。」

夏枝在幫啟造織一雙灰色毛線襪。每到冬天，啟造只肯穿夏枝親手織的及膝長襪。

「聽說爸以前上小學的時候，每次氣溫降到零下二十度以下，就放煙火通知大家十點才開始上課，現在只要看早晨六點的新聞就知道了。」

陽子剛做完一幅押花畫。這是用夏天做好的押花，貼在布上或紙上組成的圖畫。陽子製作的押花色彩鮮豔，幾乎不會褪色，畫裡的花朵盛開似的嬌豔欲滴。在這嚴寒逼人的北國，就連花瓶裡的水都會結冰，因此陽子製作的押花畫很受人歡迎。

「我想到辰子阿姨家拜年。」

陽子把剛完成的作品拿遠一點打量著。

她很久沒到辰子家去了。她覺得至少過年應該去看看辰子。夏枝聽到陽子要去辰子家，沉默著沒說話。

「這麼大冷天？」阿徹瞥了窗外一眼。

「是啊，今天這種冰天雪地的日子，阿姨家也不會有客人的。」

陽子腦中想像著辰子家冷清的客廳，突然非常渴望到那裡看看。

「阿姨家是一定要去的。」

阿徹看到夏枝只顧織襪子沒作聲，他覺得自己應該說些什麼。

一走出家門，陽子的睫毛立刻結了冰，眉毛和劉海也被自己呼出的氣息黏住，一眨眼工夫就變成了白色。

走到公車站，陽子原地踏步等待公車。天氣太冷了，她實在無法呆站著不動。這時，一輛車開到她身邊按了一下喇叭。陽子沒理會，眼睛仍舊望著公車駛來的方向，同時不斷踏著兩腳。汽車喇叭又響了一聲，陽子不經意回過頭，立刻驚訝地睜大了眼睛。

北原正坐在車裡看著她。

「啊！北原先生。」

穿著皮夾克的北原默默打開後座車門，陽子完全掩飾不住心中的喜悅。

「您是要到我家來嗎？」

陽子的聲音裡充滿了懷念之情。北原遲疑了幾秒，才向她點點頭。

「哎呀，您不去我家嗎？」

汽車向前駛去，陽子吃驚地問。北原從後照鏡迅速瞥了陽子一眼。陽子還沒發現北原到現在一句話也沒說，因為好不容易見到他，陽子實在太高興了。

「北原先生，您要到哪裡去啊？」

陽子這才注意到北原一直保持沉默，她有點不安起來。

「我說啊，您不去我家嗎？」

---

55 正月七日：又叫「人日」，按習俗要吃七種蔬菜煮成的七草粥。

「我不想去。」

北原終於開口了，語氣非常堅決。

陽子看著後照鏡裡北原的眼睛。

「……？」

「我是為了見陽子小姐才來的。」

北原賭氣地說。陽子身子一震，彷彿全身有道熱流通過。

北原開車到四條通一家飯店門前停下。暑假時，他曾和阿徹在這家餐廳吃過飯，北原在旭川只知道這家餐廳。陽子看了一眼表，快十二點了。

餐廳裡開著暖氣，十分暖和，兩人在二樓靠窗的位子坐下。餐廳裡只有住宿的旅客在用餐，看起來空蕩蕩的。陽子站起身走到窗邊。

「我是為了見陽子小姐才來的。」

她在心底低聲複誦北原剛才的話。街角的藥店前豎著一根旗杆，杆上的黃旗無力垂下。由於天氣太冷，路上人車不多，陽子看到一隻大狗慢吞吞地越過馬路走到對街去。

「陽子小姐。」

陽子轉過頭。

「要吃點什麼嗎？」

北原問她。陽子覺得心裡滿滿的，一點也不餓。

「我不餓。」

說著，陽子在椅子上坐下。

「馬上就十二點嘍。」

見北原點了兩份咖哩飯，陽子覺得他像個小學男生，忍不住「噗哧」一聲笑出來。

「吃咖哩飯很可笑嗎？」北原有點不好意思地問：「您知道我沒有母親吧？所以不管是過生日，或是過年過節，都是父親動手做咖哩飯給我吃，從小就是這樣長大。對我來說，咖哩飯就是最棒的大餐。」

說著，北原笑了起來，但他很快又換個表情，視線緊盯著陽子說道：

「陽子小姐，收到妳的賀年卡，我有點搞不清了。」

「有點搞不清？……搞不清什麼？」

「搞不清陽子小姐這個人啊。」

「我？為什麼呢？」

「因為啊，既然妳會寄賀年卡給我，那為什麼我從斜里寄給妳的信卻要退回來呢？」

「我把您的信……？」

陽子一臉驚訝，那雙原本就大的眼睛瞪得更大了。她像是真的大吃一驚。

（那封信交給媽媽以後就沒消息了。）

陽子清純的臉龐閃過一絲陰影。

看到陽子驚訝的模樣，北原問道。

「妳不知道這件事？」

「……」

（如果我說不知道，就得說出媽媽的事。）

陽子覺得很為難，不料北原突然說道：

「妳母親為什麼要說謊呢？」

北原想起去年暑假的最後一天，他絕不會忘記那天發生的事。

那天夏枝到札幌來了，阿徹到宿舍找北原出來。夏枝在一家叫做可可朵的餐廳等他們。那天夏枝穿了一身白底淺綠花紋的和服，北原不知道那是什麼質地，但那身和服很適合夏枝，她看起來既年輕又美豔。

北原驚喜地接過一大包禮物，接著，夏枝又從皮包裡拿出一只白信封交給他說：

「這個，陽子說給你的。」

北原不禁紅了臉，伸手接過信封。夏枝看他那模樣，嫵媚地笑起來，凝視他問道：

「你喜歡陽子嗎？」

「是的，我喜歡她。」

這時，夏枝有點唐突地高聲笑道：

「你可真老實啊。」

當時阿徹不在場，好像是去買菸了。北原記得自己當時還很慶幸阿徹不在，否則會很難為情。那天，他把白信封珍貴地放進口袋後吃到的那頓牛排，味道鮮美得令他永生難忘。

北原從斜里寄信給陽子後，一直在等回信，卻一直都沒等到，所以當他收下白信封，一心以為那是陽子的回信，誰知打開一看，裡頭的卻是自己寫給陽子的信，他不禁目瞪口呆，心底升起無可名狀的屈辱，好長一段時間，就連看到阿徹的臉都讓北原痛苦。

儘管如此，北原卻總是想起第一次在森林裡見到陽子的時候。

他看到陽子的第一眼，她正著魔般專心讀小說，北原被她的表情深深吸引。陽子的臉上充滿了生命力，和努力朝目標前進的奮發之美。她的表情裡沒有怯弱，也沒有諂媚，有一種生命在呼吸的美感。當她的臉從書本裡抬起，沉思片刻的瞬間，雙眼像是有火光，然後她一轉眼，看到了北原，北原永遠都忘不了陽子看到自己時的眼神。

「這樣啊？原來那封信不是妳退回來的？啊！那我就放心了。我真以為是陽子小姐把信退回來了。現在心情一輕鬆，肚子突然變得好餓啊。」

北原高興地笑起來，他這才發現咖哩飯早就涼了。

「我也餓了。」

陽子也笑著說。北原舀了滿滿一匙飯送進嘴裡，臉上若有所思地說：

「要是陽子小姐回信給我，我就不會煩惱這麼久了。」

「就是啊，真抱歉。」

「今早看到妳的賀年卡，我就立刻趕來了。」

「哎呀，這麼晚才寄到啊？」

「因為郵遞狀況不佳嘛。太好了，以後我不再客氣嘍，我會寫很多信給妳。仔細想想，我也不對，如果當時我寫封信問妳一聲：『為什麼把信退回來？』不就沒事了？不過也沒辦法啦，信退回來的打擊讓我沒力氣寫信啊。」

「我也有錯，收到您的信卻沒回信。不過那時不知為何，我就是沒法給您寫信。」

「沒辦法，原諒妳了。」

北原開朗地笑起來。才一眨眼工夫，他的盤子就空了。

「您還沒吃飽吧？我再請您吃些什麼？」

「比自己年輕的人請吃東西，我會很沒面子的。」

「這話說得太好了，幸好您沒說『女人請吃東西』。」

兩人相視而笑。即使只是閒聊，兩人也覺得很享受。

「您想吃什麼呢？牛排？」

「牛排已經吃夠了。」

北原想起上次竟還有滋有味地和夏枝一起吃了牛排，心裡覺得很不愉快。

「啊？您不喜歡牛排？」

陽子吃驚地問，她並不知道去年那件事。

兩人最後點了鬆餅，默默地看著對方。

「北原先生。」

「什麼？」

「關於那封從斜里寄來的信，我想請問，有個地方被擦掉了，信紙幾乎都擦破了，對吧？」

陽子提起自己一直很想弄清的疑惑。

「喔，那裡啊。」北原害羞地笑著說。

「我很想知道您寫了什麼呢。」

「可是……陽子小姐大概會罵我吧。」

「啊，是會讓我生氣的內容？那我可得問清楚您究竟寫了什麼。」

陽子的視線直直地射向北原。

「真不好意思。老實說吧，我在那封信裡提到『偉大的意志』，妳還記得吧？」

「是啊，我忘不了。」

「是和那有關。我因為和辻口同寢室才認識了妳，對吧？對於這件事，我仔細思考過，然後在信裡寫下：『我可以把自己和陽子小姐相識這件事也看成是偉大的意志促成的嗎？』」

北原說話時眼神十分認真，認真得簡直有點嚴肅。陽子臉頰泛起紅暈，但她堅持著沒移開視線。

「可是，您為什麼……又擦掉了呢？」

陽子鼓起勇氣問道。

「因為我覺得我們才認識不久，不該寫這種含意深重的字句，這樣太輕狂了。」

的確，畢竟北原只在辻口家打擾了一週。可是對年輕的北原和陽子來說，兩人在一個屋簷下共處一週所代表的意義卻非同小可。

「那封信後來怎麼樣了？還在您手上嗎？」

「燒掉了。我以為是妳退回來的……」

「啊呀，怎麼燒掉了！好可惜啊！」

夏枝為什麼把信退給北原呢？陽子心中覺得十分惋惜。這時，北原腦中也想到夏枝的所作所為。

（那天在餐廳吃完牛排，辻口說是有事先離開了。）

北原回想著那天的情景：他和夏枝兩人先把隨身物品存放在百貨公司的寄物處，然後在札幌街上閒逛，往來行人都回頭向夏枝行注目禮。

「我們看起來像什麼關係？」

當時夏枝抬頭看著北原，耳語般低聲問道。

「伯母還很年輕，或許看起來不像母子吧。」

但夏枝對北原的回答似乎不太滿意。

「北原先生，請不要叫我伯母了。」

「那我應該叫什麼好呢？叫您辻口的媽媽？」

「開玩笑。」

「那叫您夫人？」

「好討厭唷，叫什麼夫人……我叫夏枝啦。不能叫我的名字嗎？」

夏枝顯然已忘了自己的年齡和立場，北原表現出的親切讓她會錯了意，她以為自己的美貌還足以讓一名二十多歲的青年心動。

「叫您夏枝？」北原露出詫異的表情。

「是啊！我也叫你邦雄。」

北原冷冷地沒說話。因為他其實是希望在夏枝身上找到亡母的身影。夏枝見北原沉默不語，問道：

「邦雄不喜歡我嗎？」

「不是。」

「那是喜歡嘍？」

「雖然喜歡，但現在覺得有點討厭了。」

北原停下腳步俯視夏枝。

「哎唷，為什麼啊？」

夏枝眼中發出媚人的神采，那絕不是出自母性的眼神。北原迅速移開自己的視線。

「要不要進去坐坐？」

說著，夏枝領先走進一間咖啡館。在光線微暗的店裡，夏枝看上去更加美豔年輕了。

然而對北原而言，夏枝外貌是否年輕和他毫無關係。在幽暗的咖啡館裡，北原覺得眼前的夏枝一點都不像個母親。他反倒希望夏枝的外貌能更接近自己母親的年齡。這時身穿淺藍制服的女侍端著水杯走過來，女侍露出好奇的神色來回偷看北原和夏枝。待他們點完飲料，女侍臨去前又轉頭看了他們一眼。

「我們看起來像是什麼關係？」

夏枝又問了北原一次。聽到這話，北原語氣尖銳地回說：

「伯母希望看起來像什麼您才滿意？」

夏枝吃了一驚，抬起頭來。

「我希望我們看起來像對母子，我想要的是一個母親。我從小就想要個母親。」

夏枝低著頭，拿起杯子送到唇邊。

「我們看起來像是什麼關係啊。」

夏枝這句話連問了兩遍，北原覺得她很無聊。

（這種人，如果說「我們像情侶」，她一定會高興。）

無論看在誰眼裡，夏枝確實都不像四十多歲的女人，任何人都會以為她才三十出頭吧。相反地，二十三歲的北原看來卻像二十七八歲，所以在別人眼中，或許也可能誤認他們是一對情侶。但北原對有夫之婦外遇的事原就厭惡，即使在電影或小說裡看到，他也不喜歡。他覺得那會有損亡母的神聖。

「伯母，我先告辭了。請替我轉告陽子小姐，謝謝她的信。」

北原猛地起身說道。微暗中，詫異的夏枝看起來仍是十分美豔。

「我突然想起有件急事……」

說完，北原便丟下夏枝走了。

「您在想些什麼？」

陽子突然說道。兩人剛才點的鬆餅已送到桌上，北原把奶油抹在鬆餅上，對陽子露出微笑。

＊＊＊

陽子拉開玄關大門，阿徹立即迎上來問道：

「陽子，妳說要去辰子阿姨家，怎麼沒去呢？」

阿徹的語氣很嚴厲，像在詰問犯人。

「哎呀，哥，你怎麼知道的？」陽子開心地問。

「剛才我打電話給阿姨。因為今天太冷了，想請她讓妳留下來過夜，結果她說妳沒去。說謊可不像陽子的作風啊。」

「對不起。我沒說謊啦。」

陽子走進起居室，只見她一臉歡喜，整張臉都在發亮。

「我回來了，對不起回來晚了。」

夏枝聽到陽子的聲音，但繼續準備餐桌，連臉都沒抬起來。陽子看了夏枝一眼，臉上的喜悅並沒改變。

阿徹仔細打量陽子。陽子似乎不像是故意假借拜訪辰子外出，臉上也不帶一絲畏懼與歉疚，她甚至比平時更開朗，簡直就像體內點了一盞燈，在散發耀眼的光芒。

「爸還沒回來呀？」

「說是去參加醫師協會的新年會啦。」

阿徹很想知道陽子碰到了什麼人。

（一定發生了什麼事。）

他很想知道究竟發生了什麼事。

「陽子，妳到哪裡去了？」

「猜猜看。」

「就是因為不知道才問妳，不是嗎？」

「我在農會的公車站碰到一個朋友，後來一起去飯店吃咖哩飯……」

回想起那一幕，陽子忍不住笑出來。

「後來又在街上繞了幾圈……」

「在這麼冷的天？」

「車裡有暖氣啊。」

阿徹凝望著陽子，他覺得陽子碰到的那個朋友可能是男的。

（陽子有開車的男性朋友嗎？）

阿徹腦中突然浮現北原的面孔。北原的父親在瀧川開肥料公司，他們家有兩輛車。

（不會吧。這麼冷的天，不可能大老遠開車到旭川來吧。）

再說，陽子和北原似乎也沒在聯絡。

陽子回房去換衣服，她剛走出去，夏枝便對阿徹說：

「阿徹，你還是別管陽子的事比較好喔。」

「為什麼？人家說『我回來了』，您卻連『回來啦』都不肯說，您是叫我學您才好嗎？」

阿徹不自覺以諷刺的語氣回道。

「啊唷，這麼大的脾氣！既然陽子有事不肯說，與其打破砂鍋問到底，不如假裝不知道，這對她比較好。」

夏枝溫柔地說。阿徹沒接腔，只是胡亂翻著讀了一半的《查拉圖斯特拉如是說》[56]。

「媽媽知道陽子去見誰了。」

阿徹假裝沒聽到夏枝的話。

「陽子也已經高中二年級了，對吧？要是從前，都是該嫁人的年紀了。」

夏枝想說什麼，阿徹隱約猜得出來，但他並不知道夏枝心裡真正的心思。夏枝已經敏銳地察覺陽子一定是和北原碰面。上次在札幌和北原見面，她就明白陽子已經深深進駐北原的心底。

「你喜歡陽子嗎？」夏枝曾問過北原。

「是的，我喜歡她。」

北原回答時的神情，夏枝始終無法忘懷。後來北原藉故提早離去時表現出的輕蔑，夏枝也永遠不會忘記。

「我們看起來像什麼關係？」

夏枝曾經問北原，他當時回答：

「看起來像什麼您才滿意？」

夏枝忘不了北原話中的尖銳。

在夏枝眼中看來，北原不是阿徹的朋友，而是一個男人。只要是男人，都必須對她的美麗發出讚嘆，必須迎合她的心意，對於從北原那受到的屈辱，夏枝一輩子也不會忘記。

而陽子和北原相戀一事，對夏枝而言更是莫大的屈辱。

「阿徹，陽子的事媽會說她的。拜託你，別再說了。」

「您是要我不要管陽子的事？」

阿徹有種想把陽子藏起來、不願讓任何人看到她的衝動。他對今天和陽子碰面的那個人感到十分嫉妒。

「明天應該不會像今天這麼冷，因為外面開始下雪啦。」

陽子換上和服後，回到起居室。

今天陽子藉口到辰子家去，結果卻跑去和別人鬼混，夏枝看她臉上毫無愧色，心中非常氣憤。

「陽子，今天是和誰在一起啊？」

「媽，您讀過太宰治寫的《斜陽》嗎？」

「我在問妳，今天跟誰在一起。」

「《斜陽》裡面寫著啊，有祕密就代表長大成人了。媽，陽子已經是大人了，我無可奉告啦。」

聽到陽子這番話，阿徹吃驚地抬眼看她。

56 《查拉圖斯特拉如是說》：尼采的作品，此書以記事方式描寫一個哲學家的流浪及教導。

# 34 樓梯

簷下整排的冰柱閃著光芒，看起來就像玻璃雕工的珠簾。星期天下午，啟造欣賞著冰柱，想起陽子小時候的事。那是在一個深夜，陽子在發燒，啟造聽到後院有動靜，便把迴廊邊的紙門拉開一條縫向外張望，只見夏枝站在屋外，積雪深深覆蓋在她腳上，她專心地把冰柱蒐集到洗臉盆裡。啟造當時還沒原諒夏枝，但看到她在嚴寒的冬夜為陽子採集冰柱，啟造心裡很心疼。

「布丁做好啦。」夏枝把一盤白色布丁放在啟造面前。

「謝謝。」啟造很溫柔地說。他想起往事，心裡覺得很對不起夏枝。

「老公！」

夏枝沒注意到啟造的溫柔。剛才在廚房忙著家事時，夏枝突然想起三月雛祭快到了。她有一套結婚時從娘家帶來的雛人偶，還有琉璃子過第一次雛祭時買來的雛人偶，但自從發現陽子的身世以來，夏枝像是忘了那些雛人偶似的，沒再把它們搬出來擺飾了。

啟造雖然看來像是萬事都很掛心，但他一直沒注意到這件事。每當夏枝想起那些可能永不見天日的雛人偶，心底就對啟造和陽子生出無限恨意。一想到那些原本是為琉璃子買來的人偶，竟要為陽子搬出來擺設，她就非常不甘心。每年雛祭前，這種不甘都會浮上夏枝心頭。

今年夏枝又多了一個理由憎恨陽子，而這理由夏枝死也說不出口。

從正月到現在，陽子時常收到北原寄來的厚厚一封信。只要看到北原的來信，夏枝就覺得受到汙辱。

上次在札幌的咖啡館，北原突然離席而去，夏枝絕不會忘記這件事。北原身上青年特有的清爽氣質，吸引著夏枝，而那次他的舉動對夏枝而言是莫大的汙辱。更何況北原愛上了陽子，經常寫信給她，這對夏枝更是一大刺激。而陽子堅決不肯讓夏枝看那些信，又讓夏枝更加氣憤。

「這信不能給別人看。」

陽子每次都用這句話拒絕夏枝看信的要求。

也因此，每年雛祭時反覆經歷的那種痛苦，今年更為強烈。眼前夏枝一心沉浸在自己的思緒裡，根本沒察覺啟造的柔情。

「老公，陽子也到了令人操心的年紀啦。」

夏枝用湯匙舀起一口布丁說。

「發生了什麼事嗎？」啟造看著一臉不高興的夏枝。

「一天到晚都在寫信給男生唷。」

夏枝說著，把布丁送進唇形美好的嘴裡。

「妳說的男生，就是阿徹那個朋友北原吧？」

「是啊。」

「如果是寫給北原，那不是挺好的？」啟造鬆口氣說道。

「可是那樣北原太可憐啦。」夏枝說。啟造不懂夏枝話中的含意。

「可憐？為什麼？北原君給人的印象不錯呀。」

「……」

「陽子也不是壞孩子。要不，現在就把這事訂下來也很好呀。」

啟造一直不希望阿徹娶陽子，如果她和北原的婚事訂下來，當初收養陽子的決定就算有個圓滿結局。

「你是說真的？」

「是真的呀。怎麼了？」

「老公，你打算裝成什麼都不知道，就把陽子硬塞給北原啊？」夏枝冷冷地說。

「喔，妳是指陽子那件事？」

陽子出門買東西去了。還好她現在不在家，啟造暗自慶幸。

「若說陽子是誰的小孩，她當然是我們的小孩啦。那孩子只在娘胎裡待了十個月，出生後也只跟著生父一個月，可是陽子在我們家已經生活了十七年啊。當她是我們的孩子不是很好？」

「是嗎？」

「為她保守祕密，是我們的義務呀。我不認為這算是把她硬塞給北原，陽子是個好孩子，就算是我們自己生的，也不見得能這麼乖巧，不是嗎？」

啟造的話刺痛了夏枝。

「我覺得陽子這孩子太好強。從小就是這樣，你看，那次肩膀被石塊打腫也沒哭……」

夏枝也想起陽子國中畢業典禮致答詞的往事，但她沒再說下去。

「我可不這麼想。我覺得她是個開朗溫柔的孩子。」

「但她太好強是事實，就連辰子都說過，那孩子不肯說實話。」

夏枝的話中帶刺，啟造無言地拿起火鉤搗掉火爐裡的灰燼。他覺得再不把陽子送離夏枝身邊，陽子實在太可憐了。

「妳提起辰子，我倒想起來了。她跟我提過，反正我們過兩三年也要讓陽子嫁出去，不如現在就把陽子交給她，妳覺得怎麼樣？」

啟造不想刺激夏枝，故作輕鬆地說。

「送到辰子家去？」

「是啊。」

「這件事是辰子提的？還是你拜託她的？」

夏枝的表情嚴肅起來。

「是辰子提起的。」

「什麼時候？」

「是什麼時候來著？喔，對了，就是上次北原來借住的時候。」

「哎唷，都已經過了半年。你為什麼沒馬上告訴我？」

夏枝緊繃著臉說。

「又不是什麼大不了的事。」

「辰子這人也過分，她可從來沒跟我談過這種事……」說到這，夏枝一臉不開心地閉上了嘴。

「阿辰是聽說陽子不打算升學，來問我要不要讓她上大學。」

啟造佯裝無事地說。既然已提起這件事，他不願就這樣不了了之。

「辰子什麼都不知道！陽子才不想升學，她希望高中一畢業就結婚呢。」

（陽子去上什麼大學！）

近來女孩上大學已不稀奇，這夏枝也知道，只是她從沒想過讓陽子升學，她連陽子的意願都不願去確認。夏枝自己只念完舊制女校[57]，她無法忍受陽子的學歷比自己更高。

（我才不會把陽子給辰子呢。）

夏枝又想到辰子的財產。辰子對物欲並不執著，她一定會把財產全留給陽子。而陽子在戶籍上還是辻口家的女兒，將來辻口家的財產也得分她一份。兩份產業加在一塊，陽子的財產一定比夏枝還多。

（怎麼會有這種氣人的事？佐石的女兒竟這麼好命……）

想到被殺害的琉璃子，夏枝對辰子的建議簡直忍無可忍。

「那你怎麼答覆她的？」

「什麼都沒說啊。」

「那你現在怎麼想呢？」

「我想，把她交給辰子也不錯。」

啟造覺得這麼做，陽子會過得比較幸福。

「啊！你好過分！那不就表示我沒有能力養育陽子？我才不要！好不容易把她拉拔大，無論是誰，都會想看她穿著新娘禮服從這個家嫁出去的，不是嗎？」

夏枝這話說得也沒錯。

「知道了。都怪我不對。」

啟造轉眼望向簷下的冰柱，夏枝撫養剛出生不久的陽子一直到今日，這是多麼辛苦的一件事，啟造想，就算是自己懷胎十月所生，要把孩子教養長大都不容易，更何況陽子還不只是一般的養女，就算夏枝知道她是佐石的女兒，還是得把她養育成人。

（只要陽子待在夏枝眼前，夏枝就永遠不會快樂吧。光是為了保守陽子身世的祕密，夏枝得忍受多大的精神痛苦？我做了多麼殘忍的一件事啊！）

夏枝說想看陽子穿著新娘禮服嫁出去，不肯把她交給辰子。啟造接受了她的說法，因為他覺得自己沒有立場違拗夏枝。

＊＊＊

和夏枝討論完陽子的事之後，啟造回到書房。該找本什麼書來讀呢？他走到書架前，眼前剛好有一本阿部次郎的[58]《三太郎日記》。啟造念大學預科時讀過，已經很久沒拿起了。啟造抽出書來，胡亂翻了幾頁。

這裡有個白痴。

這句話躍入眼簾，啟造又翻過一頁。

無論怎麼看，你的生活都缺少內涵。

出現了這句話。啟造向前翻了幾頁。

人生是什麼？無論你表現得平凡或不凡，到頭來都是一場空。

57 舊制女校：相當於現在的高中教育。

58 阿部次郎（一八八三—一九五九）：日本評論家、哲學家。他的著作《三太郎日記》為第二次世界大戰前日本青年喜愛閱讀的書籍之一，內容為作者三十多歲時的心情散文，主要在思索理想主義所標榜的熱愛真理、確立自我等課題。

啟造覺得無論是哪句話，躍入眼簾的字句都有切身的體會。他把書放回書架，走到書桌前坐下。

「人生是什麼？」

啟造試著念出來，回想起那個在出院前一天自殺的正木次郎。正木次郎因為找不到存在的理由，選擇了斷生命。而啟造現在回顧過往的人生，他覺得從未有過稱得上「這才是人生」的生活。

洞爺丸海難至今已過了將近十年，有時啟造比較累睡不好時，會夢到被海濤吞噬的情景。他覺得到死為止，這種夢可能還會上演無數次。當年死裡逃生的自己真誠地決定「要活得更真誠」，但那種心境已不復在。

（憎恨、嫉妒、熱愛、憤怒，難道這樣才算是人生？）

啟造拿起桌上的聖經。

（這本書真的能教我嶄新的生活方式？）

聖經或許能帶給自己啟發。啟造想起海難時遇到的那位傳教士，他把自己的救生衣送給年輕女孩，結果自己送了命。

（我很想活得像他那樣。）

我以這雙眼，見證了他令人崇敬的人生，為什麼這十年來，我卻如此懶散苟且地在混日子？為什麼我從沒想要效法他？啟造在心底自問。我真是個怠惰的蠢人！啟造想著，隨手翻開聖經。

他讀起翻開的一頁，心頭一震。

因為丈夫不在家，出門行遠路，手拿銀囊，必到月望纔回家。淫婦用許多巧言誘他隨從，用諂媚的嘴逼他同行，少年人立刻跟隨她……[59]

這是聖經舊約全書裡的字句。是發生在耶穌誕生幾百年前的事。

（所以說，距今三四千年以前，就有女人趁丈夫外出勾引男人回家。）

通姦那麼久以來從未間斷地反覆上演至今，啟造覺得很驚訝。不，這種行為就算到了數萬年之後也仍會持續下去吧，啟造想。

他想到那些和自己一樣憎恨、詛咒過妻子的無數男人。

（不，背叛妻子的男人要比背叛丈夫的女人多上幾十倍、幾百倍吧。）

啟造又想到報紙的生活副刊，經常可以看到女性投書訴說丈夫外遇的煩惱。

（原來如此，煩惱的人不止我一個。幾千年以來，不，幾萬年以來，一直到現在，甚至可能只要有人類存在的一天，不貞行為就會反覆上演。）

他想起不久前才讀過一則男人妒恨交加而殺死妻子的新聞。

（只是，像我這樣因痛恨妻子而收養殺女凶手遺孤的笨蛋，可能再也找不出第二個吧。）

現在回想起來，啟造也搞不清當初究竟為什麼收養陽子。他雖用「愛你的敵人」這句話欺騙了自己和高木，其實他是想讓夏枝撫養凶手的小孩，事到如今，即使他心裡抗拒，也無法不承認自己就是這樣一個卑劣冷酷的男人。

（我也做了見不得人的事，卻一味在心底譴責夏枝。）

要是我現在得了急病一命嗚呼，那我這輩子過得多麼骯髒齷齪啊！啟造想。

（乾脆到教堂去一趟吧。到教堂去請教牧師，如此愚蠢而又醜陋的自己，是否還能夠真誠地活下去？）

---

59 舊約聖經《箴言》第七章第十九至二十二節。

一想到這，啟造闔上了聖經。

（先去看看再說吧。）

啟造也曾有過上教堂的念頭，但不知為何總是裹足不前。他找出一塊包袱布把聖經包起來。

抬頭看一眼時鐘，已經四點多了。陽子的聲音從樓下傳來，她似乎已經回來了。

＊＊＊

吃完晚飯，啟造說：「陽子，幫我叫輛車好嗎？」

「好。」陽子立刻打電話叫車。夏枝訝異地看著啟造。

「要去哪裡啊？」

「沒什麼，出去逛逛。」

啟造支吾著，他不好意思說要去教堂。平時要是沒特別的事，啟造晚飯後幾乎不出門，更從不可能不交代去向。夏枝疑惑地看著啟造，默默幫他更衣。

「什麼時候回來呢？」

「嗯，大概九點以前會回來。」

車來了，啟造逃走似的走出家門。

（我又不是要去不好的地方。）

啟造在車中苦笑起來。如果告訴夏枝要去教會，真不知她會說些什麼。啟造覺得她可能會露出冷笑吧。

月亮出來了，路上積雪有些泛藍，屋簷下的冰柱映著月光閃閃發光。

「請問您要到哪裡？」

車開上大街後司機問道。啟造一下子被問倒了，他也不知道哪裡有教堂。突然，他想起辰子家附近有一間教堂。記得幾年前一個星期天早晨，他和夏枝、陽子三個人去邀辰子野餐，那時聽到附近傳來鐘聲，辰子說是教堂的鐘聲。啟造記得當時教堂的十字架就在辰子家的斜後方。

「六條十丁目的基督教堂。」

說完，啟造才鬆了口氣。

計程車離教堂愈來愈近，啟造的心情卻愈來愈沉重，他向來不喜歡到別人家去，就連到朋友家也不喜歡，更何況現在要去一個完全陌生的地方。

車子駛過綠橋大街，在市政府前的路口轉彎。市政府旁高大的白楊樹映在夜空裡既黑又美。車停在教堂門前。啟造把乘車券[60]交給司機後下車，他抬頭仰望教堂，只見十字架下有個燈光明亮的塑膠櫥窗。

神愛世人，將祂的獨子賜給他們。

櫥窗裡寫著一行大字。

這時，兩名年輕學子經過啟造身邊，登上了通往教堂的樓梯。禮拜堂似乎在教堂二樓，外面那座階梯可以直接通往禮拜堂。啟造有些畏懼，先轉身朝隔壁的加油站走去。氣溫十分嚴寒，但啟造毫不在乎，當他轉身打算前往教堂時，一對像是夫婦的中年男女從身後越過他，向前走去。

「老公，冷不冷？」

---

60　乘車券：顧客登記帳戶資料後，領取一本數張或數十張由各地出租公司協會發行的乘車券，可當收據報帳，通常為公司行號因公外出時使用。

「不冷。」

啟造看著那兩人像是彼此攙扶似的爬上樓梯，這瞬間，他從兩人身上感受到一種溫暖的氛圍，這氛圍是他和夏枝之間所沒有的。快走到教堂門口時，有人在他肩上拍了一下。

啟造轉回頭，看到辰子笑咪咪地站在身後。

「怎麼啦？去教堂啊？」

「不，不是啦。」啟造紅著臉說。

「那裡寫著今天的講題是『不可或缺的東西』呢。要進去的話趕快唷。」

說完，辰子直盯著啟造。不過啟造心中已打消進教堂的念頭。

「辰子妳就住在附近，有沒有上過教堂？」

啟造說著又回頭朝加油站的方向走去。

「來過呀。」

「喔！」

「沒什麼好感動的，只有每年五月他們辦義賣會的時候來吃壽司和紅豆湯啦。」

辰子說著，笑了起來。原來住在教堂附近的人也不一定常上教堂啊，啟造這才發現這個理所當然的事實。

「到我家來坐一會嘛，看您難得來這裡一趟。」

聽到辰子的邀約，啟造有點心動，不過還是婉拒了她。

「老爺，您很適合上教堂呢，還是進去吧。等下回家時再到我家坐坐吧。」

辰子早已猜出啟造的心思，說完，便匆匆道別離去。啟造對講道題目「不可或缺的東西」很感興趣，走到教堂門前，只聽教堂裡傳出讚美歌聲。突然聽到陌生的歌，啟造竟怎麼也走不進去，他對自己的優柔寡斷感到可悲。

（何不乾脆地走進去呢？）

啟造心裡雖這麼想，但不知為何就是覺得舉步維艱。

（那乾脆趕快回家算啦。）

但他也無法當場轉身回家。過了一段時間，啟造感覺寒氣逼人，便豎起大衣的衣領。

（什麼是不可或缺的東西呢？對我來說，不可或缺的東西是什麼？）

啟造抬頭望著十字架。

學生時代在傳教士家學英文的那段日子，上教堂好像不像現在這麼困難。啟造暗自思索著在路上往來徘徊，折騰了老半天，終究還是沒走進教堂。他走到綠橋大街攔下一輛計程車，心中覺得自己簡直無藥可救。

（這下大概又好一陣子不會到教堂來了吧。）

啟造自嘲地想。他覺得像自己這種人，怎麼可能去過那種追求理想與真理的嚴謹生活呢？

（那裡雖然寫著「神愛世人」，但神真的愛這世上的每個人嗎？）

我實在太醜陋了，根本不配被神所愛。啟造暗自在心底說道。

# 35 照片

陽子升上高中二年級了。她的身材發育良好，穿上和服看起來就像高中畢業了。這天，陽子放學回來在換衣服，夏枝心情愉快地走進她房間。

「阿徹寄照片來嘍。」

「哎唷，怎麼樣的照片啊？」

「啊，等一下吧。今天好熱啊，簡直不像六月天。」

夏枝等陽子換好衣服，才從白信封裡拿出照片。母女倆臉靠著臉欣賞照片，看上去就像一對感情很好的母女。

第一張照片裡，阿徹和北原正在較量腕力。兩人嘴巴都抿成一條線，拚命想扳倒對方的手腕，阿徹的手臂比較細，像是快要輸了。

「哎呀，哥好像要輸了。」

夏枝沉默著抽出下一張照片。照片裡，只見北原和阿徹並排坐在宿舍的書桌前讀書。阿徹的桌上整理得井然有序，北原的書桌比阿徹的大上一號，桌上胡亂堆放著許多書，桌下和桌旁也堆滿了書。陽子忍不住露出微笑。北原書桌雖亂，卻不失他給人留下的清潔印象。

「沒想到北原先生這人這麼不愛整潔。」

夏枝說。

（可是我覺得他很有魅力呀。）

陽子沒有作聲。下一張是阿徹要騎上馬背的照片，只見他翹著屁股擺出一個滑稽的姿勢，陽子和夏枝都笑了起來。

「哥說過他要學騎馬。」

下一張是阿徹騎在馬背上的照片，表情並不像平時那麼神經質。

「好有男子氣概！好威風呀！看起來不像哥哥呢。」

聽了陽子的話，夏枝抬起頭，嘴角露出一絲冷笑，她抽出下一張照片放在陽子面前。看到那張照片，陽子心頭一震。只見照片中北原和一名女學生坐在溫室的長椅上聊天，兩人都笑得很燦爛。

「這位小姐，長得好漂亮啊。」

夏枝說。照片裡的女孩長得很討人喜歡，她微微扭臉看著北原。陽子胸口升起一絲嫉妒，很想把她的臉扳向鏡頭。

下一張照片裡，女學生輕挽著北原的手臂，兩人在白楊樹下漫步。這張照片裡，她的臉正如陽子期望的直接正對鏡頭。一頭燙得微捲的短髮被風輕輕吹起，正在微笑的嘴角露出外翹的犬齒，看起來非常可愛。

「這位小姐是北原先生的女朋友吧。」

夏枝輕描淡寫地說，那語氣像她早就認識這位小姐。陽子心頭陣陣刺痛，下面幾張照片都已無心細看。

陽子從小學起就讀男女合校，在她眼中看來，男女互搭肩膀，或是靠著腦袋看一本書或欣賞一件物品，都不是什麼大不了的事。

但是看到北原和陌生女性的合照，陽子卻無法輕鬆以對。照片這東西就是討厭，無論過了多少天，照片裡的影像還是清晰地印在心頭。陽子覺得北原和那女孩似乎現在還坐在溫室的長椅上聊天，兩人似乎一直挽著手臂漫步在白楊樹下。她當然知道兩人終究會離開長椅，也不可能一直挽著手臂散步，但是在陽子心底的影像裡，那兩人總是親熱地聊天或在白楊樹下散步。

夏枝當時說的「北原先生的女朋友」這幾個字始終在陽子耳中迴蕩。她自認和北原已經不是普通朋友。在一月那個寒冷的日子和他重逢以來，北原和陽子一直都在通信。陽子不喜歡偷偷摸摸、避人耳目的交往方式，他們倆的書信內容寫得正大光明，就像兩人在教室裡聊天似的。陽子覺得他們之間不需要親密的字句。只要有一位可以談心的對象，陽子已經心滿意足。

然而北原竟然有了女朋友！陽子對這件事並不感到悲傷，只是覺得非常孤獨。原以為無所不談的對象，竟有這麼重要的事沒告訴自己，陽子心裡充滿了孤寂。她忍不住把寫了一半的信撕得粉碎。北原至今寄給她的七封信，陽子沒多看一眼就全數扔了。隱藏在她心底的激情，一下子全都爆發出來。

「希望我們都視彼此為無可取代的對象。」

這是陽子心底最渴望的心願。她期待北原對自己專情，就像她對他心無旁騖一般。

不久，陽子又接到北原的來信。那一瞬，陽子動搖了。她抓起剪刀打算剪開信封，但立刻又放下剪刀。看過那張照片之後，無論北原在信裡寫些什麼，她都不想再看了。陽子心中期待的是像《咆哮山莊》裡那種激烈而深刻的愛情。現在，她的整顆心都被無法原諒的情緒所占據，這種感覺是她有生以來第一次體驗，是少女在初識男女之情後的一種潔癖。陽子的熱情極為激烈，她完全不懂戀愛的手段，不顧一切一頭栽進去，她的純情激烈又高貴。

陽子拿著一盒火柴和北原的信走向林中。越過森林，來到小河邊，她用火柴點燃了北原的信。六月的豔陽下，火焰看起來是透明的，轉眼之間，北原的信在搖曳的火光中變成透明的烈焰，就像炙熱大地冒出的飄搖光影。

陽子緊盯著已經化成一小撮灰燼的信。一隻杜鵑鳥鳴叫著從小河上空低飛而過，啼聲漸行漸遠，終於飛得不知去向。

# 36 堤防

北原後來又寄了兩封信，但陽子連拆都沒拆就燒了。無論北原如何辯解，她都不願再聽。
（希望我們都視彼此為無可取代的對象。）
陽子曾十分熱切地這麼期待過，但北原和其他女性的親密合照深深刺傷了陽子。
七月到了，阿徹放暑假回到家裡。
「北原擔心陽子是不是生病了呢。那傢伙得了盲腸炎，住院好一陣子。」
（住院？）
陽子感到心頭一緊。
「病情很嚴重嗎？」
「現在脫離危險了。有一段時間血壓很低，很危險。」
「這麼危險啊？」
萬一北原死了……想到這，陽子全身都要顫抖起來。
「北原很受女孩歡迎喔，每次去看他都有女孩來探病呢。」
聽到這話，原想立刻飛去探望的陽子彷彿被人迎頭潑了一盆冷水。
「對了，哥，騎馬技術有進步嗎？」
陽子故意以開朗的聲音問道。被北原刺傷的心，她打算悄悄地獨自舔舐傷口。

阿徹回來之後，家裡的氣氛變得明朗許多，然而陽子內心孤寂依舊。她始終牽掛著住院的北原，心中不時興起想見他一面的衝動。每當陽子想起，去年的現在，就是在那片森林第一次見到北原，她就忍不住到森林裡去。

這天，陽子又走進白松林，坐在那個初見北原時坐的樹樁上。最近每當陽子想起北原，她一定會到這裡坐一會兒。她覺得只要坐在這裡，北原似乎馬上就會出現在那條搖曳著貓尾草的小路上。

（雖然這麼想見他，我還是無法原諒他。）

明明聽說北原生病了，卻連一張慰問卡也不肯寄，陽子對自己這般無情感到驚訝。

（難道戀愛即是憎恨嗎？）

陽子對自己莫名其妙的心情變化很苦惱。她從不曾對誰產生過如此激烈的感覺，這份感覺裡既有憤怒與憎恨，同時還夾雜著疑惑與悲傷。

陽子坐在樹樁上，抬頭仰望天空。白雲被陽光照得發亮，白松的淺綠樹梢映在天空裡，好像在雲間飛行。

這時，身後傳來一陣腳步聲。

（北原先生是不可能到這裡來的。）

陽子不禁露出苦笑。

「陽子，妳呆坐著做什麼？」

身穿白色浴衣的阿徹站在她身後。

「沒什麼啦。」

陽子故作輕鬆地站起身，將無袖上衣露出的兩隻手臂環抱在胸前。

（如果現在出現在這裡的真是北原先生，我會怎麼做呢？會靠在他的胸前哭泣嗎？或是轉身逃走？不過現在出現的是哥哥，我什麼也不能做。）

「妳最近好像很沒精神啊。」

阿徹說。北原和陽子從正月恢復通信以來，阿徹心裡想要獨占陽子的欲望便日漸高漲。此刻，陽子抱著雪白的臂膀站在面前，阿徹覺得她真是美極了。

「啊！我很有精神啊。看吧！我現在還想玩捉迷藏呢。哥，我要逃走嘍！」

陽子身手矯健地從阿徹身邊跑過，一口氣跑上河邊的堤防。堤防與蔚藍天空緊緊相連，從堤防下望上去，陽子好像在藍天飛翔。阿徹向陽子招呼一聲：「看我的！」說完便趕上去。待他好不容易爬上堤防，陽子卻已跑下來。只見昏暗的歐洲雲杉林中，陽子的白裙掀起一角，正要奔向森林深處。

阿徹跑進微暗的林中，一不小心，腳被松樹根絆了一下，差點摔倒在地，他這才發現穿著木屐無法跑快，於是慢吞吞地在林子裡步行。一路看到竹叢和凹地，這些都是阿徹幼時玩耍的場所，他懷著念舊的心情駐足瀏覽。這時，一名頭戴登山帽的青年手裡拿著輪尺[61]走過來。

「嗨！您好。」

青年打過招呼，繼續向前走去。他是管理這片實驗林的旭川林業局職員。阿徹想起小時候也常像這樣在森林裡碰到林業局職員，不禁感慨：似乎只有森林還和從前一樣完全沒變。

（那時我還把陽子當作親妹妹。）

剛想到這，耳邊傳來陽子的呼喚。

「哥，快來呀！」

聲音是從森林外傳來的。阿徹走出森林，看到陽子背靠河邊一棵泥柳[62]站著。

「好久沒這樣賣力跑過，好痛快！」

「真不錯！我穿著木屐差點摔倒呢。」

阿徹笑著彎身在草地上坐下，陽子也坐在他身邊。

晴空萬里，輪廓清晰的十勝山脈一片蒼翠，看起來美極了。

「陽子！」

「什麼？」

「來玩接龍遊戲吧？」

「好啊。不過我覺得聯想遊戲更好玩。」

「也對。不能立刻作答的人就算輸。森林！」

「風雨山崗。」

陽子答道。北原的名字差點就從她嘴裡迸出來。

＊＊＊

玩了一下聯想遊戲後，阿徹和陽子失去興致，兩人便靜靜坐著凝視小河。阿徹撥弄著地上柔軟的青草，抓起一把拋向河心，青草隨著水流迴旋一圈之後隨波而去。

「陽子。」

---

61 輪尺：一種用來丈量樹身直徑的F形尺。

62 泥柳：即白楊，北海道地方稱作泥木或泥柳。

「什麼？」

「決定要上哪間大學了嗎？」

陽子沉默著搖搖頭。

「早點決定，早點針對考試定出計畫比較好喔。」

「我不去上大學。」

「不上大學？為什麼？」

阿徹吃了一驚，轉頭看著陽子。

「我不想升學啦。」

「別說謊！陽子不是想研究數學嗎？」

陽子沒有回答。

「陽子沒選升學班嗎？」

「哥，可能是我脾氣怪吧。我覺得家裡光是供我念高中都已經太浪費了。」

「好笨啊！陽子，妳胡說些什麼呀。」

「別罵我，哥。但說實在的，『請讓我念大學』這種話，陽子實在說不出口。和升學比起來，我更想靠自己的力量做事賺錢。我這個人呀，總是不聽人勸，或許這就是我的古怪之處。」

陽子落寞地說。

「陽子一點也不怪，我只擔心一件事。」

「什麼事？」

「陽子，高中畢業後妳想直接去工作對吧？」

「是啊。」

「那妳想做什麼呢？」

「我想去考國家公務員普考資格，然後到林業局工作。」

「可是啊，陽子，就算妳去工作，家裡也不見得會高興。而妳就算去上大學，對家裡一點也不會造成負擔啊。」

「我知道。問題出在我自己。我希望尊重自己想獨立的心，我覺得長大成人就該在經濟上獨立。」

阿徹不安地緊盯著陽子。

「陽子，妳不會是打算高中一畢業就離開家吧？」

「怎麼會？我只是想去工作啊，不會搬出去的。要是這麼做，太對不起撫養我長大的爸爸媽媽了。」

「是嗎？」

阿徹總算安心地露出微笑。

「除非我死了，否則我不會離開這個家。」

聽到陽子這麼說，阿徹心中一驚。陽子一旦嫁人，就得離開這個家呀。

（難道陽子不打算結婚？還是她……）

阿徹畢竟還年輕，他不禁懷抱期待地看著陽子。

「陽子離開這個家的時候，不就是妳嫁人的時候？」

阿徹故作輕鬆地說。陽光映在水面上，燦亮得讓人睜不開眼。

「才不要呢，我才不結婚。」

「為什麼？」

「沒為什麼。」

「那妳打算一輩子單身啊？」

「不行嗎？」

「陽子這個年紀的人，都喜歡嚷著一輩子不結婚呢。」

阿徹很想知道陽子對北原的想法。

「是嗎？但我真的很想一輩子都留在家裡。」

陽子想起北原的照片，心裡滿是孤獨。這時山中傳來陣陣斑鳩的低鳴。

「陽子。」

「什麼？」

「如果陽子真的想一輩子都留在家裡……」

阿徹閉上嘴沒說下去。陽子說想留在家裡，不正是表示她想和自己在一起嗎？阿徹想。

「喔！如果哥哥結婚了，就不方便了吧。我這小姑要是一直留在家裡的話。」

陽子覺得滑稽地縮了縮脖子笑起來。阿徹臉上卻沒有笑容。他不懂陽子究竟想和自己結婚？還是完全沒這個意思？

「我是說啊……」

（我想娶陽子啦。）

阿徹沒敢把這句話說出來，畢竟兩人從小被當作親兄妹撫養長大，這種話還是等兩人相隔兩地生活後再說比較妥當。

「陽子，辰子阿姨的事妳聽說了嗎？」

阿徹想起夏枝提過的事。

「辰子阿姨怎麼了？」

「辰子阿姨說想要收養妳。」

「啊！為什麼呢？」

「可能因為阿姨沒小孩吧。她說，反正陽子遲早都會出嫁，不如現在就把妳交給她。」

阿徹也不清楚詳情，便把從夏枝那聽來的內容告訴陽子。

（我出生沒多久就被抱到這個家，現在又要把我送到別處去……）

陽子在心中自語著。就算是送到最喜歡的辰子家，她還是覺得十分寂寞。想到有人背著自己正在商量「把她給我」、「把她送妳」，陽子心底充滿了自憐。

「那媽是怎麼說的？」

「媽說，好不容易把妳養大，想看妳穿新娘禮服從家裡嫁出去呢。」

陽子的臉頓時亮了起來。其實夏枝會說出那種話，是因為擔心把陽子送給辰子，陽子可能會去上大學，而且會繼承比自己更多的財產。但陽子和阿徹不知道夏枝這番心思，陽子為了夏枝這番話，高興得差點落淚。

「哥，我好高興啊！」

說完，陽子拉著阿徹的手站起來。夏枝對陽子雖然冷淡，卻不願把她送給別人，陽子想到這，心底直率地湧起一陣欣喜，阿徹卻不了解陽子為何那麼高興。他不免猜測，陽子那麼希望留在辻口家，或許是因為能和自己在一起的緣故。

兄妹倆走進夏草叢生、光線昏暗的歐洲雲杉林。森林裡朦朧的光影有幾分像黃昏的暮靄，林中景象極美，就像一幅印象派繪畫。

「森林裡雖然黑，但我最喜歡這裡呢。」

「嗯。」

阿徹懷著滿腹心事想對陽子訴說。

「哥！」

陽子突然停下腳步，耳邊只聽一陣斑鳩低鳴傳來。

「什麼事？」

「呃……喔，哥知道我的生父生母是誰嗎？」

出乎意料的問題讓阿徹一時窮於回答。這時，他的腳突然被樹根絆了一下。

「啊唷！好痛呀！踢到腳了。」他皺著眉說道。

「哥！沒事吧？」

「沒事，只有一點痛。妳問我知不知道妳父母是誰？為什麼這麼問？那時我還小，什麼都不知道。可能就連爸也不清楚吧。」

阿徹拚命裝傻。

「是嗎？你不知道啊？哥，我曾經很好奇，我的父母和夏枝媽媽之間是什麼關係。」

陽子想起了中學畢業典禮致答詞的事。

「不過我現在打算不多想了。」

（因為媽媽說她不會把我送給辰子阿姨。）

「對呀！這種事，任誰也想不明白的。」

阿徹鬆了口氣。被陽子追問親生父母的事令他難以招架。然而一想到陽子對親生父母一無所知，阿徹又覺得她好可憐。

「陽子，以後妳有心事一定要跟哥哥說。」

「謝謝。」

阿徹的話讓陽子感到很欣慰。

「將來不管陽子和誰結婚，或是自己一個人過，我都會一直單身。」

「啊！為什麼呢？」

陽子直率地表示驚訝。阿徹沒說話，逕自向前走去，看他突然陷入沉默，陽子愣愣地站在原地。阿徹突然一轉身，大踏步走近陽子。

「陽子，我真希望不是從小跟妳被當作兄妹養大。我好羨慕北原啊。」

阿徹的話令陽子心頭一震。

「別這樣！哥，別說這種話！」

陽子，伸手攀住一棵歐洲雲杉，大受震驚的她搖搖晃晃站不穩。阿徹眼中的激情使她不安。

「陽子妳不喜歡我嗎？」

「喜歡啊，我最喜歡哥哥了。」

陽子又覺得孤單起來。

「我不是這個意思。我是說，陽子……妳是把我當成哥哥那樣喜歡對吧？」

「是啊，當然嘛！你是我哥哥啊！」

聽了陽子的回答，阿徹不再猶豫。

「陽子，我呀，從很久以前就沒把陽子當成妹妹，而是把陽子看成沒有血緣關係的女孩呀。」

「……」

「可是陽子只肯把我當成哥哥，對吧？」

風兒靜靜從林間拂過，阿徹這句話讓陽子心中有些淒涼。

「哥，你從陽子小時候就一直是我哥哥啊。我希望你永遠都是我哥哥。」

陽子哀求似的抬頭仰望阿徹。

「可是，我覺得自己也有資格向妳求婚。拜託妳，從現在起，別再把我當成哥哥了。」

阿徹的額頭冒出汗珠。

「哥這麼說，陽子要怎麼辦？陽子以後該依靠誰呢？我們成為兄妹一起長大，這件事非常重要，比我們有沒有血緣關係更重要。雖然陽子很想永遠留在辻口家，可是現在哥哥這麼說，那我就是想留也不能留了，不是嗎？」

陽子很想從阿徹身邊逃開，她做夢也沒想過要嫁給阿徹，但這並不表示她不喜歡阿徹。現在的她還無法讓阿徹了解這一點，陽子覺得很難過。

「陽子，妳還是喜歡北原吧？」

（這跟那無關啊。不管我對北原先生是喜歡還是討厭，我都沒法跟哥哥結婚呀。）

陽子不作聲，從身旁的桑樹摘下一片葉子。她倒不是故意不說話，而是覺得很無奈。

「可是，陽子，妳不能嫁給北原。」

陽子也沒追問「為什麼」，她的眼前浮現照片中北原和那個女孩的臉龐。

（陽子妳知道自己是誰的小孩嗎？）

阿徹很想這麼問陽子，但他立刻清醒過來。眼前的陽子一臉落寞。

（我多麼卑鄙啊！為了得到陽子，我究竟打算做什麼？這個祕密誰也不能說！就算有人撕爛了我的嘴也不能說！）

＊　＊　＊

一個蹣跚學步的小女孩搖搖晃晃走過來。她身上穿著紅衣，不會是琉璃子吧？啟造帶著疑惑朝女孩走去。

（可是，不可能是琉璃子啊。琉璃子已經死了。）

剛想到這，小女孩突然橫衝直撞地朝啟造跑來，就像一隻狂奔亂跑的小狗。

「危險唷，跑那麼快會摔跤的。」

啟造說著伸手攬住小女孩，低頭一看，才發現她是陽子。啟造抱起幼小的陽子，發現有對豐滿的乳房抵在自己胸前。啟造覺得奇怪，觸摸陽子的胸部，竟摸到一對柔軟豐滿的乳房，他不自覺地把嘴唇貼向那對乳房，誰知一道黑色布幕突然從天而降，遮擋在他和陽子之間。啟造大吃一驚，頓時清醒過來。

（原來是在做夢！）

剛才夢裡摸到那對豐滿乳房的觸覺，仍然清晰停留在啟造的指尖，一點都不像在做夢。摸到的那對乳房，竟然是陽子的，啟造覺得自己罪孽深重。他想起陽子還是中學生的時候，有一次穿著無袖襯裙在躺椅上睡覺。啟造不時會想起陽子雪白的大腿。這件事他不能對任何人說起，但又讓他暗地裡覺得有趣。剛才那個夢，散發著邪惡的氣息。「亂倫。」啟造不禁低聲念出這個字眼。

已經三點了吧？啟造想。夏季的短夜漸露曙光，房中景象隱約可見。夏枝規律的呼吸聽來健康又無害。

啟造感到羞恥，因為他做了一個不能告訴妻子的夢，在眾人仍然沉睡的時刻清醒過來。

「世上還有男人也做過這種愛撫女兒的夢嗎？」

這種卑劣的行為哪能去問別人，啟造自嘲地想，再也無法入睡。最近啟造只要醒來，就不想悠閒地賴在棉被裡。他輕手輕腳地爬起身，這時，夏枝翻了一個身。

啟造看不清夏枝的臉龐，卻突然對她生出無限愛憐。不，與其說是愛憐，不如說是悲哀。究竟是夏枝可悲？還是夫婦這種關係可悲？啟造自己也弄不清。

他覺得像現在這樣，一個男人和一個女人睡在一個房間裡，是一件令人費解的事。兩人同室而眠，照理說應該要全心信任對方。而他們雖是夫妻，卻弄不清對方心裡藏著什麼祕密。這世上甚至還有心中互相憎恨的夫妻啊，啟造想。他對夫婦同室而眠這件再平凡不過的事，突然感慨萬千。或許是剛才夢到陽子帶來的衝擊導致的吧。

＊　＊　＊

啟造悄悄離開寢室，走進書房。拉開書房的窗簾，窗外天色早已變亮。這時，一粒黑色小石子突然從天而降。啟造吃驚地仔細一看，原來是一隻麻雀。雀兒啄起食物又立即飛回天空，動作敏捷令人眼花撩亂，緊接著，又有兩隻麻雀降落在庭院裡。看著活力十足的雀鳥，啟造不禁覺得自己活得太頹廢。

（我能活得像牠們那樣朝氣蓬勃嗎？）

啟造又想起剛才夢裡的陽子。就在這時，一個人影從森林裡走出來。是陽子！啟造不禁懷疑自己是否還在做夢。陽子並沒發現啟造的視線，她走到森林入口停下腳步。

陽子穿著淺藍襯衫和深藍方格裙。啟造注視著她那雙線條優美的長腿。陽子蹲下身撿起什麼。看那姿勢似乎是在撿拾落葉。起身之後，陽子沿著林間小路慢吞吞地向前走去。

森林裡有好幾條小路，陽子正走在通往瑪利亞那松林的路上。

（不是還不到四點嗎？陽子一大早在幹什麼？）

啟造看到陽子又停下腳步。她的下半身被草叢遮住，啟造看不到她的動作。只見陽子呆站著似乎在思索什麼。

（難道她有什麼煩惱？）

啟造想起剛剛做的那個夢。他在被窩裡夢見陽子的時刻，陽子大概正在林中漫步吧。那個夢簡直令啟造羞愧得抬不起頭來。

（可是大清早的，陽子究竟在煩惱什麼呢？）

想到這，啟造心頭一驚。

（陽子該不會已經發現自己的身世了吧？）

十年前，由於自己一時疏忽讓夏枝在信裡發現了那個祕密。阿徹幾年前也意外得知陽子的身世。難道現在陽子也知道了？啟造心中不安起來。

（照理說，陽子正是貪睡的年紀啊。）

什麼事讓她煩惱得睡不著覺？啟造心中的不安逐漸膨脹。

（再怎麼說，夏枝或阿徹都不可能告訴陽子。）

夏枝說過，她想看陽子穿著新娘禮服從這家裡嫁出去。啟造很想相信她的話，但心底卻藏著一絲疑惑，他覺得夏枝這人若是被逼急了，說不準會幹出什麼事。他對夏枝很沒把握，無法確信她能絕對保守那個祕密。不過仔細想來，其實阿徹不也一樣嗎？啟造思前想後，心裡七上八下。

陽子走進森林後一直沒出來。看不見陽子的身影，啟造心裡的不安愈來愈強烈。

（對！我這就去把她帶回來。）

啟造站起身來。這時，陽子從瑪利亞那松林走了出來，啟造這才鬆了口氣。低頭沉思的陽子朝家門走來，她完全不知道啟造正在注視自己。推開竹籬院門，她的房間正對庭院，陽子輕輕拉開自己的房門。

（說不定她只是睡不著而已。）

看到陽子回來，啟造這才放下一顆心，重新坐下。我還是裝作什麼都不知道吧。啟造想。

（心裡有祕密真讓人不安。）

啟造不禁深深慨嘆。自從高木把陽子交給自己，心裡一直像有塊大石頭堵著。一方面因為隱瞞夏枝而懷著罪惡感，一方面又擔心真相暴露而感到恐懼。然而，這個祕密終究還是被夏枝和阿徹發現了。阿徹甚至還為了這件事故意考砸高中入學考試。不過所幸當初預料的悲劇並沒發生，就連夏枝也沒吵著要離家出走。啟造思前想後，不覺暗自鬆了口氣。

在外人眼中，自己擁有美滿的模範家庭，但仔細想來，啟造覺得自己這些年來的生活很荒謬。或許，每個家庭都會出現丈夫外遇、妻子偷情、婆媳失和或子女學壞之類不可告人的醜事吧，啟造想，而家庭成員或許也會設法維護家庭的顏面，直到這些被隱瞞的家醜由於某種契機，以自殺、出走、殺人或離婚等形式表現出來，世人才會注意到。啟造深深覺得自己實在是個可怕的男人，當初竟能做出收養陽子的決定。

（然而，我今早做的那個夢又算什麼呢？）

啟造凝視著自己的手。

（就算是做夢，夢裡的那個我，就是眼前的這個我。夢裡的思想和行為，都是來自眼前的這個我。）

啟造愈想愈覺得罪孽深重。但奇怪的是，心裡雖然這麼想，啟造還是覺得自己比任何人都可愛。

（如果聽說其他男人像我這樣因為憎恨妻子不貞，設計讓妻子扶養陽子，我一定會痛罵那個男人吧。如果我幹出一夜情這種事，也不會氣自己，但我卻不能原諒妻子的外遇。這究竟是怎麼回事？如果是別人做的，就是壞事，自己也做了同樣的壞事，卻又可以原諒。）

對於別人的行為，譬如答話時沒禮貌、打招呼不用心，這些行為我都會生氣，但為什麼自己做了同樣的事卻又可以原諒？啟造對人類的自私感到震驚。

（什麼是自私？自私或許就是罪惡的起源吧。）

啟造深思著，凝視陽子房裡微微飄動的窗簾。

# 37 街角

整個暑假，阿徹再也沒向陽子表達心意。陽子也覺得待在辻口家度日如年，盡可能避免和阿徹獨處。

陽子和北原逐漸疏遠，對阿徹也不再敞開心扉相待，她覺得十分孤獨。暑假結束後，阿徹回札幌去了，陽子開始了第二學期的新生活，每天都過得很忙碌。然而陽子連一個能夠談心的朋友都沒有，因為和她要好的幾個同學都進了升學班，每次在走廊碰到她們，大家都一面走一面忙著背誦手裡的單字卡。

「陽子，北原先生都沒來信呢。你們吵架啦？」

夏枝經常問陽子，她卻不知如何回答。雖說是她先燒掉北原的幾封信，但現在突然一封信也收不到，她還是覺得寂寞萬分，坐立難安。

尤其到了星期天的送信時間，陽子甚至覺得待在家裡是種痛苦。不過雖然痛苦，但在兩隻耳朵等著郵差喊：「信！」的這段時間，陽子心裡暫時可以擺脫寂寞。

（下次收到他的信，我絕不會燒掉。）

等信的時候，陽子心裡也生出一絲甜美的期待。但夏枝總像看穿她的心思，常對她說：

「北原先生都沒來信，妳先寫信給他嘛。」

然而，陽子是被北原的照片刺傷的，她才不想主動寫信給他。她那麼熱切期待他是「不可取代的愛人」，他卻背叛了自己，陽子無論如何也無法原諒他。

北原和陽子不再通信這件事讓夏枝很在意，她懷疑兩人或許是找到其他方式暗中保持聯絡。

夏枝甚至懷疑北原可能把信寄到了陽子的朋友家去。夏枝曾背著陽子，把北原的信退還給他，這件事一直如鯁在喉般暗藏她的心底。

「媽媽其實不太喜歡北原先生，他一面寫信給妳，一面又和其他小姐親熱地拍照……北原先生這個人，女朋友好多唷。」

夏枝曾這樣對陽子說。陽子並沒忘記夏枝以前一度對北原表現得很熱絡，也知道夏枝曾經天天都和北原一起到森林散步，所以夏枝現在嘴裡說不喜歡北原，陽子卻無法率直地接受她的說法。事實上，夏枝一直對北原懷恨在心，那次在札幌的咖啡館裡，北原丟下自己離座而去，夏枝一直對這件事耿耿於懷，也把這份恨意發洩在和北原通信的陽子身上。日子一天天過去，北原的信一直沒來。很快地，秋天過去了，冬天又來了，學校也開始放寒假，但今年阿徹卻遲遲沒有回家。

＊＊＊

今年寒假我不回去了。我要在札幌的診療所打工。除夕那一週或許會回去，但請不要抱太大期望。

阿徹寄回來一張內容簡短的明信片，夏枝看了有些難過。

「好奇怪唷，為什麼突然去打工呢？又不是沒給他零用錢。想要工作的話，可以到你的醫院幫忙呀。」

啟造對阿徹打工倒不在意，因為他自己也有過相同的經驗。

「這樣也好，誰想到自己老爸的醫院工作啊。再說阿徹現在能做的，頂多就是檢驗痰液、測量白血球或紅血球的數目而已。」

陽子很在意阿徹的決定，她擔心阿徹是因為向自己告白，才會連寒假都有家歸不得。

然而，阿徹自有不回家的理由。他覺得為了不再讓陽子把自己當兄長看待，最好暫時和她保持距離。阿徹看到陽子聽說北原住院也沒去探望，而且沒再和北原通信，他心底偷偷生出幾分慶幸。阿徹最初是打算把陽子託付給北原的，但在聽說陽子小學四年級就知道自己是養女，阿徹再也無法壓抑自己的愛戀。

更何況，眼看北原似乎也深愛著陽子，對阿徹的感情造成了刺激。阿徹一方面覺得陽子和毫不知情的北原結婚會比較幸福，另一方面，他又無法放棄深愛多年的陽子。

聖誕節的腳步愈來愈近了，阿徹一直沒有回家。後院鮮紅的山楸果上積滿了白雪，陽子看著覺得很喜歡，因為那形狀看來很像教堂的鈴鐺。她已漸漸習慣了寂寞，也懂得發掘獨處的樂趣。陽子開始自學希臘文，同時也專心研究一直很喜歡的數學，她在啟造的書架上找到一本歐幾里德的《幾何學》，經常拿出來研讀。

然而，每當看到鮮紅的山楸果覆著白雪的模樣，陽子就會想起北原。

（真想讓北原先生看看這美景。）

當陽子察覺這個念頭時，她不禁覺得自己的心實在難以捉摸。儘管北原沒再來信，陽子心底的某種信念一直支撐著她的寂寞。

（雖然北原先生背叛了我，但我可沒有背叛他。）

這就是陽子懷抱的信念。她並沒為了疏遠北原而自責。

＊＊＊

這天，吃完晚飯，陽子聽從夏枝的吩咐出門購物。晚上天氣很暖和，鵝毛般的大片雪花不斷從天空飄下。聖誕前夕的夜晚，街頭各處都播放著熱鬧的〈聖誕鈴聲〉歌曲。每家商店門前都掛出「聖誕大拍賣」的橫幅招牌，玻璃櫥窗裡聖誕樹裝飾著閃爍不停的紅藍小燈泡。

購物完畢，陽子從服裝店走出來，這時，她突然看到北原就在對面兩三公尺外的人群裡，正朝著自己走來。陽子吃了一驚，停下腳步。北原在和一名披著黑圍巾的女孩說話，兩人走近身邊時。陽子迅速一閃，躲到店門外那棵巨大的聖誕樹背後。

女孩就是那張照片裡的那個她。她笑著露出雪白的虎牙，十分可愛。陽子的視線越過聖誕樹的枝椏，緊盯著走過面前的北原。他好像瘦了一點，因而增添幾分歲月的滄桑。他們倆並沒發現陽子，很快地通過店門口。

好想他！陽子想，明明被北原深深傷害，為什麼還有這種懷念之情呢？陽子實在想不透。她緊追在兩人身後。但追上之後要做什麼，陽子卻沒細想。滿天亂飛的鵝毛大雪之中，陽子眼裡只看到北原和那個女孩，她緊追其後無法離去。女孩不時抬起頭對北原說些什麼。

來到四條平和大街的紅綠燈前，兩人停下腳步。然後，北原獨自穿過十字路口，而和他同行的女孩則向右轉繼續前進。他們倆就那樣輕輕鬆鬆地分手了，彼此頭也沒回一下，手也沒招一下。

路口的號誌變成了紅燈，陽子看到北原的身影消失在對街。她很想追過去，但即使追上了，自己也無話可說。路口轉角的藥店前有一台紅色公用電話，剛和北原分手的女孩在打電話。陽子不自覺站到女孩身後。也不知是否因為剛才沒打通，女孩又撥了一次號碼，把話筒壓在耳朵上。她不經意地轉過頭看陽子。

「對不起，對方好像在通話中。您先打吧。」

女孩露出可愛的虎牙說著，要把電話讓給陽子。

「不，沒關係。」陽子微笑著說。

(她並不認識我啊。這女孩不像壞人，給人的感覺很不錯呢。)

聽了陽子的話，女孩也不推辭，又重新撥起電話。陽子雖想離去，兩隻腳卻不聽使喚。

「喂！啊！阿康！喔！我啦。好討厭，聽不出來嗎？是我！美知子啦，北原美知子！」

(北原美知子？)

陽子緊盯著女孩。

「是啊，謝謝！不過我是跟哥哥一起來的。」

女孩屈身貼近紅色電話。

(跟哥哥一起？)

聽到這裡，陽子驚訝得說不出話來。

(我怎麼會誤會得這麼大？)

北原的妹妹和他長得一點也不像。

(可是上次看照片的時候，媽媽不是說：「這就是北原先生的女朋友吧。」)

北原的妹妹把聽筒壓在耳上，不時發出笑聲。

(還有哥哥也說過呀，說我不能和北原結婚。他為什麼說出那種話呢？)

上次阿徹說過「妳不能嫁給北原」，陽子把這句話的意思解釋為「因為北原已經有女朋友了」，以為北原的女朋友就是照片裡那個女孩。

(如果這女孩是他妹妹，難不成他還有其他女朋友嗎？)

陽子當然不了解阿徹的意思是指：

「妳是殺人犯的女兒，要是妳的真實身分被北原知道了，就不能嫁給他了。」

陽子抬頭仰望天空。市街的夜空發出微弱的光明。

「對不起，讓您久等了。」

北原的妹妹向陽子打聲招呼後正要離去，陽子不自覺地對她說：

「請問……」

「……？」

北原的妹妹疑惑地站住腳步。

「冒昧請問，您是北原邦雄的妹妹嗎？」

「是啊，沒錯……啊！您是辻口陽子小姐吧？」

北原的妹妹露出熱情的表情。

「我是辻口。」說完，陽子不知該說什麼。

「我哥哥到附近的書店去了。」

北原的妹妹柔聲說道。陽子向她行個禮，紅綠燈也沒看就飛奔而去。平日的陽子絕不會這樣。跑過十字路口，轉角第二間店就是書店。

店裡十分擁擠，因為店內不大，而且北原身材高大，陽子一眼就看到他了。只見店裡的日光燈下，北原拿起書本隨意翻閱。陽子猶豫著不敢走上前去。

（為什麼我那時無法信任北原先生呢。既然他是我唯一而不可取代的戀人，為什麼我不能信任他？）

陽子覺得自己很可悲。首先是那張看來很親熱的合照刺傷了她，接著，又聽到夏枝說：「這就是北原先生的女朋友吧。」

這句話打亂了陽子的心，再加上阿徹說：

「北原很受女生歡迎喔。」

不只如此，阿徹後來又對她說：

「妳不能嫁給北原。」

這句話徹底擊垮了陽子。現在越過人群看著北原的身影，陽子感到無限懊悔，她覺得自己的行為太輕率了，她竟不確認就懷疑他。

北原買了兩本書，陽子看他走向店門口，趕緊藏了起來。

「我沒想到她是你妹妹。」

只用這個理由是沒法交代過去的，陽子想。她又想起收到北原的信那天，自己實在太氣憤了，氣得連信封都沒拆開就把信燒了。

（我已經沒有資格投向北原先生的懷抱。）

陽子並不了解這就是戀愛帶來的激情，她只為了自己的多疑而感到羞恥。

（如果反過來，是北原先生這樣懷疑我的話，我也許不會原諒他吧。）

陽子覺得自己的行為應該表現得更善意、更理性，不要那麼衝動才對。她緊盯北原的背影，北原在她前方五六公尺的位置，陽子緊跟在他身後前進。

（北原先生病倒的那段日子，我竟一次也沒去探望他。對身體向來健康的北原先生來說，或許這是他這輩子唯一的住院經驗吧……歸根究柢，我還是沒資格和他交往。）

北原走到三條通大街後，向左轉繼續前進。三條通大街的光線比較昏暗，陽子跟在北原身後。來到三條食堂門前，北原走進店內。三條食堂門前有一段從人行道通往地下的階梯。陽子站在入口處俯視著階梯。她沒勇氣走進去。

夜空下，陽子站在飄著鵝毛大雪的路上。她要一直等在那裡，直到北原從食堂出來。

（他從瀧川大老遠跑到旭川來做什麼呢？）

陽子顧不得撣掉大衣肩頭的積雪，一動也不動地站在街燈照不到的路邊小巷裡。

（哥哥上次回來，為什麼我不問他照片裡的女孩是北原先生的什麼人呢？）

對年輕的陽子來說，這是一件不容易的事。她的自尊心不允許她做出這種事。

（不過，為什麼哥哥寄來那樣的照片卻不加以說明呢？）

然而陽子似乎明白了阿徹寄照片的理由。

（可是哥哥不會有那種心眼的。哥哥人品極好，那麼有男子氣概，脾氣又溫柔。）

如果讓阿徹和北原公平較量，陽子覺得阿徹絕不會輸給北原。

（只是和哥哥比起來，我比較喜歡北原先生，所以也沒辦法。我只能把哥哥當作兄長那樣地喜歡。）

陽子茫然佇立在漫天大雪之中，擾攘的聖誕歌曲和明亮的霓虹燈招牌都無法打斷她的思緒。黑暗的小巷裡，兩個身上掛著吉他的男人漸行漸遠，逐漸消失了蹤影。

＊　＊　＊

北原先生：

我很清楚自己已沒資格再寫信給您。也或許，您根本沒拆開信封，就把這封信丟到火爐裡去了。我雖然明白這一點，還是覺得必須向您交代一下。

北原先生，請原諒我。因為我誤會您了。

我在阿徹哥哥寄來的照片裡看到了北原先生的照片。就是那張您和一位小姐親熱地挽著手，漫步在白楊樹下的照片。

「北原先生的女朋友，就是這位小姐啊。」

當時母親曾經這麼說。您可以想像我那時的心情吧？我覺得身體像被撕裂了般痛苦，悲傷之餘，我把自己給您寫了一半的信，還有一直珍藏著的您給我的信，統統都燒掉了。

「這位小姐是誰啊？」

如果那時我能以謙遜的心向您提出這個疑問，就不會發生現在的誤會了。

後來，北原先生寄來的信，我都沒有拆封就燒掉了。其實現在說我誤會了，倒不如說我現在非常後悔，我對自己曾經懷疑您的人格感到後悔莫及。

今晚，我見到了您的妹妹。後來看到您從書店出來，我就一路跟在您的身後。北原先生走出書店後，又走進了餐廳，我一直站在雪中等待。我知道這麼做很愚蠢，但除此之外我不知該做些什麼。我並不是想藉這種方式懲罰自己，只是想一直在外面等待著您。

您從餐廳出來之後，朝車站走去。我跟在您的身後，一面走一面在心裡責備自己的冷漠，您住院那段時間，我竟連一封信也沒寫給您。

到了車站，您的妹妹在那裡等候。您幫她提起購物袋一起通過驗票口，突然回頭朝市街的方向看了一眼。那時我吃了一驚，我以為您已經發現了我。後來我走上月台，在候車室裡目送您離去。

北原先生，我不知該怎麼寫才能表達自己的歉意。不管我怎麼寫，都無法表達自己現在的心情。

北原先生，現在這一刻，我只希望能見您一面。

陽子

# 38 鋼琴

給北原的信寄出後第三天，陽子在門外掃雪。她心裡很不安，不知北原願不願看自己的信。不過，就算他撕掉不看也怨不得人，陽子想著使勁掃著地上積雪。

當初北原等不到自己的回信時心裡有多孤寂，陽子現在能夠親身體會了。

「限時信！」

忽聽有人喊道。陽子剛轉過身，郵差就把一封信交到她手裡。是北原的信！陽子彎身坐在玄關外的階梯上，她感覺兩腿在不斷打顫，根本無法站穩身子。

（他回信給我了！）

陽子卻怕得不敢拆開信封。

「我剛看到郵差來啦。」

這時，身穿外出服的夏枝從玄關探出頭問道。

「是的。」

「哪裡來的信？」

「是給我的。」

陽子臉色蒼白地坐在門前台階上，夏枝看了她一眼，陽子臉上浮起無力的微笑。那淒涼的微笑讓夏枝心生憐憫。

「我會在辰子家，有事打電話給我。妳爸說他今天也要很晚才下班，晚飯陽子一個人吃吧。」

陽子點點頭，從鞋櫃裡拿出夏枝的冬季草鞋整齊地放在門前。

「振作點，等下我回來幫妳買個聖誕蛋糕。」

夏枝武斷地認為陽子一定是收到令她傷心的信。看到陽子脆弱的表情，夏枝也不忍對她過於冷淡。

「您路上小心。」

陽子正處於多愁善感的狀態，夏枝的溫柔直接打動了她的心。

「您搭公車去嗎？」

陽子問正要走出玄關的夏枝。

「先走去農會辦點事，然後在路上攔車吧。」

夏枝穿著黑羔羊皮大衣，下面是一身淡色青綾和服，看起來十分美麗。

陽子在起居室的火爐邊坐下，拿起剪刀拆開北原的信。她想起前幾封信都原封不動地燒掉了，又懊惱不已。陽子懷著祈禱的心情拆開信封。

陽子小姐的來信已經拜讀了。以前我曾誤會過妳，這次妳也對我產生誤解，我們算是扯平了。

妳真是一位做事魯莽的小姐！昨晚竟站在雪中幾十分鐘！我真擔心妳會感冒呢。

聖誕夜晚上六點，我將到府上拜訪。之前一直不曾正式上門拜訪，這是我的疏失。聽妹妹提起上次見到了妳，她讓我向妳問候。

北原邦雄

（聖誕夜不就是今晚嗎？）

陽子抓著信紙不知所措地站起身來。

北原的信打動了陽子。他的信裡竟沒有一句怨言，不僅如此，他還為了沒登門造訪而表示自責。陽子想到北原又要搭火車大老遠跑來旭川，不禁被北原的寬容與誠懇深深打動。

＊＊＊

天黑了，陽子心神不定，坐立難安。她在家裡來回踱步，不時抬頭看向時鐘。陽子覺得自己變成一個極其愚蠢的女孩。不過，人若不是有這愚蠢的一面，恐怕無法愛上另一個人吧。陽子想。

門外傳來煞車聲。陽子慌忙看了時鐘，才五點半。她小跑步奔向玄關打開大門。

「我回來啦！」

門燈下，只見阿徹笑咪咪站在那裡。

「啊！哥！」

看到門外的並不是北原，陽子有些失望。

「嚇了一跳吧？本來打算除夕才回來的。」

阿徹看到陽子驚訝的表情感到很滿足。

「你回來啦，媽一定會嚇一跳的。」

阿徹畢竟是陽子唯一的哥哥，兄妹倆久別重逢，陽子很高興。

「媽到哪裡去了？」

阿徹脫下大衣問。

「辰子阿姨家。我打電話過去吧？」

「不用了。等她回來突然看到我，那才叫驚喜吧。爸今天也會很晚回來？」

「好像是的。哥，吃飯了嗎？」

「在火車裡吃過了。」

阿徹盤腿坐下，迫不及待地打開衣箱。

「我幫陽子買了聖誕禮物唷。」

阿徹似乎十分高興。燈光下，他的影子在榻榻米上來回晃動。

「哇！謝謝！是什麼啊？」

陽子又抬頭看一眼時鐘，心裡一直牽掛著北原的來訪。

「妳猜猜看。」

「嗯，是什麼呢？」

客廳的火爐已經點燃，熱茶和點心也準備好了，但陽子心底還是不太踏實。她想把北原來訪的事告訴阿徹，只見他興沖沖地翻著自己的行李箱。

「妳猜是什麼？」阿徹又問了一遍。

「是飾品吧？」

阿徹買給陽子的禮物大多是胸針、圍巾或手套。

「答對了！是飾品！」

阿徹正經地答完，臉上又露出開心的笑容。這次的禮物似乎不太一樣啊，陽子猜想。她打量著歡天喜地的阿徹。

阿徹以為陽子和北原之間已經結束了。他認為，只要他們的關係疏遠，陽子的心就會在自己身上。

「妳能不能把我看成一個男人，而不要把我當成兄長？」

暑假回家的時候，阿徹曾對陽子這麼說。他暗自期待自己的要求能在陽子的心底發酵。他們兄妹倆從小感情就好，阿徹覺得應該不是那麼困難的事。心底的期待，促使阿徹買了蛋白石戒指做為禮物。

（反正她是我妹妹，無論買什麼禮物給她都不奇怪。）

其實阿徹想買的是訂婚戒指，但他覺得現在提起這件事有點操之過急。

「就算是飾品，也有很多種類唷。」

她一定猜不中吧，阿徹愈想愈高興。

「那就分上半身和下半身來猜，是上半身用的？」

「沒錯！」

「那再分頭部和身體，我猜是頭部使用的。」

「不對！」

「身體！」

陽子抬頭看了壁鐘一眼，快六點了。

「不對！」

「總不會是手鐲或戒指……」

這時，玄關的門鈴響了。

「啊！是北原先生來了！」

陽子的臉一下子紅了起來，慌忙地奔向玄關。

「是戒指啦！」

阿徹一直欣喜地等待說出這答案的瞬間。此刻，他覺得像硬生生被堵住了嘴。

（原來如此。原來北原約好今晚要來。）

阿徹這才明白陽子在等的人，是北原。他忽然覺得自己十分可笑。

（原來我能扮演的角色，只有兄長而已。）

阿徹把蛋白石戒指放在手掌上，燈光下，寶石從淺綠到粉紅的色彩，微妙地千變萬化。陽子從小和自己一起長大，她只能把自己當成兄長看待，或許這是理所當然的結果吧。阿徹把戒指收進行李箱。

（可是，我已無法把陽子當成妹妹看待。）

阿徹內心孤寂無比，就連火爐發出的隆隆聲聽在耳裡，也令他覺得淒涼。

* * *

「好久不見！」

北原站在玄關，臉上露出招牌的羞澀笑容。

「對不起，我……」陽子眼中噙著眼淚。

「那天一直站在雪地裡，妳沒感冒吧？」

聽到北原這話，陽子眼裡立刻湧上淚水。

「先讓我進去吧，我可受不了一直站在門口呀。」

北原笑著脫掉了鞋。陽子也笑著說道：

「啊！對不起，請進！請進！」

說著，她打開客廳的門。

「伯母呢？」

「我父母今天都要很晚才回家。不過哥哥在家唷。」

「是嗎？辻口回來啦？聽說他打工很忙，要除夕才回家呢。」

「剛剛才回來呢。」

北原點點頭，深深凝視著陽子。

「真的很對不起，不知該怎麼向您道歉……」

「彼此彼此啦。上次是我，這次輪到妳，可能所謂的年輕，就是這樣吧。為了這些事生氣、誤解……然後我們才會漸漸變聰明。」

兩人面對面在椅上坐下。

「會變聰明嗎？」

陽子和北原無言地看著對方。半晌，陽子起身準備茶點。

「啊！等一下，有件事我想先弄清楚。」

北原以慎重的語氣說道。

「什麼事？」

陽子轉身走回來。

「我一直在考慮是否要問妳……我還是想弄清楚。」

「哎呀！是什麼事啊？」

陽子臉上露出不安的表情。

「老實說，這是辻口告訴我的，就是妳和他並沒有血緣關係這件事……」

「是啊，我出生不久就被抱到這個家來了。」

陽子毫不畏怯地答道。

「……所以，我對辻口有點顧慮。」

「有點顧慮……什麼顧慮？」

「我覺得辻口不是把妳當妹妹那樣疼愛。妳知道辻口對妳的感覺嗎？」

「我們是兄妹啊。我喜歡哥哥，他是我最喜歡的人。但我只是把他當成兄長那樣喜歡。這樣不好嗎？」

說著，陽子想起阿徹剛才讓自己猜禮物時那張開心的臉，覺得阿徹好像被自己拋下似的，心裡一陣愧疚。

陽子走回起居室，看到阿徹手放在行李箱上，坐著發呆。

「北原先生來嘍。哥，你也到客廳來嘛。」

陽子走到阿徹身邊坐下。

「好啊，我馬上就去。」

阿徹瞥了陽子一眼。陽子端著木盤，盤上盛著可可和橘子。

「那我把哥的那一份也端到那邊去嘍。」

「好，我休息一下就過去。」

說完，阿徹便翻身躺下來。陽子正打算走出起居室，她轉過頭，看到阿徹仰頭看著自己。他臉上的淒楚令陽子的心猛地抽緊，不由得站住腳步，無法立刻離去。

「我馬上就過去，妳先去吧。」

陽子走進客廳，阿徹寂寞的神情還是在她眼前揮之不去。

「我哥說他休息一下就來。」

「是嗎？大概是打工太累了吧。」

北原拿起湯匙攪拌著杯中的可可。

（他臉上是疲倦的表情嗎？）

陽子覺得阿徹似乎不只是因為疲累。

「陽子小姐。」

「什麼事？」

「妳馬上要升三年級了吧？準備上哪所大學呢？」

「我不打算念大學。」

「為什麼呢？」

北原吃了一驚，要拿起可可杯的手停下來。陽子沉默著露出微笑。

「是嗎？原來是這樣啊。」

北原似乎接受了。

「北原先生要進研究所嗎？」

「是啊。今後陽子小姐和我，得努力堅持下去才行。妳現在還是高中生，我現在開始念研究所，我們還要很長一段時間才能開花結果。我們可不能再發生誤會嘍。」

北原含意深遠地對陽子說。

「對不起，我不會再誤會了。」

「不怪妳。我聽到辻口和妳沒有血緣關係時也冷靜不下來呢……」

北原憂鬱地說。

「好討厭唷，說這種話……」

「人心是很容易改變的。」

「我可不會變。」陽子生氣地說。

「陽子小姐，不要說這種話。誰都不知道自己明天會變成什麼樣。」

「哎唷，那北原先生會變啊？」

「我也不能斷言自己不會變。雖然希望一輩子都不變，但這只是我現在的一廂情願。我可說不出口，說自己永遠不變。所以，我現在也不能保證將來一定娶妳。」

雖然北原的話說得誠懇，但陽子心裡有點悲傷。

聽到北原說出「不能保證將來」，陽子雖然點著頭，心底還是期待他向自己許下誓言。這時北原笑了起來。

「妳不滿意喔？陽子小姐。成千上萬的男女都曾發誓說自己永遠不變，說要結婚，可是還是有很多人最後分手了，對吧？他們一定是覺得誰都會變，只有自己不會變，才會說出那種誓言吧。」

陽子點點頭。

「陽子小姐不是我的附屬品，同樣地，我也不是妳的附屬品。所以將來陽子小姐要和北原邦雄以外的男人結婚，我也無可奈何。」

「哎呀，好討厭！說這種話……」

「不，我並不是希望變成那樣。只是想說我們都是自由之身，如果妳又遇到了喜歡的對象，請告訴我一聲。我期待每天都誠實地活著。如果這種誠實的態度最後導致分手，那也是無可奈何的事。」

陽子覺得好像明白北原的意思。她也覺得，會說出這番話的人，大概不會變心。

「我明白了。我去叫哥哥過來。」

陽子拉開起居室的紙門，阿徹卻不見人影，他的衣箱和大衣也不見了。陽子以為阿徹或許在二樓的房間，上樓找他，但阿徹房裡一片漆黑。她懷著忐忑的心情下樓。

陽子走回起居室，還是沒看到阿徹的身影。她偶然瞥見茶櫃上有張對摺的便條。陽子心跳加速。

突然想看看沒有雪的新年。我到茅崎的外公家去了。祝大家新年快樂！

徹

便條沒有寫上款。陽子心頭一緊，又想起剛才阿徹臉上令她心痛的孤寂。

陽子原想告訴北原阿徹走了，但立刻打消主意。阿徹才回到家又立刻急著出發到茅崎去，這種不得不離開的悲哀，陽子想幫阿徹掩護，不讓任何人發現。

她端了一杯茶給北原。

「對不起，哥哥好像太累，睡著了。」

北原目不轉睛地凝視陽子。因為阿徹不出來打招呼未免太不自然了。北原沉默地走到鋼琴旁。

「妳平常會彈琴嗎？」

「不，家裡沒人彈琴。」

「只是裝飾品嗎？」

「聽說我媽年輕時會彈琴，可是她現在也不彈了，說是琴蓋鑰匙弄丟了。」

陽子從沒看過這台鋼琴的琴蓋打開過。鋼琴永遠靜靜地站在那裡，現在想想，的確相當奇怪。

＊＊＊

「請代我問候妳的家人。」

北原沒和陽子握手便走出玄關。

「請您再來玩。」

「一月二日那天我還會再來。」

這時，一道光突然照亮門外。

「啊，是我爸或我媽回來了。」

一輛車在門前停下，車內燈光亮起。是夏枝回來了。夏枝下車後看到北原，一臉尷尬。

「好久沒向您問候了，真抱歉。您不在家的時候來打擾了。」

北原坦蕩蕩地說。

「好久不見，要回去了嗎？」

夏枝擠出笑臉看著北原。她忘不了上次在札幌的咖啡館發生的事。那天北原突然說聲「告辭」就丟下她。夏枝目送著北原離開，沒跟陽子說一句話，立即掉頭進屋。

「陽子，家裡沒人的時候最好不要讓男人進屋唷。」

進門後，夏枝把聖誕蛋糕的紙盒放在桌上。

「對不起，以後我會小心。不過，北原先生來的時候，哥哥也在。」

「什麼！阿徹回來了？」

夏枝在室內張望一番。

「是的，可是……」

說著，陽子把阿徹留下的便條交給夏枝。夏枝滿臉狐疑地接過去。

「怎麼了？這是怎麼回事？」

夏枝臉色大變地問陽子。然而陽子也不清楚阿徹離開的理由。

「為什麼才回到家裡又馬上離開？妳怎麼沒留住他？」

夏枝一語道破重點。只說「不知道他走了」是無法交代的，陽子想，如果立刻坐車追去，應該來得及阻止阿徹上火車。

「對不起。」陽子低下了頭。

「對不起？還是說，你們吵架了？」夏枝焦躁地問。

「沒有。」

「既然沒吵架，也不和父母見個面就走……」

夏枝並不了解北原來訪一事對阿徹造成多大的衝擊。

「陽子，阿徹走了，妳還像沒事似的和北原聊天？」

夏枝覺得阿徹這次突然出遠門，簡直就像是被陽子趕出門的。

「對不起。」

除了這句話，陽子不知該說什麼。

＊＊＊

啟造回到家，看到夏枝等在玄關迎接自己。啟造被她臉上的表情嚇了一跳。夏枝一臉寒霜，簡直就像能劇演員戴在臉上的面具。走進起居室，陽子垂頭坐在那裡。

看到陽子的模樣，啟造立刻轉頭看向夏枝。他以為夏枝說出那個絕不能告訴陽子的祕密了。

（她終於說了！）

夏枝一言不發地把阿徹的便條放在啟造面前。啟造很快看了一遍。

「還以為是什麼事，原來是阿徹回來了。」

啟造知道不是陽子的事，才鬆了口氣。

「回來是回來了，可是馬上又走了。究竟是怎麼回事啊！」

夏枝的目光如利刃般射向陽子。

「怎麼回事？看來阿徹是留下紙條悄悄離去的吧。陽子那時在家嗎？」

啟造柔聲問陽子。

「我和北原先生在客廳裡，哥哥說他休息一下就過來，我們一直在等他，以為他馬上就來……結果我到起居室一看，他已經不在了。」

陽子想起當時阿徹臉上的表情。

「那就沒辦法了。」

啟造安慰陽子點頭說著。

「什麼沒辦法！老公，這裡可是阿徹的家呀。他根本不用偷偷離開啊。」

「他又不是離家出走，可能是突然想去東京逛逛吧。年輕人心血來潮常會說走就走啦。」

「可是陽子發現後，為什麼沒有馬上追去車站呢？」

夏枝一心只想把過錯推給陽子。

「北原還在家裡，不方便太大驚小怪吧。如果是小孩當然另當別論，可是阿徹這麼大了，別說是茅崎，就算是法國、非洲，他這年紀也能一個人去。再說也不是誰趕他走，是阿徹決定不和父母見面就走，不能把責任推到陽子頭上。」

啟造看著垂頭喪氣的陽子，覺得於心不忍。夏枝則氣得把嘴閉得緊緊的。她這才想到，阿徹之所以離家，說不定是因為北原和陽子吧。或許是阿徹看到他們倆親熱的模樣，受到了傷害。夏枝感到頭皮發麻，沒想到阿徹明知陽子的父母是誰，還這麼喜歡她！夏枝覺得不能再放任不管了。她想，如果北原和陽子在一起，對阿徹或許是件好事。

然而，夏枝並不樂見北原與陽子交往，因為她無法忘掉北原給她的屈辱。夏枝心裡充滿了嫉妒。

# 39 門扉

新的一年開始了。元旦那天家中氣氛和諧，郵差送來的眾多賀年卡當中，也有遠在茅崎的阿徹寄來的明信片。

剛到茅崎，就覺得新年還是應該待在有雪的地方才對。現在我最想念的就是媽媽親手做的菜肴。原本我打算在這裡住到一月底，現在決定二十日左右就回去了。外公還是一樣硬朗，其他一切如常。

夏枝反覆讀了好幾遍明信片，字裡行間倒是看不出陰暗的情緒，夏枝這才放下一顆心。尤其是看到阿徹寫下「現在我最想念的就是媽媽親手做的菜肴」，這句話簡直讓夏枝高興得流淚。先前她以為阿徹是因為北原和陽子才決定離家，現在看了明信片，夏枝的心情奇妙地輕鬆許多。

元旦這天，一家人體驗到多年未曾有過的新年氣氛，夏枝一整天和顏悅色，即使對陽子也是如此。晚上，啟造很早就上了床，因為一天都在應付拜年的訪客，他實在累了。啟造就寢後，夏枝心情愉快地對陽子說：

「陽子，明天我們去逛街，去買妳的和服吧。」

夏枝認為陽子既然身為辻口家的女兒，一般人該有的和服都得給她置辦起來。夏枝向來喜愛和服，即使是為陽子選購，她也興致勃勃。

「哎呀，明天啊？可以改成後天嗎？媽。」

「為什麼呢？妳有事啊？」

夏枝覺得像被澆了一盆冷水，很不高興地問。

「真抱歉，明天北原先生要來。」

身穿白毛衣的陽子輕輕環抱兩臂說。夏枝很討厭她擺出這姿勢，因為看起來很輕佻。夏枝覺得難得度過一個愉快的元旦，現在卻被搞壞心情，而且從陽子嘴裡聽到北原要來拜訪，夏枝更覺得非常屈辱。

（哼！瞧妳得意的。什麼玩意兒！還抱著手臂！也不知道自己是誰的小孩！）

這麼多年來，夏枝對陽子的憎恨幾乎已成了生理反應，現在看陽子那模樣，夏枝覺得心頭好像突然被點燃了一把火。

（好啊！那我明天就在北原面前說出一切。）

夏枝迅速在心底做出決定。北原一定會大吃一驚吧，夏枝想，然後他就會棄陽子而去。我這麼做可都是為了遠在茅崎的阿徹啊。想到阿徹，夏枝覺得自己的決定一點也沒錯。

總而言之，明天就把一切都攤在北原面前。夏枝暗下決心之後，心中的憤怒才稍微減輕一些。

「北原同學喜歡吃些什麼呀？」

夏枝轉怒為喜地問。

陽子這才鬆了口氣。

「北原先生說他喜歡咖哩飯。」

「啊唷，吃什麼咖哩飯呀！這麼大冷天，還是吃火鍋比較好啦。就吃寄世鍋或石狩鍋[63]怎麼樣啊？」

---

63 寄世鍋食材以海鮮為主，石狩鍋則是以鮭魚、蔬菜和味噌做成的火鍋。

夏枝顯得興致很高，那一百八十度的轉變簡直讓人懷疑她精神不正常。

「也好啊。」

「上次他喝了啤酒，日本酒也能喝點嗎？或者喝威士忌？」

「啊，我不清楚。」

「哎呀，這怎麼行？陽子，對妳的寶貝朋友居然什麼都不知道。這種事以後要問清楚唷。」

夏枝說完輕拍陽子肩頭笑了起來。她輕浮的舉動，令陽子不安。剛才明明還冷冰冰的，她想不透夏枝為何突然改變態度。

「那今天早點睡吧。」

「晚安。」

陽子回房後，夏枝一動也不動地坐在沙發上，她想像明天在北原和陽子面前揭開所有祕密的畫面。或許，陽子會因此痛苦，夏枝想，身為被害者的辻口家為此痛苦了那麼久，而站在加害者那邊的陽子卻什麼都不知道，夏枝覺得這是不對的，陽子當然也該分擔一些痛苦才對。

（如果她年紀還小就算了，但陽子早已不是孩子。她也說過，她已經是個大人啦。所以可以讓她知道這件事了。）

夏枝想起了去年冬天的事。那時陽子曾說：

「有祕密就表示長大成人了。陽子已經是大人了。」

夏枝臉上不禁浮現嘲諷的微笑。

（但也得看情形，說不定那孩子還是能抬頭挺胸活下去呢。）

夏枝又想起陽子中學畢業典禮致答詞的事。

「在那些想害我們流淚的人面前哭泣，就表示我們輸了。所以若是碰到這種情況，我們更應該要有笑著活下去的勇氣。」

陽子那時曾這麼說。或許陽子就算知道了真相，還是能平靜地活下去吧。夏枝想到這，內心湧起無限憎恨。

（應該讓陽子也嘗嘗痛苦的滋味。）

夏枝下定決心後走進寢室，啟造閉著眼睛，但沒發出鼾聲，夏枝以為他還醒著，便把檯燈正對著他的臉，這才發現啟造早已入睡。

（你最近好像不再那麼痛苦了吧。）

夏枝覺得只有自己一個人痛苦，不免氣憤。突然，她想到了阿徹。夏枝畏懼的只有阿徹。如果阿徹知道她把陽子的祕密洩漏出去，不知他會氣成什麼樣呢。但以陽子的性格來看，她絕不會去向阿徹告狀的。想到這，夏枝又覺得比較放心。

＊＊＊

屋外颳起了風雪，玻璃窗不斷發出「嘎嗟嘎嗟」的聲響。夏枝被風聲吵醒了。這麼大的風雪，今天北原不能來了吧。她躺在枕上思索著，同時看了枕畔的時鐘一眼。黑暗中，鐘面上的螢光時針指著六點。

今天就要說出一切！夏枝睜開眼的同時，腦中掠過這個念頭，她立刻清醒了過來。

走廊上傳來腳步聲，接著，起居室傳來火鉤在火爐裡搗動的聲音。陽子也被風聲吵醒了？或者是因為今天北原要來，所以興奮得睡不著？夏枝躺在棉被裡傾聽起居室裡的動靜。

「風聲好吵啊。」躺在身邊的啟造翻身說道。

「新年才開始，天就變壞了。」

「嗯。」啟造趴著點亮了枕畔的檯燈。

「我在想啊，要是今年我也回茅崎就好了。」

「等三月再去吧，也可以帶陽子一起去呀。」

「陽子畢業旅行的時候再去就行了。」

「可是她不會到茅崎去呀。」

「老公！」

「幹麼？」

「你要我把陽子帶到茅崎做什麼？」

「什麼做什麼……」

啟造閉上了嘴，因為他聽懂夏枝想要說什麼。

「我可不會帶她去的。」

「喔。」

啟造沉默著把燈罩傾斜地壓向一邊。燈光照著夏枝的頭髮，髮絲烏黑油亮。

「夏枝啊，陽子父母的事，可以忘了吧。」

啟造低聲說道。夏枝沒作聲，啟造當然不可能不懂夏枝心裡在想什麼。

「殺人罪的追訴時效也只有十五年，更何況動手殺人的凶手早就死了。」

啟造把聲音降得更低。

「可是那孩子還活著，還在我眼前活著。」

夏枝提高一些音量。

「那孩子沒有任何罪過。」

「真受不了，你這口氣，好像在說別人家的事似的。陽子或許無罪，但一想到那孩子是什麼人生出來的，我就氣得全身發熱。」

啟造從棉被裡坐起來。陽子已經醒了，就在走廊對面的起居室裡，啟造擔心他們的說話聲傳到對面。

「妳還不起來？最近我只要睜開了眼，就沒法躺下去了。」

啟造像要堵住夏枝的嘴似的走出房間。

＊　＊　＊

「風雪好像變小了。」

洗完臉，啟造走進暖和的起居室。

「電視上說，好幾班列車停駛了。」

陽子搗著火爐裡的灰燼說。

「那北原同學今天會不會來啊？」

夏枝似乎早已忘了剛才在寢室的對話。

「喔，今天北原要來呀？可惜阿徹不在。」

屋外天色漸漸明亮。時鐘這時敲了七響。

「北原同學才不是來找阿徹的呢。」

聽到夏枝這麼說，陽子臉上露出擔心的神色。啟造沒理會夏枝，翻著報紙問道：

「陽子今年幾歲啦。」

「陽子已經十九嘍。」

夏枝擦著餐桌說道。

「喔？十九？〈十九的春天〉[64]啊？那今年是厄運年呢。時間過得好快啊。」

啟造從報上抬起頭來看陽子。只見她面頰到下顎的線條豐滿有彈性，充滿了青春氣息。

「不是啦，哪裡十九歲，我才十七啦。」

「妳爸要算虛歲才比較有感覺啦。從前要是到了十九歲啊，感覺就像個大人了。對了，媽媽就是在陽子這年紀訂婚的，對吧？」

夏枝說著，露出曖昧的微笑。

「然後在二十歲結了婚。陽子也到了論及婚嫁的年紀啊。」

啟造的視線又轉回報紙上。沒想到陽子已到了夏枝認識自己時的年紀，啟造不禁感慨萬千。

陽子忙著準備餐桌，不時望向窗外。她覺得北原今天可能無法赴約了。夏枝不時偷窺陽子的表情，同時也在心底推敲北原的反應。如果他知道一切，大概就會棄陽子而去吧，夏枝想。

「怎麼又發生這麼悲慘的事！」

正在讀報的啟造突然大聲說。

「怎麼啦？」

夏枝把飯碗放在啟造面前問道。

「嗯，一個開拓農家[65]的寡婦家裡遭了小偷，被偷走現金兩萬元，結果全家都自殺了。」

「哎呀，那不是年底的報紙嗎？」夏枝笑著說。

「喔！這是十二月三十號的報紙啊？」

啟造一臉嚴肅拿起筷子。

「才兩萬塊，不就是男人喝一晚或兩晚的酒錢嗎？為了這點小事，也不必去自殺呀。好像連三歲和五歲的孩子都一起死了呢。」

聽了夏枝的話，啟造停下筷子說道：

「什麼只被偷了兩萬塊！對要撫養兩個小孩的開拓農家而言，兩萬塊可是大數目呀。」

夏枝雖不曾經歷經濟上的困苦，但啟造覺得這種常識起碼也要知道。

「可是只要抱著必死的決心，那不管做什麼都能成功啊。那兩個一起陪葬的孩子不是太可憐了？」

夏枝這話雖然說得沒錯，但啟造覺得，那位寡婦一定是因為有其他理由才選擇自殺。她一手撐起農家的生活，還能存下兩萬元現金，可見日子應該不是太難過，啟造想，她一定是厭倦了整天拚命幹活的日子吧。就好像使出全力向前奔跑，卻突然被地上的小石子絆了一跤，跌倒之後，就再也爬不起來了。

啟造又想起上次出院前自殺的正木次郎。和那位疲於奔命而選擇死亡的農家寡婦比起來，正木次郎的自殺就顯得太奢侈了。然而，一個人企圖結束生命時，肯定各自懷著無法對他人訴說的絕望吧，啟造想。

「是因為絕望吧？」啟造低聲自語。

「啊？」夏枝反問。

---

64 〈十九的春天〉：沖繩地方的歌謠。

65 開拓農家：明治初期在北海道實施開拓政策，日本政府從全國招募開拓移民住進北海道，開拓農家的生活十分困苦，收入微薄。

「喔，妳對自殺有什麼看法？」

「什麼看法……？」

夏枝想到琉璃子被害後，自己沒選擇自殺一直活到現在。她覺得啟造此刻似乎在指責這件事。

「自殺這種行為，太自私了。誰都會遇到比死亡更痛苦的事啊。」

「是嗎？自私嗎？」

啟造又看向陽子。陽子面帶微笑地看著父母交談。

「陽子覺得如何呢？」

「您是說自殺嗎？我很想活下去，一點都不想死。就算我被人殺了，說不定還會硬是活過來呢。所以我完全無法了解自殺者的心理。」

對人來說，想活下去是很自然的事。

「反正啊，會去自殺的人，實在太自私了。」

夏枝又說了一遍。

「或許吧。如果那些自殺者，是為了一己私心才賠上性命的話。不過啊，並不是所有自殺的人都是那樣唷。」

「老公大概絕不會自殺吧，你總是那麼冷靜。」

夏枝一面倒茶看著啟造說。

「誰知道呢。哪天有人找我一起去死，我或許也可能答應喔。」

啟造想起失蹤多年的松崎由香子。若是和由香子一起，說不定自己會去死吧，啟造想。每年元旦，他總是偷偷懷著一份期待，想像由香子還活在世上某個角落，會寄賀年卡給自己。但是今年，啟造的期待又落空了。

＊＊＊

也不知是否因為風雪的關係，原本約好二日來訪的北原最後沒現身。陽子懷著期待的心情等著，她以為只要火車通車後，他立刻就會來訪，誰知到了一月三日他還是沒來，接著，連一月十日都過了，北原仍是杳無音訊。陽子成天失魂落魄，連大門都不願跨出一步，而夏枝比陽子更坐立難安。

到了一月十四日這天，一大早就是風和日麗的好天氣。陽子這天下午一點要開同學會，所以她一定得出門。

「如果北原同學來了，我會打電話給妳。」

夏枝像是看穿了陽子的心思說。

「謝謝。」

陽子老實地向夏枝道謝，走出家門。陽子走後，夏枝全身神經才鬆懈下來。陽子從沒反抗過夏枝，也沒做過惹夏枝不開心的事。儘管陽子什麼都沒做，夏枝還是覺得陽子的存在非常礙眼。陽子表現得愈乖巧，夏枝愈覺得不愉快。

（就算妳再乖巧……）

每當夏枝聽到陽子爽朗的笑聲，她就不痛快。

（我都不能開懷大笑，而妳卻……）

總之，這時的夏枝十分厭惡陽子。她覺得身為琉璃子的母親，討厭陽子是當然的。夏枝覺得沒有責任非愛陽子不可，她心中也無法生出那種感情。夏枝覺得自己能讓陽子同鍋吃飯，還給她穿衣上學，就很對得起陽子了。

陽子出門後大約過了一小時，玄關的門鈴響了。門鈴按得很短很輕。夏枝記得以前聽過這種按法。這是村井靖夫按門鈴的方式。但是村井夫婦已經在三日那天來拜過年了，所以不可能是村井來訪。夏枝納悶著走向玄關，只見北原站在門外。

「哎呀，歡迎！正在等候您呢。」

夏枝有點訝異，她沒想到北原按門鈴的方式竟和村井一模一樣，這令她有些驚喜。夏枝請北原到客廳，點燃了瓦斯暖爐，北原笨拙地站在寒冷的房間。

「啊！請坐吧。」

看到北原尷尬地站著，夏枝擺出一副長輩的和藹表情對他說。

「新年恭喜！今年也請多多關照！」

夏枝一本正經地向北原說了幾句普通的新年賀詞，然後露出笑容問：

「從瀧川坐火車來的吧？」

「是的。」

「瀧川的雪比這裡多吧。」

夏枝的態度和藹可親，就像母親般溫柔慈祥。夏枝一直沒忘記，這是北原最期待看到的。

* * *

房裡暖和起來，瓦斯爐上的水壺發出滾水沸騰的聲響。

「對不起，讓您坐在這麼冷的房間裡。」

「哪裡。」

不知不覺間，北原僵硬的表情總算和緩下來。

「今天請您吃些什麼才好呢？要喝點酒嗎？」

北原不自覺地凝視夏枝的臉孔。

（上次我在札幌的咖啡館失禮地離座而去，難道她已經忘了？當時我以為她對我有意，難道是我會錯意了？）

眼見夏枝表現得毫無芥蒂，北原不禁懷疑起自己。

「……我不太能喝。」北原老實地答道。

「過年嘛，多少喝一點沒關係吧？」

「是的，我可以喝一點威士忌……」

世上還有比她的笑臉更慈祥的面容嗎？北原想，他不禁忘我地注視夏枝。

（辻口這傢伙真幸福！）

北原被母性的溫馨深深吸引。夏枝走出房間後，他暗自慶幸自己的來訪，同時也放下心來，他想夏枝應該會同意他和陽子的事。

夏枝端著威士忌和乳酪又走回房間。

「阿徹平常都用板狀巧克力下酒，您知道吧？」

「是嗎？不知道呢。」

「啊？你們在宿舍不吃巧克力嗎？或許他是不好意思吧。」

夏枝為北原斟上一杯威士忌。她沒說陽子究竟在不在，北原內心十分忐忑。

「請問，徹不在嗎？」

北原不好意思提起陽子的名字。

「阿徹到茅崎去了。」

「喔，到茅崎那種好地方去啦。」

北原看著夏枝露出微笑。

（他不知道阿徹去茅崎的理由吧。）

如果北原知道阿徹也愛著陽子，他會是什麼表情啊？夏枝在心底思索著。

「那請問……陽子小姐也到茅崎去了嗎？」

說完，北原的臉紅了起來。夏枝目不轉睛地看著北原強壯結實的肩膀，還有肌肉鼓脹得差點撐破褲子的大腿一帶，覺得就快喘不過氣來，身體微微一震，她趕緊垂下眼皮。

「陽子小姐也到茅崎去了嗎？」

北原以為是夏枝沒聽清楚自己的問題，又問了一遍。夏枝嫉妒地聽著北原說出陽子的名字。

「陽子去參加同學會了。」

夏枝輕描淡寫地答道。窗上的玻璃溼漉漉的，一片模糊。

「同學會啊？」

北原似乎鬆了口氣。

「請吧！」

夏枝指著威士忌向北原示意。她也搞不清究竟是被北原的哪裡吸引。最初是那種青年特有的清純，和容易害羞的靦腆讓夏枝產生好感，但在發現北原完全沒把自己當成異性看待之後，她開始迫切地希望獲取北原的心。然而夏枝不能把這種感覺表露出來，因為她害怕北原會因此蔑視自己。夏枝重新打量北原寬闊的胸膛。

「伯母，您不喝威士忌嗎？」

北原向沉默不語的夏枝問道。

「我呀，一喝就會臉紅啦……」

其實夏枝心裡真想痛快地喝個爛醉。這時敲門聲響起，陽子走了進來。

「嗨！」

夏枝注意到，見到陽子的瞬間，北原整張臉亮了起來。

「哎呀，真的是北原先生。新年快樂！」

陽子毫不掩飾自己的欣喜。

「媽，我回來了。北原先生什麼時候來的？」

陽子說著，雙手摀在凍得通紅的臉頰上。

「剛剛才到唷。」

夏枝似乎忘了她曾說過「如果北原同學來了，我會打電話給妳」。

「北原先生，您說二日那天要來的，結果今天才來，好過分唷！」

陽子埋怨著，不過聲音聽來很開心。

「都怪我不好。老實說，我大風雪的二日那天感冒了，一直躺到前天才起床。我心裡也著急得要命。可能因為去年得了盲腸炎，現在身體比較弱。」

北原深情款款地凝視著陽子。夏枝瞥了他一眼。

「哎呀，那可不得了。已經完全康復了嗎？」

「沒事了，妳看嘛。」

說著，兩人相視而笑。夏枝覺得自己完全被忽視了。夏枝把瓦斯火爐的火苗調小一些，臉上浮現諷刺的微笑，不過北原和陽子沒注意到她的表情。

陽子打量著北原的表情說。

「啊！您會喝威士忌呀？」

「只能喝一點。」

北原害羞地摸著腦袋答道。陽子又幫北原斟上威士忌，兩人望著對方，開心地露出微笑。

「你們倆可真相配呀。」

夏枝也在微笑，她的笑臉看起來十分和藹。

「真相配呀。」

聽到夏枝這樣形容他們，陽子和北原都覺得很不好意思。

「伯母，我們倆因為不了解彼此的心意發生過許多誤會，好不容易才和好的。」

北原直率地說。他想趁這機會在夏枝面前表明想和陽子交往的心意。

「是嗎？不過應該是因為誤解才產生感情的吧，不是嗎？」

夏枝臉上露出諷刺的微笑。北原和陽子彼此交換著眼色。

「伯母您的話，我聽不懂……」北原困惑地看著夏枝。

「我也不會再誤會他了。」陽子在一旁說道。

「或許用『誤解』這個字眼不太對，我看你們倆是高估了對方。」夏枝看著北原說。

「高估了對方？只要是人或許都有這個毛病吧。」

北原這時聽出夏枝話中帶刺。

「才不只一點點呢。」

夏枝覺得胸中血液奔騰，但她表面仍舊保持鎮靜。北原一臉深思。

「伯母，您好像不太贊成我們倆交往。」

「啊唷！現在才明白啊？我不是曾把你寫給陽子的信退還給你嗎？我那麼做，你們還不懂我的意思嗎？」

「伯母，您一定是誤會了！我們是很認真地在交往，我絕對沒有對陽子小姐動手動腳。我們連手都沒牽過呢。」

「這種事，我哪裡懂得……因為北原同學嘴巴說是被我的母性吸引，卻會動手動腳幫人家按摩肩膀啊。」

夏枝說著冷笑起來。北原聽她說得如此不堪，不禁目瞪口呆。

「伯母，請別把事情想歪了。」

「把事情想歪的是你。也不知你是怎麼會錯了意，上次在札幌的咖啡館，突然說走就走……我、我這輩子還沒受過這種屈辱呢。」

聽到夏枝避重就輕地提起上次那件事，北原緊咬下唇。對那件事一無所知的陽子專注地聽著兩人交談。

「聽說北原同學的女朋友很多呢，是阿徹說的唷。」

夏枝打算先讓陽子死心。

「媽，這樣說太失禮了。上次北原先生那張照片，聽媽說得好像是他的女朋友，其實是他妹妹啦。我已經為這件事向他道歉過了。」

夏枝利刃般的目光緊盯著陽子。

（哼！我怎麼會輸給妳這佐石的女兒？還是個高中生，竟敢談戀愛……）

「伯母，我覺得您似乎打從一開始就不願我們交往……」

北原壓抑著感情客氣地說。夏枝無言地看向北原。這個人竟從頭到尾都沒把我放在眼裡！一想到這裡，夏枝更是大受刺激。

「為什麼我不能和陽子小姐做朋友呢？」

為了陽子，北原盡可能表現得謙遜有禮。

「北原同學，你是要我說理由嗎？」

夏枝故意裝出沉著的表情說道。

「如果方便的話……」

北原的態度也很鎮定。陽子決定全交給北原處理，剛才夏枝那雙利刃般的眼睛令她非常不安。

「不太方便呢。」

夏枝的眼睛轉而緊盯陽子。

「您對我有什麼不滿嗎？上次我丟下伯母離開，是我失禮了，我向您道歉。我這輩子自認活得坦蕩蕩，如果您有不喜歡的地方，請告訴我，我會改進的。」

說著，北原向夏枝低頭行禮。

（他居然願意做到這個地步……他就那麼希望得到陽子？無知竟能讓一個年輕人如此天真。）

夏枝在心底思量著應該如何開口，她必須裝出不是自己主動想說的樣子。

「我說不方便，是指陽子的事。」

「陽子小姐的事？」

北原看了陽子一眼。

「是啊。還是不說比較好吧?就是因為不想說,才一開始就把您的信退回去。我可是出於好意才那麼做的。也不知你們把我的好意想成什麼了。」

「媽!到底是什麼事啊?」

陽子低聲問道。

「什麼事?北原同學要是知道了,肯定會從妳身邊逃走的。我可以說嗎?」

夏枝看著陽子說。

「無論聽到什麼,我都不會逃走。不過您要是覺得不方便,不說也沒關係。我很滿意現在的陽子小姐。」

北原很擔心夏枝會說出讓陽子受傷的話。

「看吧!北原同學果然害怕知道真相呢。」

夏枝笑了起來。

「我一點都不怕。要是您不便開口,我就不再多問。」

「不過,北原同學要是一無所知,也實在太可憐了。」

「我太可憐?就算可憐,我也無所謂。」

北原覺得最好不要在陽子面前多說。

「我想知道。媽,如果因為我會傷害到北原先生,我覺得很對不起他。」

陽子眼中閃著美麗的光輝,她的美使得夏枝萌生更多憎恨。

「那我就說嘍,把妳的祕密都說出來嘍。」

夏枝緊盯著陽子說。

「好啊，無論您說什麼都沒問題。」

「伯母，請別說了。」

「祕密」兩個字，令北原很不安。

「媽，可以說的，沒關係。」

夏枝的臉色十分蒼白。

「請說吧，我想知道。」

聽到這話，夏枝覺得陽子簡直是厚顏無恥。

「北原同學，陽子的生父，可是殺死阿徹妹妹的凶手啊。」

夏枝的聲音尖銳而沙啞。

「伯母！」

北原猛地跳起來。陽子的表情並沒改變，只透露出一絲擔憂。

「媽，請您再說一次。」

夏枝的話遠遠超出了陽子的想像，她連驚訝都忘了。這實在太難以置信！

「說幾遍都行啊！」

夏枝聳著肩用力吸了口氣。

「琉璃子是被妳爸爸殺死的。」

陽子嘴裡發出一聲低微的呻吟。

「騙人！」

北原大聲嚷著跑向陽子身邊。陽子不知何時已站在鋼琴旁邊。

「不是騙人！」

夏枝兩眼上吊，嘴唇不斷顫抖。

「那請您拿出證據，可以證明陽子小姐是凶手女兒的證據在哪裡？」

北原攬住陽子的肩膀瞪著夏枝。

「馬上就給你看證據。」

說完，夏枝匆匆走出房間。陽子和北原都石化般的站著，屏息等待夏枝回來。沒多久，夏枝抱著一堆發黃的報紙和日記走了進來。

「請看！這是琉璃子遇害的報導。這照片裡的男人，就是名叫佐石土雄的凶手。這個人就是她父親啦。」

北原拿起報紙很快讀完了。

「這張報紙能證明什麼？哪裡寫了陽子小姐的父親就是這男人？」

北原尖銳地追問。夏枝毫不退縮地答道：

「你讀這本舊日記就明白了。那時陽子才一個月大，立刻被送到高木先生擔任顧問的育幼院。後來我想領養一名女嬰，把她當成琉璃子的替身來撫養，就麻煩高木先生代為物色，誰知竟然領養了陽子。」

「這麼說就奇怪了。」

說著，北原的嘴角浮起笑意。

「有什麼好笑？」

「因為啊，就算是這樣，並不能證明陽子小姐就是凶手的女兒啊。根本就沒有明確的證據，不是嗎？」

北原懷疑地看著夏枝。夕陽逐漸西沉，房間裡變得有些昏暗，北原打開電燈。

「你只要讀了這本日記就明白了。我真是做夢也沒想到她是凶手的小孩，我這麼疼愛她……天下竟有這麼過分的事！」

夏枝怨恨地看著陽子。陽子被北原攙扶著，一句話也沒說。

「但是那位高木先生，為什麼要故意把凶手的小孩送給你們？我真是不懂。」

北原的態度平靜下來。

「這都怪辻口不好！是辻口說要領養凶手的小孩，是他要求的。」

「為什麼伯父要瞞著伯母做這種事呢？」

夏枝無法回答。啟造是因為她和村井有染而心生嫉妒，她沒辦法說出這件事。

「好吧，就算伯父這麼要求過，也不能保證陽子必定是凶手的女兒，不是嗎？也有可能他嘴裡說『這就是凶手的女兒』，卻送來其他孩子呀。無憑無據的，怎麼讓人相信？如果是我，在看到證據之前，我絕不會相信的。陽子小姐，對吧？」

北原轉眼看著身邊的陽子。陽子臉色鐵青，無言地凝視夏枝。

「證據？」

夏枝冷笑起來。

「這麼說來，北原先生又是看到什麼證據相信您是自己的父母所生？」

「……」

受到反擊的北原一時說不出話。

「看吧！就像您相信自己的父母一樣，我們也非常信任高木先生。高木先生是辻口的好朋友，他不可能背叛辻口對他的信任。因為您不認識高木先生，才會要求提出證據，可是高木先生是不會說謊的。他不但性格豪爽，還很有男子氣概。」

聽了夏枝這番話，北原又笑了起來。

「這話愈說愈奇怪了，不是嗎？那個叫高木的人既然這麼豪爽又像個男人，而且從不說謊，那他為什麼要跟伯父聯手欺騙伯母您呢？」

聽到北原如此譏笑，夏枝緊咬嘴唇，內心湧起一陣怨恨，沒想到北原如此頑固，竟不肯相信自己的話。

「陽子小姐絕不可能是凶手的女兒。我要去札幌找那個叫高木的混蛋談一談！我要逼他交出證據！」

「請便！您自己去問吧。不會錯的！陽子身上流著殺人犯的血液。」

被北原攬在手臂裡的陽子身軀輕輕搖晃。

「陽子小姐，妳沒事吧？」

陽子仍舊蒼白著臉，她微微地點一下頭。

「伯母，先跟您說清楚，就算陽子小姐是殺人犯的女兒，我也不會逃跑的。因為這件事陽子小姐一點錯也沒有。」

陽子似乎連站都站不穩。

「妳怎麼了？陽子小姐，妳要振作起來呀。妳絕不是殺人凶手的女兒。一定要相信這一點啊！」

「已經夠了。」

說著，陽子搖了搖頭。

「陽子小姐，妳說什麼已經夠了？」

這一刻，陽子突然明白了許多事。小學一年級的時候，夏枝掐住自己的脖子；中學畢業典禮致答詞的講稿被人偷換……這一切代表什麼，她現在全明白了。陽子靜靜地看著夏枝，她緩慢地向夏枝走去，夏枝畏懼似的不斷後退。陽子緊緊盯著夏枝，但她的眼神裡並沒有憎恨，而是充滿了悲傷。

「這麼多年來，為了妳，我有多痛苦，妳絕不會明白的。」

夏枝一面後退一面說，說完，她匆匆跑出房間。陽子的雙眼緊盯著夏枝離去的那扇門，一動也不動愣愣瞪著那扇門。

＊＊＊

「那種胡言亂語，妳千萬不能當真唷。」

北原說著，手放在陽子肩上。陽子沉默地拿起桌上的報紙，一張張仔細地讀著。

凶手佐石的小孩（一個月大）被送到市立育幼院。

標題旁被畫上紅線，陽子瞪著這則報導，反覆讀了報紙好幾遍。她沒發出任何聲音，安靜得有點恐怖。

「陽子小姐，不要再看這種東西了。」

北原說著，把報紙從陽子手裡拿開。

「明天我就去札幌找那個叫高木的傢伙，要他解釋清楚。」

北原說完抓起陽子的手。

「謝謝！可是，已經夠了。」

「究竟妳說的『已經夠了』是指什麼？這實在不像陽子小姐的作風。振作起來吧。」

陽子轉向北原，看到她的眼睛，北原不由得心頭一震。多麼灰暗的眼神啊！陽子眼中那種像在燃燒的光輝消失得無影無蹤，她的眼神裡蘊含著某種令人心涼的東西。

「不行！陽子小姐，我不是說了，妳不是殺人犯的小孩……」

一種不祥的感覺襲上心頭，北原不由得抱緊陽子。陽子毫無反應地任由他抱緊自己。

「陽子小姐！難道妳相信妳媽說的話？」

「別擔心！北原先生，無論我是不是殺人犯的小孩，反正都一樣。」

陽子淒冷地笑起來。

「別亂說！怎麼會一樣！」

北原猜不出陽子在想什麼，他覺得似乎無法和陽子溝通了。這時，布穀鳥時鐘叫了四響。北原覺得不安起來，不知是否該丟下陽子回家。

「我們出去走走吧？要不要去喝杯茶？把剛才伯母說的那些歇斯底里的話都忘掉吧。」

「我哪裡都不想去。」

陽子一臉深思。

「難道她……」

（妳不會去自殺吧？）

這句話差點從北原嘴裡說出來，但他立刻閉上嘴。他覺得如果說出口，陽子似乎真的會死去。無論現在如何安慰她，陽子似乎都聽不進去。

（她現在正是最敏感的年紀……竟對她說出那些狠毒的話。）

北原無法抑制地憎恨夏枝。他伸手捧起陽子的臉，陽子也隨他擺布。北原的嘴唇輕輕湊上前，注視著她。陽子的嘴唇蒼白而乾枯，令人心疼。北原轉過臉去，他現在實在不忍心親吻陽子。

＊＊＊

寒假裡，家中三餐都是由陽子負責準備。但這天過了五點，陽子還沒出現在起居室。過四點的時候，夏枝聽到北原在玄關絮絮叨叨地對陽子說話，但夏枝並沒到玄關送客。

北原離去後，夏枝沒聽到陽子出門的動靜，她猜想陽子大概是待在自己的房間裡。

（不管陽子多堅強，聽說是自己的生父殺死琉璃子，她今天大概沒心情做晚飯了吧。）

夏枝思索著拉上窗簾，遮住早已變黑的窗戶。她又想起剛才陽子沉著的表情，這孩子竟沒有號啕大哭！夏枝心中有種說不出的厭惡。

（真該多說她幾句才對。）

剛才北原說了一堆混帳話，還責問自己有沒有陽子是凶手女兒的證據，害她連原本想說的十分之一都沒說出口，真是太可惡了！夏枝愈想愈氣憤。

不僅如此，原以為北原聽說陽子的身世會拋棄她，誰知他不但不信，還嚷著就算她是凶手的小孩也沒關係。這實在是出乎夏枝預料之外。

（現在的年輕人，無論是阿徹還是北原，難道都不在乎女友的父親是殺人犯還是小偷？如果換作我，不管多麼喜歡對方，只要聽說他是殺人犯的兒子，我才沒辦法不逃呢。）

夏枝覺得難以理解。

（從明天起，陽子的表現可精采嘍。）

夏枝又想起陽子今天臨危不亂的模樣，她愈想愈覺得陽子頑強得令她作嘔。

晚飯做好後，陽子還是沒從房裡出來。

（我才不要討好她似的去請她出來吃飯。）

夏枝在心底盤算著，只把兩份飯菜送上餐桌。

沒多久，啟造回來了。他看著餐桌問道：

「陽子呢？」

「誰知道，可能有什麼不高興吧，好像待在房裡。」

「喔？這可不像陽子的作風。我去看看吧？」

「不用了，我去吧。」

說完，夏枝來到走廊，望見屋旁陽子的小屋已經點亮了燈。夏枝沒走到陽子房門外便回到起居室。

「好像在睡唷。」夏枝若無其事地說。

「是嗎？陽子不在還真是冷清呢。對了，阿徹什麼時候回來啊？」

啟造用筷子挑起厚厚的鮭魚片問夏枝。

「好像是說二十號左右回來吧。」

說完，夏枝抬頭看了一眼月曆，對阿徹的歸來有幾分畏懼。

「今天是十四吧？那還要再等幾天喔。」

一切都還被蒙在鼓裡的啟造津津有味地吃著晚飯。

# 40 遺書

爸爸，媽媽，

這麼多年來，您們把我當成辻口家的女兒撫養長大，而我還沒來得及報答這份恩情就離開人世，內心實在非常愧對兩位。

不久前我還說過：「就算有人要殺我，我也會活下去。」

我也一直自認是個就算想不開也不會自殺的人。可見人類的自信是多麼不可靠啊。

直到現在這一刻，我還是覺得自殺這種行為是不對的。無論是因為什麼理由，我覺得自殺絕對不是好事。然而，心裡雖然明白這不對，我還是決定離開人世。

當我決定自殺後，內心感到十分平靜。

小學四年級的時候，我就從別人口中知道自己不是辻口家的女兒。其實這件事，我在更早之前就隱約察覺到了。但我一直告訴自己，就算不是這個家的親生女兒，我也不會變壞，就算吃盡苦頭，我也不會變成脾氣古怪的孩子。我懷抱著這種堅強的意志活到今天。

中學畢業典禮的時候，致答詞講稿被換成了白紙，當時，我對媽媽（請原諒我還這樣叫您）的惡意十分訝異。那時我還傲慢地告訴自己：

「無論發生什麼事，我才不會因為別人的虐待而變得古怪，我才不做這種傻事！愈想讓我出醜，我就是不出醜，愈想令我痛苦，我就是不痛苦。」

我就是抱著這種傲慢的想法，開開心心地活到今天。至少在表面上看來是這樣的。

而現在，當我知道自己是殺死琉璃子姊姊那個可惡凶手的女兒之後，我再也不恨媽媽。因為媽媽理當要那麼做。不，不管是不是應該的，我一想到她每天過著多痛苦的日子，就覺得她好可憐啊！

我深深地體會到，至少，媽媽已盡可能對我付出關愛。

在這世界上，誰能和殺死自己女兒的凶手小孩在一個屋簷下共同生活近二十年？還供那個小孩吃飯、穿衣和上學。這種事只有爸爸媽媽您們才能辦得到，換作其他人，這種日子肯定一天都過不下去。

有件事懇求您們一定要相信：陽子在自殺之前想到爸爸媽媽的心情，忍不住流下眼淚，我實在不能不向您們表示衷心的感謝。

當我聽說年幼的琉璃子姊姊是被我的生父殺死時，腦中一陣天旋地轉。

以前無論遇到多痛苦的事，我都能極力忍耐，因為我相信自己沒錯，自己是正確的、無辜的。但現在知道自己是殺人犯的女兒後，我失去了一切憑仗。

在現實生活裡，我沒殺過人。儘管目前沒做出違法的事，可是我的生父殺過人，這表示我也有可能會殺人。

我一直都很堅強，因為我相信只要行為端正，就算生活貧苦，就算背後遭人批評，就算有人故意欺負我，我還是可以抬頭挺胸地活著。我從不為瑣事感到挫折。為什麼呢？因為我覺得那些都是身外之事。

然而，當我發現體內存在著犯罪的可能性之後，我失去活下去的希望。以前的我，從不垂頭喪氣。就像我的名字「陽子」一樣，我願意像照耀這個世界的陽光，明亮開朗地活下去。看在媽媽眼裡，她一定覺得我這個人非常厚顏無恥吧。

現在，陽子體會到一件事：在以往的人生道路，我的心總是為了活下去而努力不懈，但其實陽子的心是有冰點的。

現在我的心已經結冰了。讓陽子的心凍結的冰點就是『妳是罪人的小孩』這句話。我無法再抬起頭活下去，即使在一名年幼的孩童面前也一樣。我知道，要等我接受待罪之身的事實繼續走在人生路上，那時我才算真正學會如何活著。

但我辦不到。我已經失去活下去的力氣，因為我的心已經結冰了。

爸爸，媽媽，請您們寬恕殺死琉璃子姊姊的生父吧。

現在，剛寫下「寬恕」這兩個字的瞬間，我的心底好震撼。長到這麼大，我從沒像現在這麼希冀被人寬恕。

儘管如此，我還是期待「寬恕」，期待被爸爸、媽媽，還有全世界寬恕。我希望這世上有個至高無上的存在，希望祂明確地對我血中流動的罪表達寬恕之意。

最後，請您們保重身體。祝福您們今後幸福快樂。如果可能，我希望自己的靈魂能夠守護在爸爸媽媽身邊。陽子待會兒就要到琉璃子姊姊喪命的河邊去，我要在那裡服藥自盡。

昨夜的風雪已經停了，氣溫十分寒冷，寧靜的清晨卻已降臨。罪孽深重的我選在此時自殺，實在可惜了如此潔淨的清晨。

我的心從沒像此刻這般毫不造作，這般謙卑。

陽子

＊ ＊ ＊

北原先生

我們的緣分很短暫。您對我無微不至的關照，讓我不知該如何表示感謝，也使我非常欣慰。

即便如此，北原先生，陽子還是決定要離開人世了。

陽子身上流著殺人犯的血，媽媽說過的話一直在我腦中迴響。這句話猶如巨雷擊倒了我，沉睡在體內的某種東西頓時清醒過來。那東西就是我的罪孽，以往我從沒想過自己竟是如此罪孽深重。

豁然頓悟的覺醒猛烈地抽打著我。

「妳是罪人！妳是罪人！」我的心毫不留情地指責自己。

北原先生，我究竟是誰的女兒，這問題已經不重要了。就算我不是殺人犯的女兒，但我父親的父母和他父母的父母，或母親的父母和她父母的父母，只要追溯我的祖先的過往，必定能找出一兩個幹過壞事的傢伙。

傲慢又無知的我，不願自己身上有一絲缺陷，我再也無法承受待罪之身的事實繼續苟活。

我無法接受這件事。對於自己的醜陋，我連一絲一毫都不願承認。我討厭看到自己變得醜陋。我已經看到自己內在的罪孽。這樣的我，又如何能愛別人呢？

再會了，北原先生。

祝您幸福！

再會！

陽子

＊＊＊

阿徹哥哥

現在，陽子最想見到的人就是哥哥。

陽子最敬愛的人究竟是誰，現在終於明白了。

哥哥，我死了，對不起。

陽子

P・S

請代我向辰子阿姨問候。阿姨要是知道我自殺了，可能會來打我呢。

請不要責備媽媽。多虧媽媽，陽子才能得知自己內心的醜陋。

因為對陽子來說，與其渾渾噩噩地活著，還不如現在死了比較幸福。

再會！

寫完遺書，陽子把三封信放在桌上。家裡一片死寂。陽子換上黑毛衣和黑長褲，穿上大衣。她覺得自己的舉動很可笑，都已經要去尋死了，居然還想穿大衣保暖。

# 41 沉睡

地面的新雪不如想像的多，但林中積雪很深。陽子一步一步走過深及膝蓋的雪堆。偶爾，樹枝上的雪塊無聲地紛紛掉落。走了一會兒，陽子在一棵半邊被風雪染白的松樹旁停腳暫歇。

手腳都好冰冷。費了一番工夫走出白松林，堤防就在眼前。陽子手腳並用地爬上堤防頂端。到了堤防上，她回過頭，看到自己在雪中迤邐的足跡，原以為是筆直走來，沒想到腳印如此凌亂。陽子又回頭看一眼那條再也不會踏上的小路。

天已經全亮了，走到這出乎意料花了很多時間。萬一家人發現自己離開就糟了。陽子焦急起來，她向森林對面的辻口家行禮道別，走下堤防。

剛要跨進歐洲雲杉林的瞬間，陽子吃驚地站住腳步。只見被風吹得結冰的雪地上，躺著好幾隻凍死的烏鴉。白雪襯著烏鴉的黑色屍體，有種特別的美感。陽子屏息凝視那些烏鴉，四周沒有一隻存活下來，景象實在太淒慘了。積雪下似乎也埋著許多烏鴉。

「好孤單啊！」

想到那些被埋在雪堆裡的死鴉，陽子低聲自語。

自己的死和這些烏鴉的死又有什麼分別，陽子思索著，其實人類的死和鳥類的死根本沒什麼不同啊。這個結論令她心中一陣悲涼。

（但人類是懷著無數記憶離世。）

如果帶著祕密離開人世，那些記憶雖被包藏在冰冷的身軀裡，仍能生動鮮明地存活吧，陽子想。

她想起阿徹。阿徹知道陽子的身世後，竟加倍溫柔地對待自己。如果可能，陽子真的很想再見阿徹一面。陽子腳步避開烏鴉屍體朝歐洲雲杉林邁進。陰暗的林中因下過雪意外明亮。陽子想起那天和阿徹在這裡捉迷藏，兩人在林子裡互相追逐。她又想起那時自己愛著北原，當時阿徹的心有多寂寞。陽子現在終於有如切膚之痛般明瞭了。

（這片森林蘊藏著無數記憶，我們從小就常在這裡玩耍啊。）

陽子一步步踩著深厚的積雪向前走去，她十分疲憊，費了好大一番工夫才走出森林。眼前的美瑛川綠水幽幽，十分美麗。河上的寒風刺得陽子臉頰發痛，她踏過結冰的河面來到河濱平原，她聽說當年琉璃子就是在這裡遇害的。

陽子靜悄悄地坐在雪地上。朝陽閃著光輝，照得雪地映出微微的淡紅色。

（真沒想到能死在這麼美麗的雪地上。）

陽子抓起一把雪捏緊，再把雪塊放進河裡沾了點水。雪塊塞進嘴裡的同時，也一起吞下安眠藥。陽子反覆沾著河水，連連吞了好幾次藥丸。

（要痛苦多久才會死去呢？）

如果承受痛苦就能洗淨自己的罪孽，那不管多痛苦都沒關係。陽子想著在雪地躺下。

＊＊＊

走出車站，阿徹在路上攔了一輛車。整條商店街都拉下鐵門，顯得遙遠而陌生，一點也不像自己的故鄉。

（我怎麼會搭這麼早的火車回來呢？）

阿徹昨晚回到札幌。他原打算從茅崎回札幌後，先悠閒地歇息兩三天再回家。空蕩蕩的宿舍裡不見幾個人影，不過有幾位室友為了打工沒有回家過年。阿徹躺在床上，原想忘掉一切好好睡上一覺，誰知卻輾轉反側難以入睡。他不知道心裡為何那麼不安，那種感覺就像所謂的「預感」。阿徹很想打電話回家問問家人是否平安。

我得盡快趕回家。一路上，阿徹懷著這種心情趕路。走出車站後，看到靜悄悄的街頭杳無人煙，阿徹心中的不安又增強了幾分。計程車司機一副睏得不想說話的樣子，阿徹也不願意和他搭訕，焦躁地伸長身子瀏覽窗外景象。阿徹看一眼手表。七點五十分了。

路邊一戶人家門口掛著太陽旗，汽車駛過那戶人家兩百公尺之後，阿徹才想起今天是成人節。假日的街頭天亮得比較晚，怪不得街上看不到什麼人影。阿徹臉上露出苦笑。

（碰到放假，家裡的人八點以後才會起床吧。）

大概只有陽子起來了吧，阿徹想。記起今天是成人節，昨晚開始積壓在心底的不安頓時消失。阿徹想起打算送給陽子的那枚戒指。他從箱底摸出戒指，放進上衣口袋。

如果陽子深愛北原，阿徹決定盡一切努力讓她永遠幸福。這次的旅行令阿徹下定決心，他打算積極湊合北原和陽子。

阿徹對從前的自己感到慚愧，他一直認為只有自己才能給陽子幸福。

（其實北原的人品比我好。就算他知道了陽子的身世，也一定會繼續深愛陽子。）

阿徹改變了想法，卻也因此感到孤獨。然而他打從心底祈求陽子能夠幸福。

（真可憐，這傢伙生來就背負沉重的命運！）

遠離家園後，阿徹對陽子的命運有了更深的體會，對她萌生無限憐憫。

「妳馬上就能和北原過著幸福的日子了。再忍耐兩三年吧。」

阿徹打算回家後這麼安慰陽子。汽車開到家門前，阿徹下了車，懷著靦腆的心情打量自家。後門是開著的，家中卻聽不到任何動靜。起居室裡空空如也，火爐裡也不見火苗。阿徹穿著大衣動手搗起爐中的灰燼。冬季的幾個月，辻口家的火爐總是點著火，只要把灰燼搗一搗，爐火立刻就會發出聲響燃燒起來。

阿徹脫了大衣，悄悄來到父母的寢室外。

「媽，我回來了。」

「啊唷！阿徹呀？」

夏枝似乎早就醒了。

「回來啦？好早啊。媽媽這就起來了。已經八點了呢。」

阿徹拉開寢室的紙門。夏枝坐起身子仰頭看著阿徹。

「這麼早啊？」啟造仍舊躺著向阿徹招呼。

「我回來了，我從茅崎帶回來很多禮物唷。」

說完，阿徹走出房間。

「外公身體可好？」夏枝隔著紙門問道。

「外公似乎一年比一年更硬朗了。」

說完，阿徹來到陽子房門外。

「陽子，我回來了。」

屋裡沒有回應。

「陽子！」

難得她竟還在睡？阿徹感到納悶，因為陽子向來早起。

「陽子！」

屋裡還是沒反應。阿徹突然一陣心跳加速。他不顧一切大力拉開紙門。陽子不在，屋裡不像有人待過，房間整理得井井有序。阿徹的視線緊盯書桌。桌上並排著三只白信封。他想也沒想立即奔向桌旁。

三封信分別寫給父母、北原和阿徹。阿徹扯爛信封似的拆開自己那封信。他的手顫抖著。

我死了，對不起。

這幾個字躍進阿徹的眼簾。

「陽子她，陽子她……」

阿徹高聲嚷著跑回走廊。

「怎麼了？」

身穿睡衣的啟造從房裡探出頭問道。

「陽子她，自殺了。」

阿徹喘著大氣呼喊道。啟造連忙奔向陽子的房間，他以為陽子死在自己房裡。一臉蒼白的夏枝也踉蹌著腳步緊跟在後。阿徹茫然地看著兩人的背影離去，全身無力地靠在走廊牆上。啟造這時跑了回來。

「阿徹！振作點！」

啟造喊著，在阿徹臉上狠狠打了一巴掌。差點失去意識的阿徹這才驚醒過來。啟造奔到電話旁。

「我是辻口，對，就是院長辻口。請派兩名護士過來，還有洗胃器具、強心針、生理食鹽水，美解眠，嗯，對，就是解毒劑！以上東西請盡快送到我家來。」

啟造緊張地迅速交代。

＊＊＊

「救得活嗎？爸！」

阿徹不安地看著陽子蒼白的臉。她被搬回家後，一直持續昏睡。

「如果知道服毒時間的話……」

啟造說了一半沒再說下去。醫院的人趕來後，他給陽子洗了胃。那是八點四十分左右的時候。如果在服毒兩小時內洗胃，應該就有救，啟造想。

（無論如何都要救活她！）

啟造腦中只有這個念頭。他抓起陽子的手開始把脈。

「爸，怎麼樣？」阿徹又問。

「心臟沒問題，只是……」

啟造痛苦得沒說下去。兩名護士坐在陽子腳邊專注地看著啟造，隨時聽候命令。

紙門拉開，夏枝走進來，阿徹利刃般的視線射向她。緊接著，辰子也跟在夏枝身後進來，她沒有說話，一雙眼睛凝視著陽子。辰子一動也不動，既沒開口問「怎麼會這樣」，也沒問「是否有救」。

夏枝疲憊地垂下腦袋。

（妳又何必去死呢？）

夏枝忍不住在心底抱怨陽子，因為陽子服藥自盡似乎是衝著自己而來。夏枝完全不覺得陽子值得憐憫，她一心只希望陽子體諒自己的立場。

（要是妳就這樣死了，別人會怎麼批評我啊。）

這件事才是夏枝最在意的。

「有遺書嗎？」

半晌，辰子低聲問啟造。啟造遲疑了幾秒，把陽子寫給他們夫婦的信默默交給辰子。辰子一臉嚴肅讀著信，讀完，她十隻修長的手指合攏，蓋在眼皮上。淚水唰地自她面頰滾落。

看到辰子的模樣，阿徹這才感到滿腔悲傷突然湧上，他無法自持，起身想走出房間。就在這時，忽聽玄關傳來一陣喧嚷，辰子動作輕巧地站起身來。

玄關似乎有人在說話。

「什麼？服毒了？」

只聽走廊上傳來一陣「咚咚咚」的腳步聲，同時夾雜著高木的呼喊，由遠而近逼近。啟造和夏枝吃驚地抬起頭。紙門猛地被人拉開。

「……」

高木呆站在門口，他巨大的身軀幾乎擋住了入口。啟造不由自主縮起身子。就算被高木痛罵一頓，我也無話可說啊，啟造想。誰知這時高木竟趴下身子，兩手並排膝前行禮說道：

「對不起，都怪我不好！」

＊＊＊

北原也跟在高木身後走進房間，他在陽子枕畔坐下，拿出一張照片放在陽子面前。

「陽子小姐，我猜得沒錯，這才是妳的父母啊……」

眾人聽到這話，視線不約而同集中在北原手裡的照片，啟造、夏枝、阿徹和辰子全都看呆了。

照片裡一對男女並肩而立，女的長得極像陽子，簡直就像陽子三十歲的模樣。男的身穿和服，看起來眉清目秀，文質彬彬。

「對不起，怪我不好。」

高木又說了一遍，沮喪地低下頭，但立刻抬頭問道：

「什麼時候服藥的？」

說著，高木轉眼觀察陽子的臉孔。

「確切時間不清楚，大概是在清晨吧。」

「是嗎？尿量呢？」

「不太順。」

高木抓起陽子的手把了一會兒脈。

「脈搏還可以。」

「是啊。心臟很健康，所以還有一線希望……」

啟造無心詢問照片裡的人物，現在他最關心的是陽子的性命。

「什麼時候洗的胃？」

高木看一眼時鐘。十二點半了。

「八點四十多分。」

「已經過了四小時？昏迷時間有點長啊。」

高木不安地觀察著陽子。

「嗯。」啟造的聲音也很沉重。

「這個男的你認識吧？」

高木從北原手裡接過照片，放在啟造面前。

「好像在哪裡看過……」

「理學院的中川光夫啦。」

「喔，中川光夫啊？」

中川光夫念的學院和啟造他們不同，但他在學校是有名的才子，同學幾乎沒人不認識他。中川光夫後來和寄宿家庭的房東三井惠子交往，惠子的丈夫當時在外地打仗，後來戰爭結束了，惠子的丈夫即將返鄉，這時惠子卻懷孕了。中川和惠子不知如何是好，一起去找高木商量對策。當時那時代還有通姦罪，墮胎也會被判刑。惠子在高木介紹下，住進他熟識的婦產科醫院，在院裡的小屋偷偷度過五個月，才平安生下陽子。

中川光夫原本表示，孩子生下來之後，他會親自撫養。誰知就在陽子出生前半個月，中川突然心臟麻痺，才一眨眼工夫就嚥了氣。不久，惠子接到電報得知丈夫馬上就要復員返鄉。她在萬般無奈之下，只好把陽子送進育幼院。

「就在那時，你跑來跟我商量想領養凶手的小孩。辻口，你當時應該答應過我，你說絕不會把小孩的身世告訴夏枝，還說要把『愛你的敵人』當作終生課題，還記得吧？」

啟造不禁垂下頭來。

「我相信了你的話。因為我覺得像辻口這樣的君子，一定會親身實踐『愛你的敵人』這句話。當時我想，既然如此，就算不是凶手的小孩，無論是誰的小孩，你都會好好疼愛她。」

阿徹聽著高木的敘述，嚴厲地瞪向啟造。夏枝臉色鐵青，全身不住地微微顫抖。

「老實說啊，我心裡很憐憫夏枝。她這麼溫柔的女人，你竟不告訴她實情，讓她撫養凶手的小孩，我愈想愈覺得辻口你這傢伙太殘忍了！」

啟造慚愧得抬不起頭來。

「所以我才想要把無處可去的陽子交給夏枝，一方面是因為厭惡辻口，也因為我從以前就很喜歡夏枝啦。」

聽到這裡，夏枝發出哭聲，高木閉上嘴沒再說下去。

「伯父為什麼會相信陽子是凶手的小孩呢？」

從剛才就垂頭喪氣坐在陽子身邊的北原，突然抬頭問道。

「因為我相信高木啊。」啟造沙啞地說。

「我也相信辻口這傢伙不會告訴夏枝小孩的事，相信這傢伙會認真實踐『愛你的敵人』。雖然明知人是不可信任的，但唯有辻口，我全心相信。」

（原來彼此信賴也會釀成悲劇啊。）

啟造在心底自語。雖說他們彼此信賴，但結果不只是高木，就連他也欺騙了對方。啟造感到不寒而慄，究竟是哪裡出錯了？所謂的信賴應該不是這樣的，啟造想。

（是因為人類彼此看不到對方的真意吧，如果是在上帝面前……）

高木和我都從沒想過自己有一天也得面對上帝吧。啟造想。

（他人的耳目容易矇騙。）

啟造默默抓起陽子的手。

（我甚至一直矇騙自己。）

然而我面前這個人卻嚴以律己，完全不肯欺瞞自己。啟造凝視著陽子微張的嘴角。

這時，夏枝突然喊道：

「陽子，原諒我！」

夏枝淒厲地呼喚陽子。辰子攬住夏枝的肩膀，想把她拉出房間，但夏枝撲倒在陽子的棉被上痛哭流涕。多年以來，夏枝一直把陽子當作殺人犯的小孩，無條件地憎恨她。夏枝覺得自己和陽子都好可悲。

（不只是我，還有佐石、夏枝、村井、高木，以及中川光夫和三井惠子，是我們一起逼陽子走上絕路。）

啟造這時終於明白，人活在世上，就是不斷與人接觸交往，不斷互相傷害，彼此涉入的程度遠遠超過自己的想像。

辰子攙扶著夏枝走出房間，高木深深嘆了口氣。啟造下定決心地把遺書遞給高木。他的心情就像在等候判決。接著，啟造又從書桌抽屜拿出陽子寫給北原的遺書，交給北原。

高木和北原分別讀著自己面前的遺書。阿徹在為陽子把脈，啟造則目不轉睛地觀察陽子的狀況。

（陽子不曾責怪任何人，她只苛責自己，然後就飲藥自盡了。）

啟造此刻的痛苦全是他一手促成的。

（如果當初我原諒了夏枝，今天這種事就不會發生了。）

「都是我們害了她。」

高木握著剛讀完的遺書低聲自語，陷入深思。

陽子持續昏睡。

（究竟什麼時候才會醒來呢？）

陽子的脈搏比剛才更微弱了。

「強心劑！」

聽到啟造的指示，阿徹和北原都吃了一驚，同時抬起頭來。護士把針頭插入陽子的身體。陽子的表情沒有任何變化。

「總共吞了幾顆？」

「大概有一百顆吧。不過那瓶藥早就開封了，所以也不清楚。」

高木一臉陰沉。

「是嗎？真糟糕。」

高木憂心地說。

「如果我早來一天，陽子小姐就不會自殺了……可惜。」

北原的聲音聽來也很沉重。

「不，無論陽子的父母是誰，遲早會發生這種事的。」

高木想起剛讀完的遺書。

「是嗎？」

北原臉上一副無法贊同的表情。

「嗯，對啊。對罪惡如此嚴厲看待的人，無論生在誰家，最後都會得出同樣的結論吧。」

「可是，如果伯母沒對她說那麼刻薄的話，應該就不會發生這種事。」

北原氣憤難抑。

「或許吧。但陽子這個人哪，說不準什麼時候又會滋生同樣的罪惡感啦。」

說完，高木轉臉看著啟造。

（或許吧。我看到的是犯罪本身的問題，而陽子卻是為罪惡的根源而煩惱。如果她知道自己是通姦生下的，一定會很痛苦吧。或許還是會為相同的問題而苦惱。）

啟造這才發現自己和陽子的不同。

晚飯時間到了，陽子還沒醒過來。眾人的話愈來愈少，個個默不作聲垂著腦袋坐在餐桌前。

＊＊＊

陽子在昏睡中迎來第三天，奇妙的是，她的生命始終沒有中斷。夏枝連續兩晚沒闔眼了，她一直忙著照顧陽子，要不就在哭泣，而現在，夏枝累得只能茫然呆坐。北原和高木昨晚也是整夜沒睡，今晨天亮之後，他們才到另外的房間休息。阿徹坐在一旁不時打盹，他始終沒離開過陽子。辰子眼下掛著兩個黑色的眼袋。眾人都已經累得筋疲力竭。

啟造一心祈禱陽子早點恢復意識，始終守護在一旁。然而陽子依舊沉睡不醒。啟造和高木雖然都是醫生，目前的狀況卻讓他們束手無策。

「可能不行了。」

聽到啟造低聲自語，阿徹抬起頭來。

「不行了？」

阿徹緊皺著眉頭，整張臉痛苦糾結。

「是啊，雖然真想救活她。」

聽完啟造的話，阿徹從口袋裡掏出那枚戒指。淚水沾溼了蛋白石，他輕輕拉起陽子的手。

陽子最敬愛的人究竟是誰，現在終於明白了。

阿徹回想陽子遺書上的字句，把蛋白石戒指套在她蒼白的手指上。啟造這時忍不住流下了眼淚。

夜深了，陽子的生命依然似有若無地延續著。這是第三個晚上了，夏枝和阿徹都十分睏倦，時而昏昏沉沉打著瞌睡，時而驚醒過來，看到昏睡不醒的陽子似乎暫時不會逝去，又開始打起盹來。

北原和高木今早小睡了片刻，稍微恢復了精神。啟造雖然睏得頭昏眼花，仍舊坐在陽子的枕畔。能做的都做了，接下來該怎麼辦呢？啟造覺得自己已無計可施。

「就看今晚了。」

啟造低聲說道。辰子端著茶走進屋來，她伸手摸了摸陽子的臉龐。

「睡個夠吧！睡夠了，就快點醒來。完全不一樣的人生在等著妳呢。」

辰子像在自語地說。護士替陽子打了一針盤尼西林，這是為了預防肺炎，每隔四小時就得打一針。

啟造心頭一震。因為當針管插進陽子體內時，他看到她皺了眉頭。

（或許有救了！）

啟造拉起陽子的手把脈。脈搏很微弱，但跳動得很正常。高木也立刻伸出手替她把脈，一抹微笑浮現在他的唇角。啟造和高木對望一眼，靜靜地向對方點頭。啟造懷著祈禱的心情注視陽子慘白的臉頰。

這時玻璃窗嘎嗟作響。不知從什麼時候起，森林裡颳起咻咻風聲。或許，風雪又要來了吧。

國家圖書館出版品預行編目資料

冰點／三浦綾子（みうらあやこ）著；章蓓蕾譯. – 二版. -- 臺北市：麥田出版：家庭傳媒城邦分公司發行, 2022.12
面； 公分. --（日本暢銷小說；RS7048X）
譯自：氷点
ISBN 978-626-310-330-6（平裝）
861.57 111015039



城邦讀書花園
www.cite.com.tw


ISBN 978-626-310-330-6
電子書：978-626-310-331-3 ( EPUB )
Printed in Taiwan


日本暢銷小說48

# 冰點

作者｜三浦綾子
譯者｜章蓓蕾
封面設計｜蕭旭芳
校對｜李鳳珠
主編｜徐　凡
責任編輯｜丁　寧

國際版權｜吳玲緯
行銷｜闕志勳　吳宇軒　陳欣岑
業務｜李再星　陳紫晴　陳美燕　葉晉源
總編輯｜巫維珍
編輯總監｜劉麗真
總經理｜陳逸瑛
發行人｜凃玉雲
出版｜麥田出版
10483台北市民生東路二段141號5樓
電話：(02)2500-7696
傳真：(02)2500-1967
部落格：http://ryefield.pixnet.net
發行｜英屬蓋曼群島商家庭傳媒股份有限公司城邦分公司
地址：10483台北市民生東路二段141號11樓
網址：http://www.cite.com.tw
客服專線：(02)2500-7718｜2500-7719
24小時傳真專線：(02)2500-1990｜2500-1991
服務時間：週一至週五09:30-12:00｜13:30-17:00
劃撥帳號：19863813　戶名：書虫股份有限公司
讀者服務信箱：service@readingclub.com.tw
香港發行所｜城邦（香港）出版集團有限公司
地址：香港灣仔駱克道193號東超商業中心1樓
電話：+852-2508-6231
傳真：+852-2578-9337
馬新發行所｜城邦（馬新）出版集團
【Cite (M) Sdn. Bhd.】
地址：41, Jalan Radin Anum, Bandar Baru Sri Petaling, 57000 Kuala Lumpur, Malaysia.
電話：+603-9056-3833
傳真：+603-9057-6622
讀者服務信箱：services@cite.my

印刷｜前進彩藝有限公司
初版一刷｜2009年09月
二版二刷｜2023年07月
定價｜599元

# 讀者回函卡

cite城邦媒體

※為提供訂購、行銷、客戶管理或其他合於營業登記項目或章程所定業務需要之目的，家庭傳媒集團（即英屬蓋曼群島商家庭傳媒股份有限公司城邦分公司、城邦文化事業股份有限公司、書虫股份有限公司、墨刻出版股份有限公司、城邦原創股份有限公司），於本集團之營運期間及地區內，將以e-mail、傳真、電話、簡訊、郵寄或其他公告方式利用您提供之資料（資料類別：C001、C002、C003、C011等）。利用對象除本集團外，亦可能包括相關服務的協力機構。如您有依個資法第三條或其他需服務之處，得致電本公司客服中心電話請求協助。相關資料如為非必填項目，不提供亦不影響您的權益。

□ 請勾選：本人已詳閱上述注意事項，並同意麥田出版使用所填資料於限定用途。

姓名：------------------------ 聯絡電話：------------------------

聯絡地址：□□□□□------------------------------------------------

電子信箱：--------------------------------------------------------

身分證字號：------------------------------------------（此即您的讀者編號）

生日：------年------月------日 性別：□男 □女 □其他------------------

職業：□軍警 □公教 □學生 □傳播業 □製造業 □金融業 □資訊業 □銷售業

□其他--------------------------------------------------------

教育程度：□碩士及以上 □大學 □專科 □高中 □國中及以下

購買方式：□書店 □郵購 □其他------------------------------------

喜歡閱讀的種類：（可複選）

□文學 □商業 □軍事 □歷史 □旅遊 □藝術 □科學 □推理 □傳記 □生活、勵志

□教育、心理 □其他--------------------------------------------

您從何處得知本書的消息？（可複選）

□書店 □報章雜誌 □網路 □廣播 □電視 □書訊 □親友 □其他------------

本書優點：（可複選）

□內容符合期待 □文筆流暢 □具實用性 □版面、圖片、字體安排適當

□其他--------------------------------------------------------

本書缺點：（可複選）

□內容不符合期待 □文筆欠佳 □內容保守 □版面、圖片、字體安排不易閱讀 □價格偏高

□其他--------------------------------------------------------

您對我們的建議：----------------------------------------------

--------------------------------------------------------------